ギフテッド

山田宗樹

幻冬舎文庫

ギフテッド

目次

水ヶ矢市立水ヶ矢小学校長　殿

第一種特殊児童選別検査の結果（通知）

内務省厚生局第二厚生部長　沼田隆彦

先に実施された標記の件について、以下の児童が該当しましたので通知します。
別紙のとおり指導願います。

六年一組　達川　颯斗

以上一名

第一部

第一章　異物

1

職員室のざわめきが引いた。僕はドアのところで、失礼します、と頭を下げて入った。担任の岡田先生の机は奥の窓側にある。そこまで歩く間も、周りの先生たちの盗み見るような視線を感じた。

「連絡帳、持ってきました」

毎朝、登校した児童は連絡帳を教壇の上に提出する。八時二十分になったところでその連絡帳をまとめて先生に届けるのは日直の仕事だ。きょうは僕が当番だった。

「ああ、ご苦労さん」

坊主頭でいつもジャージ姿の岡田先生は身体《からだ》も声も大きく、みんなから怖がられている。僕も怖い。でもきょうは岡田先生のほうが僕を怖がっているみたいに見えた。

「身体に変わったことはないか」

「いえ、ありません」

「そうか。まあ、気をつけてな」

なにに気をつけるのだろう。たぶん岡田先生にもわかっていない。僕は病気になったわけじゃないのだから。失礼します、と職員室を出た。僕がドアを閉め終わるまで、しんと静まりかえっていた。

水ヶ矢《みずがや》小学校の児童は全学年あわせても百三十四人しかいない。しかも学年当たりの人数が低学年になるほど少なく、一年生はたった十二人だ。つまり児童数はこれからどんどん少なくなっていく。昔を知っている地元の人たちは母校の現状を嘆き、十年後には小学校そのものがなくなっているんじゃないかと噂《うわさ》している。

僕はがらんとした階段を三階まで上った。教室は騒々しかった。六年生は僕を含めて三十三人。男子が十四人。女子が十九人。みな思い思いに始業前の時間を過ごしていた。いくつかある仲良しグループもそれぞれ集まり、しゃべったりふざけ合ったりしている。いちばん大きなグループの中心にいるのは島村勝也《かつや》。頭一つ抜き出ているのは背の高さだけじゃない。地元少年サッカークラブのエースストライカーで、県内有数の難関私立中学を受験するという秀才でもある。このクラスで中学受験を予定しているのは彼くらいなものだろう。その島村と目が合った。僕はすぐに逸《そ》らして自分の席に着いた。またなにかいわれるんじゃないかと身構えていたが、このときはなにもなかった。

僕の右隣の席には頬杖《ほおづえ》を突いた佐藤あずさ。図書室で借りた本を読んでいる。背が低くてちょっと太めの彼女だが、足がやたらと速く、運動会のリレーで駆けだすとどよめきが起こるくらいだ。そして、ほかの女の子と違って群れない。いつも一人でいる。それでいて平気な顔をしている。だれかから笑顔で話しかけられたら笑顔で応えるし、いじわるされたら睨《にら》みつける。手を出そうものなら大変だ。百倍になって返ってくる。彼女のまわりに人が集まることはないが、かといって仲間外れにされているのでもなく、憶《おぼ》えたばかりの言葉で表現するなら〈一目置かれている〉のだ。いまでは僕に以前と同じように接してくれるのは佐藤あずさだけになっていた。

「こんどはなに読んでるの」

佐藤あずさが本から目を離さずに表紙をこちらに向ける。イエス・キリストの伝記だ。小学校高学年向け、と書いてある。

「おもしろい？」

「べつに」

たしかに僕はもともとクラスでも地味な存在ではあった。佐藤あずさほどではないにしても一人でいるほうが性に合っている。それでも休み時間になれば友だちとしゃべったり遊んだりはしていたのだ。ところが夏休みが終わって二学期に入ったとたん、僕を取り巻く世界が一変してしまった。

　すべては七月一日に受けた法定検査に始まる。これは法律で全国の小学六年生に義務づけられている検査で、学校の保健室で耳たぶから血液を採取された。夏休みの直前になって僕だけ職員室に呼び出された。検査で引っかかったから詳しく調べてもらうように、と岡田先生がいった。保護者の方へ、と印字された厚い封筒も渡された。中を見ようにも口がのり付けされた上に厳《いか》めしい印鑑まで押してあった。僕は仕方なくそのまま母に渡した。母は封を開けて読んだが、ほとんど理解できなかったと思う。なぜなら、目を通した直後に泣き崩れたからだ。僕が大変な病気になったとでも勘違いしたのだろう。

　検査を受ける病院はどこでもいいというわけではなく、ちゃんと指定してあった。県の中心部にある大学病院だ。病院の受付で母が書類を提出すると、すぐに看護師が来て処置室に案内された。そこで腕の血管から血液を採られたあと、指示されるがままにあちこちの部屋を回った。最後は仰《あお》向《む》けになって冷たいトンネルのような機械に入れられた。検査がぜんぶ終わるのに二時間くらいかかった。僕と母は病院の食堂で昼食をとってから家路についた。母はずっと無口だった。十日後に母が検査結果を聞きに行った。そして帰ってきたときには、母の僕を見る目が変わっていたのだった。

　僕が当時のことを思うとき、最初に脳裏に浮かんでくる顔は、佐藤あずさだ。たしか三年生の春だったと思うが、すでにリーダー格として目立ちはじめていた島村勝也が、みんなの前で佐藤あずさをからかったことがある。彼女を泣かすことができるかどうかで賭けをしていたらしい。最初のうち佐藤あずさはなにをいわれても無視して本を読んでいた。その態度がよほど頭に来たのか、島村が、なんとかいえよ、と肩をつかんだ。佐藤あずさはそれを払いのけて立ち上がり、意表を突かれてがら空きになった島村の鳩尾《みぞおち》に、腰の入った見事な右ストレートを叩《たた》き込んだ。まともにパンチを食らった島村勝也は両手で腹を押さえてうずくまった。佐藤あずさは鼻息を一つ吐いただけで本にもどった。以後、彼女を泣かせられるかどうかで賭けをする者は二度と現れなかった。

佐藤あずさの家は、僕が母と二人で住んでいたアパートからは離れていたが、学校から帰る方向は途中まで同じ。とはいえ、歩くのも速い彼女はたいてい先に行ってしまうので、僕が目にするのはいつも後ろ姿だ。丸っこくて小さな身体に赤いランドセルを背負い、小気味よいリズムで歩いていく。それは六年生になっても変わらない。

しかし、その日だけは少し様子が違った。佐藤あずさの足の運びにいつもの切れとリズムがなかった。僕は日直の仕事のせいでかなり遅く学校を出たのだが、それでも追いついてしまったくらいだ。とぼとぼと歩く後ろ姿は気落ちしているようにも見えた。僕は胸が騒いで歩みを速めた。理由はあっけなく判明した。佐藤あずさは落ち込んでいるのではなく、朝も読んでいたイエス・キリストの伝記を両手に持って開いていたのだ。文字を追う眼差《まなざ》しは真剣そのもので、本に集中するあまり周囲に注意を払っていない。これでは歩くのが遅くなるのも当たり前だ。

　拍子抜けした僕は、そのまま追い越して先に行こうかとも思ったが、ちょっと迷ってやめた。通学路沿いには深い用水路が走っていて、ガードレールのない箇所もある。

「あぶないよ」

　佐藤あずさが立ち止まって顔を上げる。僕がいることに初めて気づいたようだった。

「本を読みながら歩いてると溝に落ちちゃうよ。車も通るし」

　あんたには関係ないでしょ、という目で睨まれた。僕は後ずさりしそうになった。でも佐藤あずさは、面倒くさそうに鼻息を吐いたものの、なにもいわずに本を閉じ、背から下ろしたランドセルに入れた。

　驚いた。佐藤あずさが僕のいうことをこんなに素直に聞くとは思わなかった。なぜか無性に嬉《うれ》しくなった。佐藤あずさがふたたびランドセルを背負って歩きだすと、当然の権利であるかのように横に並んだ。佐藤あずさも嫌そうな素振りは見せなかった。それが僕をさらに大胆にさせた。

「前から聞こうと思ってたんだけどさ」

「なに」

「気持ち悪くないの、僕のこと？」

佐藤あずさがまた足を止めた。

僕も止まった。

互いに顔だけ向き合う。

「なんで」

「だって、みんな気持ち悪がって近づかないのに、佐藤はこうやって普通に話してくれるから」

佐藤あずさが前を向いて歩きだした。僕も付いていく。さっきよりペースが落ちている。

「颯斗《はやと》くんは、自分のことを気持ち悪いと思うの？」

「そりゃあ……」

「みんな本心では羨ましいんだよ。颯斗くんのことが」

思いもかけない言葉だった。

「なにがさ」

佐藤あずさがちらと僕を見て、

「どんな気持ちがした」

「だから、なにが——」

「自分が特別だってわかったとき」

「……どこがだよ。勉強だってスポーツだって、まるでダメだし」

「でもギフテッドなんでしょ」

寒気が走った。

「ギフテッドだからって、いいことなんかなにもないよ。島村なんて僕のことを化け物っていったんだよ」

「そんなの気にしなきゃいいのに。いちばん颯斗くんのことを妬んでるのはあいつなんだから」

「そんなわけが……」

「あいつはなんでもクラスで一番じゃないと気が済まない。自分だけ特別なのが当たり前と思ってる。だから颯斗くんがギフテッドで自分がギフテッドじゃなかったってことが許せないの。あいつはそういう奴《やつ》」

佐藤あずさの口から出る島村の悪口はぞくぞくするほど耳に心地いい。

「颯斗くんちはそっちでしょ」

僕たちは岐路に立っていた。佐藤あずさの家はこの道をまっすぐ。僕のアパートはここで右折しなければならない。僕はもっと佐藤あずさと話をしていたかった。もっといっしょにいたかった。佐藤あずさが行ってしまいそうだったので、つい余計なことを口にした。

「まだ答え聞いてないんだけど」

「なんの」

「僕のこと気持ち悪くないのかって」

「気持ち悪いよ」

「え」

「そうやってウジウジしてるところが」

佐藤あずさがいたずらっぽく笑った。彼女がこんなふうに笑うところを初めて見た気がする。

「もういい？」

「あ……うん」

僕がいい終わらないうちに背を向けた。小気味よいリズムに乗ってあっという間に遠ざかっていく。さすがに速い。これでこそ佐藤あずさだ。

2

わたしは視線を感じて振り返った。

軒を並べる店からは香ばしい匂いとアルコールに染まったざわめきが漏れてくる。話し声。笑い声。店員の威勢のいい掛け声。沿道にずらりと並ぶのは客待ちのタクシー。その脇を行き過ぎる老若男女の流れ。電車の重い響きが頭上を追い越していく。見上げれば高層ビルの窓灯《あか》りが落ちてきそうだ。何事もなかったかのように平和を装いつづける木曜日の街。

でも、たしかに感じたのだ。

懐かしい視線を。

振り向きたいのを我慢して歩きつづけた、あの日の自分を。

3

クラスにはいくつかの仲良しグループができているが、メンバーは固定されているわけではない。複数のグループを定期的に渡り歩く調子のいい男子もいれば、グループ自体が分裂したり、くっついたり、さらには自然消滅したりすることもある。女子の間では人気のある子の引き抜き合いすら珍しくなかった。

しかし三十三人しかいないのだ。六年目ともなれば順列組み合わせも一巡し、顔ぶれの目新しさなどどこを探してもない。担任の先生は毎年替わるが、それ以外でクラスに起きた変化といえば、転出した児童が二人、転入してきた児童が一人、それだけだ。うんざりするような思いを抱いていたのは僕一人ではなかったと思う。そんな中で降ってわいたのが、僕がギフテッドと認定された、というニュースだったのだ。

もしギフテッドと認定されたのが僕ではなく島村勝也だったら、と考えることがある。クラスのみんなは島村を気持ち悪がって無視しただろうか。たぶん、しなかった。もともと彼はクラスの中心的存在だった。その彼がギフテッドだと判明したところで、新たな勲章になりこそすれ、彼の価値を貶《おとし》めることにはならなかったに違いない。しかし島村にとっては勲章になるものも、僕にとってはそうではなかった。

じつは僕と島村勝也は保育園からの付き合いで、小学校低学年の一時期、親友と呼べる間柄にまでなったことがある。しかし親しく接しすぎると、とくに男の子の場合、互いをライバルとして意識するようになる。こいつにだけは負けたくない、という思いが生まれるのだ。三年生に上がるころには、僕も、おそらく島村も、それをはっきりと感じていた。だが勝負は最初からついていたようなものだ。勉強でもスポーツでもぐんぐんと頭角を現していく島村に対し、僕はどの分野でも平凡の域を越えることがなかったのだから。島村を意識すればするほど自分が惨めになるだけ。僕は次第に島村と距離を置くようになり、六年生になったときには彼と張り合う気持ちを完全に失っていた。島村も僕のことなど眼中になかっただろう。

それなのに、二学期の始まる朝、登校した僕に真っ先に声をかけてきたのは島村だった。

「颯斗、ギフテッドだったって噂はほんとうなのか」

僕は、そうらしいけど、と答えた。島村は蒼白《そうはく》になり、なにかいいたげに僕を凝視した。でも言葉が出てこない。僕は、それがどうかしたの、と聞いた。島村の顔に明確な感情が表れた。

怒り。

「おまえ、ギフテッドってなにか知ってるのか」

僕は黙って首を横に振った。

「身体の中に変なものがあるんだぞっ」

クラスメートたちがこちらを見た。

「ギフテッドっていうのはさ、おれたち人間とは違う、化け物ってことだよっ！」

島村のこの宣言によって、クラスにおける僕の処遇は決定されたようなものだ。化け物として扱う、ということに。

その後も島村は僕への敵意を隠そうとしなかった。クラスメートが僕を無視するように仕向けたのも彼だ。身体的な暴力こそ振るわれなかったが、だからこそ陰湿さが身に迫るようだった。僕は耐えるしかなかった。自分が島村に敵《かな》うわけがない。そう思い込んでいたから。

でも、もう違う。

僕は化け物なんかじゃない。ちょっとだけ特別で、島村勝也はそんな僕に嫉妬している。これは、ほかのだれでもない、佐藤あずさの口から出た言葉なのだ。

「はい」

手を挙げると岡田先生が驚いた顔をした。教室にもざわめきが走った。

「じゃあ……達川《たつかわ》くん」

僕は起立し、顔を上げ、まっすぐ黒板を見る。

「48人が12％ということは、48÷12が４になるので、１％は４人になります。だから17％は４の17倍を計算して、答えは68人です」

答えてから着席した。

問題そのものは五年生で習ったこととの復習で、正解できたからといって自慢できるレベルじゃない。でも僕は二学期になってから授業で手を挙げたことがなかった。そうすることが許されない空気を感じていたから。

島村勝也をそっと見やると、訝《いぶか》るような表情をこちらに向けている。と思ったら、あわてた様子で手を高々と挙げた。

「別の解き方もあります」

島村が立ち上がり、よどみなく答える。

「12％は小数でいうと０・１２なので、48÷０・１２を計算した４００人が１００％になります。その中の17％だから、答えは４００×０・１７を計算して68人です」

「うん、その考え方でも正解だな」

島村が席に着く。しかし顔はまだ納得していない。彼も気づいたようだ。僕がきのうまでの僕ではないことに。

算数の授業が終わり、休み時間になってしばらくしたときだった。

「びっくりしたよなあ」

窓際から大きな声が聞こえてきた。机の上に座った島村を中心に男子が集まっていた。そのとき取り巻きは五人くらいいたと思うが、僕が憶えているのは竹田信二だけだ。島村のすぐ隣で両手をズボンのポケットに突っ込んで立っていた。ほかのメンバーについては思い出せないが、みな僕に白い目を向けていたことだけは記憶に残っている。横目でこちらを睨んでいたから、ほんとうに目が白く見えたのだ。

「化け物にも算数がわかるんだな」

きのうまでの僕なら、ただ身体を小さくしていただけかもしれない。

「なんだよ、化け物。いいたいことがあるならいえよ」

佐藤あずさがちらと僕を見た。心配してくれているのだろうか。彼女はきょうも本を読んでいる。イエス・キリストの伝記は読み終えて、いまは夏目漱石《そうせき》の『坊っちゃん』だ。よほどおもしろいのか、読みながらにやにやしていることがある。

僕は腰を上げ、佐藤あずさを背後に意識しながら、島村たちに向かって足を踏み出した。僕がこういう行動に出るとは予想していなかったらしい。島村たちの顔に狼狽《ろうばい》が浮かんだ。

「ねえ、島村くん」

彼らの前に立つ。

「僕のことを化け物って呼ぶの、やめてくれないかな」

島村が机から勢いよく降りた。僕は思わず一歩退いた。背は島村のほうが高い。体格でも敵わない。もちろん勉強でも。彼に対する劣等感は僕の身体に染みついている。ギフテッドになったからといって消えてくれるわけではない。でも僕はもう知っているのだ。彼も同じような劣等感を僕に対して抱いていることを。

「化け物は化け物だろ」

「なんで僕が化け物なの」

「身体の中に変なものがあるんだろ。おれたち人間にはないものが」

「それがどうしたの」

島村が言葉に詰まった。憎しみのこもった目で睨みつけてくる。

「おまえ、ギフテッドになれていい気になってるな」

彼は気づいているだろうか。図らずも自分の本音、ギフテッドになった僕に嫉妬しているという本音をさらけ出してしまったことに。

「でも、ギフテッドは普通の人間よりも寿命が短いらしいぞ。二十歳くらいまでしか生きられないんだってさ」

僕は絶句しかけた。

「……嘘《うそ》だよ」

「嘘じゃない。おまえは二十歳で死ぬんだよ」

そう断言した島村の顔に、しかし勝ち誇った表情はない。まるで屈辱に耐えるような暗さがあった。

始業のチャイムが鳴った。

僕は自分の席にもどった。あえて島村たちのほうを見ないようにした。

「どうしたの」

隣の佐藤あずさが声をかけてきた。

「もう嫌だからさ。化け物っていわれるの」

「きょうの颯斗くん、いつもと雰囲気が違うね」

「元にもどっただけだよ」

「元の颯斗くんもそんなふうじゃなかったよ」

ドアが開いて岡田先生が入ってきた。二校時目は国語。授業が始まってからも、僕はときおり島村の様子を窺《うかが》った。彼は目を教科書に落としたまま動かなかった。その思いつめた眼差しは自分の言動を後悔しているようにも見えた。

彼にいわれたことが急に気になってきた。ギフテッドは二十歳までしか生きられない。口から出任せに決まってる。でも万が一、ほんとうだとしたら……。

このとき僕はまだ、ギフテッドについて正確な知識をほとんど持ってなかった。母から聞かされていたのは〈身体の中に普通の人間にはないものがあるけど病気ではないから心配しなくていい〉ということだけだ。もしかしたら母は隠しているのだろうか、僕が二十歳までしか生きられないことを。島村にいわれるまでは思ってもみなかったが、あり得ないことじゃない。泣き崩れる母の姿が脳裏に浮かぶ。棺桶《かんおけ》の中に横たわっているのは僕。血の気のない真っ青な顔。とじられた乾いた瞼《まぶた》。紫色の唇。氷みたいに冷たい肌……。

「颯斗くん？」

佐藤あずさの声が遠くに聞こえた。

「先生、颯斗くんの様子が……」

「どうした」

岡田先生の足音が近づいてくる。

「大丈夫か。顔色が悪いぞ」

自分が死んだときのことに想像を巡らせたのは、これが初めてだったかもしれない。だからだろうか。それまで経験したことのない嫌な感覚が抜けなかった。手の先が冷たく震えていた。

「少し保健室で休んでこい。保健委員――」

「わたしがいっしょに行きます」

佐藤あずさが立ち上がった。保健委員は彼女ではないが、岡田先生は、

「そうか。うん、そうしてくれ」

といった。

僕は佐藤あずさに支えられるようにして立ち、そのまま教室を出た。廊下の空気を吸ったら少し落ち着いた。

二人並んで階段をゆっくりと下りる。佐藤あずさがすぐ横に付いて心配そうに見守ってくれている。手を僕の背に添えてくれている。

「慣れないこと、したからじゃない」

「慣れないこと……？」

「島村くんたちとやり合ったり」

「……ああ」

きょうの佐藤あずさはやけに優しい。いま僕たちは人気《ひとけ》のない階段を二人きりで下りていて、佐藤あずさが体温の感じられそうなほど近くにいて、その手が僕の身体に触れている。彼女はもしかしたら僕のことが好きなのだろうか、という直感が強烈な光を放ちはじめる。ただ当時の僕にとって、生まれて初めて感じるその光は、いささか眩《まぶ》しすぎた。

「手、もういいよ。歩けるから」

払いのけるような言い方をしてしまった。

「……そう」

佐藤あずさは手を離したが、僕の横には寄り添ってくれている。僕はほんとうはもう一度背中に手を添えてほしかった。もちろん、そんなことは口にできない。それでも、佐藤あずさとこうしている時間が、とても貴重なものなのだという実感はあった。しかし階段を下りきって、その時間にも終わりが来る。

佐藤あずさは保健室の清水先生に事情を説明してから教室にもどっていった。僕はベッドに横になった。体温を測ったが平熱だった。

「おうちの人に連絡して迎えに来てもらおうか」

僕は、だいじょうぶです、と答えた。

「少し休んでなさい」

清水先生はそういって仕切りのカーテンを引いた。僕は独りになって、少し黄ばんだ白い天井をながめた。この光景はずっと記憶に残りそうな気がした。

4

電車の窓に映った顔に、大切なものを慈しむような笑みが浮かんでいた。流れ去る夜景がそこに重なる。遠い過去の、優しい思い出。

あの日、彼が保健室に行くことになったとき、わたしはとっさに立ち上がり、自分が付き添っていくと宣言した。彼は気づいてくれなかったが、あれはわたしにとって精いっぱいの意思表示だった。内心、恥ずかしくて死にそうだった。廊下で二人きりになったときは、少しは女の子らしいところを見せたいと、勇気を振り絞って彼の背に手を添えたりもした。いまから思えば、笑ってしまうほど不器用で、幼かった。好きだったら、ふだんからもっと愛想よくすればいいものを、それができなかったのだ。

いつから彼のことを意識しはじめたのか、いまとなっては思い出せない。幼いころからの長い付き合いの中で、気が付いたら好きになっていた。しかしそういう類の感情こそ、なかなかに厄介で、簡単には冷めないものだ。潜伏期間の長い感染症ほど重症になりやすいのに似て。

彼とはまず保育園でいっしょになった。わたしは年長になってから入園したので、年少組からいる子たちの輪に入れなかった。そんなわたしに最初に声をかけてくれたのが彼だったように記憶している。ただわたしは、そのころからちょっと素直じゃないところがあって、彼の好意を好意として受けとれなかった。彼にもあまりいい印象を与えなかったはずだ。

小学校に上がってからも、彼とは毎日のように顔を合わせたが、なにが恋心のきっかけになったのかとなると、これといったものが思い浮かばない。いじめられているところを助けてくれた、などというわかりやすいエピソードもない。そもそもわたしはいじめられたら自分でやり返す性格だった。男子にしてみれば、あまり可愛《かわい》くない女子だったろうなと思うし、当時も多少はその自覚があった。

しかしわたしだって女の子だ。自分の思いを伝えたいという衝動は、ときに抑えがたく顔を出す。あのときの自分の行動は、わたしにとって、そんな輝ける一瞬だったのだ。とはいえ、どうやら彼にとっては、迷惑以外のなにものでもなかったらしいのだけど。

それにしても、どうしたというのだろう。今夜は彼のことばかり思い出してしまう。さっきから心臓の鼓動が落ち着かない。ここ十数年、こんなことはなかったのに、なぜ今夜にかぎって。

近いうちに彼と再会するのではないか、という予感じみた期待が湧き上がってきた。が、その期待はあっという間に萎《しぼ》み、後悔の泉に変わる。

いまさら会うことで甘酸っぱい思い出を汚したくない、というのではない。わたしだって会えるものなら会いたい。どんな大人になっていようが、どんなに変わっていようが、わたしの人生で最初に恋した男性には違いないのだから。いまなら冗談めかして当時の思いを打ち明けることもできるだろう。それほど傷つくこともなく。

だが、愛《いと》おしい思い出もあれば、忘れたい過去もある。たとえ彼をどこかで見かけたとしても、わたしから声をかけることはできない。むしろ、彼に見つからないように顔を伏せてしまうかもしれない。こそこそと隠れてしまうかもしれない。彼はきっと、わたしを恨んでいる。軽蔑している。なぜなら、わたしはあのとき、彼を……。

5

当初、僕のことを化け物だと本気で思ったクラスメートは一人もいなかったはずだ。考えてもみてほしい。だれが化け物と同じ教室でおとなしく授業を受けられるだろうか。僕が本物の化け物なら、教室から追い出されるか、さもなくばクラスメートのほうが逃げ出すか、どちらかだ。でもそうはならなかった。つまりみんなは〈ごっこ遊び〉をしていただけなのだ。僕を化け物という設定にして。

だが単なる〈ごっこ遊び〉とは異なる点もある。現実に僕の身体の造りが普通とはちょっと違うということだ。

ギフテッドに認定されたことで僕が妬まれているといったのは佐藤あずさだ。たしかに島村勝也はそうだったかもしれない。でもほかのクラスメートはどうだろう。彼らが僕のことをそこまで妬んでいたとは思わない。それよりも、自分とは異質なものに対する本能的な不安のほうが強かったのではないか。だからこそ、島村の口にした〈化け物〉という言葉に飛びついてしまったのだ。しかしその類の不安は、放っておくと勝手に育っていき、些細《ささい》なきっかけで恐怖に羽化する性質をもつ。僕は自分でも気づいていなかったし、クラスメートたちも同様だったと思うが、そのときの僕たちは、ギフテッドと非ギフテッドとして、きわめて危ういバランスの上に共存していた。バランスが崩れて恐怖が解き放たれるのは、時間の問題でしかなかったのだ。

最初に断っておくが、あれはあくまで偶然の出来事だった。しかしあとになって振り返ると、必然の流れだったようにも思える。

「じつは今朝、島村くんのご家族から連絡があって――」

その日の朝会のとき、岡田先生が教室を見渡してから、重々しく口を開いた。島村勝也の席は空いている。

「島村くんは、きのう塾の帰りに交通事故に遭って、入院したそうだ。命に別状はないが、足を骨折して、退院するまで二、三ヵ月はかかるらしい」

気味の悪い静けさが教室を覆った。どよめきすらない。しかし僕は、得体の知れないなにかが押し寄せてくるのを感じた。背筋が寒くなり、鼓動が速まり、汗がにじんでくる。よほど手を挙げて保健室に行こうかと思ったが、それだけは堪《こら》えた。じっとしていなければいけない気がしたから。

重苦しい空気のまま授業に移った。黒板と白墨のぶつかり合う音が耳に障る。嫌な感覚が渦巻いている。それがどのようなものなのか輪郭がつかめない。だからこそ無限に膨れ上がっていく。

一校時目が終わって休み時間になると、クラスメートがそれぞれ集まってしゃべりだした。もちろん島村のこと。

「自転車で通ってたらしいよ」「サッカーの試合も無理だよね」「中学入試にも間に合わない

んじゃないの」「カッチンも運が悪いよな」「みんなでお見舞いに行こうか」

漏れ聞こえてくる声に、僕はうつむいて耳をそばだてた。

「ほんとに事故なのかな」

来た。

「事故なんかじゃねえよっ」

大きな声が響いて、みんなのおしゃべりが止《や》んだ。

僕も思わず顔を向けた。

あの竹田信二だ。島村勝也の机に腰を乗せていた。両手で机の端を押さえるようにして、身体をやや前傾させている。いつも島村がしていたポーズ。彼は島村と同じサッカークラブに所属している。粗野で無神経なところがあって、女子からは嫌われていた。僕も保育園時代にいじめられた経験があり、苦手にしている一人だった。

竹田が机から下り、こちらにやってくる。両手をズボンのポケットに突っ込んだまま前に立ち、僕を見下ろした。いつにもまして落ち着きのない目をしていた。

「おまえがやったんだろ」

呼吸も浅い。

「カッチンに怪我《けが》させたの、おまえなんだろ」

「え……」

「おまえカッチンに生意気な文句いってたよな。カッチンを恨んでたんだろ、そうなんだろ」

「……なに、それ」

「運動神経のいいカッチンが車なんかにぶつかるわけない。おまえがやったに決まってる。化け物、白状しろよ」

これだったのだ。もちろん僕はなにもしていない。島村が怪我をすることを願ったこともない。彼が自転車で塾に通っていたことすら知らなかった。でも、もしかしたら自分のせいにされるかもしれないとは予感していた。加えて、島村の事故をいい気味だと感じる部分が、たしかに僕の中にもあった。それが後ろめたさとなって、僕の口を重くしていた。だが、こいいいいいいいとはこれだけでは済まなかった。

「ほんとなの、颯斗くん」

女子のグループからあがった声で、僕は異状に気づかされた。あらためてみんなの顔を見回して、あやうく笑いそうになった。クラスメートたちの表情は、かなりの程度まで本気で、僕が島村に怪我をさせたのではないかと疑っているようだったからだ。

「ちょ、ちょっと待ってよ。ほんとなわけないでしょ」

僕は立ち上がっていた。いまや教室中の目が僕に注がれていた。事態がおかしなほうへ向かっている。

それにしても、なぜ彼らは、こんな荒唐無稽な話を真に受けたのだろうか。

考えられる理由は一つしかない。僕のことを本物の化け物だと思ったからだ。もちろん当初は〈ごっこ遊び〉だったろう。化け物という設定も架空のものに過ぎなかった。しかし自分たちで作り上げた嘘も、何百回と繰り返し演じているうちに、本当のことのように思えてくる。

「できるわけないよ、わざと交通事故に遭わせるなんて」

「でも、おまえ、ギフテッドだろ」

竹田が迫ってきた。

「関係ないじゃん、そんなの」

「あるよ。だって化け物だもんな。人間じゃないんだもんな」

「ギフテッドは化け物じゃない。人間だよ。それに、どうやって事故を起こすの。ギフテッドだからって超能力が使えるわけでもないんだよ」

僕はここで誤りを犯した。不用意に超能力という言葉を持ち出したことだ。みんなは島村が事故に遭ったのは僕のせいではないかと疑ってはいたが、どんな方法を使ったのかは想像もできなかったはずだ。当たり前だ。そんなことは不可能なのだから。

　ところが僕がそこに超能力という言葉を投げ入れてしまった。そうだよ、超能力を使えば事故を起こすなんて簡単じゃないか。こいつなら超能力を使ってもおかしくない。だってギフテッドなのだから。自分たちとは異質の存在なのだから。

　論理がいかに飛躍していようが、非現実的であろうが関係ない。彼らにとって納得可能なストーリーが、そして彼らが恐れると同時に心のどこかで望んでいたストーリーが完成した。そのことが重要なのだ。

「超能力……やっぱり、おまえ……」

「違う、僕は違うよ。よく聞いてよ。そんな意味でいったんじゃないっ」

　手遅れだった。僕の声はみんなの耳には届かない。僕が超能力を使って島村に怪我をさせたというストーリーに囚《とら》われてしまっている。人は、まったくの虚構を、これほど簡単に信じてしまうものなのだ。

「出てけよ」

　竹田信二が低くいった。

「ここから出てけよ。この学校から出てけ。もう二度と来るな。これ以上、化け物といっしょになんかいられねえよ」

佐藤あずさが勢いよく本を閉じた。

「ちょっと、落ち着いてよ」

竹田が食ってかかりそうな形相で睨み、

「おまえも化け物の仲間かっ」

「化け物化け物って、バッカじゃないの。頭、たしか？」

佐藤あずさも立ち上がって睨みかえす。いつもならこれで引き下がるはずだった。しかし竹田は怯《ひる》む様子も見せない。背は竹田のほうが高い。相変わらず両手をポケットに突っ込んだまま、胸を張り出すようにして佐藤あずさを見下ろした。

「おまえ、いい加減にしろよな。女のくせに」

「いい加減にするのはそっちでしょ。くっだらないことばかりいって」

「なんでそんなにこいつを庇《かば》うんだ」

「庇ってるんじゃなくて呆《あき》れてるの、颯斗くんを化け物呼ばわりする人たちに」

「おまえたち、付き合ってるんだろ」

竹田がいやらしく笑う。

「佐藤が化け物と付き合ってるって、みんな知ってるんだぞ。学校からいっしょに帰ってるだろ」

佐藤あずさの顔が赤くなった。

「一度だけでしょ」

「お似合いだよ。化け物とブタだからな」

いい終わる前に佐藤あずさの右腕が一閃《いっせん》した。右ストレートが竹田の腹部に打ち込まれた。

でも竹田は少し前かがみになっただけ。ポケットから手を出すことすらしない。逆に佐藤あずさが顔をしかめて自分の右拳を押さえた。

「おまえ、前から目障りだったんだよ」

竹田がクラスメートたちを振り返る。

「ようし、民主主義でいこう。多数決とるぞ。カッチンに怪我させた化け物といっしょにいたい奴、いるかっ？」

だれも動かない。声もない。

「じゃあ、カッチンに怪我させた化け物に出ていってほしい奴はっ？」

竹田が手を高々と挙げた。誘われるように次々と挙がる。静寂の中で腕が林立していく様は、暗い森が迫ってくるようだった。

竹田が向き直る。顔つきが違った。

「これがみんなの気持ちなんだよ」

出口を指さす。

「さあ、出てけよ。いますぐっ」

僕はすがる思いで佐藤あずさに目をやった。この教室で味方は彼女一人。しかし佐藤あずさはまだ右拳を押さえてうつむいている。

「出てけ、出てけ」

竹田が手を拍《う》ち鳴らしはじめると、すぐに続く者が現れた。その数が一拍ごとに増え、うねりとなって教室を満たしていく。

「出てけ、出てけ、出てけ」

僕は、手拍子の嵐の中で崩れそうになりながら、無数の視線に貫かれる痛みを感じていた。そしてその痛みが頂点に達したとき、僕のいちばん深いところから冷たい怒りが迸《ほとばし》った。生意気だぞ、おまえら。しかしその怒りは周囲の声にたちまち押し流されそうになる。出てけ。出てけ。やめろ。出てけ。やめろ、僕はギフテッドだぞ。出てけ。おまえたちとは違うんだ。出てけ。やめろ。出てけ。やめろ。出てけ、出てけ、出てけ、出てけ――。

「やめろぉっ！」

たまらず叫ぶと、手拍子がぴたりと止んだ。

「あのさ……いっとくけど僕は――」

遠くからそれはやってきた。

せり上がってくるような低い地響き。

みなが息を詰める。

窓ガラスが小刻みに震えはじめる。

「……地震だ」

だれかがつぶやくと同時に横に揺れた。悲鳴があがった。僕は夢中で自分の机にしがみついた。揺れは長くは続かなかった。ほどなく収まり、僕は立ち上がった。揺れはじめたときは驚いたが、それほど大きなものではなかったようだ。

みんなはまだしゃがみ込んでいた。机の下に隠れている者もいれば何人かで固まって頭を抱えているグループもいる。竹田も尻餅をついて青ざめていた。

「いまの、おまえが、やったのか……」

なにをいわれたのかわからなかった。

みなが徐々に顔を上げ、周りの様子を窺う。

「いまの地震もおまえがやったのかっ」

意味がわかると、僕はこんどこそ声をあげて笑ってしまった。ぎょっとした竹田の顔が可《お》笑《か》しくて、よけいに笑えてくる。

「ちょっと待ってよ。できるわけないじゃん、そんなこと」

「来るなっ」

竹田が尻をついた格好のまま後ずさった。すぐに机に塞がれて止まった。教室で立っているのは僕だけ。その僕をみんなが無言で見上げている。だれも動かない。

いきなり鋭い音が鼓膜を突いた。女子がまた悲鳴をあげた。だれかの防犯ブザーが誤作動を起こしたらしい。それをきっかけになにかが決壊した。みんな口々になにかを叫びながら這《は》うように出口を目指す。泣いている子もいた。

「どうしたの。ねえっ！　ただの防犯ブザーだよっ」

無駄だった。みな羽化した恐怖に取り憑《つ》かれていた。我先に出口へと殺到する姿は、崖から駆け下《くだ》る動物の群れのようだった。

「みんな、どうかしてるよね、ほんとに」

しかし教室に残った最後のクラスメート、佐藤あずさも、彼女らしからぬ強《こわ》ばった表情で僕を見上げていた。

「やだな……佐藤も僕が地震を起こしたと思ってるの？」

ぎごちなく首を横に振る。しかしそれは、僕の質問に対する答えではなく、僕の存在そのものへの反応だった。

「……違うよ」

僕はもう笑うこともできなくなっていた。

「違う。僕じゃない。僕は化け物なんかじゃないっ！」

一歩近づくと佐藤あずさが、あの佐藤あずさまでもが、顔を歪《ゆが》めて悲鳴をあげた。背を向けた。ぶつかって机が倒れる。佐藤あずさは振り向きもせず、教室を駆け出ていった。

「そんな……」

よろめいたときになにかを踏んだ。佐藤あずさの読んでいた本だった。机の乱れた空っぽの教室に、だれのものなのか、防犯ブザーが鳴りつづけている。

6

夢を見ていたのは確かだ。でも記憶に留《とど》めようと手を伸ばしたとたんに消えてしまい、二度と思い出せなくなった。残ったのは胸の痛むような感覚だけ。

枕元の時計を見るとまだ午前零時十五分。ベッドに入って一時間も経《た》っていない。こんなタイミングで目が覚めるのは珍しいことだった。明日も仕事。眠らなければと目をとじたとき。

異変に気づいた。

聞こえる。

荒く、低い、呼吸。

手の届きそうな近くから。

たぶん、男の人の……。

心臓がぎゅっと縮んだ。

きっとまだ夢を見ているのだ。悪夢を。

だって、入ってこられるわけがないのだから。ドアには施錠した上でドアガードをかけた。窓も市販のストッパーを使って二重にロックしてある。どちらも寝る前にもちゃんと確認した。わたしが帰宅する前に合い鍵を使って侵入し、いままでどこかに隠れていたのか。しかし狭いマンションだ。帰宅してから浴室もトイレもクロゼットも開けたが、だれもいなかった。ほかに隠れるところなんてない。

まだ聞こえる。

男の息づかい。

動いた。

空気の乱れを頬に感じた。

夢じゃない。

この気配。

匂い。

体温をもった何者かが、たしかに、いる。

部屋の中に。

目的は窃盗か、暴行か、その両方か。

心臓の鼓動が耳まで響く。

どうする。

いま悲鳴をあげれば驚いて逃げていくだろうか。でも刃物をもっていたら逆上して刺されるかもしれない。かといって寝たふりを続けたらなにをされるかわからない。第一、外に出て助けを求めるにしろ、自分の力でなんとかするにしろ、このままの体勢では圧倒的に不利だ。さいわい相手はわたしが気づいていることを知らない。ならばその不意を突けば活路を見いだせるかもしれない。それしかない。

決断した以上は行動あるのみ。

わたしは時計の隣においてある照明のリモコンにそっと手を伸ばした。息を深く吸い込んでスイッチを押した。天井から光が降り注いだ。

悲鳴があがった。

わたしは布団をはねのけた。飛び起きた。侵入者。いた。やはり男。壁際に座り込んで頭を抱えている。隙だらけだ。手に凶器もない。勝てる、と直感した。

ベッドから下り立ったわたしはすかさず真半身《まはんみ》に構えた。前拳の左手を下げて下段払いの位置に、後拳の右手は引いて鳩尾のあたりに軽く添える。息を吐きながら意識を丹田に集中させる。神経が据わっていく。

男はまだ頭を抱えて震えていた。どちらかというと小柄だろうか。ボタンが飛んでまくれ上がったワイシャツ。そこからのぞく腕も逞《たくま》しいとはいいがたい。わたしが本気で蹴りを入れたら折れてしまいそうだ。あちこちに付いている赤いものは血なのか。その無残な格好はまるで喧嘩《けんか》に負けて逃げてきたばかりのよう。しかも靴を履いたまま。カーペットが汚れている。新しく買い替えたばかりなのに。猛烈に腹が立ってきた。

「だれか知らないけど靴くらい脱ぎなさいっ」

男が顔を上げる。

まさかと思った。

そんなことはあり得ない。

あるはずがない。

男があわてた様子で部屋を見回す。わたしを見上げてくる。自分の状況をまったく把握できていない。

「あの……」

男が、気弱そうな声でいった。

「……ここは、どこ」

「わたしの部屋ですけど」

「君は――」

「まず自分の名前をいいなさい」

声がうわずった。

そんな馬鹿な。そんな馬鹿な。同じ言葉が頭の中を回っている。

「早くいいなさいっ！」

男が、数秒の間をおいてから、その懐かしい名を口にした。

タツカワ、ハヤト。

第二章　仲間たち

1

「そうかぁ、君が〈奇跡のギフテッド〉なのかぁ」

明るい声をあげ、僕の頭からつま先までしげしげと眺めてきた。

「噂は聞いてたよ。超能力を使って地震を起こした凄《すご》い奴がいるって」

「べ、べつに僕が起こしたわけじゃ――」

わかってるよ、と笑う。

「おれは向日伸《むこうしん》。よろしく」

右手を差し出してきた。仕草も自然で板に付いている。勢いに呑《の》まれた僕は、おずおずと手を握った。

「僕は、達川颯斗……」

「ほら、もっと力入れなよ、颯斗。おれたち、きょうからルームメイトなんだからさ」

あの日以来、僕は水ヶ矢小学校に二度と行くことはなかった。佐藤あずさが顔を歪ませて僕から逃げたとき、僕は学校に留まる気力を失った。悲しいとも寂しいとも感じなかった。ようするに、どうでもよくなったのだ。

「案内するよ。こっちだ」

その後、母は一度だけ学校に出向いた。教室に置きっぱなしになっていた僕の持ち物を引き取るためだ。母によると、そのとき岡田先生と校長から一連の出来事について謝罪があったが、僕を学校に引き留める言葉はなかったらしい。たぶん、先生たちも内心ではほっとしていたのではないか。これで異物がいなくなるのだから。ギフテッド専用校の話が出たのもそのときだった。

「ここがおれたちの部屋だ。なにしてるの、早く入りなって。君の部屋でもあるんだから」

向日伸は背がすらりと高い上に手足も長く、快活さを全身から発散させているような男子だった。もう少し体格が良ければ島村勝也に印象が近いかもしれない。しかし島村と決定的に違うのは、彼もまた僕と同じギフテッドだということだ。

「颯斗はそっちのベッドね。ここのルール、早川先生から聞いてる？」

筑波《つくば》研究学園都市にあるつくば医科大学には、中高一貫の附属校が設立されている。この学校は少々変わっていて、入学試験に相当するものはない。入学に必要な資格はギフテッドであることだけ。ギフテッドとして認定されていれば学力は問われないのだ。しかも全寮制で学費も生活費もすべて国の補助金で賄われる。さらにその中学部には入学前の準備クラスまで併設されていた。つまり、ギフテッドと認定されたあとならば、小学六年の段階でも受け入れ可能な態勢が整えられていたのだ。裏を返せば、このような対応が必要なほど、トラブルを起こして学年途中で居場所を失うギフテッドが多かったということでもある。もっとも、超能力で地震を起こして学校にいられなくなったケースは初めてらしい。それで僕に付けられたあだ名が〈奇跡のギフテッド〉というわけだ。

「ほかの四人には食事のときに紹介するよ。ちなみに、きょうの夕食のメニューはカツカレーだ。けっこううまいらしいぜ。献立は食堂のところに張り出してあるから、興味があるなら見てきなよ。食堂の場所、わかる？」

僕と向日伸が共有する部屋は、清潔で照明が明るかった。天井が高いせいか、母と暮らしていたアパートよりも広く感じる。左右の壁にはそれぞれ、作り付けのベッドと勉強机、クロゼットがワンセットずつ。南側の窓の上にはエアコン。自分がこんなところに住んでいいのだろうかと気後れさえ覚えた。

「ああ、ちょうどよかった。みんなそろってる」

寮の食堂は一階にあった。白を基調とした空間はかなり広く、六人掛けの長テーブルがずらりと並んだ様は壮観だ。席は三分の一くらい埋まっていた。この寮では、準備クラスと中学部の男子生徒、総勢五十六名が生活をともにしている。高校部になると別の寮に移り、そこで個室が与えられることになっているらしい。もちろん女子寮は別にある。

僕は向日伸に教えられるまま、厨房《ちゅうぼう》を望むカウンターでカツカレーを受けとってスプーンといっしょにトレイに載せ、給茶器からお茶を注《つ》ぎ、いちばん奥のテーブルに着いた。そこには四人の先客がいた。彼らこそ、僕や向日伸と同じく、ギフテッドと認定されたばかりに学校にいられなくなり、ここに来た者たちだった。

「みんな、紹介する。例の〈奇跡のギフテッド〉、達川颯斗くんだ」

おお、という、歓迎しているのかふざけているのか判断つきかねるどよめきが返ってきた。

「颯斗、この四人が君の新しいクラスメートになる。村山直美《なおみ》、坂井タケル、上岡和人《かみおかかずと》、辰《たつ》巳龍《みりゅう》だ」

「達川です。よろしく」

「食べながら話そう。腹減ったぁ」

向日伸がさっそくスプーンをカレーに突っ込む。僕も一口食べようとしたとき。

「ねえ、達川くんっ！」

いちばん右手にいた大柄な子が切迫した声をあげた。村山直美。名前は女みたいだが男だ。それも身体が大きいだけではなく、小学生にしては骨太で筋肉が発達しており、食堂のテーブルなら軽々と振り回せるんじゃないかと思うくらいだった。その声がまた空気が震えるほどで、僕はスプーンを落としそうになった。

「君、超能力で地震を起こせるって、ほんとなのか！」

「な、なに」

「へっ？」

とたんに僕と彼を除く四人が爆笑した。

村山直美が向きになって、

「なにがおかしいんだよ。これはとても重要なことじゃないか」

「颯斗くん、気にしないでいいよ。村やんはちょっと変わってるんだ」

気障《きざ》っぽく口の端を持ち上げた彼は坂井タケル。村やんこと村山直美とは対照的に小柄で色白、線も細い。

「村やんはおれたちギフテッドには超能力があると信じてるんだよ。な、村やん」

これは上岡和人。やや甲高い声で流れるようなしゃべり方をする。猫背がひどく、常に身体のどこかを揺らしている。

「あるわけないよ、超能力なんて」

と醒《さ》めた低い声を発したのは辰巳龍。おそらくこの中ではいちばんの美男子だろうが、目元にどことなく暗い陰を感じる。いかにも陽気な向日伸と好対照だ。ただそれは、あくまで見た目に限った話、ではあったのだが。

「いや、ある。絶対あるっ！　ぼくたちは人類の進化型なんだよ。超能力の一つや二つ――」

「そのへんにしとこうよ。村やんはこの話題になると熱くなっちゃうから」

向日伸がいってカツをほおばる。みんなも軽く笑ってそれぞれ食事を再開する。村やんもさっきまでの興奮が嘘みたいにカレーに向かう。僕も一口食べた。たしかにおいしい。

「ところで達川くん」

正面に座る辰巳龍が、重く暗い眼差しで見つめてきた。

「ぼくの名前は辰・巳・龍と書く。わかるかい」

彼がなにをいわんとしているのか見当もつかず、僕は瞬《まばた》きしかできない。

「ぼくの名前にはドラゴンが二匹と蛇が一匹入っている。というか、それしか入っていない。どんだけ長いもんが好きなんだって話だ」

冗談なのかと思ったが顔はあくまで真剣だ。

「そのわりに蛇が苦手なんだよな」

向日伸がカレーから目を離さずにいうと、坂井タケルも、

「名前負けしてるんだよ」

と平然と続ける。すると村やんが顔を上げて、

「名前負けってそういう意味だったのか！」

どうやら村やんが大きな声を発するたびに笑いが起こるのがパターンらしい。辰巳龍もふっと鼻を鳴らした。

「なんだよ、おまえら、感じ悪いな」

言葉とは裏腹に、村やんはあまり気にする様子もなく、またカレーとの格闘をはじめた。

向日伸が僕に笑みを向けて、

「おもしろいだろ、こいつら」

僕は、やや戸惑《とまど》いを感じながらも、うん、と応える。

「準備クラスにはあと女子が二人がいる。でもビジュアルはあんまり期待するな」

「殴られるぞ」

辰巳龍が大げさに目を剝《む》く。

「でも中学部にはきれいな人がいっぱいいるよね。とくに一年生の佐伯《さえき》さんなんか最高」

上岡和人がいえば、

「うん、陽子先輩はいいな」

坂井タケルも賛意を表す。

「陽子先輩って？」

「佐伯陽子。すぐにわかるさ。あの人だけ輝きが違うから」

向日伸の言葉にほかの四人が、ここだけは呼吸もぴったりにうなずく。

「あとは櫻井《さくらい》さんとか、鮎川《あゆかわ》さんとかも悪くないよね。二年生の畠田さんも捨てがたいけど、三年生の松本清太郎先輩とラブラブみたいだからアウト」

「和人、おまえ、どこからそんな情報仕入れてくるんだ」

当然、いま名前が出てきた先輩たちもみなギフテッドなのだ。僕は、なんともいえない居心地のよさを感じはじめていた。少なくともここでは、ギフテッドだからという理由で異物扱いされることだけはない。

『そう。うまくやっていけそうなの。よかったね』

ケータイから伝わってくる母の声は、ずいぶん遠いところから聞こえてくるような気がした。別れてから半日しか過ぎていないのに。

地震のあったあの日、まだ昼前だというのに僕が小学校から帰宅したとき、母は着替えて化粧をしている最中だった。母は当初、地震のために授業が中止になったのか、と思ったらしい。どうしたの、と訝る母に僕は、転校したい、とだけ告げた。その言葉を聞いた母は、じっと僕の顔を見た。久しぶりに見る、母の真剣な眼差しだった。ちょうどそのとき学校から電話がかかってきた。母は受話器を耳に当て、ときおり僕をちらと見ては、はい、とか、帰ってます、とか、そうですか、とか応えた。受話器を置いても、しばらく黙ってうつむいていた。無言の数分間のあと、力の抜けた笑みを僕に向けた。

「わかった。転校しちゃおうか」

その日の昼食は母といっしょに外で食べることになった。食べたいものがあるかと聞かれたのでハンバーガーと答えた。僕はハンバーガーを二つとフライドポテトとコーラを注文した。ポテトは食べきれなかったので母と分けた。母はずっと笑顔だった。楽しい昼食だった。いまでもそのときのことを思うと涙がにじんでくる。

正直にいおう。母が小学校でもらってきたギフテッド専用校・光明《こうみょう》学園のパンフレットを初めて読んだとき、僕はこんなところに行きたくないと思った。それまで暮らしていた土地から何百キロも離れているし、研究学園都市という街そのものが冷たそうだし、なにより、全寮制というのが嫌だった。寮に入れば母と離れて暮らすことになる。でも母は光明学園に行くことのメリットを僕に繰り返した。たぶん学校で聞いてきたことの受け売りだったのだろうが、僕がここに来ることを母が望んでいたのは明らかだった。だから僕は、光明学園に行くことがいかにも自分の望みであるかのように振る舞ったのだ。

居室のドアが開いて向日伸が帰ってきた。洗濯物を入れたかごを提げている。

「じゃあ、またかけるよ」

僕は通話を切って勉強机に置いた。

「話してて構わないのに」

かごの洗濯物を物干しロープにかけながら、

「お母さん？」

「うん」

「きょういっしょに来てた人だよね。若いね」

「そうかな」

「このあとの予定は早川先生から聞いてる？」

早川というのは、寮でいっしょに暮らして寮生たちの生活を助けるチューターだ。きょう僕が母に連れられてここに来たときも、まず最初に早川先生から寮生活のオリエンテーションを受けた。

「晩礼のこと？」

「自己紹介の言葉、考えときなよ」

午後九時半からの寮生全員を集めた晩礼で、僕は正式に紹介されることになっている。晩礼は毎日あるのではなく、特別な案件でもないかぎり月に一回だそうだ。きょうは僕が入寮するということで、特別な案件の日に当たるらしい。

寮のスケジュール表によると、夕食後は自習時間で、その間に学年ごとに入浴を済ませる。自習といっても、自室での一人学習に加えて、定められた時間に自習室に集まっての集団学習も課せられているのだが、中学前の準備クラスにはそこまでは求められていないようだった。ちなみに衣類は所定の場所に出しておけば洗濯してもらえるが、向日仲のように各自でランドリー室の洗濯機を使うこともできた。ケータイは就寝前には早川先生に預けなければならない。

洗濯物を干し終えた向日仲が、ベッドに身体を投げ出した。思い切り伸びをして、顔だけこちらに向ける。

「おれも一週間前にここに来たばかりなんだ」

「え、そうなのっ」

完全にとけ込んでいるから何カ月も前からいるのかと思った。

「準備クラスでいちばん古いのが村やんだったかな。それだってまだ一カ月のはずだ」

しかし考えてみれば当たり前か。ギフテッドに認定されてから三カ月くらいしか経っていない。

「だからさ、新入りだからって遠慮することないよ。それに準備クラスの連中はみんな、ギフテッドになったせいでそれまでの居場所を追われてきてる。つまりギフテッドのトラブル組。相憐《あわ》れむ同類。ちょっと照れくさい言い方をすれば、仲間だ」

僕はうなずいた。

「颯斗、やっと笑ったな」

向日伸が嬉しそうにいった。

「きょう、ここに来てから一度も笑ってなかったよ」

「そう……そうかもしれない」

「いい笑顔するじゃん」

不思議な感覚に包まれた。とても温かで心から安心できる。母に相談できないことも彼にならできそうな気がした。いや、彼だけではない。準備クラスに集った仲間たちになら。

「あのさ」

僕が自分から口をひらいたのも、これが最初だったかもしれない。

「向日くんは――」

「伸って呼べよ」

「うん……伸は、ギフテッドに生まれてよかったと思う？」

答えはすぐには返ってこなかった。ベッドに横たわったまま、じっと天井を見上げている。

「わかんないねえ」

それまでの快活さが影を潜めた。

「たしかに嫌な思いもしたけど、こんな部屋に住めて、学費も生活費もタダになるっていうのは、すごく優遇されてるんだろうなとは感じる。でも、そもそもギフテッドってなんなんだろうな」

起き上がってベッドに腰かける。

「なあ、颯斗」

真剣な目を向けてくる。

「超能力、ほんとにないのか」

いきなりの問いに僕は当惑した。

「……ないよ」

「そうか」

落胆を隠そうとしない。

「どうして」

「村やんじゃないけど、超能力の一つでもあれば納得しやすいと思ってさ」

「納得って、なにを」

「おれたちギフテッドの価値さ」

価値。その言葉には、ぎくりとさせる響きがあった。

「みんなともよく話すんだけどさ、おれたち、なにが違うんだろうな、ほかの人間と」

「普通の人間にはないものが身体の中にあるってことじゃないの」

「未知の臓器か」

「臓器……？」

「たしかタケルがいってたのかな。人間の身体には、心臓、肺、肝臓、膵臓《すいぞう》、腎臓、いろいろ臓器が備わってるけど、おれたちギフテッドの身体には、そういうのとは違う、新しい臓器があるらしい。でもそれ以外にギフテッドの特徴はない。じゃあなんでおれたちはこんな扱いを受けられるんだ」

「その臓器は、どんな働きをしてるの」

「だから、それがまだよくわかってないんだってさ。いままさに研究の真っ最中だと」

「もし、なんの役にも立ってないってことになったら？」

向日伸が冗談めかして答えた。

「おれたち、ここから追い出されるかもな」

ギフテッド専用校だからといって特別なカリキュラムが組まれていたわけではない。準備クラスの授業も一般の小学六年生の受けるものと同じだったはずだ。

向日伸いうところの、ビジュアルに期待しないほうがいい女子二名についても触れておこう。

一人は林勲子《いさこ》。色白で頰のふっくらした女の子だが、厚く垂れた前髪に遮られて目元の表情は見えない。重そうな頭を支える首は細く、いつもうつむき気味にしていた。口数は少ないが、たまに口をひらくと「うちに帰りたい」とつぶやく。第一印象は、陰気な子、だ。

もう一人は麻野《あさの》リナ。初対面のときの彼女には、とにかく機嫌が悪かった、という印象しか残っていない。僕が始業前の教室で自己紹介したときも、僕を上目遣いに睨んでから、聞こえよがしにため息を吐《つ》いた。

「なんでここにはかっこいい男子がぜんぜん来ないわけ」

「でも……いるじゃない、辰巳くんとか」

「あれはただのヘンタイ」

「違うぞ」

辰巳龍の抗議にも耳を貸さず、

「ところでさ」

　と声を潜めてきた。

「あの噂、ほんとなの？」

「もしかして、超能力で地震を起こしたってやつ？」

「そう」

　瞳がきらきらと輝いている。

「残念だけど、ほんとじゃない。僕に超能力なんかないよ」

「ないの？」

「ない」

「まったく？」

「まったく」

　とたんに失望に染まる。ある意味、とてもわかりやすい子だった。

「……なんだあ。つまんないの」

「悪いね。期待に応えられなくて」

「じゃあ、空を飛んだ人のこと、知らない？」

「へ？」

「あたしたちギフテッドはね、訓練したら空を飛べるようになるらしいよ」

「まさか」

「実際に飛んだ人がいるんだってっ」

困って向日伸たちに目をやると、無言で首を横に振っている。ただ一人、村やんを除いて。

「ほんとだよ、達川くんっ。ぼくたちにはそういう未知の能力が秘められているんだ。あの地震も偶然なんかじゃなくて、きっと君が起こしたんだよ。自分で気づいていないだけで」

ともあれ、こうして僕の新たな学校生活は始まったのだった。

準備クラスの担任教師は、寮のチューターでもある早川先生だ。三十歳くらいの男性教師で、合気道をやっているという話だが、武道の達人とは思えないほど穏やかで気さくな人だった。

先にいっておくと、僕のあとに準備クラスに転入してきた生徒はいない。中学部に上がる四月には、全国からさらに二十九名の新ギフテッドが集結してくることになるが、これはトラブルに見舞われなかった幸運なギフテッドたちだ。もっとも、それ以上に幸運だったのは、光明学園を選ぶ必要のなかったギフテッドかもしれない。ギフテッドになっても生活に影響を受けなかった人も多かったのだ。

でも僕たちは違った。とくに準備クラスは、向日伸のいうようにトラブル組と見なされていた。僕は、四月までの残り五カ月余りを、このトラブル組の七名とともに過ごすことになった。

2

わたしは真半身の構えを解き、左右の拳をだらりと下げた。脳がぐるぐると渦を巻き、順序立ててものを考えられない。口にすべき言葉が見つからない。聞き違いかもしれない。そうだ。聞き違いだ。顔が似ているから、そう思い込んでしまったのだ。

「もう一度、いって」

「え、あ……」

「名前っ！」

「……タツカワ、ハヤト」

「たつかわ、はやと……」

あらためて自分の声でなぞると、胸の奥がぽっと熱くなった。間違いではない。彼は、タツカワハヤトと名乗っている。

「どういう字を――」

わたしは首を振った。

もう聞くまでもない。

達川颯斗と書くのだ。

でも、でも……。

「……ほんとに、颯斗くんなの」

男が目を眇《すが》める。

「ほんとに、達川颯斗くんなの」

男は視線をわたしに据えたまま微動もしない。

「なんで、あなたが……ここにいるの」

それでも反応はない。わたしのいっている意味がわからないのか。状況を必死に理解しようとしているのか。あるいは、理解の及ぶ範囲を越えているのか。

わたしは目眩《めまい》がしそうだった。いや、実際に目眩がして足下がふらついた。思わず眉間を指で押さえた。男は、そんなわたしを不思議そうに見ている。

「ほんとにわからない？　わたしのこと」

「君の……」

「そう。わたし。このわたしのこと、憶えてないの？」

答えない。考えている。とすれば、わたしの部屋だと知らずにここに入ってきたことになる。

「そっか。無理ないかもね。二十年くらい会ってなかったもんね。でも、わたしは一目でわかったよ、颯斗くんだって。びっくりするくらい変わってないから」

大きく見ひらいた目をわたしに向ける。網膜に映るものを、過去の記憶の中のイメージに重ねようとしている。そしてついに、途切れがちな声で、その名を口にした。

「佐藤……あ……ずさ」

胸いっぱいに熱いものが弾《はじ》け、わたしは子供みたいにうなずいていた。

わたしはいま夢を見ている。あきらめに近い気持ちで自分に言い聞かせた。これは夢の中の出来事。現実にこんなことが起こるわけがないのだから。きっと、彼のことばかり考えていたから、こんな夢を見てしまったのだ。夢でもいい。再会できたのだから。三十二歳になった彼。悪くない。気が弱そうなのは相変わらずだけど、そこも悪くない。

自分がパジャマ姿であることに気づいた。しかも顔はすっぴん。髪も乱れほうだい。ええい、ままよ、と開き直ってベッドの端に腰を下ろした。

「ねえ、いちおう念のために聞くけど、これ、夢なんだよね」

男の顔に、え、という表情がよぎる。

「だって、こんなこと、あるわけないもの。真夜中にいきなり颯斗くんがわたしの部屋に現れる。ドアも窓もロックしてあるのに。しかもこれが二十年ぶりの再会。なにこのシチュエーション。あり得ないでしょう。夢だよね。絶対、夢だよね」

違和感。なぜわたしはこんなに強く念を押すのだろう。押さなければならないのだろう。男の視線が宙をさまよう。遠い記憶を探るのではなく、ほんの数分前の出来事を掘り起こそうとしているよう。いきなり頬が歪んだ。頭をかきむしった。口から吐き出される声はもはや意味をなさなかった。わたしは思わずベッドから立ち上がった。だがそのとき聞こえた声がわたしを押しとどめた。

〈また逃げるの?〉

頭を抱えながら泣きじゃくる彼。あの日、わたしが去って教室に一人取り残されたときも、こんなふうに泣いていたのだろうか。

「どうしたの。なにがあったの」

彼は答えない。あらゆるものを拒絶するかのように、頭を激しく振る。急に不安が膨らんできた。なにかが変だ。夢にしてはなにかがおかしい。

「ねえ、この夢、いつまで続くの。なんか、リアルすぎるような気がするんだけど。夢なんだよね、ほんとに夢なんだよね」

彼が顔を上げる。

涙で割れた瞳に、わたしの素顔が映る。

「違うんだよ、佐藤」

遠くからバイクの爆音が聞こえてくる。夜に長い尾を残して消えていく。

「信じられないと思う。でもこれは夢じゃない。現実なんだ」

3

寮での起床は朝七時。八時十分には寮の門扉が施錠されるので、寮生はそれまでに朝食をとり、準備をして学校に向かわなければならない。学園都市には歩行者専用の舗装道路が縦横に走っており、寮と学校の往復もその歩道を使う。距離にすれば一キロもないだろう。

準備クラスには部活もないので、午後四時ごろには帰寮する。夕食をはさんで自習、入浴などを済ませ、午後九時五十分から各部屋と共用部分の掃除、そして形ばかりの反省会のあと、十時半には就寝となる。希望者は深夜十二時まで自習室で勉強できることになっていて、中学部の先輩たちはけっこう利用しているようだった。

これが金曜日になると少しばかり様子が違って、三階建ての寮舎にはどことなく浮かれた慌ただしさが漂う。一部の寮生が週末を使って帰省するからだ。ただ、近距離ならば毎週でも帰れるのだろうが、離れていると月に一回がせいぜいとなる。しかも僕の場合、金曜日の授業後に寮を出ると家に着くのが深夜になってしまうので、少なくとも慣れるまでは、土曜日に移動して一泊してもどってくるというスケジュールにならざるを得ない。僕がやっと帰省したのは、入寮してから三回目の週末だった。

母はまだあのアパートにいる。僕が新しい学校になじめることがはっきりしたらもっと近い場所に引っ越すと話していたが、三週間近く経ったいまもその動きはない。新しい学校はとても楽しいと電話でなんども伝えたのも、早くこちらに来てほしかったからなのだが。もしかしたら帰省した僕の様子を直《じか》に見てから判断するつもりなのかもしれない。新幹線の座席でそんなことを考えながら、僕は初めて経験する帰省というものを味わっていた。

翌日の午後六時までに帰寮しなくてはならなかったから、僕が母といっしょに過ごせたのは二十四時間にも満たない。僕はその間、眠っているとき以外、しゃべりっぱなしだったような気がする。そのわりに、なにをしゃべったのか、あとになってもほとんど思い出せなかった。

いつ引っ越してくるのか、とは真っ先に聞いてみた。でも母の答えははっきりしなかった。いまマンションを探しているといったかと思えば、街の雰囲気が肌に合わないとか、知らない土地では不安だとか、あまり気乗りしなそうなことも口にする。どうやら具体的な話はなにも進んでいないようだった。お金の問題ではなかったはずだ。僕がギフテッドと認定されてから、保護育成金という名目で、毎月少なからぬ金額が国から支給されていたのだから。

一つの疑問が僕の胸を抉《えぐ》った。母にはそもそも僕の近くに来るつもりはあるのだろうか。母は僕がいなくて寂しいとは思わないのだろうか。

僕は、僕という存在が母にとっていちばん大切なのだと信じていた。いや、信じるもなにも、それが当たり前であり、大前提だった。一人きりの息子なのだから。でももしかしたらそれは僕の一方的な思い込みだったのかもしれない。母には息子である僕よりも優先したいものがある。いまの母にとって僕は邪魔者なのかもしれない。

そんな考えを否定したくて、母に否定してもらいたくて、僕はどうでもいいようなことをしゃべりつづけた。でも僕はとうとう最後まで、あのアパートに自分の居場所を感じることはできなかった。僕はここでも異物になってしまっていた。寮へともどる新幹線の中で、少し泣きそうになった。

この短い帰省を境に、僕の中でなにかが変わった。二度と元にはもどらないことも直感的に理解していた。生きるという営みは取り返しのつかない変化を受け入れていくことだ。僕は大人に一歩近づいたのかもしれない。

でも世界は僕の感傷なんかに付き合っちゃくれない。僕が帰り着いたとき、寮はそれどころではない騒ぎになっていた。

村やんが寮の屋上から飛び降りたのだ。

話は少しさかのぼる。

先週の月曜日、一人のＶＩＰが光明学園を視察に訪れた。日本国内閣総理大臣、武石一馬《たけいしかずま》だ。五十三歳という若さにもかかわらず、首相としての任期はすでに二年目に入っていた。武石首相は、目つきの鋭いＳＰに守られながら、高校部の授業を見学したり、校長の説明に耳を傾けたり、逆にいろいろ質問したりしたらしい。その視察の最後に、中学部、高校部、そして僕たち準備クラスの生徒全員がそろった体育館で訓示を垂れた。

僕はこのとき初めて総理大臣というものを生で見た。武石首相は、小柄で頭髪がやや薄いものの、身体は細く引き締まり、顔には精悍《せいかん》な艶があった。日本という国を代表する人物なのだという意識がこちらにあるせいか、やはりほかの人間とは存在感が違った。武石首相は訓辞の最後に、熱のこもった笑みを浮かべて、こういった。

「若い人はみな可能性を秘めています。だがギフテッド諸君、君たちには一般の若者以上に大きな可能性がある。その可能性がどのようなものなのか、いまここで私が明言することはできません。それを知っているのは、私ではなく、学校の先生方でもなく、君たち一人一人だからです。君たちはまだそれに気づいていないかもしれない。でも忘れないでください。

諸君が自分の力に気づき、努力の末に開花させられるかどうかに、我が国の未来が懸かっているのです。期待しています」

政治家はなんでも大げさにいう傾向があるが、武石首相の場合、ギフテッドにことのほか思い入れが強かったのも事実だろう。光明学園も、彼が内務大臣のときに設立されたらしい。

しかし、総理大臣渾身《こんしん》の訓辞に対する生徒たちの反応はというと、冷ややか、というしかなかった。首相の言葉を真面目に聞いた生徒は、中学部にも高校部にもほとんどいなかったのではないか。我らが準備クラスの面々も教室にもどるや否や、

「そんなこといわれたって困るよなあ」

と向日伸が苦笑すれば、

「大きな可能性があるということは、なにもないかもしれないってことでもある」

と辰巳龍が皮肉っぽく応じ、

「ギフテッドの最新の研究成果でも聞けるかと思ってたのに、がっかりさせてくれるぜ」

と坂井タケルもこき下ろし、

「ようするに、おれら実験台ってこと？」

と上岡和人がおどけ、麻野リナと林勲子もそれぞれ、

「オジサンは話が無駄に長いから嫌い」

「うちに帰りたい」

といいたい放題だった。

「ちょっと待てよ、みんなっ！」

しかし武石首相の言葉を真に受けた者が一人だけいた。

村やんだ。

「なんてことというんだよっ！　仮にも総理大臣だぞ。わざわざ来てくれたんだぞ。いいかげんなことをいうはずがないじゃないか。ぼくたちギフテッドには大きな可能性があるんだよ。それを見つけるのがぼくたちの責任でもあるんだよ。この国の、いや、全人類の進化のためにさっ！」

これにはみな啞然《あぜん》としてしまい、笑うどころではなかった。〈空飛ぶギフテッド〉を信じる麻野リナでさえこのノリには付いていけなかったらしい。

その週の水曜日。教室の掃除と帰りの会も終わり、そろって下校しようかというときになって、村やんが思いつめた顔で僕の前に立った。

「達川くん、ちょっといいかな」

「なに」

「相談したいことがあるんだ」

「僕でよければ」

村やんが周りを気にする素振りを見せた。

「じゃあおれたち、先に帰ってるぞ」

空気を読んだのか、みんなさっさと出ていく。教室には僕と村やんだけが残された。

準備クラスの教室は、ちょっとした会議室ほどの大きさだった。生徒はたった八名だから広すぎるくらいだが、寂しい感じはなかった。集まった面々がみな個性的だったせいだろう。

なにしろ、それまでいた場所からはみ出してしまった連中ばかりなのだ。席は決まっていたわけではないが、人によって好みのポジションがあるものらしい。向日伸は南側の窓に近い場所に、辰巳龍は逆に北側に着席していることが多かった。そしてなぜか辰巳龍の隣はいつも麻野リナだ。もしかしたらこのころからすでに付き合っていたのかもしれないが、鈍感な僕は気づきもしなかった。

「それで、相談っていうのは」

僕は机にお尻を乗せ、両手で机の端をつかんだ。そういえばこのポーズは、あの島村勝也がよくやっていた。

「達川くん、これは真剣に聞いてほしいんだけど」

村やんは立ったまま。

「ここでもう一回、地震を起こしてみてくれないか」

またそれか。僕はうんざりした。

「できるわけないよ」

「試したこと、あるのか」

「ないけどさ」

「じゃあ、できるかどうかなんてわからないじゃないか」

僕は返事をする気にもなれない。

「やるんだよっ、達川くん」

このときの村やんはやけにしつこかった。おそらく、武石首相の言葉に触発されたのだろうが。

「どうして君は最初からあきらめるんだ。やれないと決めつけるんだ。本気で試したことがあるのか。ないだろ？　だったらやってみようよ。挑戦してみようよ」

「でも、もしほんとうに大きな地震が起きたらどうするの。被害が出るかもしれないよ」

村やんが、あ、といって、うつむいた。

「そうか……それもそうだな」

少しは冷静さを取りもどしたようだ。

と思ったのも束《つか》の間。

「よし、じゃあ浮こう」

「は？」

「空中浮遊だよ。それならだれにも迷惑はかからない」

「そういうことじゃなくて――」

「ギフテッドで空を飛んだ人がいるんだぞ。地震を起こせた君にできないわけがないじゃないか」

「起こしてないって」

「地震を起こすには地面全体を動かさなきゃいけない。ものすごいエネルギーだ。でも空中浮遊なら自分の身体をちょっと浮かせるだけだ。な、簡単だろ」

「あのさ――」

「できるよ。楽勝だよ」

「なんか、根本的なところで間違ってると思うんだよ。そもそもギフテッドに超能力なんてないんだよ」

「だから決めつけるなって！　信じるんだよ。あるって。絶対にあるって。ぼくらには超能力が。だから達川くんも本気で――」

「いいかげんにしてくれよっ」

　僕がこの学校に来て初めて荒らげた声は、がらんとした教室に反響した。身体のごつい村やんが目尻を下げて泣きそうな顔になる。見かけによらず繊細で傷つきやすい性格なのかもしれない。僕は少々あわてた。

「ごめん。怒鳴ったりして」

　村やんが弱々しく首を横に振る。

「いいんだ。ぼくこそ押しつけてしまったみたいで……もう君を困らせないから」

　最後の言葉が引っかかった。

「どうするの」

「君がやらないんなら、ぼくがやる。ぼくが自分の超能力を鍛えて、それで空を飛んでやる。もし飛べたら、君も考えてくれ。いいね」

　すでにおわかりだと思うが、村やんはべつに世を儚《はかな》んで身を投げたのではない。空を飛ぼうとしたのだ。心の底から本気で。つまり今回の件に関しては、僕にも責任がある。でもまさか村やんがいきなり屋上から飛ぼうとするなんて、だれが予測できるだろう。

　無謀な実験が行われたのは日曜日の早朝だった。村やんも実家が離れていて、このときも寮で過ごしていた。週末は寮生の数がほぼ半減する。村やんのルームメイトである坂井タケルも帰省していたため、屋上に出た村やんに気づいた者はいなかった。

中学部のある寮生によると、朝の六時ごろ、大きな掛け声のようなものが聞こえたと思ったら、窓の外を人間が落ちていき、下から物音が響いたという。驚いて外を見たら、うつぶせの村やんが地面に大の字になっていた。すぐに救急車が呼ばれ、村やんはつくば医科大学附属病院に搬送された。

しかし……。


「飛べると思ったんだけどなあ」

ほとんど半泣きになって病院に駆けつけた僕たちを待っていたのは、ベッドで決まり悪そうに苦笑いする村やんだった。右足首が厳重に固定されているほかは、顔面のあちこちに絆《ばん》創膏《そうこう》が貼られているのみ。幸いにも、大きな怪我は右足首の骨折だけで済んでいたのだ。僕らはいっぺんに力が脱《ぬ》けてその場にへたり込みそうになった。妙なもので、元気な村やんの顔を見ると怒りが先にこみ上げてくる。

「なんでいきなり屋上なんだよっ。もっと低いところからやればいいだろっ！」

真っ赤になっていちばん激しく怒っていたのは同室の坂井タケルだった。初対面の印象ではもっとクールな秀才タイプかと思ったが、意外に熱いところがある。いや、彼だけではない。麻野リナや林勲子の女子組までもが怒りを露《あら》わにし、林勲子に至っては号泣に近かった。これには村やんも自らの非を感じたらしい。

「ごめんよ。でも、絶対に飛べる。ていうか、飛びそうになったんだよ。だから、つい……」

「つい、で屋上から飛ぶんじゃねえよっ！」

「ごめん、つい……」

必死に弁解するのだが、どことなく間が抜けてしまうのは村やんの人徳なのかもしれない。病室を後にするころには、みんなの顔にもようやく安堵《あんど》の笑みが浮かび、坂井タケルにもいつもの調子がもどっていた。

「まったく、こんな人騒がせな野郎とは思わなかったぜ」

通常なら男子寮、女子寮とも、午後六時までに帰寮するのがルールだが、チューターの早川先生は話のわかる人だ。友だちが緊急事態のときに平常時のルールにこだわる必要はない、とのことで特別に外出を許可してくれたのみならず、女子寮のチューターの説得まで買って出てくれた。おかげで麻野リナと林勲子も見舞いに行けたのだ。早川先生は僕たちを先生ご自慢のワンボックスカーで病院まで送ってくれたあと、すぐに寮にもどった。中学部の寮生の間でも動揺が大きく、寮を長く空けることもできなかったのだ。

そういうわけで、病院からは徒歩で帰ることになった。つくば医科大学附属病院と寮の間も歩行者専用道路を使って行き来できる。極度の緊張から解放された僕たち七人は、街灯に照らし出された幅の広いその道を、ゆっくりと踏みしめるように進んだ。日の落ちた歩道にほかの人影はない。静かな空気が辺りを包んでいる。彼方《かなた》に連なる窓灯りは大学や研究施設の建物だ。並木の間からはマンションや公務員住宅の灯りも透けて見える。空には無数に輝く星。僕はこのとき、過ぎ去っていく時間の切なさを、初めて知ったように思う。この夜空の下を仲間たちと永遠に歩いていたいという、涙の出そうなほどの衝動を感じた。

「それにしても、村やん、なんであんなに超能力にこだわるんだろうな」

　向日伸がぼそりといった。

　僕は彼の横顔を見ながら、

「伸もいってた、あれじゃないの。ギフテッドの価値を確認したいっていう」

「でも、それだけであそこまでするか、ふつう」

　とりあえず命に別状がないことがわかると、あらためて彼の行動への疑問が頭をもたげてくる。たしかに村やんには日頃から変わったところがあったが、今回の一件は常軌を逸していた。

「準備クラスに最初に入ったのが村やんだったんだよね」

「そう」

答えたのは坂井タケル。

「二番目がぼくだった。だから寮の部屋も同じになった」

向日伸が顔を向けて、

「部屋で村やんといろいろ話すんだろ。ここに来る前のこと、なんかいってなかった？」

「あんまり聞いてないな。実家がお寺だってことは話してくれたけど」

「あ、雰囲気あるかも」

後ろから麻野リナの声がした。

「お寺なら超能力より霊能力じゃね？」

上岡和人もさっそく茶々を入れる。

「しかし空海は空も飛んだらしいぞ」

辰巳龍のまじめ腐った声に、向日伸もにやりとする。

「名前に空が入ってるからか。だったらおまえは竜になれるはずだ」

「わかった。これからはドラゴンと名乗るよ」

「やめて。恥ずかしすぎる」

みなで短く笑った。

「でも、考えてみれば、村やんだけじゃないよな。おれたちだって、ここに来る前のこと、お互いにほとんど知らない。颯斗の場合はちょっと事情が違うけどさ」

向日伸の声は、僕らの前を素通りして闇へと吸い込まれていった。

「ま、いんじゃね」

上岡和人が沈黙を弾くようにいった。

「無理に話さなくてもさ」

うなずく気配が広がる。

「おい、林、ちゃんと付いてきてるかっ？」

とつぜん向日伸が振り返って声を張り上げた。

「おまえさ、ただでさえ暗いんだから、少しはしゃべらないと、はぐれていなくなっても気づいてもらえないぞ」

ずいぶんな言いぐさだったが、いわれた林勲子はうれしそうに微笑《ほほえ》んでいた。といっても、目元は髪に隠れているので、ほころんだ口元が見えただけだが。

麻野リナと林勲子を女子寮に送り届けたあと、僕たちも男子寮にもどった。早川先生がいっていたとおり、門はまだ施錠されていなかった。帰ったらまずチューター室に報告に行くことになっている。

門を入ったところで坂井タケルが足を止めた。それに気づいた僕と向日伸、辰巳龍、上岡和人も立ち止まる。

「どうした」

向日伸の声も聞こえていないかのように、首を反らせて寮舎を見上げている。

「あいつ、あんなところから飛び降りたんだよな」

僕らも視線を追いかけた。星空に浮かび上がる三階建ての建物は、ぞっとするほど高く聳《そび》えている。

「そうだな……」

僕らが視線を下ろしても、坂井タケルはまだ屋上を向いていた。

「よくあの程度の怪我で済んだと思わないか」

僕らは顔を見合わせる。

「考えてもみろよ。あんな高さから落ちたら、ふつう死んでるぞ。運がよくて全身骨折だ。いくらなんでも右足首だけで済むわけがない」

「飛び降りたのが屋上じゃなくて、ほんとはもっと低い階だったんじゃね？」

上岡和人はポケットに両手を入れて猫背をさらに丸めている。そんなことより早く中に入ろうぜ、とでもいいたげに身体を揺らしていた。たしかに少し冷えてきた。

「その可能性はないいな」

冷静に反論したのは辰巳龍。

「掛け声が聞こえたあとに窓の外を落ちていく人影を見たのは三年の横沢先輩だ。横沢先輩の部屋は三階にある。そして村やんは横沢先輩の部屋の真下に倒れていた」

坂井タケルが深くうなずく。

「村やんが屋上から落ちたのは間違いない。でも、村やんの怪我は、あの高さを考えたらあり得ないくらい軽かった」

「タケル、なにか思い当たるのか」

「もしかしたらさ……いや、ほんとにもしかしたらだけど……村やんのやつ、飛ぶことはできなくても、落下するスピードを遅くすることはできたのかも」

「…………」

ぞく、と寒気が走った。

「へっ、まさかぁ！」

上岡和人が笑い飛ばそうとしたが、すぐに勢いが止まった。

「だって、それ以外に考えられるか」

誤解を恐れずにあえていうが、これは思ってもみなかったこと、ではけっしてない。おそらく、僕も、向日伸も、辰巳龍も、上岡和人も、そしてここにはいない二人の女子も、心の奥深いところではその可能性に気づいていたのではなかったか。少なくとも、村やんの怪我が軽すぎることに違和感をもっていたはずだ。でも、それを直視することを避けていた。直視することが怖いというより、直視してはいけない、と感じていた。なぜなら、もし村やんが、ギフテッドであるがゆえに落下速度を変えることができたとしたら、それまで曖昧だった自分たちギフテッドの存在意義が、いきなり明確な輪郭をともなって眼前に現れることになるからだ。

もちろん、この仮定そのものを荒唐無稽と笑うこともできるだろう。三階の屋上から落ちて足首一本の骨折で済むという事例が絶対にないともいえない。だが僕たちは、村やんのケースに、特殊な事情の存在をリアルに感じてしまっていた。そして、そのことに僕たち自身が戸惑っていたのだ。

たしかに僕らは、ギフテッドであることの意味を求めていた。通常の人間との違いをちゃんと知りたかった。ギフテッドとはなんなのか。なぜ特別な扱いを受けるのか。どこにその価値があるのか。小難しい言い方をすれば、ギフテッドとしてのアイデンティティを欲していた。

しかし、そのアイデンティティが現実に手に入る可能性を突きつけられたとき、僕らは臆したのだ。ほんとうに受け入れてしまっていいのか。ただでさえ未知の臓器とやらを体内にもつというのに、その上さらに超能力まで使えるとなったとき、自分たちはそれでも人間だといえるのだろうか。人間だと認めてもらえるのだろうか。越えてはならない一線を越えることになるのではないか。ギフテッドのアイデンティティを得るということは、人間としてのアイデンティティを失うことを意味するかもしれない。それは、僕らに恐怖を感じさせるのにじゅうぶんだった。

「おもしれえな」

向日伸が笑いを含んだ声でいった。

「だとしたら、ほんとにあったたってことだ。おれたちギフテッドには、超能力ってやつが」

しかし違和感が言葉となって表に出てしまった以上、もう無視することはできない。しょうがない。向き合おうぜ。そんな覚悟が伝わってくる笑みだった。

「だな」

辰巳龍も低く同意する。

「……マジぃ？」

上岡和人は渋い顔をして頭を掻《か》く。気は進まなそうだが、拒絶するつもりまではないようだ。

「じゃ試してみるか」

坂井タケルの目がぎらりと光る。

「え、なにをするつもり?」

僕は不安になって彼らの顔を見比べた。

「もし村やんにできたのなら、ぼくたちにもできるはずだ。同じギフテッドなんだから」

「屋上から飛ぶの?」

「そんなことはしない。怪我をしたくないからね。ほかの方法を考えるさ」

「…………」

「いいじゃないか、颯斗。やるだけやってみようぜ。なんたっておれたちには、〈奇跡のギフテッド〉が付いてるんだ」

背中を思い切り叩かれた。

4

彼はカップを大切そうに両手で包み、半分ほど残ったコーヒーを見つめている。ようやく落ち着いてきたらしい。が、わたしは落ち着くどころではなかった。

「ねえ、これが夢じゃなくて現実だっていうのなら、そろそろ話してくれる。なぜ颯斗くんがここにいるのか。わたしにも納得できるように」

彼が視線を左右に揺らした。

「僕にも、よく、わからないんだよ。自分になにが起こったのか」

「ここがわたしの部屋だと知ってたの」

首を横に振る。

「そういえば、ここはどこ。茨城だよね」

「……なにいってるの。福岡よ」

「九州の？」

「颯斗くん、あなた、ここに来る前はどこにいたの」

「たぶん、茨城だったと思う」

これまでの人生の中で、けっして無縁の土地ではない。住んだことはないが、取材でなんどか足を運んだことはある。しかし、実在するその県名が、このときだけはひどく突拍子のないものに聞こえた。

「福岡までは飛行機で、それとも新幹線？」

「そういうんじゃないんだ」

いっている意味がわからない。

「僕は、福岡に来るつもりも、君の部屋に来るつもりもなかった。第一、君がいま福岡に住んでいるなんて、僕は知らなかった」

　そんな馬鹿な話があるものか。どうやって調べたのかはわからないが、やはり彼はここがわたしの部屋だと知っていた。そして、なんらかの方法で部屋に忍び込み、わたしに気づかれ、やむなくこんな芝居をしている。そう考えるのがいちばん現実的だろう。これがほんとうに夢ではないとすれば、だが。

　彼が思いついたように顔を上げた。

「きょうは何日」

　わたしは時計を確認する。

「九月二十七日。午前一時五分」

「だとしたら、やっぱり僕は一時間前まで茨城県の水浦《みずうら》市にいたことになる」

「一時間って、颯斗くんがここに現れてからもうすぐ一時間だけど」

「だから、ここに来る直前まで、僕は茨城にいたはずなんだ」

　わたしは笑ってしまった。

「ごめん。もうだめ。無理。颯斗くんのいうことは信じられない。あ、そうか。わかった」

　わざとふざけた調子で、

「わたし、あなたの頭がおかしいのかと思ったけど、逆なんだ。おかしいのはわたし。そういう映画、観たことあるもの」

「……どういうこと」

「あなたはほんとうは存在しないんでしょ。わたしの頭がつくった幻覚。そうとでも考えなきゃ、この状況は納得できない。わたし、そういう病気になっちゃったんだ」

　彼が寂しそうな笑みを浮かべた。

「そうか。その可能性があったね。どうりで都合がよすぎると思ったよ。佐藤あずさに再会できるなんて。僕は幻覚を見ているのか。いや、もしかしたら、僕は死んでしまったのかな。いま見てるのは、意識がなくなる直前の一瞬の夢のようなもので――」

「あなたまでふざけないでっ！」

　いつもの癖でテーブルを叩きそうになった。

「わたしは幻じゃない。ちゃんと生きてる。ここにいる。ていうか、ここ、わたしの部屋だし」

「それなら僕だって幻覚じゃない。こうして君の淹《い》れてくれたコーヒーを飲んでる」

　気まずく黙り込んだ。

　わたしは自分のコーヒーに口をつけた。冷たくなって、表面に油脂の膜が漂っていた。

「わかった。じゃあ、こうしましょう」

カップをソーサーにもどす。食器のぶつかる音が響く。

「あなたは幻覚じゃない。そして一時間前まで関東地方のどこかにいて、次の瞬間には福岡のわたしの部屋に現れた。しかもあなたはそこがわたしの部屋とは知らなかった。わたしは理解も納得もできない。でも、一千万歩ゆずってそれが事実だとしましょう。そこで聞くけど、なぜわたしの部屋なの。もう二十年も会っていない、小学校の同級生だったわたしなの」

彼の目から視線が消えた。意識が内側に向けられている。そこで答えを探している。

「理由があるとしたら……」

「あるとしたら？」

「……直前に、君のことを考えたせいかもしれない」

「どうしてわたしのことを？」

「小学校のときに君に守ってもらったことを思い出して、それで……」

「守ったことなんかないけど」

「僕を庇ってくれた」

「颯斗くんが学校に来た最後の日のことをいってるの？」

彼がうなずく。

「憶えてないの？　わたしも、颯斗くんから逃げたんだよ」

いいながら胸に痛みが走った。精神的なものではなく、身体的な、本物の痛みが。

「無理もないよ。あの状況なら」

違う。あのとき、わたしは逃げてはいけなかったのだ。わたしだけは絶対に。それなのに、わたしは彼を見捨てて、あんなに好きだった彼を見捨てて――。

「ああ、もう、なんでもいいっ！」

限界だった。夢、現実、現在、過去。すべてが一度に押し寄せてきて心が付いていかない。感情が焼きついてしまいそうだ。潤滑油が必要だった。言葉だ。わたしが正気を保つには、彼の言葉がもっと必要だった。

「あなたが幻覚でも構わない。もっとあなたのことを話して。なんでこんなことになったのか……ううん、なんでもいい。もっともっとわたしに聞かせて。あなたのことを聞かせて。ほんとになんでもいいからっ！」

「ごめん……僕も混乱していて」

そういって首を振った彼の視線が、ソーサーの上のティースプーンで止まった。

そっと手にとり、無言で見つめる。

なんて優しい、そして悲しい眼差しなのだろう。

「そのスプーンが、どうかしたの」

「……僕にはね」

静かに口をひらき、語りはじめる。

「仲間が、いたんだ」

5

教室の掃除と帰りの会が終わり、担任の早川先生が「じゃあ、また明日」と出ていったあと、村やんをのぞく僕ら七人は机をふたたび端に寄せ、ぽっかりと空いた床に、額を寄せ合うように円陣を組んで座った。てきぱきと陣頭指揮をとったのは坂井タケルだ。いつになく生き生きとしているように見えたのは気のせいではないだろう。意外にこういうことに向いているのかもしれない。

「で、なにするわけ。飛ぶの？　浮くの？」

麻野リナは待ちに待ったといった感じで興奮を隠さない。並んであぐらをかいている向日伸、辰巳龍も愉快そうに笑みを浮かべ、目元の表情がわからない林勲子さえ、その佇《たたず》まいに期待感をにじませている。ただ上岡和人だけは仏頂面で、付き合ってらんねえな、とでもいいたげだったが。

坂井タケルが、こほん、と咳払《せきばら》いを一つ。

「逸《はや》る気持ちはわかるけど、いきなり高度な技は無理だよ。村やんの例を見てもわかるように危険でもある。まずは基本から始めよう。これだ」

どこに隠し持っていたのか、坂井タケルがみんなの前に突き出したのは、一本のスプーン、だった。

目が点になる、という言葉があるが、このときの僕らはまさにそんな感じだったと思う。

麻野リナが一転、冷たく乾いた声で、

「もしかして、スプーン曲げ？」

坂井タケルが胸を張る。

「超能力といったらこれだろ」

辰巳龍がおもむろに左手を伸ばし、坂井タケルの手からスプーンを取った。目の前に持ってきてしばらく見つめたあと、

「……地味だ」

無造作に右隣の向日伸に渡す。彼も同じように手に持ち、

「古いんだよな」

と僕へバトンタッチ。

「空中浮遊のあとだからね」

スプーンはさらに上岡和人へと回り、

「ていうか、いきなりうさん臭くなってね？」

つづいて受けとった麻野リナも、

「ファンタジーを感じないのよね」

最後の林勲子は例によって、

「うちに帰りたい」

「じゃあ、どうすんだよっ！」

一周してきたスプーンを取り返した坂井タケルが切れた。

「このスプーンだって寮の食堂のやつを苦労して持ってきたんだぞっ」

「あ、盗んだんだ」

と麻野リナ。

「借りただけだよ。終わったら返すんだからいいだろっ」

「ということは、曲げたり折ったりはできないってことだな」

辰巳龍のもっともな指摘に坂井タケルが絶句した。

麻野リナも追い打ちをかける。

「失敗することを前提にしてるじゃん」

「いや、それはさ……」

珍しい光景だ。あの坂井タケルが困っている。

助け船を出したのは向日伸だった。

「まあ、とにかく、やるだけやってみようぜ。せっかくタケルが準備してくれたんだ。曲がって使えなくなったらみんなで弁償すればいい。それに、スプーン一本曲げられないようじゃ、空を飛ぶなんてできるわけない」

これには麻野リナも、渋々ではあったが同意するしかなかったらしい。怒りに燃える目でスプーンを睨み、

「こうなったら、ねじ切ってやるわ」

「颯斗、スプーンはおまえが持てよ」

「僕？」

「仮にも〈奇跡のギフテッド〉だ。いちばん可能性のあるのはやっぱりおまえだろ」

「だから、それは――」

「いいんだよ。おまえだったら曲がりそう。みんながそう思えることが重要なんだ」

坂井タケルから僕までふたたびスプーンがリレーされてきた。

「わかったよ」

僕も腹を据えた。

「よし、やるぞ」

いつの間にか向日伸が場を取り仕切っている。

「どうするの」

「みんなでいっせいに念じるんだ。イメージするんだよ。このスプーンが曲がるところを」

「曲がるって、どんなふうに」

僕の言葉に辰巳龍もうなずく。

「そうだな。それを統一しておいたほうがいい。反対方向にイメージしたら、力を打ち消し合ってしまうかもしれない」

「それなら、柄の付け根から後ろに反り返る感じでいこう。じゃあ、颯斗」

僕は手に持ったスプーンを円陣の中央に突き出して立てた。それに引きつけられるように全員が額を寄せる。

向日伸が目配せする。

「いくぞ」

うなずく。空気が張りつめていく。たしかに磁場のようなものを感じる。渦巻いている。

「三、二、一……」

　ぶっとだれかが吹き出した。とたんに緊張の糸が切れて脱力する。

「なんだよ、笑うなよ、和人ぉ」

「だって、みんなの真剣な顔がおもしろすぎてさ」

「あんたにいわれたくないわね」

「よし、もう一回だ」

　坂井タケルが最初に立ち直った。

「こんどは笑うなよ」

「そういうこといわれるとよけい笑えてくるんですけど」

「上岡くん、ちょっと口とじてくれる？」

　麻野リナの剣幕に上岡和人も肩をすくめた。

「へえい」

　ふたたび額を突き合わせる。

　僕もスプーンを真ん中に立てる。

「いくよ」

　こんどは坂井タケルが指揮を執るようだ。

すべての動きが止まった。僕はひたすらスプーンの柄を凝視した。反り返るイメージを重ね合わせた。曲がれ。曲がれ。心で念じた。できそうだった。いまにもスプーンがぐにゃりと曲がりそうだった。もう少しで、もう少しで、もう少しで……。

「ダメだぁ！」

またしても最初に音を上げたのは上岡和人だ。円陣が崩れてため息が溢《あふ》れる。

「もうやめようよ。曲がるわけないって」

だれも応えない。うつむいた顔には、そうかもな、と書いてある。

「ちょっと、あんたたち」

麻野リナが憤然と立ち上がった。

「あのね、やるならもっと真剣にやんなさいよ。こんな中途半端じゃなくて本気出しなさいよ。きっと村山くんは本気で空を飛べると思ったの。飛べなかったら死ぬかもしれない。そんな状況に自分を追い込んだの。だからこそできたのよ。飛べたのよ」

「いや、飛んでないけど」

僕が思わず漏らしたつぶやきは、しかし幸いにして彼女の耳には届かなかったらしい。

「村山くんはね、いまのあんたたちとは真剣度がぜんぜん違ったの。あんたたちにはそもそも本気度が足らないの。村山くんに恥ずかしいとは思わないの？」

「それはちょっと違うんじゃ」

上岡和人がまた余計なことをいいかけたが、

「なにっ」

麻野リナに横目で睨まれ、

「ごめん。なんでもない」

あっさりと撃退された。

「だいたいね、こんな生ぬるいことやってちゃ曲がるもんも曲がらないわよ。出せる力も出ないわよ。やっぱり本気になるしかないシチュエーションをつくらなきゃ。自分を追い込まなきゃ。生きるか死ぬか。背水の陣ってやつ」

いやな予感がした。たぶん、ほかのみんなも。

「どうする気？」

僕がおそるおそる尋ねると、

「決まってるでしょ。みんなでこの校舎の屋上から飛ぶの」

「だめだって！」

これにはみんなの声がそろった。

「なんでよっ」

「失敗したら集団自殺になっちまうぞ。冷静に考えれば、そうなる可能性が圧倒的に高い」

辰巳龍の指摘には、麻野リナも言葉を返せなかった。不機嫌丸だしで口をとがらせ、鼻息も荒く腰を下ろす。

向日伸が、よし、と一つ手を拍った。

「麻野のいいたいことはわかった。でもやっぱり屋上から飛ぶのはやめておこう。まず、そいつをなんとかするのが先だ」

僕の手にあるスプーンに目をやる。

「こんどこそ本気で曲げてやろうぜ」

「うん」

「よし」

「本気出しゃいいんだろ」

「いわれなくてもやるわよ」

「ちょっと待った」

盛り上がってきた流れを止めたのは坂井タケルだった。

「なんかさ、まだ場が乱れてる感じがするんだよ。いちど深呼吸して落ち着かせよう。呼吸のリズムも合わせたほうがいい」

　みながうなずき、だれがはじめるともなく、深く息を吸い込んだ。ゆっくりと吐く。吸う。吐く。吸う。吐く。繰り返すごとに、七人のリズムが、少しずつ重なってくる。不思議な一体感が生まれ、その濃度が増していく。みんなの目から感情が消え、深く澄んでいく。呼吸だけではない、もっと別のもの、一人一人の波動のようなものが、重なり合っていく。そしてやがて、わずかな狂いもなく一致する瞬間が来た。なにかの壁を突破した感覚があった。

　それは生まれて初めての体験だった。完全に同調した僕ら七人は、強固ななにかでつながった。みんなの目に映るものが僕にも見えた。言葉を介さずとも考えていることがわかった。なにか凄いことが起きていると感じた。これからもっと凄いことが起こると確信した。

　僕の手が自然に動いた。柄の端を指でつまむようにして立てた。もうカウントダウンは必要なかった。僕らの念がスプーン上で焦点を結んだ。曲がれ。曲がりなさい。曲がってくれ。曲がれよ。曲がって。みんなの心の声が聞こえる。曲がる、と思った。疑う余地はなかった。スプーンの周りの空気が熱を持ちはじめた。ゆらゆらと陽炎《かげろう》のように揺れた。さあ、もういいだろ。曲がりな。僕は心の中で語りかけた……。

　軽い金属音がして我に返った。

僕の手からスプーンが消えていた。

床に転がっていた。

「あ、ごめん……」

僕はあわてて拾い上げた。

「いま、おれ、すごく集中してた気がするんだけど、よく覚えてないんだよな……」

向日伸が茫洋《ぼうよう》とした顔でいった。

「おれもだ」

辰巳龍は正気をとりもどそうとでもするように瞬きをする。

「あたし、夢を見てたみたい」

麻野リナも半ば放心状態だ。

「なんだったんだよ、いまの……」

上岡和人は不快げに目元をしかめている。

平然としているように見えるのは、前髪で目元が隠れた林勲子だけ。

坂井タケルがはっと顔を上げた。

「スプーンは？」

僕はスプーンをみんなの前にかざした。見た目にはなんの変化も起きていない。

「ちょっと」

坂井タケルが腕を伸ばして僕の手からスプーンを取った。目を眇めて柄の付け根を確かめる。

「だめか……」

向日伸の声に弱くうなずく。

「……ぜんぜん曲がってない」

スプーンは無言のまま、辰巳龍から向日伸、僕、上岡和人、麻野リナ、林勲子とリレーされ、一周して坂井タケルにもどった。

麻野リナが、床に後ろ手を突いて天井を見上げる。

「……なんか、あたしたち、バカみたい」

もはや屋上から飛ぼうとはいわなかった。僕たちの意思は奇跡のように一つになっていた。それでもスプーンを一ミリも曲げられなかった。これで屋上から飛ぶとなれば文字どおり自殺行為にしかならない。

「傍《はた》から見たらカルト教団みたいかもな」

辰巳龍の言葉に、向日伸が力の脱けた笑いで応える。

「ほんと、なにやってんだろな、おれたち」

超能力でスプーンを曲げるという挑戦は、完全な失敗に終わった。失望しなかったといえば嘘になる。でも僕たちには、これでよかったのだ、と感じる部分もたしかにあった。なぜなら、越えてはならない一線を越えずに済んだのだから。

ただ、そうなると村やんのことが説明できなくなる。みんなも気づいていたはずだが、だれもそのことに触れようとはしなかった。

「おい、なにやってるんだ」

教室の入り口に早川先生が立っていた。

坂井タケルがスプーンを後ろに隠す。

そこから注意を逸らそうとしたのか、向日伸が大きな声で、

「先生こそ、どうしたんですかぁ」

「君たちが帰った様子がないから、まだ教室にいるのかと思って」

しかし帰寮時間にはまだ間がある。なぜわざわざ教室まで確認に来るのか。

早川先生が僕らの疑問を見透かすような笑みを浮かべた。

「いまから村山くんの見舞いに行くんだが、いっしょに来るか」

早川先生の白のワンボックスカーは、運転手のほかにちょうど七人同乗できる。きのうもこの車で村やんのいる病院に向かったのだが、そのときの悲壮な雰囲気とは比べようもない

ほど、きょうの車内は賑《にぎ》やかだった。村やんの命に別状がないことを知っているから、だけではない。スプーン曲げに失敗したことが、僕たちを妙に清々《すがすが》しい気分にさせていた。

「ところで」

早川先生がステアリングを握りながらさりげなくいった。

「さっきはスプーンでなにをしてたんだ」

ぎく、と固まった。

やはり見られていたのだ。

それでも坂井タケルが平然と、

「ちょっとした実験ですよ、理科の」

しかし早川先生のほうが一枚上手だった。

「ふうん、理科の実験か。先生はまた超能力ごっこでもやってるのかと思ったよ」

僕らは互いに目配せする。

「まあ、なんでもいいが、無茶なことはするなよ」

未熟な僕たちには考えも及ばなかったが、このとき早川先生はかなり苦しい立場におかれていた。寮生が屋上から飛び降りて右足首を骨折したのだ。寮のチューターである早川先生の責任が問われるのは当然だった。

とはいえ、飛び降りた理由はというと、寮内でいじめを受けていたわけでも悩みごとがあったわけでもなく、「超能力で空を飛ぼうと思ったから」なのだ。これを事前に察知して防げというのも無理な話ではある。しかも早川先生は寮生からの信頼も厚い。いくら責任があるとはいえ、その早川先生をすぐさまチューターの職から解くことは、寮生の精神的動揺を抑えるという点から見ても愚策でしかなかった。

その一方で、学校としてはけじめをつける必要もあったのか、このあとになんらかの処分はあったらしい。が、あくまで形だけだったのは、早川先生が引きつづきチューターを務めたことからも明らかだった。

6

「仲間？」

「そう。大切な仲間がね」

その声の虚《うつ》ろさに、わたしは言葉を継げなくなった。

彼が目を上げる。

「佐藤、聞いていいか」

「なに」

「あの日、僕が地震を起こしたと本気で思った?」

わたしはすぐに答えられなかった。あのときの感情は憶えている。でも、それをうまく伝える言葉が見つからない。

「正直、わからない。ただただ怖くて、考える前に逃げてた」

「いまはどう? ぼくのこと、化け物だと思う?」

「そんなこと……」

「いきなりこの部屋に現れて、わけのわからないことをいっている。それに」

一つ息を吸った。

「僕はギフテッドだよ」

ギフテッドが嫉妬と羨望の対象となる時代が終わって久しい。いま、その名はあのころとはまったく異なる響きを持つ。

「関係ないよ。颯斗くんは颯斗くん」

「ほんとに、そうかな」

疑うような言い方に、わたしは思わず怒りを覚えた。しかしその怒りは、自分の言葉を信じてほしいという願望の裏返しでもあった。

彼がスプーンを持ちかえ、柄をわたしのほうへ向ける。

「そっちを持って」

「なにをする気」

「いいから、端を指でつまんでいてほしいんだ」

意図がわからなかったが、わたしはいわれたとおりにした。真剣な眼差しに逆らえないものを感じたから。

「そのままで、少しの間、目をとじててくれないか」

「だから、どうして——」

「いまはなにもいわずに、僕のいうことを聞いて」

強引な物言いには抵抗を覚えた。それに、男性の前で無防備に目をとじるのは、すべてを委ねることを意味する。いってみれば裸体をさらすようなものだ。しかし。

「……わかった」

わたしは目をつむった。

「絶対にあけちゃだめだよ」

うなずく。

心臓の鼓動が血管を響いてくる。

指先にはスプーンの感触。

第三章　事件

1

第一種特殊児童保護育成制度、いわゆるギフテッド制度が廃止される、という噂を最初に耳にしたのは、大学の二年か三年のころではなかったかと記憶している。

ギフテッドの存在が最初に確認されたのは、記録によれば、四半世紀も前だ。アメリカ合衆国のミネアポリスに住む十三歳の少年が腹痛を訴え、病院で検査を受けた。腹痛の原因はわからなかったが、偶然にも右側の腎臓に奇妙な腫瘍《しゅよう》が見つかった。超音波エコーによって捉えられたその姿は、腎臓に張り付くヒトデを思わせた。ＣＴによる精密検査でも正体はつかめない。悪性腫瘍の疑いもあることから手術で腎臓ごと摘出することになった。

摘出された腫瘍を分析した結果、少なくとも悪性腫瘍ではないことははっきりした。かといって、それまで知られていた良性腫瘍とも一致しない。腫瘍の内部構造に明確な分化が認められたからだ。この症例を担当した大学病院の医師は『この腫瘍そのものがなんらかの機能を有している可能性がある』との大胆な仮説を立て、〈機能性腫瘍〉と名付けて医学誌に発表した。この段階では新たな臓器であるとの認識までは示されていなかった。あくまで良性腫瘍の変種と考えられていたのだ。

このような経緯があったため、現在でも機能性腫瘍という名称が使われているが、組織学的には腫瘍とは異なることが、その後の研究で明らかになっている。場所も右腎臓に限定されていて、左側で見つかった例は一つもない。あきらかに遺伝子レベルの設計図に基づいて形成された、腎臓とは別個の構造物だった。なのに、いまだに臓器として新たな名称が与えられていない。その存在を認めることに心理的抵抗を覚える人々がまだ多いのかもしれない。

ともあれ、それ以来、世界各地で機能性腫瘍が続々と報告されるようになった。ほとんどは十代以下の子供だった。この腫瘍の正体をめぐっては、専門家の間で議論が交わされたが、一般的に広く知られるまでには至らなかった。あくまで医学分野の数あるトピックの一つに過ぎなかった。

しかし、アメリカの実績ある研究グループが『機能性腫瘍とは、人類が新たに獲得した未知の臓器にほかならず、人類が飛躍的進化の時期に入りつつある証拠である』との説を提唱したことで事態は一変する。これが全世界に異様なまでの興奮をもたらしたのだ。

機能性腫瘍を有する子供にギフテッドという名称が使われ、ギフテッドを保護育成する制度が各国で競い合うように導入されていったのもそのころだ。進化に乗り遅れまい、という強迫観念に衝《つ》き動かされたのか。あるいは他国に先んじることでなんらかの利益が得られると期待したのか。それとも〈未知の臓器〉という言葉に過剰に反応したのか。このときの現象を『人類全体が熱に浮かされていた』と評した人もいるが、たしかにそういう面もあったのだろう。

その一方で、機能性腫瘍に具体的にどのような機能があるのか、となると研究はなかなか進まなかった。組織の構造から判断するかぎり、胸腺や副腎などと同じ内分泌《ないぶんぴつ》系と推測されるが、実際になんらかの物質が分泌《ぶんぴつ》されているとの証拠は得られない。むしろ細胞活性はゼロに近く、休眠状態といってもいいほど。これでは、なんの機能も果たしていない、と結論されても文句はいえなかった。

ギフテッドと非ギフテッドの能力上の差だが、これも当初の期待に反して、身体的にも知能的にも統計上の有意差は認められなかった。

ようするに、飛躍的進化の兆候とはいうものの、言葉だけが独り歩きして、その名にふさわしい中身がともなっていなかったのだ。

熱狂もいずれは醒める。

学会誌や科学誌に最新の研究成果が発表されるたびに、大げさに報道されて話題を集めたギフテッドだったが、肝心な点がいつまでも曖昧なままでは、人々の関心は薄れざるを得ない。大きすぎた期待の反動もあったのだろうが、機能性腫瘍とは単なる役立たずで盲腸みたいなもの、という幻滅に似た認識がじわじわと広がっていった。メディアでの扱いも小さくなり、やがて、研究そのものが凍結されたかのように新たな情報が出てこなくなった。

こうなっては、ギフテッド制度そのものが疑問視されるのも避けられない。もし廃止されれば、それまで享受していた各種の特別待遇を失うことになる。だがギフテッドたちは、もっと深刻な問題と向き合わねばならなかった。

考えてもみてほしい。

ギフテッドは、わずか十二歳で、特別視されるべき者として祭り上げられたのだ。とくにギフテッド専用校である光明学園に通った者たちは、十三歳から十八歳という多感な時期を、ギフテッドであることを日々意識しながら過ごすことになった。そうやって大人になった者は、ギフテッドであることが最大のアイデンティティとならざるを得ない。自分がこの世界に存在するもっとも強固な拠《よ》り所が、ギフテッドであることなのだ。それが、まったくの無意味だったとされたら……。我々がいかに恐ろしい事態に直面しなければならなかったか、理解してもらえるだろうか。

やがて、ギフテッド制度が正式に廃止され、ギフテッドが人類の進化型であることが否定されたときから、我々は巨大な空虚を抱えて生きることになった。それを埋めるために、ギフテッドであることの意味を求めて足掻《あが》く者も多かった。だが、そんなものなど最初から存在しないのだとすれば、残された選択肢は二つしかない。あきらめるか。あるいは、ギフテッドであることの意味を強引につくり上げるか。

ほとんどのギフテッドはあきらめることを選び、苦しみながらも現実を受け入れていった。しかし、少数ではあっても、後者を選んだ者もいたのだった。

「達川先輩、ですよね」

振り向くと、躍りかかってきそうな笑顔があった。半分ほど入ったシャンパングラスを手にした、堅苦しいスーツ姿の男。記憶を探るがわからない。胸に付けられた名札を見て、ようやく思い出した。

「寺田圭吾《けいご》くんというと、入寮した日に食堂で騒いで食器をトレーごとひっくり返した子だな」

そうですそうです、と嬉しそうに笑う。

「あのときは、寮長だった達川先輩にきつく叱られました」

「ずいぶんと貫禄《かんろく》が出たね。見違えたよ。役人にでもなったの」

「わかりますか」

「商務省かな」

目を丸くした。

「当たりです。さすが〈奇跡のギフテッド〉達川さんだ」

「懐かしいね、その呼び名。でもいまは、ごく平凡な中学教師だよ」

ホテルのレストランを借り切っての同窓会。ここに集った者は、全員がギフテッドだ。厳密には元ギフテッドというべきかもしれない。ギフテッド専用校だった光明学園も、いまはない。ギフテッド制度の廃止にともなって一般校へと変わり、名称も明世館《めいせいかん》と改められた。

「颯斗っ！」

　着飾ったギフテッドたちの間を縫って現れたのは、満面の笑みを湛《たた》えた向日伸。垢抜《あか》けたスーツが長身によく似合っている。大股で迫ってきて、抱きつかんばかりに肩をつかんだ。

「何年ぶりだ。ほんとに変わらないな、おまえは」

「伸こそ。いま来たところか」

「遅れてすまん。さっきまで仕事だった」

　彼は大学卒業後、大手商社に入っている。

「海外に赴任したと聞いてたけど」

「去年までだ。ブラジルに行って、いまはまた国内。しばらくはこっちにいる」

旧光明学園の出身者に、社会の第一線で活躍する者がとくに多いというわけではない。寺田圭吾や向日伸は、ギフテッドという拠り所を失っても代わりとなるものを手にできた幸運な例に過ぎない。

「和人は来てないのか」

向日伸が会場に目を向ける。

「あいつとは何年も前から連絡がとれない」

事実、ギフテッドを取り巻く状況は悪くなる一方だった。流れを決定的にしたのは、ギフテッドの後ろ盾となっていた武石首相の失脚だ。ようするに権力闘争に敗れたのだが、ギフテッドに肩入れしすぎたことも敗因の一つとされている。メディアによるギフテッド叩きが始まったのも政争がらみだったという噂があるほどだ。

噂の真偽はともかく、メディアでは当初、ギフテッドに注《つ》ぎ込まれる多額の補助金を問題視するなど、事実に基づいた比較的冷静な報道が多かった。しかし、ほどなくすると、その補助金によって優遇されたギフテッドが、成人後に高給を取って贅沢《ぜいたく》な生活を送ったり遊興に耽《ふけ》ったりする映像など、ギフテッドへの反感を煽《あお》るものばかりが目立つようになった。

メディアだけを悪くいうことはできない。彼らがそういうものを提供したということは、それを欲する人々が潜在的にいたということだからだ。メディアは、非ギフテッドの間に鬱積していた、ギフテッドに対する敵意や妬みを掬《すく》い上げたに過ぎない。

「龍たちは？」

「来れないと連絡があった。彼らは彼らで楽しくやってるみたいだよ」

辰巳龍は内務省の官僚となったが、その後、職を辞し、麻野リナと結婚して沖縄に移住している。

「よう。来たな、伸っ」

坂井タケルが両手を大きく広げて近づいてきた。明るい色のジャケットはいかにも値が張りそうだ。彼も幸運なギフテッドの一人で、現在はつくば医科大学で医学者の道を歩んでいる。

「タケルっ！　元気でやってるか」

二人がまたしても抱きつかんばかりに再会を喜び合う。彼らはあのころから、いい意味で変わっていない。私にはそれがこの上なく嬉しかった。

「ところで……」

互いの近況報告が一段落したころ、坂井タケルが声を潜めた。

「……おまえたち、村やんのこと、聞いたか」

ざわめきが遠くなった。

「やっぱり、ほんとなのか」

「なんだ。村やんになにかあったのか。そういえば来てないみたいだけど」

坂井タケルが周りに目をやってから、

「このあと、時間あるか。おまえたちに聞いてほしいことがある」

「村やんのことか」

向日伸が心配そうに聞くと、坂井タケルが、そうだ、と答える。

「みんな、お久しぶりね」

いっせいに振り返った。

目の眩《くら》むほど派手な女性が立っていた。おかっぱ頭は金色に輝き、目元は念の入ったメイクで強調され、ゆったりと纏《まと》うワンピースに至っては何色使われているか数え切れない。グラスを持つ指も大粒の宝石に飾られている。胸に名札を探したが見あたらない。

「えっと……だれだっけ」

向日伸が思わずといった感じで漏らした。

「わかんない？」

その口調に失望はなく、逆に相手の混乱を楽しんでいるかのよう。名札はわざと外しているのかもしれない。

「これでわかる？」

と空いている右手で両目を隠す。

「ああ、林っ！」

男三人の声がそろった。

林勲子が手をもどして得意げに微笑む。

「目を出してるからわからなかったでしょ」

林勲子が光明学園にいたのは中学部までだ。高校は一般の難関私立校に進学していた。

「村山くんのことね」

声を落とした。

「なんでわかった？」

と向日伸。

「この三人が集まって暗い顔してたら見当つきます」

「なにか知ってるのか」

「奇妙な会を始めてるってことだけは」

「会？」

向日伸の視線を受けて坂井タケルがうなずく。

「あらためて話したい。林、来れるか」

「当然でしょ」

「あのさ」

向日伸が不安げに、

「ほんとに、林？」

林勲子が、やれやれとでもいいたげに、また目元を隠す。

「わかった。ごめん」

光明学園は、生徒が全員ギフテッドという共通点があるためか、一般の学校と比べて同窓生の結束は固い。その中にあっても、小学六年生の段階から準備クラスに転入してきた、いわゆるトラブル組の絆《きずな》は特別だった。

再会した向日伸、坂井タケル、林勲子、そして私の四人は、二次会に向かう一団から離れ、同じホテルの十三階にあるラウンジに移動した。隅田川が眼下に一望できる個室が空いていたので、タケルの提案でそこを使うことにした。畏《かしこ》まったウェイターに、男たちはコーヒー、林勲子はダージリンティーを注文した。どれも正気を疑いたくなるほど高かったが、私以外の三人は平然としていた。

「ぼくが知っているのは、その会の中心的な存在が村やんだってこと。メンバーはほとんどがギフテッドだってこと。そのくらいだ」

「その会って新興宗教みたいなものか」

向日伸がコーヒーカップを手にしたままいった。

「だから、よくわからないんだよ。どんな活動をしているのか。なにを目的にしているのか。噂では奇妙な修行のようなことをしているっていうんだけど」

村やんは、林勲子よりもさらに早く、中学部一年の後半で転出していた。理由は、家の事情、という以外に知らされていない。一年余りの付き合いに過ぎなかったが、あるいはそれゆえにか、村やんは強烈な印象を残していった。

「会いに行こうと思うんだ。できれば、おまえたちにも付いてきてほしい」

「村山くんの居場所はわかってるの？」

タケルがうなずく。

「ただ、ぼく一人では、村やんを止められる自信がない」

「止めるって、なにをさ」

向日伸の声に、深刻めいた表情を向ける。

「いやな予感がするんだよ。放っておいたら、大変なことになりそうな」

私たちは顔を見合わせた。

「憶えてるか」

タケルがコーヒーに付いてきたスプーンを手にする。

「放課後にみんなでスプーン曲げしたこと」

「憶えてるよ」

私はいった。

「でも曲がらなかった」

「もう一回、やってみないか」

「ここで？」

昔を懐かしんでいる顔ではない。

なにか意図がある。

「今回は、みんなで一本のスプーンを曲げるんじゃなくて、一人一人で試してみる」

「いいわよ」

林勲子が自分のスプーンを手にした。私と向日伸も同じようにスプーンを持つ。互いに目で合図してから、それぞれのスプーンと向き合う。私も柄の部分を左手でつまみ、付け根を右手の人差し指でさすった。見よう見真似《みまね》だ。目を瞑り、ひたすら曲がるところをイメージする。曲がれ、曲がれ、曲がれ……。

「どうだ」

タケルの声に目をあけた。さすっていた付け根は体温によって生温かくなっていたが、それだけだ。ため息を吐いてテーブルの中央に置くと、向日伸と林勲子もそれぞれのスプーンを横に並べた。どれも寸分の変化もない。

「おれたち、才能ないみたいだな」

向日伸が笑った。

しかし坂井タケルは黙り込んでいる。

「どうした。まさか、おまえ、曲がったのか」

私たち三人のスプーンの隣に、自分のスプーンを添えた。

「なんだ、曲がってないじゃん」

「曲がったんだよ」

その重い声に、心臓の鼓動が反応した。

「たしかに、いまは曲がらなかった。でも、曲がったことがあるんだ」

私は得体の知れない不安に襲われた。これ以上は聞きたくない。聞いてはいけない。

「その夜は、一人で研究室に残っていた。一時間ごとに徹夜でデータをとらなきゃいけない実験があったんだ。でも、データをとるとき以外は暇でさ、コーヒーを飲んだりして時間を潰してたんだけど、そのときに、ほんの気まぐれで、スプーン曲げをやってみた。そしたら、曲がったんだ」

「一回だけ？」

　私の問いに浅くうなずいて、

「もう一度やろうとしても、できなかった。でも、一回は曲がった。それは間違いない」

「ほんとかよ」

　向日伸が冗談めかすが、その笑い声は少し震えていた。

「これを見てくれ」

　坂井タケルが、携えていたブリーフケースからなにかを取り出した。清潔そうな白いハンカチに包まれている。手のひらの上でそのハンカチをひらく。

　向日伸の顔から笑みが消えた。

　林勲子は目を見ひらいて口をぽかんと開ける。

　私も息を呑んだ。

「あの夜、ぼくが曲げたスプーンだ」

　鈍い銀色の、少し古びたティースプーン。しかし、曲がっているどころではない。あらゆる部分がねじ曲がり、まるでのたうつ竜だ。どう考えても、力任せに曲げてできる形ではなかった。

「最初は、ぜんぜん曲がらなかった。でも、ずっとやっていたら、ある瞬間からおもしろいように曲がりはじめて、夢中になって手の中でいじっていたら、そんな形になった。手に力は入れていない。曲げようとすると、スプーンが先回りして勝手に曲がっていく。そんな感じだ。それから、自分で曲げてみて初めて気づいたんだけど……」

ハンカチからそれをつまみ、テーブルの上、さっき私たちが曲げようとして曲げられなかった四本のスプーンの前に置く。

林勲子が悲鳴を漏らした。

私と向日伸も腰を浮かしそうになった。

グニャグニャに曲がったスプーンをテーブルに置いた瞬間、並んでいた四本のスプーンがぴくりと動いたのだ。

「磁力だよ」

タケルがさらに近づけると、四本のスプーンが飛ぶように吸い付いた。かちん、という音が四つ重なった。

「理由はわからないけど、曲がってから、強い磁場を発するようになった。これでも、かなり弱まったほうだ。曲がった直後は、もっと凄かった」

「磁石になったってことなの？」

「それだけじゃない。普通の磁石なら、N極とS極がちゃんと決まってるんだろうけど、こいつは一定していないみたいなんだ。この中で、NとSがめまぐるしく入れ替わってる」

　タケルが目を上げた。

「おまえたち、似たような経験、ないか」

　私たちは首を横に振るしかない。

「ギフテッドだからこれができた、と考えてるのか」

　私の問いにも淡々と答えて、

「村やんの病室で見たこと、憶えてるだろ」

　光明学園の教室でスプーン曲げに挑んで失敗したあと、早川先生といっしょに村やんを見舞ったとき、我々はそれを目撃した。

「あんなことができるのは、村やんだけだと思ってた。村やんだけが特別なんだと。でも、ぼくにもできた。共通点があるとすれば、ギフテッドということしかない」

　わかるか、と問うように目を向けてくる。

「程度の差こそあれ、ギフテッドにはなんらかの特殊な能力がある。その可能性を真剣に考えるべきだ。村やんは、ギフテッドばかりを集めて、その力を意図的に覚醒させようとしているんじゃないだろうか。もし、そうだとしたら、とても危険だ」

「どうして」

と林勲子。

「いまの世の中で、そんなことが受け入れられると思うか。ぼくらが最初にギフテッドだと認定されたとき、どんな目に遭ったか憶えてるだろ」

「仮にギフテッドにそんな力があるとしても、それを広く社会に知らせるようなことをしてはいけないっていうの?」

「これは村やんたちだけの問題じゃない。ギフテッド全体に関わる問題なんだ。もちろん……」

大きく息を吐いた。

「……ぜんぶぼくの考えすぎだったら、いいんだけどね」

テーブルの上に目をやる。視線の先には一塊になった五本のスプーン。その様は、ねじ曲がったスプーンに、四本のスプーンが囚われているようだった。

2

「もういいよ」

そっと目をあけた。

思わず彼の顔を見つめた。

「これ、あなたがやったの」

わたしが端をつまんでいたスプーンは、付け根の部分が二重にねじれた上に、四十五度近くまで曲がっていた。しかし、わたしは指になにも感じなかった。手で強引に曲げたのであれば、なんらかの感触が伝わってきたはずだ。

「どうやったの」

彼は答えようとしない。

じっと視線をわたしに注ぐだけ。

「……超能力？」

「これでも僕は化け物じゃないといえる？」

わたしはとっさに言葉を返せなかった。違う、あなたは化け物じゃない。そういいたいのに、口から外に出ていかない。

「じゃあ代わりに僕がいってあげるよ」

彼の顔に、なにかが外れてしまったような笑みが浮かんだ。

「ギフテッドは化け物さ」

3

私たち四人は、東京で待ち合わせをしてから彼《か》の地へと飛んだ。飛行機と電車を乗り継ぎ、最寄り駅でレンタカーを借りた。白いセダンだ。ハンドルは私が握った。坂井タケルは助手席、向日伸と林勲子は後部座席。タケルがカーナビに目的地の住所を入力し、その指示に従ってセダンを走らせるうちに、広大な農地が眼前に広がった。彼方に要塞のようなカントリーエレベーターが霞《かす》んでいる。

「のどかなところね」

ぼそりといった林勲子に応える声は、しかし車内にはなかった。

三十分ほど走ったとき、タケルが前方を指さした。

「たぶん、あれかな」

周囲は一面の麦畑。穂を実らせているがまだ青く、風にそよいで波打っている。その波に洗われるように、歪《いびつ》な形の建造物が横たわっていた。鈍い銀色の煙突が四本、立っているのがわかる。

近づくと意外に大きかった。中心となる建物は三階建てで、壁に〈中　興業〉と黒い文字が掲げてある。空いている部分の壁面にも、うっすらと〈村〉という文字が浮き出ていた。

かつては〈中村興業〉という会社の社屋だったのだ。煙突はその社屋とは別の構造物から突き出ている。見上げるような高さの焼却炉だ。もしかしたら中村興業とは、産業廃棄物の処分を請け負う会社だったのかもしれない。

広い敷地を縁取っているのは、ビルの建設現場で使われるような仮囲い塀。ひどい落書きで埋め尽くされている。いわく〈化け物出てけ〉〈死ね〉〈悪魔の城〉〈人類の敵〉。出入り口に当たる箇所には蛇腹式の門扉が見えるが、いまは片側に寄せられていた。監視カメラらしきものもなく、我々のセダンは簡単に中に入れた。

敷地内は全面舗装してあり、駐車場には車が八台停《と》まっていた。ひときわ目を引いたのは、いちばん奥にあるシルバーの大きなベンツ。野ざらしなので、かなり埃《ほこり》をかぶっていた。

私は、空いている駐車ロットに、セダンを後進させて入れた。そのときは気づかなかったが、なにかあったらすぐに車を出せるように、つまり、逃げられるようにと、無意識にそうしたらしい。認めたくはないが、私は、二十年ぶりに会う村やんに対して、警戒心を抱いていた。

セダンから降りて建物を見上げた。おそらく、ほかの三人も同様だったろう。

「光明学園の寮を思い出すな」

向日伸がいった。

微《かす》かにヒーリング音楽のようなものが漏れ聞こえてくる。

「行こうか。約束の時間にはちょっと早いけど」

緩いスロープを上ったところが玄関になっていた。厚いガラスのドアの向こうは暗くてよく見えない。インターホンらしきものもない。仕方がないので、大きな丸い取っ手を引いて開けた。

うす暗い廊下が延びていた。突き当たりの窓が白く光っている。その手前に二階へ向かう階段があり、音楽はそこから流れ落ちてくるようだった。

「ほんとに、ここなんだよな」

向日伸が坂井タケルを振り返った。

「間違いないはずだ」

廊下に面したドアの一つが開いた。大きな人影が現れた。逆光になってシルエットしかわからない。ゆったりとした足取りでこちらに向かってくる。

褐色の肌をした若い男だった。ジーンズに派手なシャツを着て、耳に銀色のピアスをしていた。眼差しが深く静まりかえっていて、ハリウッド映画によく出てくる俳優を思わせる。

その彼が野太い声で、なにか用か、と英語で尋ねてきた。私が面食らっていると、向日伸が流暢《りゅうちょう》な英語で、ミスター村山に会いに来たのだ、我々は古い友人で私は向日伸という、来ることは伝えてある、と答えた。すると彼は、にっこりと白い歯を見せていった。

「話はマスターから聞いてます。私はアレックス。あなた方の仲間ですよ」

イントネーションも含めて完璧な日本語だった。

アレックスと名乗った男は、我々を応接室のような部屋に案内したあと、マスターは瞑想《めいそう》中なのでしばらくお待ちください、といって去った。

「マスターだってさ。村やんの奴、バーでも始めたのかな」

向日伸が冗談めかして、大げさに伸びをした。

私はソファには座らず、窓際に立った。ガラスのすぐ向こうが駐車場。ちょうどシルバーのベンツが目の前にある。ガラスに顔を寄せれば、我々の乗ってきたセダンも見えた。

「お茶も出ないのかしら」

林勲子は、背筋をぴんと張り、そろえた膝に小振りなハンドバッグをのせ、そこに両手を重ねている。佇まいが堂々としていて、頼もしくさえあった。

対照的なのがタケルだ。ソファに浅く腰掛け、祈るように指を組み合わせ、青ざめた顔でうつむいていた。彼もブリーフケースを持ってきているが、それは脇に置かれている。

ノックもなしにドアが開いた。

「やあ！」

大きな声が響きわたった。昔のままだった。声も、笑顔も。

「遠いところをよく来てくれたなあ。伸。颯斗。ああ、タケル！　会いたかったよ。ええと、それと……」

勢いが萎んだ。しかし林勲子が手のひらで目元を隠すと、

「ああ、林勲子！」

「驚いた？」

「君まで来てくれたんだね。うれしいよ。ほんとにうれしいよ」

村やんが一人一人と固い握手を交わす。

「颯斗、君はほんとに変わらないな」

「村やんこそ」

私は、ほっと心がゆるむのと懐かしいのとで、涙ぐみそうになった。

そのとき村やんが着ていたのは、作務衣《さむえ》ではなく、ましてや新興宗教の教祖にありがちな珍妙な服でもなく、ディスカウント店で売っているような灰色のジャージだった。それも袖口がいくぶんくたびれている。もともと背が高く体格も良かったが、そのころには身長が百八十センチを軽く超えていただろうか。筋肉質なところも変わっていないが、頭髪だけはきれいに剃《そ》り上げてあった。実家がわりと大きな禅寺ということなので、その関係もあったの

かもしれない。本気で凄めば相当に迫力があっただろう容姿も、底抜けに人の好《よ》さそうな笑顔がすべてを明るく変えていた。

「ああ、なんだ。お茶も出してないのか。しょうがないなあ」

廊下に顔を突き出して、

「晶子《あきこ》さぁん、ごめん、お客さんにお茶出してくれる？」

はあい、と幼げな声が返ってきた。

「気が利かなくて悪いね。みんな、こういうことに慣れてなくて」

そういって一人掛けのソファにどんと腰を下ろす。

「ここには何人いるの？」

向日伸がくだけた調子で聞く。ただ、ふだんよりも声がやや高くなっていた。

「人の入れ替わりもあってけっこう変動するんだけど、いまは二十七人」

「へえ、そんなにいるのか」

「静かだろ。いまは上で座禅してるから」

「音楽を流しながら？」

「いちおう、ここは寺の研修施設ってことにはなってるけど、そんなに堅苦しくやってるわけじゃないから」

「だれでも参加できるの？」

と林勲子。

「対外的にはほとんど宣伝していないし、看板を出してるわけじゃないから、一般の人はまず来ないけどね。来れば拒まないよ」

交わされる言葉に二十年のブランクを感じさせるものはない。が、やりとりはどこかぎごちなかった。

「失礼します」

お茶が運ばれてきた。やはりジャージ姿の二十歳くらいの女性が、たどたどしい手つきでテーブルに並べていく。湯呑《ゆの》みはぜんぶ形が違っていた。その女性が一礼して立ち去ろうとしたとき。

「あ、そうだ」

村やんが止めた。

「座禅が終わったら、みんなにもいっといて。いま下に来てる人たちは光明学園の先輩で、もちろんギフテッドだから、心配することはないって」

女性の硬い表情が割れて笑みがのぞいた。

「そうだったんですか」

「しかもだ。驚くなよ。ここに座ってる彼こそ――」

と私を手で示して、

「――あの〈奇跡のギフテッド〉達川颯斗だ」

ええっ、と悲鳴みたいな声をあげて口を手で押さえる。

「ほ、本物の達川さんなんですか」

「ええ、まあ、達川ですけど……」

居心地の悪いことこの上ない。

「お会いできて光栄です。近藤晶子といいます。よろしくお願いします」

と深く腰を折る。

「……こちらこそ」

私は申し訳程度の笑みを返した。

向日伸と林勲子はうつむいて肩を震わせている。笑いをこらえているらしい。しかしそんなときも坂井タケルだけは暗い目で村やんを見つめていた。

「村やん、みんなに僕のことをなんて伝えてるんだよ」

女性が出ていってから、私は文句をいった。

「ぼくが伝えたんじゃない。颯斗、君はギフテッドのあいだでは伝説になってるんだよ」

「困るんだよな。ありもしない話をいつの間にか事実にされてしまって」

「伝説ってそんなもんだろう」

「他人事《ひとごと》みたいに。あの話を精力的に広めたのは村やんじゃないか」

あ、そうだった、と豪快に笑う。

やはり村やんも変わった、と私は思った。私が超能力で地震を起こしたとは、もう信じていないのだ。信じる必要もないのだろう。

「タケル、どうしたんだよ。さっきからずっと怖い顔して黙ってるけど」

「村やん、きょうは真意を聞かせてほしいんだ。そのためにぼくらはここに来た」

村やんが不思議そうな顔をする。

「単刀直入に聞くよ。この施設は、なんのためだ」

村やんの反応はない。

「ギフテッド制度が廃止されると決まったとき、光明学園の出身者に片っ端から声をかけて勧誘したそうだな」

「それは違うよ、タケル。みんなのほうからぼくを頼ってきたんだ。ぼくから声をかけたことは一度もない」

村やんが眉間にしわを刻む。

「最初は、三人のギフテッドが訪ねてきた。寺にだ」

「その三人というのは？」と私。

「ぼくも面識はなかった。たぶん、君たちも知らないと思う。ずっと後輩だから。ぼくのことは学園の噂で耳にしたらしい」

村やんが湯呑みに手を伸ばした。ゆっくりと一口すすり、テーブルにもどす。

「ギフテッドであることに特別な意味はなにもない。公式にそう結論されたとき、それまでの優遇ぶりの反動もあって、ぼくらギフテッドは激しい攻撃にさらされた」

「保護育成金の返還を求める動きまであったよな」

向日伸がそういって鼻を鳴らす。

「おれたちだって好き好んでギフテッドになったわけじゃないのに」

「そうだ。強引にギフテッドにされて特別扱いされたと思ったら、こんどは税金泥棒の烙印《らくいん》を押される。とっくに成人して制度から外れていたぼくらはまだしも、若い子たちにはショックが大きかった。どうしても現実と折り合いをつけられず、ギフテッドであることにしがみつくしかない者もいたんだ」

「その三人もそうだったわけね」

「ぼくはずっと、ギフテッドには超能力があると信じていた。最初は君たちも、そんなぼくのことを頭がどうかしてると思ったろうね。でも、ぼくは、その力の存在を証明してみせた。君たちも憶えてるだろ。あの病室で見たものを。そのとき、君たちも納得したはずだ」

あの日、村やんを病室に見舞った我々は、みんなでスプーン曲げに挑戦したことを話した。あくまで笑い話として。村やんは目を輝かせて、自分にもやらせてくれと言い出した。タケルが持っていたスプーンを渡すと、ものの数秒で反り返らせてしまったのだ。我々全員の見ている前で。

「あのエピソードは学園内に広まり、伝説として語り継がれることになった。颯斗、君の〈奇跡のギフテッド〉と同様にだ。違うのは、ぼくの場合は、すべて事実ということだ。ぼくを訪ねてきた三人は、その事実に唯一の希望を見いだそうとした。人が集まるようになったのは、そのあとだよ。たぶん、三人の口から広まったんだと思う。彼らと同じように心の支えを失って藻掻《もが》いていたギフテッドたちのあいだに。それがいつの間にか、ぼくが勧誘して回ってるという話になって、君たちの耳に届いた。そんなとこだろう」

「つまり、ここは、ギフテッドが自らの超能力を覚醒させるための施設。そうなんだな」

タケルが重い声で念を押した。

「それにしたって、なぜこんなところに」

私が聞くと、

「最初は寺で住み込んでもらってた。うちは一般の修行体験希望者も受け入れているから。でも、数が多くなってくると、なにかと不都合もあってね」

「不都合って？」

「檀家《だんか》から苦情が入ったんだよ。人数が多くなるとどうしても目に付くから」

「でも、一般の修行体験者はそれまでもいたんでしょ」

「一般の人はよくても、ギフテッドはダメだってことらしい」

「……ギフテッド叩きか」

向日伸が表情を歪ませた。

「すでに当時、こんな田舎町にさえ、いや、田舎だからこそかもしれないけど、ギフテッドに対する反感が浸透していたんだよ。ぼく一人ならともかく、集団となると過剰な恐怖心を与えてしまうものらしいね」

「その反感は、いまも続いているようだけど」

「塀の落書きかい？」

私はうなずいた。

「あれは反感というよりも、地元でやんちゃしてる子たちが遊び半分でやってるんだよ。相手がギフテッドなら遠慮はいらないと思ってるらしいね。真夜中にバイクで囲まれたこともあるよ。でも、なんでここにいるのがギフテッドだってばれたんだろうなあ」

　村やんの口調は呑気《のんき》なものだった。

「これまでに、ここのメンバーで覚醒したギフテッドはいるのか」

　タケルの問いには首を横に振る。

「たしかにぼくは覚醒できた。でも、なにが作用したのか、いまでもわからない。彼らには座禅や修行の真似ごとをやらせてるけど、確信があってそうしてるわけじゃない。ほかにやることを思いつかないからやってるだけだ。ぼくと同じようにビルの屋上から飛び降りさせるわけにもいかないだろ」

　村やんが笑った。

　しかしタケルは愛想も返さない。

「仮に、この施設にいる全員が力に覚醒したとする。それでどうなる」

「その能力がギフテッドに特有のものだと証明できる。そうすれば、こんどこそ、ギフテッドの真の価値を認めてもらえる。ギフテッドの復権につながる。ぼくらギフテッドはもう一度堂々と生きていけるじゃないか」

「甘いんだよ、村やんっ！」

　タケルが溜《た》まったものをぶちまけるように叫んだ。

「ただでさえギフテッドは反感を買ってるんだ。その上、そんな能力があると証明されたら、ぼくらは完全に異質な存在として、徹底的に排除される。だから、この点は曖昧なままにしておいたほうがいいんだ。ギフテッド全体のためにも。たとえ全員が覚醒しても、ぼくらはこの力を隠し通すべきなんだよ」

いまから思えば、このときのタケルの言葉は予言的だった。だが、当時の私たちは、タケルほど事態を深刻に受けとめることができていなかった。タケルのいうとおり、甘かったとするしかない。

「タケルのいうことがわからないわけじゃない」

村やんが静かに応えた。

「でも、彼らにとっては、ここが最後の砦《とりで》、すがることのできる最後の藁《わら》なんだよ。みんな必死なんだ。見捨てることはできない」

「見捨てろといってるんじゃない。導く方向が間違ってるといってるんだ。その道の先には、村やんたちが望んでいるものはないんだよ」

村やんが悲しそうな顔をした。

「タケルも力に覚醒すれば、その素晴らしさを実感できるのに」

「どうかな」

タケルがブリーフケースから白いハンカチの包みを取り出した。テーブルに置いて、ひらく。

それを見た村やんが、あっと声を呑んだ。

「そうだ。ぼくがやった」

村やんの顔に歓喜が満ちていく。

「タケル、君もついに……」

「いや、曲げられたのは一度だけだ。だが、覚醒した力がどういうものかはわかったつもりだ。これは素晴らしいものなんかじゃない。恐ろしいものだ」

「試しに、だれの目も届かない場所でやってみろ」

村やんが自信たっぷりにいった。

「この力については、新しい情報がいくつかある」

「そんなことはどうでもいい。少なくとも、屋上から飛び降りなくても覚醒する可能性はある。これがなにを意味するかわかるか。覚醒は現実に起こる。ギフテッドならば、いつ、だれに起こってもおかしくない。だからこそ覚醒したあとのことを考えておく必要があるんだよ。むやみに覚醒させればいいってものじゃない。その危うさに気づいてくれ」

「まず、この力は、人の目のあるところでは発現しにくい。たとえ目の前に人がいなくても、どこかから見られてるとダメだ。無意識に視線を察知して、力の回路が遮断されてしまうようだね」

「ぼくのいうことを聞いてるのか、村やん！」

「聞いてるよ、タケル」

村やんが穏やかに息を吐く。

「でももう、この流れは止められない。ギフテッド全体の覚醒を目指しているのは、ぼくだけじゃないんだよ」

「あのう」

ドアから声がした。

少しだけ開いた隙間から、さっきの近藤晶子が遠慮がちに顔を出す。

「アレックスが帰るそうですけど」

村やんがにこやかな表情を向けて、

「わかってるよ。それから晶子さん、ドアを開けるときは必ずノックするように」

「あ、すみません」

ぺろっと舌を出して顔を引っ込めた。

「自分はしなかったのに」

私は軽く混ぜっ返した。少しでも雰囲気を和らげたかった。

「え、なにが」

「ノックだよ」

「あれ、そうだったかな」

「村山くん、ちょっと疑問に思ったんだけど」

こんどは林勲子だ。

「この力は人に見られていると発揮できないってことだけど、あのとき村山くんは、わたしたちの目の前でやってみせてくれたでしょ」

「ぼくの場合は例外中の例外らしい。アレックスによると、高所から飛び降りるという強引な手段で覚醒させたせいじゃないかってことなんだけどね」

「そのアレックスというのは何者なんだ」

向日伸が尋ねた。

「おれたちの仲間だとかいってたけど、彼もギフテッドなのか」

「覚醒したギフテッドだ」

「でもさっきは、ここで覚醒したメンバーはいないといったじゃないか」

「彼はここのメンバーじゃないからね」

私は、底なしの暗い穴を覗《のぞ》いた気がした。

「彼は、ぼくの知る範囲では、もっとも能力の高い一人だよ」

「力に個人差があるの？　覚醒したギフテッドの間でも？」

「普通の人間にも知力や運動能力に個人差があるだろ。それと同じだよ」

林勲子が、そうなんだ、と意外そうな表情を浮かべる。

「村やん以外に覚醒したギフテッドは何人いるんだ」

私は声が少し震えてしまった。

「ぼくが知っているかぎりでは五人。実際にはもっと多いだろうね。現に、タケルが覚醒していたことだって、ぼくは知らなかったんだから」

そのタケルは、ソファの背もたれに身体を委ねてうつむいている。

「タケル、けっきょくのところ、君はぼくにどうしろというんだ」

「ここの活動をやめて、施設を閉鎖してほしい」

「ぼくを頼ってきた彼らを見捨てることはできない」

「その道の先に村やんたちが望んでいるものがないとわかっていてもか」

「この道を踏みしめることしか残されていないんだよ、彼らには。この道を閉ざすのは、彼らに死ねというのと同じだ」

村やんは微塵《みじん》も揺らがない。

タケルは言葉を継ぐ気力さえ失ったようだった。

「できれば、こういう再会の仕方はしたくなかったね」

重い沈黙が続いた。

向日伸が笑い声をあげた。

「なあ、タケル。おまえ、昔からそういうところあったけど、ちょっと考えすぎじゃないかな」

そうかもね、と林勲子も言葉を引き取る。

「坂井くんのいうことも一理あるとは思うけど、正直、ここがそこまで危険なようには感じられないわね」

「颯斗、君も同じ意見か」

そのときのタケルの絶望的な目が忘れられない。

頃合いを見計らったのだろう。

村やんが勢いよく立ち上がった。

「せっかく来たんだ。上も見学していってくれ。そろそろ座禅も終わるころだろう。メンバーにも紹介したい。みんな喜ぶよ」

村やんのいったとおり、我々は大歓迎を受けた。村やんの同期というだけでなく、彼の能力の覚醒に立ち会った数少ない仲間でもあるからだ。しかも私は相も変わらず〈奇跡のギフテッド〉だ。

施設のメンバーはほとんどが二十代だった。実際に話してみると、若いというよりも幼いという印象が強い。無邪気で無防備で、無垢《むく》といってもいいくらいだ。その彼らの魂を支えていたのは、自分がギフテッドであるという一点のみ。

彼らを病的だと切り捨てるのは容易《たやす》い。が、考えてもみてほしい。我々は、思春期に入るか入らないかというときに、いきなりギフテッドという強力なアイデンティティを押しつけられた。そのために、だれもが通過するはずの、〈自分とはなにか〉を苦しみながらも問い求めるというプロセスを迂回《うかい》することになった。実社会に出ることがあれば、そのプロセスをあらためて経験し、ギフテッドであること以外にも己のイメージを獲得できたかもしれない。しかし、彼らがその機会を手にする前に、ギフテッドそのものが否定されてしまった。そのとき彼らはまだ、新たな自画像を描けるだけの材料を自分の中に持ち合わせていなかったのだ。

短い時間だったので、そのときに会った二十六名すべての名前を憶えているわけではない。印象に残っているのは、童顔のせいで年下に見られるのが悩みだと笑っていた森田賢太郎くん、私と会ったことでやたらと感激していた武内陽介くん、立ち居振る舞いが上品でこちらが恐縮するほどだった桜井奈央子《なおこ》さん、元気の塊みたいな江藤睦美《むつみ》さん。しかし名前は浮かばなくとも、そのときのみんなの笑顔はいまでも目に見えるようだ。

我々が帰るときには、全員が外に出て見送ってくれた。力いっぱい手を振ってくれた。我々もセダンの中から手を振り返した。そのとき林勲子がつぶやいた言葉が耳に残っている。

「かわいそうね」

村やんたちの施設がはるか後方に離れたとき、助手席のタケルが低くいった。

「おまえたち、妙だとは思わなかったか」

「なにがだよ」

向日伸の声には、彼らしからぬ苛立《いらだ》ちがあった。

「タケルさ、村やんは後輩たちの力になろうとしているだけじゃないか。そんなにケチつけるもんじゃないぜ」

「違う。アレックスのことだ」

タケルの声はそれ以上に苛立っていた。

「彼はどこに帰ったんだ」

「自分の家だろ」

「駐車場の車は一台も減ってなかったぞ。窓から見るかぎり車の出入りもなかった。タクシーを呼んだ気配もない」

「じゃあ、自転車か、歩いて、じゃないのか」

「こんな見渡すかぎりの畑の中をか」

「あり得ないことじゃないだろ。世の中には物好きな人が――」

「ぼくの座っていた位置からは塀の出入り口が見えた。少なくとも、あそこから出ていく姿には気づかなかった」

「見逃すことだってあるだろ」

「それに、あたしたちが二階に行っている間に出ていったのかもよ」

「それともタケルは、彼が空を飛んでいった、とでもいいたいのか」

「それはない。村やんは、ギフテッドの超能力は人の目のあるところでは発現しにくい、といった。とすれば、空を飛べたとしても、人に見られた時点で墜落してしまう。たとえ墜落を免れても、空を飛んでるところを目撃されたら、それだけで大騒ぎだ」

「じゃあ、なんなんだよ」

　タケルが口ごもった。

　私にはタケルのいいたいことがわかった。そして口ごもる理由も。さすがのタケルにも、それを言葉にするには心理的な抵抗が大きすぎたのだ。なぜなら、現実とするにはあまりに受け入れがたいことだったから。

「だから、おまえは考えすぎだってんだよ」

村やんの施設が世間を騒がしはじめるのは、それから二カ月ほどあとのことだ。

発端は週刊誌の記事だった。早津間《はやつま》という場所にギフテッドが集団生活を送る施設があって地元の住人を不安がらせている、という内容の見開き二ページのもので、建物の写真も大きく掲載された。さらにあくまで噂だとした上で、通学途中の女子中学生が施設のメンバーに勧誘され、断ると集団で追いかけられたという事件も起きたらしい、とも書かれていた。実際にこのような事件があったのかどうか、警察に問い合わせれば簡単にわかりそうなものだが、そのことには一言も触れられていなかった。おそらく担当した記者も、これが単なる噂に過ぎないことなど百も承知なのだろう。それどころか記者自身による創作の可能性もある。

読者からの反響は驚くほどあったらしい。翌々週には早くも第二弾が出た。いわく、この謎の施設は一人の男に支配されていて彼が王のごとく君臨している。いかにも読者が喜びそうな内容だが、王とはもちろん村やんのことだ。実名こそ出ていなかったが、村やんの経歴についてかなり詳しく調査してあったほか、小学校の同級生の話としていくつかエピソードも紹介されていた。その証言によると、村やんは無口でなにを考えているかわからないところがあり、奇矯な振る舞いで周囲をいつも戸惑わせていた、という。奇矯な振る舞い云々《うんぬん》はともかく、村やんが無口でなにを考えているかわからない少年だった、などと私にはとうてい信じられない。私だけでなく、光明学園で村やんと実際に接したことのある者ならば一人残らず、この記事を読んで困惑するか失笑しないではいられないはずだ。だが、村やんと言葉を交わしたことすらない多くの人々は、この記事を鵜《う》呑《の》みにしたのだった。

読者に受けるとわかればほかの週刊誌も追随する。より多くの読者を得るには内容が衝撃的であればあるほどいい。となれば競い合うように記事の過激さが増していくのは当然の成り行きだ。単なる噂や根拠の怪しい証言に脚色を加えたものが事実として伝えられ、それが積み重なった結果、いつの間にやら村やんは、若い女性を言葉巧みに勧誘し、薬物をつかって自分の思いどおりに操り、自らの欲望を満たすハーレムを築いている怪物的な変態にされてしまっていた。まったく、なぜこんな話になったのか私にはさっぱり理解できない。たんに男性記者の潜在的な欲望を投影しただけではないのかという気さえする。いずれにせよ、これらの記事が人々の間にさらなる嫌悪の感情を引き起こしたのは間違いなかった。こんなおもしろい題材をテレビ局が放っておくはずもない。

それにしても、たった二十七名のギフテッドの暮らす地味な施設が、なぜこれほど社会の関心を集めてしまったのだろう。なぜ人々はこんなデタラメな話を信じ、そして、熱狂したのだろう。

さきほどのハーレムの話にも通じるが、おそらく人々は、心の底で秘《ひそ》かに望んでいたストーリーをそこに見たのではなかったか。もともと自分たちとは異質で、その上特別扱いされて育てられたような連中は、どこかに異常を来《きた》しておかしな人間になるに違いない、というわけだ。だから今回の報道に接して、おぞましさに身震いしつつも、それ見たことか、と快《かい》哉《さい》を叫んだのではないか。人には、目にする現実がすべて見えるのではなく、自分が見たいと欲する現実しか見えないという。それどころか、自分が見たいと欲するものであれば、あからさまな嘘であっても、簡単に信じ込むのが人間なのだ。

我々ギフテッド仲間もこの状況を手をこまねいて見ていたわけではない。村やんに連絡をとり、公の場できちんと説明しておかないと取り返しのつかないことになる、と忠告した。だが、村やんも、あの施設に身を寄せるギフテッドたちも、そうした処世術をもっとも苦手とする人々だったのだ。

それでも、施設に押しかけてきたテレビカメラの前に一人のギフテッドが代表として立ち、声明を出したことはある。テレビで流れたその映像では顔にモザイクがかけられていたが、佇まいからあの童顔の森田賢太郎くんだと私にはわかった。村やんではなく彼が出てきたのは、人当たりがいいという理由からかもしれない。だとすれば完全に裏目に出たことになる。森田くんは、緊張のせいか硬い声ながらも、手に持った声明文を読み上げ、報道にあるような事実は絶対にない、と訴えた。すかさず報道陣から容赦のない質問が飛んだ。森田くんの受け答えはお世辞にもうまいとはいえなかった。もしかしたら質問を受けることなど想定していなかったのかもしれない。同じような質問をなんども畳みかけられるうちに、森田くんは黙り込んでしまった。なおも執拗《しつよう》に責め立てるリポーターの群れは、真実を知りたくて質問しているのではなく、ただひたすら森田くんを追いつめて潰そうとしているとしか思えなかった。森田くんの未熟で繊細な精神はそれに耐えられなかったのだろう。取り囲むリポーターたちを力ずくで押し退《の》けて敷地にもどろうとした。報道陣から「逃げるのか！」と罵声が飛んだ。「ちゃんと答えろ！」「誠意が足りないぞ！」「住民のみなさんへ謝罪の言葉はないんですか！」

森田くんがとつぜん振り返った。

「うるせえ、ばかやろう！」

たぶん、いや間違いなく、そう叫んだ彼の目には涙が溢れていただろう。だが、彼の顔を覆ったモザイクがそれをないものにしてしまっていた。画面に映し出された彼は、やたらとキレやすく不遜なだけの人間だった。

彼のこの叫びはテレビで繰り返し流された。世論を無視する傲慢で危険な集団、というイメージが急速に固定化されていった。それはまさに、人々がギフテッドに負わせたいと心の底で望んでいたイメージでもあった。

『達川さんですよね。光明学園で村山直美と同期だった』

どうやって調べたのか、私の勤める中学校にも取材の電話がかかってきたことがある。相手はある週刊誌の記者と名乗った。

『彼、寮の屋上から飛び降りてもかすり傷一つ負わなかったって、ほんとうですか』

飛び降りたのは事実だが足を骨折して入院した、と私は答えた。

『ははあ、怪我はしたんですね』

「当たり前ですよ。三階建ての屋上ですから」

そりゃそうですね、と笑う。というより、常に笑いながらしゃべっているような男だった。声の響きが軽く、まだ若い。

『でですね、それがきっかけになって超能力に目覚めたとも聞いたんですけど』

「そんな話は知りませんねえ」

私はとぼけた。この程度のことなら平気でできる大人になっていた。だが、村やんたちはそうではないのだ、きっと。

『例のテンプルですけど、彼らはあそこで超能力の訓練をしてるって話があるんですよね。それについては、どう思いますか』

「ちょっと待ってください。テンプルってなんですか」

『彼らの施設のことですよ。最近、こういう言い方してますけど』

「彼ら自身がそう呼んでるんですか」

　とすれば、村やんたちの集団が変質しはじめていることになるが、それは私の杞憂《きゆう》だった。

週刊誌の記者が誇らしげにこういったのだ。

『うちですよ。最初にうちが使いはじめたんです。そしたら、ほかのところもテンプルと呼ぶようになって。でも、けっこう雰囲気をうまく表現してると思いませんか』

　私は聞こえよがしにため息を吐いた。テンプルという言葉だけなら、聖堂、神殿、寺院などを意味する。だが村やんたちの施設と結びつくと、神秘主義、非科学的、得体の知れないというニュアンスが生まれる。こうしてまた一つ、本人たちとは関係のないところでイメージが補強されたわけだ。

『彼ら、超能力でなにするつもりなんでしょうねえ』

「さあ、私に聞かれても」

『世界を征服するとか、そんなことといってませんでしたか』

「だれがですか」

『光明学園時代の村山直美ですよ』

どうあっても村やんを稀代《きたい》の大悪党にしたいらしい。

「いくらなんでも、それはちょっと強引すぎるんじゃないですか」

私がたしなめると、週刊誌の若い記者も、ですよねえ、と笑った。

だが、翌週に出たその週刊誌の新聞広告では〈目的は超能力で世界征服？〉と見出しが躍った。私も記事を読んだが、荒唐無稽もここに極まれり。さすがに読者もこんな馬鹿げたことが可能だとは思わないだろう。その代わり村やんたちは、こんな馬鹿げたことを本気で目指す狂気の集団だと見なされたのだった。

ほどなく夕方のニュース番組で、プラカードを手にしたグループが村やんたちの施設の前に陣取り、顔を真っ赤にして拡声器で叫ぶ映像が流れた。一連の報道に驚き、不安に駆られた地元の住民たちが、ついに行動を起こしたのだ。グループの先頭に立って拳を突き上げていたのは地元の市議会議員らしかった。彼らの顔は真剣だった。彼らの危機感は本物だった。彼らは村やんたちを自分たちに害をなす者として本気で追い出そうとしていた。だが、これだけは指摘しておきたい。抗議行動を起こした住民のほとんどは、村やんの施設がそこにあるから不安になったのではなく、メディアで取り上げられたから不安になったのだ。この段階でも、村やんたちが住民に危害を加えたとする具体的な証拠はなに一つ存在しなかった。被害者とされる人の声は、ネットを含めさまざまなメディアで飛び交ったが、警察が捜査に乗り出したものは一件もなかった。現実には事件と呼べるようなものはなにも起こっていなかったのだ。

だが騒ぎは沈静化するどころか、不気味な広がりを見せはじめる。村やんの施設に向けられていた人々の敵意が、このころから徐々に、ギフテッドそのものへと向けられるようになった。危険な兆候だった。早い対応が必要だった。まず旧光明学園の同窓会が動いた。同窓会の会長がギフテッドの代表としてメディア向けの会見を開き、全国各地でギフテッドが不当な差別を受けるケースが相次いでいる、これは重大な人権侵害であると訴えた。だが、まともに取り合うメディアはなかった。ギフテッドは圧倒的に少数派だ。大多数の人々にとってギフテッドの人権がどうなろうが知ったことではなかったのだ。生意気だ、とする声さえ聞こえた。人々の関心は別のところにある。会見の席で一人の女性新聞記者がその関心を代弁してみせた。

「早津間テンプルの問題ですが、地元のみなさんの悲痛な声はあなた方にも届いているはずです。同じギフテッドなのですから、あなた方が責任をもって対処すべきではありませんかか」

彼女のこの言葉は我々を愕然《がくぜん》とさせた。ギフテッドはすでに社会から分断された存在と見なされている。そのことが明白になったからだ。

なにかが溢れつつあった。

4

「ギフテッドは化け物さ」

わたしは見たくなかった。こんなに捨て鉢になった彼の姿を。聞きたくなかった。彼の口から出てくるこんな言葉を。

「僕らはふつうの人間じゃない。覚醒すれば特殊な力を使える。これが化け物じゃなくてなんだよ」

「そういう考えはよくないと思う。いくら超能力を使えるからって、自分のことを化け物なんていうもんじゃない」

「君たちがそういったんじゃないかっ！」

感情を剝き出しにした目で睨んできた。

「ほんとは怖いんだろ。僕のことが怖いんだろ。無理しないで逃げたらいいじゃないか。警察を呼んだらいいじゃないか。僕を叩き出したらいいじゃないか」

　わたしは涙が止まらなくなった。

「そんな目で見ないで。お願いだから」

　彼がいきなり水を浴びたような顔になり、うつむき、頭を振った。

「ごめん……僕、どうかしてる」

　このときわたしは、これが紛れもない現実なのだと、初めて肌で納得することができた。

「なあ、佐藤」

　彼がうつむいたまま口をひらく。

「うん」

「あの事件のこと、ニュースで見たか」

「事件……」

「早津間というところにある、ギフテッドの施設で起きた事件だよ」

　嫌な感覚が走った。

「……テンプル事件」

「僕は、あの事件に直接は関与していない。でも、事件が起こる前に一度だけ、あの施設には行ったことがある。僕の仲間の一人が、そこにいたから」

「もしかして、その人って……」

「村山直美だ」

その名を耳にして、わたしは激しく動揺した。

「僕らは村やんと呼んでいた。いい奴だったよ」

5

その朝、私は坂井タケルからの電話で起こされた。時計を確認すると午前七時を過ぎたばかり。アパートに一人暮らしの私は、日曜日の午前いっぱいは布団の中でだらだらと過ごすのが常だった。

『テレビかネットか、なんでもいい。とにかくニュースを見ろ！』

いきなりタケルの声が耳に刺さった。

「なんだよ、もう」

まだ睡魔を振り切れていない私は、つい不機嫌に返した。

『いいから見るんだよ！』

「どこの」

『どこでもいい』

私はテレビのリモコンをつかんだ。たしかにどこでもよかった。すべての局でその事件を報道していたからだ。

ヘリコプターからと思《おぼ》しきその映像は、上空から村やんの施設を捉えていた。施設には夥《おびただ》しい数の車両が集結していた。パトカー、ワゴン、ワンボックスカー、倒れたバイク。その間を警察関係者がうごめいている。敷地が全体的に赤茶っぽく見えるのは警察車両の赤色灯のせいだろうか。

「なんだよ、これ……」

『今朝からネットで妙な情報が流れてたんだ』

「……なに」

『地元の暴走族かなんか知らないけど、ギフテッドを壊滅させるために村やんの施設を襲撃したって』

「襲撃……襲撃って」

冗談のような言葉を口の中で転がしてから、私はあらためて画面を凝視した。あの倒れているバイク。たしかに改造車だ。我々が訪れたときにはあんなものは一台もなかった。

『最初はデマだと思ったけど、気になって村やんに電話してみた。でも、つながらなかった。なんどやってもつながらなかったんだよ。まさかと思ってニュースをずっとチェックしてたら、この時間になって各局いっせいに報道を始めた』

赤ん坊の泣き声が聞こえる。昨年生まれたばかりの女の子だろう。タケルは職場で知り合った女性と三年前に結婚していた。

『颯斗、村やんから連絡ないか』

私は電話であることも忘れて、首を横に振った。

映像が切り替わった。

女性リポーター。敷地の外に立っていた。その後ろには規制線として張られたテープが揺れている。

『遠藤さん、最新の状況を伝えてください』

と告げられたリポーターが、風に乱れた髪を直しながら、あえぐように口をひらく。

『はい。遠藤です。二十人分を超えると思われる遺体は、この敷地内に散乱していました。遺体はさきほどまでにすべて回収されましたが、いまも耐えられないくらいの、ものすごい臭いが残っています』

夢でも見ているようだった。

あまりにも現実感がない。

『発見された遺体の身元についてはわかっていません。ただ、早津間テンプルに住んでいたギフテッドたちと連絡がとれないとのことで、警察ではこの遺体が彼らである可能性もあると見て、慎重に調べを進める方針です』

『遺体の身元確認はそれほど難しい状態なのですか』

スタジオからの問いかけに、リポーターが声を詰まらせた。目が真っ赤に潤んでいく。不自然な間が空く。顔が歪む。

『遠藤さん？』

『すべての遺体が、内部から破裂したみたいに飛び散っていて、男女の区別もつかないそうです』

いい終わると同時に泣き崩れた。地面にうずくまって顔を両手で覆った。首を激しく振った。カメラの映像が乱れて切り替わった。

『ええ、この事件については、新たに情報が入り次第、お伝えします。では、ここで解説委員の――』

そのとき、頭の奥深くに冷たい針が刺し込まれたような気がした。一つの疑問。

発見された遺体が村やんたちであったとしたら、施設を襲撃したという暴走族はどこに行ったのだ。バイクもなにもかも放り出したまま逃げたのだろうか。それともすでに警察に捕まったのだろうか。しかし、いまのところそれらしき報道はない。というより、彼らに対する言及がなにもない。

『おかしいだろ』

タケルが静かにいった。彼も同じ局のニュースを見ているらしい。

「……ああ」

我々は、このときすでに確信していた。

二十人分を超えるという遺体は、村やんたちのものではないと。

第四章　ギフテッド狩り

1

　私が中学校の理科の教師になったのは、光明学園でお世話になった早川先生の影響が大きい。早川先生は寮のチューターと準備クラスの担任を兼ねていたが、専門は理科で、実験室での授業になるといつも白衣を着用していた。まずその白衣姿がかっこよくて、私は憧れたのだった。

　もちろんそれだけではない。たとえばギフテッドの特徴でもある〈未知の臓器〉や最新の知見についていろいろと解説してくれたのも早川先生だ。早くからギフテッドの生物学的な側面に興味をもっていたのは坂井タケルだが、彼は放課後になると職員室まで行って早川先生に質問することがたびたびあり、そんなときは決まって私も付き合わされた。なぜ私を誘うのかと聞くと、タケルは、なにをわかりきったことを、とでもいいたげにこう答えたものだ。

『だって颯斗もこういうの好きだろう』

たしかに、タケルの質問は私にも興味深いものばかりだったし、早川先生との議論も楽しかった。ギフテッドについて知ることは自分自身について知ることにほかならない、ということもあるが、もともと私も理系タイプだったのだろう。タケルはそれを見抜いていたのだ。やがてタケルはつくば医科大学で医学者の道に進み、私は茨城県水浦市の市立中学で理科の教師になった。地元にもどることもできたが、それはあえてしなかった。あの場所にいい思い出もないし、再会したい友人がいるわけでもない。母はまだ健在だったが、そのころにはすでに再婚していた。相手は母と同い年のタクシー運転手。私もいちどだけ会っていたが、平凡ではあっても穏やかで、悪い印象はなかった。その男も再婚で五歳の女の子がいた。母たち三人は市内のアパートで新しい家庭を築いた。つまり私の帰る場所などどこにもなかったのだ。結果的には、それでよかったと思っている。

職場では、自分がギフテッドであることを隠さなかった。自ら進んで言明することもないが、中学や高校のことを聞かれれば光明学園だと答えた。初めのうちは物珍しさからいろいろ尋ねられたりもしたが、それだけだ。私が着任したころは、ギフテッド制度はまだ存続していた。その後、ギフテッドの意義に対する疑念が高まるとともにバッシングが始まり、制度の廃止に至るわけだが、その間も職場で嫌な思いをした記憶はない。

村やんたちの施設がメディアを賑わせるようになると、ギフテッドへ向けられる視線はさらに冷たくなったわけだが、同僚たちの態度は、少なくとも表面上は変わらなかった。しかしギフテッドに対する不当な差別は各地でたしかにあり、旧光明学園の同窓会長がギフテッドの人権保護を訴える声明を出すまでにエスカレートしていたのも事実なのだ。私は職場に恵まれていたということなのだろう。だがそれも、あの事件が起こるまでの話ではあったが。

伝え聞くところによると、発見された二十数人分の遺体は、原形を留めないほどばらばらにされていた。それも刃物で切断されたのではなく、野獣の群れに喰い散らかされたか、あの女性リポーターが表現したように、内部から爆発したかのようだったという。身元の確認はDNA鑑定に頼らざるを得なかったらしい。

当初、遺体は施設に住むギフテッドたちのものだろうと推測された。事件直後の報道内容から判断するかぎり、精神的に追いつめられた末の集団自死という説が有力視されていた。ただ、どのような方法を用いたかとなると、見当も付かないようだった。

ギフテッドを声高に批判してきた人々は、さぞ困惑したことだろう。彼らを惨劇に追い込んだ責任は自分たちにあるかもしれないのだから。ギフテッドたちの自業自得だとする声もあったが、これも自らの責任から目を背けたい思いの発露ではなかったか。

しかし、ほどなく事件の様相は一変する。

警察から公式の発表がなされたのだ。あの遺体は施設に暮らしていたギフテッドではなく、地元の若者たちのものであったと。

　これには日本中が騒然となった。惨劇は惨劇でも、集団自死ではなく、大量殺人だったのだ。しかも犠牲者は一般市民。施設にいたはずのギフテッドは全員姿を消している。だれの目にも逃亡と映った。当然、警察が追いはじめる。この段階では氏名や顔写真までは公開されていなかったが、報道ではすでに犯人同然の扱いだった。

　自責の念から解放された人々は、その反動もあってか、憎悪を爆発させた。地元の若者なるものがいわゆる暴走族で、あの施設を襲撃したらしいという情報は都合よく無視された。若者たちは施設に誘い込まれてそこで騙《だま》し討ちにされたのだ。いや、宗教儀式の生《い》け贄《にえ》にされたのだ。さまざまなストーリーが勝手に走りだしていった。メディアでも、犠牲者について生前の出来事を脚色したエピソードが毎日のように垂れ流された。

　警察の大がかりな捜査にもかかわらず、村やんたちの行方は痕跡すらつかめなかった。しかしあの人数だ。まとまって行動するには目立ちすぎる。少人数ごとに散らばったはずだが、それにしても一人も見つからないとはどういうことか。彼らを匿《かくま》っている人間がいるとしか思えない。匿うとすれば同じギフテッドに決まっている。そういうことなのだろう。私のところにも捜査員が来た。私と村やんが光明学園の同期で親交があったことから、いつかは来るとは予想していたが、思ったよりも早かった。村やんたちのことを聞かれたので正直に答えた。いまどこにいるのかはわからないと。納得した様子はなかったが、それ以外に答えようがないのだから仕方がない。その日から常に視線を感じるようになった。どうやら私も監視の対象にされたようだった。

この時期に私に接触してきたのは警察だけではない。以前、職場に取材の電話をかけてきた週刊誌の若い男性記者もそうだ。例によって軽薄な笑いを含ませた声でこういった。

『ねえ、達川さん、ほんとは知ってるんでしょ。村山直美の居所。独占インタビューをセッティングしてくださいよ。謝礼、はずみますよ』

事件発生から二週間後、テンプル大量殺人事件の被疑者として、姿を消したギフテッド全員の名前と顔写真が公開された。首謀者は村山直美。三十二歳。村やんの名が狂気の同意語となり、殺人鬼として日本中から罵声を浴びる日が来たのだった。

これを境に私の職場の空気も変わった。同僚が私に話しかけてこなくなった。私が話題を振っても以前ほど反応しなくなった。ほとんどのギフテッドは事件とは無関係であると頭ではわかっていても、押し寄せる情報によって増幅された感情的嫌悪についに屈したのだ。私の職場でさえこうだったのだから、ほかのところは推して知るべしだろう。

旧光明学園の同窓生リストが流出したのもそのころだ。これを見れば、だれがギフテッドで、どこに住んでいて、どんな仕事をしているのか、わかってしまう。ギフテッドであることを知られたばかりに解雇に追い込まれたり、婚約を破棄されたりといった事例が相次いだ。

私のようにギフテッドであることを公にしていた者にも影響は及んだ。匿名で脅迫状めいたものが送られてきたり、アパートのドアに落書きされたり、部屋の前に猫の死骸が放置されたりといった嫌がらせを受けるようになったのだ。警察に訴えても、まともに取り合ってもらえなかった。そのとき、一人の年配の捜査員から鼻先でいわれた言葉がある。

「しょうがないよねえ。あなたもギフテッドなんだから」

2

重苦しい予感がわたしの中で育ちつつあった。ギフテッドたちが集う施設。そこで起きた禍々《まがまが》しい事件。達川颯斗がとつぜんこの部屋に現れたこと。すべてがつながろうとしている。そしてその源流にある光景は、水ヶ矢小学校の教室に置き去りにされた彼と、彼から逃げていくわたし自身だ。

テンプル事件のことは連日メディアで取り上げられている。しかし、これだけ注目を浴び、顔写真まで手配されているのに、一人も見つかっていない。周辺道路に設置されたカメラやコンビニの防犯カメラにも、それらしき人物や車両は映っていなかったという。

「ほんとに、あの人たちがやったの？」

「あり得ない。そう思ったよ。最初はね」

重苦しい予感が密度を増した。

「僕は村やんがどんな人間か知ってる。あそこにいたほかの人たちとも会ってる。みんな、純粋で、素直で、弱い人たちだった。だから、あんなことができるわけがないと思った。そう思いたかった」

顔が青ざめていく。

「でも、いまは違う」

苦しそうにいった彼の瞳が、わたしを向く。

一片の希望もない。

「間違いなく、あれは、村やんたちがやったことだよ」

3

信号が黄色に変わった。

前を走っていたワゴンは交差点に突っ込んでいったが、私はブレーキを踏んで停めた。

横断歩道に歩行者が溢れる。仕事帰りらしき男女が多い。その向こうをヘッドライトやテールランプの光が流れていく。

「通話は盗聴されてると思ったほうがいい。メールも危ないな」

助手席の坂井タケルが、疲れのにじむ顔でため息を吐いた。シャツの襟も垢染みている。奥さんは子供といっしょに実家に帰っているという。

「いまだって尾行されてるかもしれない」

「まさか」

私はミラーをのぞいた。後続車の強烈なヘッドライトしか見えない。

「おそらく日本中のギフテッドが同じような目に遭ってる」

青信号に変わった。

アクセルを踏んだ。ミラーを見ると、後ろの車は左折していった。

「村やんからはなにも?」

「どこに行っちまったんだろうな。あのバカ」

午後七時を過ぎている。街中の交通量は多い。のろのろと走っていると、また赤信号に引っかかった。

「ほんとに、村やんたちが、あんなことをしたんだろうか」

数秒の沈黙があった。

「いまいえるのは、ここでおれたちが希望的観測を口にして慰め合っても意味はないってことだ。颯斗に会いたかったのは、この話をするためじゃない。どうしても直接会って確かめたいことがあった」

「なんだよ、それ」

「おまえ、覚醒してないか」

「覚醒……？」

私は思わずタケルを見た。

「超能力だ」

この言葉にはどうしてもなじめない。耳にしたり口にしたりしたとたん、背中がむずがゆくなる。なにかの冗談としか思えないのだ。

後ろからホーンを浴びた。青信号に変わっていた。あわててアクセルを踏む。

「ちょっと気になることがあってな。で、どうなんだ」

「とくにそんな兆候はないと思うけど」

「そうか」

ほっとしたような声だ。

「なんだよ、気になることって」

「考えてみたら不思議だと思わないか」

「だから、なにが」

「あの事件だ。犠牲者の身体はばらばらに飛び散っていた。どうやったらそんなふうにできるのか、専門家でさえ説明できないでいる」

「たしかに不思議といえば不思議だけど」

「違う。そのことじゃない」

後ろから来たバイク便が前に割り込んだ。私は少しだけブレーキを踏んだ。バイクは器用に車列の間を縫いながら走り去った。

「なぜ、だれも触れようとしないんだ、凶器が超能力である可能性に」

私は視線を前に向けたまま動けなかった。

「事件が起こる前は、村やんたちが超能力の訓練をしているとあれほど騒ぎ立てたくせに、いまじゃ仄《ほの》めかすことすらしない」

どのメディアもあの不可解な殺害状況をなんとか合理的に説明しようと苦労しているのは事実だ。超能力を使ったのだ、と真面目に主張しているところは一つもない。

「そもそも超能力なんて、だれも本気にしてなかったってことだろう」

私はわざと軽くいった。

「それに、現実に多数の死者が出てる。超能力なんてオカルトめいたものを持ち出したら、それこそ犠牲者への冒瀆《ぼうとく》だと非難されるよ」

「それもあるだろうけど、おれはもっと深い理由を感じる」

私はちらとタケルを見やった。

「超能力をおもしろ可笑しくゴシップとして楽しんでるうちはよかった。でも、みんな、心の底では恐れてたんだよ。ほんとうは信じたくないんだ。ギフテッドに超能力があるなんて。だから、現実にその可能性が出てきたとたん、思考のブレーカーが落ちた」

「……タケルは、あの事件は村やんたちが超能力で起こしたと思ってるのか」

「颯斗のいいたいことはわかる。いくら超能力だからって、あんなことができるものなのか。これまで覚醒したといっても、せいぜいがスプーン曲げだった」

「それに、あの施設で覚醒していたのは村やん一人だ」

「おれは仮説を立ててみた」

少し早口になった。自分の考えを披露するときのタケルの癖だ。

「あの事件は村やんたちが起こしたとする。超能力を使って。村やんたちは覚醒したんだ。あそこにいたギフテッド全員が」

私は黙って聞くしかない。

「そして覚醒には複数のステージがある。スプーン曲げは、その初期段階に過ぎない。では覚醒やそのステージアップの要因になるのはなにか。村やんが最初に覚醒したのは、寮の屋上から飛び降りたときだった。いいかえれば、生命の危機に直面したときだ。もちろん、それが唯一の要因になるわけじゃない。現におれは、そんな目に遭わなくても第一段階はクリアできた。でも、生命の危機は重要なファクターになり得る。とすればだ」

タケルが大きく息を吸った。

「今回、暴走族に襲撃されたとき、村やんたちが死の恐怖を極度に強く感じれば、それが引き金となって一気に高レベルの覚醒に至ったと考えることも可能だ」

「ちょっと待ってくれ」

私はたまらず口を挟んだ。

「いざとなったら、人間の身体を粉々にできるほどの力が備わっていると？　僕たちギフテッドに？」

「説明が必要な問題はもう一つ残ってる。村やんたちがどうやってあの施設から跡形もなく消えたか」

「それも超能力だと？」

「あの施設で会ったアレックスという男のこと、憶えてるか」

全身に汗がにじんだ。

「あのとき、おれがなにをいいたいか、颯斗は気づいてたはずだ」

「……瞬間空間移動。テレポーテーションか」

「たしかに、あまりに現実離れしてる。スプーン曲げどころの話じゃない」

「つまり、村やんたちは超能力で暴走族の連中を粉々にしたあと、一瞬のうちにどこか離れた場所にテレポートしたと」

「そうすれば、すべては説明できる」

「説明になってない気もするけど」

「まあ、ぜんぶ超能力のせいにしてるだけだからな。合理的な説明にはなってない。それは認める。だがな、合理的でないものイコール非現実とは限らない。合理的というのは、人間にとって理解可能という以上のことを意味しない。むしろ宇宙は人間が理解不能なことに満ちている。少なくとも、おれたちギフテッドにとっては、超能力はもはや非現実的なオカルトの領域にはない。現実的で差し迫った問題だ」

一転、明るい声を張り上げて、

「もし、おれのこの仮説が正しければ、おまえあたり、そろそろ覚醒してもいいころだと思ったんだよ」

「なんで僕が」

「決まってるだろ。〈奇跡のギフテッド〉だからさ」

「またそれか」

タケルが笑った。

「だが真面目な話、いまの社会の空気は普通じゃない。ギフテッドというだけで身の危険を感じる。外を歩いていても、職場にいても、自分の家にいても。もしかしたら、その空気がギフテッドに覚醒を強いることになるかもしれない。そう考えたんだが、颯斗もまだとなると、おれの仮説も怪しくなってきたな」

「あまりがっかりしてないみたいだが」

「おれがいちばん恐れていたのは、ギフテッドの覚醒が連鎖的に起こって止まらなくなることだ。おれたちはこの力についてほとんど知らない。どうやったらコントロールできるのか、コントロール可能なものかどうかもわからない。たった二十七人のギフテッドであれだけの惨事を引き起こしたとすれば、国内の全ギフテッドの力が暴走を始めたとき、なにが起こるか。それに」

声が低くなる。

「ギフテッドの超能力が否定できなくなったときの、非ギフテッドの人々の反応も予測できない。覚醒したのが数人程度なら、エスパーだの超能力者だの、好奇心の対象にされるだけで済むかもしれない。新興宗教の教祖にだってなれるだろう。しかし、日本だけでも二千人からのギフテッドがいるんだ。いや、制度が廃止されてからもギフテッドは生まれつづけているはずだ。その全員が超能力を使える。しかも、手も触れないで人間の身体をばらばらにしたり、一瞬で離れた場所に移動できるとなったら……」

嫌な寒気が漂った。

「メシ、まだだろ。なにか食うか」

最初に目に付いたファストフードの店に入り、ハンバーガーで腹を満たした。食べているときは昔話が中心になった。光明学園時代のエピソードだけでなく、辰巳龍と麻野リナの結婚披露宴でのハプニングなども愉快に思い出し合った。披露宴で上岡和人が酔っぱらって醜態をさらしたことにも話が及んだ。

「そういえば、和人もどうしてるんだろうな。連絡くらいくれればいいのに」

上岡和人は大学を出てから不動産コンサルタントの事務所に就職したが、一年もしないうちに辞めていた。その後、職を転々として、龍たちの結婚式を最後に消息がわからなくなっている。

「あいつも、いろいろ事情があるんだろ」

タケルを公務員住宅に送り届けてからアパートにもどった。郵便受けを覗いたが、匿名の脅迫状は届いていなかった。部屋の前にも猫の死骸はなく、ドアに新しい落書きもない。とりあえずシャワーを浴びてから、机に向かって学校の仕事を片づけることにした。生徒たちが提出した実験ノートのチェックだ。それが一段落したときには夜中の零時を回っていた。伸びをしたあと、カーテンの隙間から外を窺った。こうすることが寝る前の習慣になっていた。たいてい前の道路に見知らぬ男が二人立っていたものだが、ここ数日はその姿もない。ようやく無駄だと悟ったのだろうか。匿名の嫌がらせを受けている身にしてみれば、身辺警護をしてもらっているようでむしろ心強かったのだが。

いわゆるテンプル事件については、いまでも現実に起こったという実感がもてない。実際に多くの死者が出て村やんたちが行方不明になっているにもかかわらず、そして自分の身辺にも影響が及んでいるにもかかわらず、せいぜいが一カ月前に観た映画のような感覚でしか捉えられなかった。だから、ギフテッドという理由だけで警察から目を付けられるこの状況も、どこか他人事のように感じていた。タケルの危機感がいまいち共有できなかったのもそのせいだろう。タケルの言葉を借りれば、あまりに衝撃的な出来事だったために思考のブレーカーが落ちて、まともに受け止められないようになっているのかもしれない。

トイレを済ませて水を一杯飲んだとき、食器乾燥機に入れっぱなしにしてあるテーブルスプーンが目に付いた。カレーライスを食べるときに使っているやつだ。私は何気なく手にしてからベッドに腰かけた。

　スプーンで思い出すのはやはり、光明学園の準備クラスのとき、みんなで輪になってスプーン曲げに挑戦したことだ。ほんとうに楽しかった。夢のような時間だった。あのときは絶対に曲がると思えたのに、ぜんぜん曲がらなかった。これ以上ないくらい神経を集中させたのに、そう、こんなふうに……。

　妙なことに気づく。スプーンの輪郭がやけに浮き上がって見える。表面の微かな傷の様子までわかる。なんだ。戸惑う間もなく、腰のあたりがじわりと熱くなった。その熱が血管を駆け上って心臓に入り、胸を満たし、脳にまで広がる。味わったことのないような爽快感が身体を走った。熱の中を冷風が吹き抜けていったような。

　スプーンに異変が起きていた。皿部の付け根がねじれている。気のせいかと思ったが間違いない。角度にしたら十度もないが、たしかにねじれている。

　私は深く呼吸をしてから、もういちど神経を集中させた。今度ははっきりとわかった。スプーンの皿の底に鈍く映る、上下が逆さまになった自分の姿。それがみるみる横にずれていく。凹面から外れていく。柄を持つ手は動かしていない。付け根がゆっくりとねじれているのだ。その角度は九十度に達し、皿部が完全に真横になった。さらに凸面がこちらを向くにつれて、自分の姿が視野に入ってくる。今度は上下そのままに。そこに映る自分の両目は瞬き一つしない。ふたたび皿部が真横を向き、そしてついに三百六十度、一回転した。なおも止まらない。なおもねじれていく。私は夢中になった。曲がれ。曲がれ。もっと曲がれ。もっとだ。もっとだ。もっとだ。また一回転した。すでに付け根は二重にねじれている。それでも止まらない。三回転。なんという快感だろう。なんという悦楽だろう。スプーンの凹面。逆さまに映った私の顔が笑っている。とつぜん揺れて、ぽきりと折れた。

4

「間違いなく、あれは、村やんたちがやったことだよ」

「どうして」

「あんなことができるのは、ギフテッドしかいない」

わたしは首を振っていた。

「そんな、ギフテッドだからって」

「できるんだよ、それが」

「なぜ、そういい切れるの」

彼の顔に、ぞっとさせる笑みが浮かんだ。

「僕にも、同じことができたからさ」

5

生徒たちが実験器具の片づけをしている。ビーカーやフラスコを洗い、上皿天秤《てんびん》を棚にもどし、実験台を雑巾で拭く。おしゃべりが騒がしいが、理科実験室は校舎のいちばん端にあるし、隣は理科教材を置いておく準備室だ。うるさくて授業にならないと苦情をいわれる心配はない。

私も黒板消しで白墨の跡を消していたが、その手は止まりがちだった。しきりに脳裏をよぎるのは、首のねじ切られたスプーンの残像。

チャイムが鳴った。生徒たちは片づけを終わらせていた。私は黒板をそのままにして、先に終業の礼を済ませた。生徒たちが実験室から出ていく中、私は黒板拭きにもどる。ぜんぶ消し終えて振り返ると、実験室に女子生徒が一人残っていた。実験ノートと教科書を実験台に置いたまま、両手を後ろに回し、胸を突き出すような姿勢で目の前に立つ。

上原夏希《うえはらなつき》。

長身で手足が長く、小さな顔にはフレームの細いメガネをかけている。成績は常に上位三人に入る秀才で、理科のテストは毎回満点に近い。たしかクラス委員を務めているはずだ。

「先生、お話があります」

メガネの奥の眼差しによどむ陰鬱は、ただごとではない。

「なにかな」

「先生は、ギフテッドなんですか」

責める響きはなかった。

「そうだけど」

「ギフテッドは超能力を使えるって、ほんとうですか」

「そういう情報はどこで」

「ネットです」

「本気にしてるのか」

「はぐらかさないで答えてください。先生は超能力を使えるんですか」

ギフテッドであることはもとより隠すつもりはない。同僚にも生徒にも。だが、超能力のことは話すべきだろうか。私が迷っているうちに、上原が後ろに回していた手を解《ほど》き、それを突き出した。

金色のティースプーン。

「超能力でこれを曲げてみてください」

さすがに面食らった。

「このスプーンは」

「家から持ってきました」

タケルを思い出す。みんなでスプーン曲げに挑戦したときも、彼が寮のスプーンをくすねて教室に持ち込んだのだった。

「急に曲げろといわれてもね」

「できることはできるんですね」

上原が勢い込んでいった。

「お願いします。やってみてください。わたし、目をつむってますから」

「そういう問題じゃ――」

私は上原の顔を凝視した。

「なぜ知ってる」

「え」

「ギフテッドの超能力は人に見られていると発揮できない。そのことを、なぜ君が知ってるの」

上原が大きく息を吸った。

「やっぱり」

「やっぱり？　どういうこと」

うつむく。

すぐに顔を上げる。

なにかを決断した目だ。

「先生、スプーンを曲げるのはもういいです。その代わり、これを手に持って、しばらく目をつむってください」

まさかと思ったが、いわれたとおり、二本の指でスプーンの柄の端をつまみ、縦に持った。

「これでいいか」

目をとじる。

「そのままでいてください」

指先にはなんの変化も振動も伝わってこない。三十秒ほど経ったろうか。

「あけてください」

覚悟はしていた。それでも衝撃を受けずにはいられなかった。スプーンは見事に曲がっていた。後ろに反り返る感じに。私を見つめる上原は、いまにも泣きだしそうだった。

「どう、思いますか」

「いつから」

「三日前に、初めて」

　私が覚醒した日と同じだ。

「人の目があるとできないことを、どうやって知った。というより、なぜ曲げてみようと思った」

「夢を見たんです。自分に超能力が宿って、スプーンを自在に曲げる夢を。目が覚めても、ほんとうに曲げられそうな気がして、実際に試してみたら……」

　そのときの興奮を鎮めるように、胸に手を添えて深く呼吸をする。

「弟の前でもやってみせようとしました。でも、いくらやってもできませんでした。なのに、一人きりになったらまたできて、だから、もしかしてと思って、試しに、弟に目をつむらせてやってみたんです。そうしたら」

「そのとき弟さんは、なんと？」

「手品だと思ったみたいです。タネなんかないといっても信じてくれなくて。弟は、本物の超能力なら見ている前でも曲げられるはずだと。でも、嘘じゃないんです。わたしはほんとうに」

「わかってる」

　私は、わかってるよ、と繰り返した。

「わたしも、ギフテッドなんでしょうか」

声に怯《おび》えがあった。

「嫌なのか」

「ギフテッドなら、あの村山直美といっしょってことですよね」

村やんのイメージはここまで落ちている。あれだけメディアで叩かれれば無理もないが。

「いちおう、先生もそうなんだけどね」

「あ、すみません。そういう意味では」

私は笑みを浮かべてみせた。

「かまわないよ」

私と村やんが友人同士だと教えないほうがよさそうだ。

「先生はたしかにギフテッドだ。でもそれはスプーン曲げができるからじゃなくて、病院でいろいろ検査を受けた結果、わかったことなんだよ。スプーン曲げができるというだけで、ギフテッドだと決まるわけじゃない」

「人に見られていると使えない超能力って、ギフテッドの特徴じゃなかったんですか」

「たしかに、先生の知る範囲では、そうなってる。だから可能性はある。でも、君がギフテッドかどうか、いまここで結論を出すことはできないんだよ」

上原の顔はまだ納得していない。

「そもそも、ギフテッドの最大の特徴は、未知の臓器をもってることなんだよ。それは知ってた？」

「未知の臓器って、なんですか」

これは意外だった。超能力のインパクトを前にしては、役立たずの未知の臓器など影が薄いということなのだろうか。隔世の感がある。

「右の腎臓に、普通の人間にはない臓器がくっついている。機能性腫瘍と呼ばれることもある」

「機能性腫瘍……」

「ギフテッドとは、機能性腫瘍をもつ人間のことなんだ。だから、君の身体を調べて、その臓器の有無を確かめないかぎり、君がギフテッドかどうかはなんともいえないんだ」

「病院に行けば、調べてもらえるんですか」

「調べてもらえないこともないだろうが」

壁の時計が目に入った。

休み時間ももうすぐ終わる。

「このことを、ほかのだれかに話した？」

「弟だけです」

「たしか、ご両親といっしょに住んでるんだよね」

「親にもいってません。ばれたら叱られますから。そんなことやってる暇があったら勉強しろって」

言葉の端に反発が感じられた。

「上原がギフテッドかどうかにかかわらず、スプーン曲げのことは、あまり人にいわないほうがいいと思うな。いまの社会情勢では、よけいな誤解を招くかもしれない」

まっすぐな眼差しのままうなずく。

「わかりました。だれにもいいません」

「さ、そろそろ次の授業が始まるぞ。相談したいことがあったら、いつでも来なさい」

私がいってスプーンを返すと、ようやく安心の笑顔を見せてくれた。


この一件は私を混乱させた。

上原夏希がギフテッドだとしても、彼女は自分がギフテッドかもしれないとは考えていなかった。それなのに覚醒したとすれば、ギフテッドであるがゆえの危機感が覚醒を促すとするタケルの説は当てはまらない。とはいえ、タケル自身がそうであったように、第一段階の覚醒だけならば生命の危機を感じなくとも可能らしいので、あり得ない話ではない。

それよりも気になるのは、覚醒のタイミングだった。なぜこの時期に重なったのか。偶然だろうか。それとも、危機感とは別に、覚醒を促すなにかが存在するのだろうか。

こういうときは無性にタケルと話したくなる。彼と言葉を交わすだけで、頭の中の整理ができる。彼とはあの日以来、連絡をとり合っていない。私がその夜に覚醒して超能力でスプーンをねじ切ったことも伝えていなかった。通話もメールも監視されているという彼の言葉が気になったからだ。だが、学校の生徒までが覚醒したとなると話は違ってくる。この事態を、タケルならばどう考えるかを知りたかった。監視されているといっても、実際にやましいことはなにもないのだから、堂々としていればいいはずだ。そう自分に言い聞かせて、近いうちにまた会えないか、とメールを送った。

異変に気づいたのは三日後だった。その日は木曜日恒例の職員会議が長引いて帰りが遅くなった。テンプル事件以降の孤立した空気の中では、発言を求められることなどないが、それでも欠席するわけにはいかない。私にとって苦痛以外のなにものでもない会議が終わり、ようやく帰宅したときには午後八時を回っていた。なにはともあれビールでも飲んで一息つこうと冷蔵庫を開けたとき、ちょうど切らしていることに気づいた。夕食の弁当といっしょに買ってくればよかったが後の祭り。ふたたび外に出るのも億劫《おっくう》になり、とりあえず弁当だけを食べたが、夜中になってどうしてもアルコールが欲しくなり、近くのコンビニまで歩いて買いに出ることにした。そして缶ビールを六本買い、重いレジ袋を提げながら店を出て外の空気に触れたとき、ふいに思い出したのだった。タケルからまだ返信がないことを。

たしかに忙しい身の彼ではあるが、これまではおそくとも二十四時間以内になんらかの反応があった。三日間もなにもないというのは彼の性格からしても不自然だ。

虫の知らせだったのかもしれない。私はレジ袋を提げて突っ立ったまま、急《せ》かされる思いで電話をかけた。しかしタケルは呼び出しにも応えなかった。留守電に切り替わった。メッセージを残さずに通話を切った。

周囲を見回した。深夜のコンビニ。駐車場には乗用車、バイク、自転車。店内にも客が数人。店の周囲は明るいが、その外側は夜に取り囲まれている。心を躊躇《ためら》わせるものがあった。しかし、いつまでもこうしているわけにもいかない。足を踏み出した。数歩ばかり進んだとき、コンビニのドアから軽やかなメロディが追ってきた。だれかが店を出たのだ。背後に感じる。私は足を速めた。気配が付いてくる。コンビニの敷地から出ようとしたとき。

「達川さぁん」

その声は背後からではなく、前方の闇から聞こえてきた。人影は一つ。背は低いが横幅がある。

「どこに行くんですかぁ」

　コンビニの明かりに浮かんだ顔には、でこぼことした愛想笑いが広がっている。角張った顔面は丈夫そうな皮膚に覆われ、小さな目は冷たく澄んでいた。上下の唇が腫れぼったいほど厚い。五十歳くらいか。

「なんですか、あなたは」

　自分でも声が硬いのがわかった。

「警察の者ですよ。石丸といいます」

　愛想笑いのまま身分証を開く。警察にはなんどか話を聞かれているが、初めて見る顔だ。背後を振り返ると、同じくスーツ姿の男が立っていた。背が高くて若いが、愛想のかけらもない。もしかしたらコンビニの店内にいたかもしれない。

「そいつも同じですよ。警察官です」

　私は石丸と名乗った男に目をもどした。

「僕がなにかしましたか」

「まあまあ、そんなに喧嘩腰《けんかごし》にならないでくださいよ」

「用があるなら早くいってください」

「それ、なにを運んでるんですかぁ」

レジ袋を顎で示す。

「コンビニで買ったビールですよ。見ればわかるでしょ」

「確認させてください」

「なぜ僕がそんなことされなきゃいけないんですかっ」

思いがけない勢いで言葉が噴き出してきた。さまざまな出来事が重なる中で蓄積した感情に火が点《つ》きそうだった。

「おやぁ、見せられない理由でもあるんですかぁ」

粘つくような声が神経を苛立たせる。背後の若い男は不気味な沈黙を守っている。私はかろうじて自分を抑え、レジ袋を開いてみせた。

「ははぁ、これはビールですねぇ」

わざと私を怒らせようとしている。そうとしか思えない。

「これ、どこに運ぶつもりなんですかぁ」

「運ぶって、自分の部屋ですよ。決まってるでしょう」

「村山直美のところじゃないんですかぁ」

いわれている意味がわからなかった。

「知ってるんですよねぇ。奴の居場所」

「そんなわけないでしょう」

「でも同じギフテッドで、しかも親しい友人だったんですよねぇ。連絡がなにもないっていうのは、ちょっと信じられないんですけどねぇ」

「彼がどこでどうしているのか、僕だって知りたいんです」

「ほう、どうしてあなたが」

「それは……友達だからですよ。心配だからですよ。当たり前じゃないですか」

「ということは、あなたは、惨殺された二十二人の若者の無念さを思うより、惨殺した犯人の身を心配してるわけだぁ」

「そうはいってないでしょう」

「いったじゃないですかぁ」

すでに愛想はない。至近距離まで顔を近づけてくる。

「やめてくださいよ。そうやって人を怒らせようとするのは」

「あたしはなにも怒らせようとなんてしてませんよ。常識ある人間として当然のことをいってるだけですけどねぇ。それともなんですか。ギフテッドにはそんな常識も通じないんですかぁ」

「いまの差別発言ですよ。いいんですか。公務員がそんなことを口にして」

「どこが差別ですか。ほんとうのことをいったまででしょう。違いますか。ねえ、達川さん。答えてくださいよ。違いますかぁ」

歯を嚙《か》みしめた。そうでもしないと感情が暴走しそうだった。こんな問答を繰り返して、なにになるのか。

「なに、あの人たち」

「あいつ、ギフテッドらしいよ」

周りに目をやると、野次馬が遠巻きに集まりつつあった。コンビニの店内からこちらを見ている客もいる。

「村山直美の仲間だってさ」

「マジで？」

「なんでさっさと逮捕しないんだ」

石丸の小さな目が、観客の様子を確認するようにすばやく動く。そのあとで私の背後にいる若い男になにか合図を送ったように見えた。

「達川さん、そんなことしていいと思ってるんですかぁっ！」

いきなり声の調子をあげた。私の顔の前に突き立てた太い人差し指を、叩くように振る。

「いくら古い友達だからって、村山直美は二十二人の若者の命を無惨に奪った凶悪犯罪者ですよ。彼らを匿ってるとしたら、あなたまで同罪ですよ。わかってるんですかぁ。ほんとにわかってるんですかぁ」

指があやうく目に当たりそうになる。私は悟った。彼らは私が村やんたちを匿っていると本気で考えているわけではない。もしそうなら、ひたすら監視を続けていればいいはずだ。こんなところで派手な言い争いをしてメリットなどないのだから。

「僕はだれも匿っちゃいない。これ以上いうのなら、証拠を出してください。それができないなら、そこをどいてください」

「どきますよ。あたしらはべつに達川さんを拘束しているわけじゃないんですから。ご自由にどうぞ、どこにでも行ってください」

「そうですか。それじゃ」

と足を踏み出すと、石丸が、おっと、といいながら前を塞ぐ。私は睨みつけた。

「邪魔してるじゃないですか」

「たまたま、あたしが行きたい方向とぶつかっただけしょう」

「これが日本の警察のやり方なんですか」

「でもですねえっ」

また声を張り上げる。話の脈絡もなにもあったものじゃない。

「我々は一日でも早く凶悪犯罪者を捕まえなきゃならんのですよ。ねえ、達川さん。あなたギフテッドですよねえ。ギフテッドなんでしょう。しかもただのギフテッドじゃない。あの村山直美の親友だった。いいですか、親友だったんですよ、村山直美の。少しは警察に協力してくれてもいいんじゃないですかぁ」

「もうじゅうぶんに協力しましたよ。とにかく、どいてください。僕は家に帰ります。帰りたいんです！」

石丸の脇を抜けようとした瞬間、こんどは後ろから右肘をつかまれた。背後の若い男に。力任せにその手を振り払った。

「ぎゃあ！」

若い男がとつぜん悲鳴をあげ、両手で顔を押さえて地面にひっくり返った。呻《うめ》きながら足をばたばたさせる。

「おい、大丈夫か！」

石丸が駆け寄る。若い男の様子を見て大げさに血相を変える。コンビニの前にいる野次馬に向かって、

「すみません。どなたか救急車を呼んでください。けが人です！」

「うそだ。当たってないはずだ。手にはなにも感じなかった」

石丸が顰《しか》め面をつくって私の前に立つ。

「達川さん。あなたを公務執行妨害で逮捕します」

「馬鹿馬鹿しい！」

「なにが馬鹿ですか。あなた、彼に暴力を振るったじゃないですかぁ」

私は周囲に集まった人々を見回した。

「みなさん、見てましたよね。僕はなにもやってませんよね。いいんですか、警察にこんな横暴を許して」

「なにが横暴ですか。あなた、実際に殴ったでしょう！　ここに倒れている彼が見えないんですか！　こんなに痛がっているじゃないですか！」

石丸が唾を飛ばして怒鳴り、背広の裾を払って手錠を取り出した。空いてる手で私の右手首を握る。おそろしく硬くて頑丈な手だった。しかし私が腕を引くと、石丸はあっさりと放した。

「おやあ、達川さん、いいんですか、そんなことして。ひょっとして抵抗する気ですかぁ」

周りに集まった人々は、ただ物珍しそうに傍観するのみ。ケータイのレンズをこちらに向けているのは高校生くらいの女の子。にやついて眺めているのは学生らしき男。サラリーマンらしき三人は笑いながらひそひそと話し、別の若い女性は一心不乱にスマホに文字を打ち込んでいる。だれ一人として、警察官たちの猿芝居に抗議の声をあげる者はない。しょせんは他人事なのか。それとも私がギフテッドだからか。村山直美の友人だからか。そんな人間が相手である以上、このくらいのことは許されて当然なのか。石丸は、これだけの一般市民に目撃されているというのに、動じる様子がない。世論はすべてギフテッドを敵視している。だからそのギフテッドを叩くためならいかなる手段も黙認してもらえる。そう確信しているのだ。そして人々は、石丸の期待に完全に応えている。

「ここはおとなしくしておいたほうが身のためですよ。いいたいことがあるなら署の──」

私は持っていた缶ビールをレジ袋ごと石丸に投げつけた。身を翻して駆けた。野次馬から悲鳴があがった。逃げるぞ。声が追ってきた。道路へ飛び出た。駆けた。しかしどこへ。アパートへはもどれない。帰るべき場所はどこにもない。それなのにいま私は走っている。逃げている。真っ逆さまに落ちている。地を蹴るたびに落ちていく。どこまでも。

「止まれ!」

制服の警察官が二名、前方に現れた。拳銃に手をかける。私は立ち尽くした。振り返る。石丸も追いついてきた。逃げ場を失った私を見て速度を落とす。

「達川さん、とうとうやっちゃいましたねぇ。すごい凶器ですよ、あれ。おお、いてぇ」

顔を撫《な》でながら笑う。愉《たの》しんでいる。

その後ろから野次馬たちがぞろぞろと付いてきた。

「早く捕まえちゃえよっ」

サラリーマンらしき男が叫んだ。

石丸がふたたび私の眼前に立つ。

「あぁあ」

私にだけ聞かせるように低い声を漏らした。

「手こずらせやがって。糞《くそ》ギフテッドが」

手錠をちらつかせる。

「ほら、達川さあん。手ぇ出して」

頭の中に光が走った。その光の中に浮かぶ。水ヶ矢小学校。クラスメートの島村勝也が交通事故に遭った。それを私のせいにされた。あの日、先頭になって私を責めた彼はなんという名前だったか。おまえがやったんだろ、化け物。私を刺し貫くクラスメートたちの視線。痛み。そしてあの声。ほんとなの、颯斗くん。

「違う」

私の口が勝手に言葉を放った。

「え、なに」

「僕じゃない。僕がやったんじゃない」

石丸が鼻で嗤《わら》った。

「なにいってんの。たったいま、この顔に缶ビールをぶつけたの、あんたでしょうが」

「僕じゃないっ」

言葉を発しているのは私ではなかった。私の中にいるもう一人の私だった。私にはコントロールできない私だった。

「僕は化け物じゃない」

出てけ。出てけ。

「**僕は化け物じゃない**」

「ちょっと……」

石丸が目を剝いた。

後ずさった。

笑いは消えている。

代わりに少しずつにじみ出てくる感情。

怯え。

この男、怯えている。

「僕は化け物じゃない」

出てけ。出てけ。出てけ。

「待ちなさいよ。なにいってんのか、あたしには……」

出てけ。出てけ。出てけ。出てけ。

「僕は化け物じゃない」

出てけ。出てけ。出てけ。出てけ。出てけ。

「ちょっと待ちなさいって。ちょっと、ちょ、ちょ、ちょちょちょちょちょちょ」

出てけ。出てけ。出てけ。出てけ。出てけ。

や　め　ろ

石丸の顔。はっきりと歪んだ。表情が、ではない。文字どおり顔そのものが大きく歪んだ。蠟人形《ろうにんぎょう》が高熱を浴びたように。眼球がねじれて白目と黒目が入り交じる。耐えきれなくなった皮膚が音もなく引き裂かれていく。血管の一本一本が断裂していく。その様子が鮮明に見える。肉も、骨も、身に着けた衣服も、柔らかいものも、硬いものも、分け隔てなく、すべてが同時にばらばらになっていく。存在を支える空間そのものが崩壊していく。ほんの数秒前まで石丸という男だった物体は、無数の破片となって静かに舞い上がり、美しい幾何学的な模様を宙いっぱいに描いたあと、重力に捉えられ、ゆっくりと降り注ぐ。地に接するときになって初めて、ぼたぼたと音を発した。

最後の一片が地表に到達しても、警察官も、見物していた人々も、だれも動かなかった。たったいま目の前で起きたことを、理解できなかったのだろう。だが、地上に散乱したものを見て思い出したはずだ。報道で伝えられたテンプル事件の様相を。そして悟ったはずだ。いままさに自分たちが、あの事件の被害者と同じ状況に置かれていることを。

恐怖が羽化して解き放たれる時が来た。

真っ先に背を向けたのは、武器を持っていて市民を守るべきはずの制服警察官だった。人知を超える殺戮《さつりく》の前では、いかなる崇高な使命感も無力をさらけ出した。こうなっては一般市民が冷静でいられるわけがない。怒号のような悲鳴が路上に満ちた。全員が私から少しでも離れようともがいた。倒れる人もいた。倒れた人を踏みつけていく者もいた。

待ってくれ。私は叫ぼうとした。逃げないでくれ。僕だって怖いんだ。一人にしないでくれ。助けてくれ。声にはならなかった。そして私は、逃げまどう群衆の中に、その姿を見つけたのだった。

佐藤あずさ。

懐かしい後ろ姿。
振り向く。
顔を引きつらせる。
私の存在を拒絶するように首を横に振る。
私は彼女に手を伸ばす。
あの日、あのとき、口にできなかった言葉。
たのむ。
逃げないでくれ。
君だけは、逃げないでくれ。
僕のそばにいてくれ。

6

「踏み出した足が地面に着くと同時だったと思う。目の前が真っ暗になってなにも見えなくなった。静かだった。顔に触れる空気が違ってた。風もなくて、なにも動かなくて。だから僕は、自分が死んだのかもしれないと思った。怖くなって、うずくまった。そしたら、とつぜん明るくなって、君の声が聞こえたんだ。靴を脱ぎなさいって」

佐藤あずさは無言のまま、膝を抱えている。

私は、この身に起きたことを一通り話すことで、思考に最低限の秩序を回復させることはできた。しかし、佐藤あずさと再会したことの意味を嚙みしめるほどの余裕までは、まだなかった。

「信じてもらえないかもしれない。でも、嘘はいってない」

佐藤あずさが小さく息を吸い、スマートホンを手にした。すばやくタップする。画面をしばらく眺めてから、

「事件のことはアップされてないみたいね。まだ——」

急に声を呑んだ。

「颯斗くん、ケータイの電源」

私も気づいた。ポケットから取り出して確認する。ボタンを押したが反応はない。

「電源が入ってない。切った憶えはないんだけど」

もしやと思って電源ボタンを押した。

佐藤あずさがあわてた様子で、

「警察に居場所が知られちゃうよ」

私はボタンを押しつづけた。

「やっぱりだめだ。電源が入らない。バッテリーはまだ残ってたはずなのに」

「……どういうこと」

「もしかしたら、テレポートするときに壊れたのかも」

タケルが曲げたスプーンは強い磁力をもつようになった。私がねじ切ったスプーンもそうだった。超能力が必然的に磁場の激しい変動をともなうものだとすれば、それが電子機器に影響することはじゅうぶんに考えられる。

「どっちにしろ、逃げるつもりはないよ。人を殺してしまったんだから」

「警察に行くの」

私はうなずく。

「どうやって説明するつもり」

「あったことをそのまま話す。それしかない」

「信じてもらえると思う？」

「目撃者が大勢いる」

「その人たち、なにを目撃したの」

「だって、僕は大勢の目の前で――」

そうだ。忘れていた。ギフテッドの超能力は人に見られているときは使えないはず。しかし、たしかに私は石丸という警察官を手も触れずに殺してしまった。場合によっては例外もあるということか。村やんがそうであったように。それとも、人の目のあるところで使えないというのは思い込みに過ぎなかったのか。

「その人たちの目の前で、颯斗くんはなにをしたの」

「なにって……警察官を一人、ばらばらにしてしまったんだよ」

「どうやって」

「たぶん、超能力で」

「颯斗くんが心の中でそう念じたの？」

「そんなことは」

「じゃあ、どうして颯斗くんがやったと断言できるの？」

揺らぐものを感じた。

「みんなが見たのは、警察官の身体がばらばらになるところだけ。颯斗くんはその警察官に指一本触れてもいないし、武器を向けたわけでもない」

「あんなことができるのはギフテッド以外に考えられない。現にテンプル事件で同じことが起きてる」

「仮にギフテッドにしかできないとしましょ。でもね、それだけでは颯斗くんがやったことの証明にならない。周りに集まった人の中にギフテッドがいないとは限らないでしょ」

たしかに盲点ではあった。あの中に覚醒したギフテッドが交じっていたとして、見物人の注意が私に集中すれば、人の視線を一つも浴びない状況になることはあり得る。つまり、超能力を使うことも可能になる。

正直にいえば、その説に飛びつきたいという気持ちはあった。だが、しょせんは、人の命を奪ったという罪悪感から逃れるための方便でしかない。

「たとえ颯斗くんの超能力が原因だとしても、コントロールするのは無理なんでしょ。不可抗力なんでしょ。だったら、颯斗くんの責任とはいえない」

「あの警察官に怒りをぶつけたくなったのは事実だ。それがこんな結果になったのだとすれば、やっぱり僕に責任がある。いや、僕に責任があろうとなかろうと、僕は警察に行くよ。なぜあんなことになったのか、わかる範囲で説明する。同じ悲劇がまたどこかで繰り返されるのを防ぐためにも」

佐藤あずさは表情を変えない。

「それに、テンプル事件に続いてこんなことになってしまった以上、一刻も早く、僕らの特殊な能力のことを知ってもらって、そんな力をもってしまった僕らの存在を受け入れてもらえるようにしないと」

「無理だと思う」

眼差しが硬くなる。

「残念だけど、これ、国籍が違うとか、肌の色や文化や宗教が違うとか、そういうレベルじゃないのよ。もしすべてのギフテッドに颯斗くんのいうような能力があるとしたら、そういう人たちがすぐ近くに少なからず実在するとしたら、わたしたちにとってそれは想像を絶する脅威なの。わかる？　きっと多くの人がパニックになる。そのとき、なにが起こると思う」

重い静寂が漂った。

「いまのこの世界を見てよ。いまだにあちこちで殺し合いが続いてる。殺さなければ殺されると思い込んで。互いを理解することも、受け入れることもできないで。ギフテッドじゃない普通の人間同士でさえこうなのに」

「坂井タケルという友達のこと、さっき話したろ。彼も同じことをいったよ。もしギフテッドの超能力が動かしがたい事実となったら、異物として徹底的に排除されるだろうって」

「その人のいうとおりだと思う」

「僕は、あきらめるのは早いと思ってる。共存の道はある。というより、共存せざるを得ないんだよ。ギフテッドは増えつづけてるんだから」

言葉は返ってこない。

「共存の道を見つけるためには、まず、普通の人間とギフテッドの違いを冷静に理解し合うこと。そこから始めないと」

「長い時間がかかりそうね」

遠くから電車の振動が伝わってきた。自動音声のアナウンスが続く。なんといっているのかは聞きとれない。近くに大きな駅があるらしい。

カーテン越しの闇が薄くなっていた。朝が迫っている。

「そろそろ行くよ。ほんとに迷惑をかけてしまったね。コーヒー、ありがとう」

私は腰を上げた。

佐藤あずさも立ち上がる。

「わたしにできること、ある？」

タケルたちへの伝言を頼もうかと考えたが、思いとどまった。石丸という警察官が私に声をかけてきたとき、すでに周辺には制服の警察官が配備されていた。最初から私を逮捕するつもりだったのだ。どのような手を使ってでも。テンプル事件の捜査が進まないことへの焦りから強引な手法に出たのか。あるいは、なにか新しい進展があったのか。いずれにせよ、すでに警察全体がその方向で動いていると考えたほうがいい。とすれば、私と同じく村やんと親交のあったタケルや向日伸、林勲子、辰巳龍とリナのところにも、警察からなんらかのアクションがあってもおかしくはない。タケルと連絡がとれなくなったのも、そのせいかもしれないのだ。そんなところに佐藤あずさを巻き込むわけにはいかない。

「いや、ないよ」

私は答えた。

「いちばん近い警察署はどこかな。派出所でもいい」

「待って。わたしも付いていく」

「一人で行けるよ。君だって僕といっしょにいるところを見られないほうが」

「余計な心配しなくていいの」

ぴしゃりといわれたその響きが、妙に懐かしく、耳に心地よかった。

「でも、ちょっと待っててくれる。着替えたいし、それと、お化粧も」

「化粧?」

「三十超えてすっぴんで部屋を出るわけにはいかないでしょ」

佐藤あずさが意味ありげに微笑み、首を軽く傾《かし》げた。

ドアを開けて通路に出る。同じフロアには九つのドアが並んでいた。壁に掲げられた数字から四階とわかる。二人でエレベーターに乗る。佐藤あずさが一階のボタンを押す。ボタンは十一階まである。さいわい、ほかの住人と顔を合わせることなく建物の外に出られた。

周辺には民家がほとんどなく、マンションやアパートのほか、ビジネスホテルや学習塾、居酒屋などが立ち並んでいた。その彼方を走っているのが線路の高架。JRだという。空は明るくなっているが、太陽はまだ地平線の向こうだ。東の空には、隠れた太陽の光を浴びた月が、美しい三日月となって浮いている。その三日月を正面に見ながら、私と佐藤あずさは、人影のない道を並んで歩いた。

彼女はざっくりとした白いシャツに細身のジーンズを穿《は》いていた。小学生のころのイメージはどこにも残っていない。あの佐藤あずさが、顔から、体型から、声から、すべてが成熟した女性のそれになっている。当たり前だ。お互い、もう三十二歳なのだから。しかし私には、当たり前のそのことが、なによりも不思議に思えた。

「さっきの、空手なの？」

私は両手で真似てみせた。

「ああ……うん、まあ」

「小学校のときから習ってたんだっけ」

「空手は中学に入ってから」

「段とか、もってるの?」

「ううん。格好だけだから。最近は道場にも行ってないし」

「でも、すごく強そうだったよ、構えたときの佐藤」

「……そう」

ライトを点灯させたバイクが二階建てのアパートの前に停まっていた。荷台に新聞の束を積んでいる。アパートからヘルメットをかぶった男性が出てきてバイクにまたがり、エンジンを吹かして発進させる。走り去ったバイクの排気ガスも、風にのって消えた。

「颯斗くん」

佐藤あずさが声を改める。

「あのときは、ほんとうに、ごめんなさいね」

「水ヶ矢小学校でのこと?」

「いつか、ちゃんと謝りたいって、ずっと思ってた。正直にいって。わたしのこと、恨んだでしょ」

私は少し迷ったが、正直にいうことにした。

「というか、がっくりきた。ちょっと、じゃないな、かなりだ」

佐藤あずさが言葉もなくうつむく。

「だって、僕は、佐藤のことが好きだったから」

息を詰める気配がした。

「昔のことだよ」

「そうね……昔のことね」

小さく囁《ささや》くようにいった。

「あの地震、いまでも僕が起こしたと思ってる？」

なかなか答えが返ってこない。

「ほんとに僕がやったと？」

「だって、テレポートできるくらいだから」

私が黙る番だった。

「ほんとのところは、どうなの」

「偶然だったと思うよ。いくらなんでも」

「やっぱり、そうよね」

「そうだよ」

互いに小さく笑い合った。

「テレポートって、自分で行きたいところに行けるようになるの？」

「そんな簡単なものじゃないと思うけど」

「でも、もしできるとしたら、刑務所に入っても平気ね。いつでも出てこられるんだから」

「そのときはまた、佐藤のところに寄っていいかな」

軽口のつもりでいった。少しでも明るく別れられるように。暗くならないように。

「きょうみたいにコーヒーを飲ませてよ。だめ?」

佐藤あずさは横目で私を見ながら笑っている。いい笑顔だ、と思う。

「だめといっても、勝手に入ってこれちゃうんでしょ」

「だめっていわれたら行かないよ。テレポートするときに、できるだけそっちに行かないように努力してみる」

「来てもいいけど、いきなり部屋の中に現れるんじゃなくて、せめてドアの外からノックしてほしいな」

「気をつける」

佐藤あずさが足を止めた。

私も止まった。

「この先の大通りに出て、すぐ右にある四角形の白い建物。灯りが点いているのがわかる? あれが交番。いつも駐車場にパトカーが停まっているし、警察官も何人かいるはず」

私は少し進んで、向き直った。

「ありがとう。ここでお別れしよう」

「あのね……」

視線が宙を漂う。

「……ほんとに、来れるんだったら、うち、来ていいから、いつでも」

「ああ」

二人の間の空気が、急にぎごちなくなる。

「佐藤、こんどは君が正直に答えてほしいんだけど」

「なに」

「僕のこと、化け物だと思う？」

佐藤あずさが顎を引いた。

「颯斗くんは颯斗くん。それ以上でも、それ以下でもない。これじゃだめ？」

「いいさ。ありがとう」

私は大きく息を吸い込んだ。

「じゃあ、元気でね」

背を向ける。

「颯斗くんっ」

振り返った。

佐藤あずさの力強い眼差しが、私を捉えた。

「忘れないで。わたしは颯斗くんの味方だから」

「……佐藤」

「今度はもう、逃げないから」

私は、深くうなずいた。

7

びくりと震えて微睡《まどろ》みから覚めた。周囲に目を走らせる。だれもこちらを見ていない。というより、積み上げられた資料が壁になって視線を遮ってくれている。さらにありがたいことに涎《よだれ》も垂れていなかった。

パソコン画面はスクリーンセーバーに切り替わっている。キーボードを叩いて元にもどした。書きかけの原稿が表示される。地元で劇団活動を続けている男性のインタビュー記事だ。続きを書こうとキーボードに指を置いたものの、頭が働かない。早々にあきらめて、パソコンをスリープモードにした。ポーチを手にして机を離れる。

編集局の広いフロアの端っこに、我らが文化部のスペースはある。すべての原稿の最終チェックをするデスクは下村という四十代男性。奥さんと子供を東京に残して単身赴任してきている彼の下、文化部には六名の記者が所属している。その六名の中でわたしのキャリアは上から三番目だ。実働部隊の半分は二十代という、若手主体の部局だった。

お手洗いの鏡の前に立つと同時に嘆息が漏れた。そこに映るのは寝不足も明らかな三十二歳の女の顔。徹夜も平気でこなしていたころが懐かしい。年寄りじみた感傷に浸っているうちに、ふと不安がよぎった。もしかして、ぜんぶ夢だったのか。

夜中に初恋の相手が部屋に現れて云々というストーリーは、とても現実のものとは思えない。すべては、さっきの居眠りのときに見た夢の中の出来事だったのか。

（でも……）

夢の記憶が、ここまで深く胸に残っていることはない。あのとき、わたしはたしかに、彼に約束したのだ。二度と逃げないと。

お手洗いのドアが開いて人が入ってきた。わたしは鏡に向かって髪を一撫《ひとな》でしてから出た。

机にはもどらず、休憩スペースのサーバーでコーヒーを淹れた。湯気の上るカップを手にしながら、窓の外に広がるビル群をぼんやりと眺める。

わたしは彼に一つだけ嘘を吐いた。空手のことだ。彼にはああいったが、じつは、いまもこちらで道場通いは続けていて、その道場では三段ということになっている。そもそも空手を習いはじめたのは、あの水ヶ矢小学校での騒ぎのとき、自分のパンチが男子に通用しなかったことにショックを受けたからだ。さらにいえば、もしあの男子を一撃で叩きのめせていたら、地震が起きたあとにあんな醜態をさらさなくても済んだはずだった。わたしは自分を鍛え直し、強くならなければならない、と思い込んだ。思春期の女子ならばもっとほかのことに打ち込めばよさそうなものだが、これがわたしなのだから仕方がない。

ただし、あなたにとって空手とはなにか、と聞かれたら、あくまで趣味だと答えるし、そういう言い方をすると気を悪くされそうなときは、自分で自分の身を守るため、とでもいい繕うだろう。強くなりたいとは思ったが、その道を究めようなどとは考えていなかった。なぜなら、わたしには別の夢があったから。小説家になるという夢が。

物心ついたときから本を開いていたような気がする。読むばかりではなく、自分も書きたいと最初に思ったのは、中学二年のときだ。稚拙ながらも初めて小説らしきものを自分で書き上げたときの高揚感は、いまでも甘く、そしてちょっぴり苦い思い出となっている。高校でも文芸部に入り、二年のときには全国の高校生を対象とする文芸コンクールで入賞した。佐藤あずさはいずれ小説家になる。先生も友人たちも、そしてわたし自身も、そう信じていた。

それからはいよいよプロになるための新人賞を目指した。惜しいところまでいったこともあったが、けっきょくは受賞に至らないまま、いつの間にか大学三年の春を迎えていた。その年、同い年の女子大生が大きな文学賞をとって話題になった。それなのに自分はデビューすらできないでいる。こんなはずでは、と焦った。自分のすべてを注ぎ込んで渾身の長編小説を書いた。しかし最終選考に残ることもなく落ちた。二日間、なにも喉を通らなかった。付き合っていた男性とも、それが原因の喧嘩で別れた。一人きりで一晩泣き明かし、ようやく吹っ切れた。ようするに、あると思い込んでいた才能が、実際にはなかったのだ。

自分の才能に見切りはつけたが、それでも文章を書く仕事がしたかった。出版社や新聞社にしぼって就職活動をした。運よくある新聞社に採用され、一年目から地方の支局を回った。配属先は約二年ごとに変わり、そのたびに日本中を移動した。地元の警察に密着する、いわゆるサツ担も経験した。

仕事はおもしろかったが、生活はどうしても不規則になる。というか無茶苦茶になる。何度かめぐってきた恋愛の機会が、いずれも長続きせずに潰《つい》えたのも、仕事に熱中するあまり会う時間さえ満足につくろうとしなかったせいだと、いまならわかる。それでも若さと体力でカバーできるうちはよかったが、入社八年目、ついに身体を壊して入院する羽目になった。二カ月ほどでなんとか復帰できたが、これ以上の激務に耐えるのは無理と判断された。それで異動した先が、いまの職場、九州本社の編集局文化部だった。

九州ローカルの文化面を担当するこの部局は、地元で文化活動をする人たちにインタビューしたり、伝統行事を取材したり、地元の歴史にまつわる調べものをしたりするなど、広く文化に関する記事を提供するが、政治部や社会部のように取材に飛び回って家にも帰れず休みもろくにとれない、ということはまずない。たまに地元在住の作家にエッセイなどを依頼したときに、原稿が送られてくるのを夜遅くまでじりじりしながら待つ程度だ。これはこれでやりがいはあるのだが、やや物足りなさを感じはじめてもいる。

コーヒーを飲み終えて自分の机にもどると、原稿の続きに取りかかる前に、ネットのニュースサイトをチェックした。すでに午後二時を回っている。彼の話してくれたことが事実だとすれば、とうに大騒ぎになっているはず。しかし、朝からたびたびチェックしているが、いまだにニュースに出ない。

ふたたびあの不安が頭をもたげてきた。やっぱり、夢、だったのか。実際にはなにもなかったのか。

だが、冷静に振り返っても、あれが夢だったとは思えない。わたしにとっては紛れもない現実だ。なのに、起こっているべき事件が現実には起こっていないとすれば、わたしが精神的に異常を来しているということになる。なるほど、絶対にない、とはいえない。

だが逆に、現実に事件は起こったのに、それがまだ発表されていない、とすればどうだろう。そういうときは裏でなにかが動いていることが多い。わたしの直感も、真相はこちらだと囁いている。

午後四時を過ぎたころ、ようやく第一報が出た。

〈第二のテンプル事件？　警察官一人が爆死　現場から逃走したギフテッドが関与か〉

たしかに夢ではなかった。だが、いざ現実のものとして突きつけられたいま、そのあまりの重さに立ちすくむ自分がいた。夢であったほうがはるかによかったのだ、と気づかされた。

〈きょう午前零時ごろ、茨城県水浦市の路上で警察官一人が殺害された。凶器は特殊な爆発物であり、警察官は爆死したと見られる。この警察官は直前までテンプル事件の重要参考人と思われる人物に職務質問していたことが複数の目撃者によって確認されている〉

淡々と記述されているが、この〈目撃者〉たちは、平穏な日常のさなかに、一人の人間の身体がばらばらになる瞬間を目の当たりにしてしまったのだ。その精神的なショックも相当なはず。

〈この人物は直後に現場から立ち去っており、警察ではなんらかの事情を知っている可能性があると見て足取りを追っている。なお、使用された爆発物は、テンプル事件で使われたものと同種と考えられる〉

記事のどこにも〈超能力〉という言葉はない。この現象をどうあっても合理的に解釈するのであれば、〈特殊な爆発物〉とでも書くしかなかったのだろう。事実、テンプル事件で使用された凶器は、いつの間にか、そういうことにされている。

それよりも気になることがあった。〈テンプル事件の重要参考人〉とは達川颯斗のことだろうが、彼はすでに警察に出頭している。わたしは彼が交番に入っていくところまで見届けたのだ。なのに、まったく言及されていない。

警察が意図的に伏せている。なぜ隠す必要があるのか。市民に無用な不安を感じさせないためにも速やかに発表すべきことなのに。

発表できない理由があるのだ。

電話を一本かける。九州本社の社会部には付き合いの長い後輩がいる。名前は谷本葉子《ようこ》。どの職場に移っても必ずハコちゃんと呼ばれる元気な二十代女子で、関西本社の社会部にいたころに新人の彼女を指導したことがある。復帰後にここで再会してからも、なんどかいっしょに食事をする機会があった。

『うわあ、あずさ先輩。珍しいですね』

「忙しいところごめんね。ちょっと聞きたいんだけど、きょう、城南署あたりで大きなニュースはない？」

あの交番は城南署の管轄だ。第二のテンプル事件の容疑者が出頭してくれば、全国紙一面を飾るニュースになる。

『ええっ、なんで知ってるんですかぁ！』

この子、口の軽いのは直っていないようだ。

「あったのね」

『いや、あたしも詳しいことはわからないんですけど、とにかく、大変なことになっているらしいです』

「なぁに、大変なことって」

興味津々といった声音で返す。

『あ、あずさ先輩、このことは』

「もちろん、だれにもいわないわよ」

『じゃあ、特別に教えちゃいますけど、指名手配犯かなにか知らないんですけど、管内の派出所に出頭してきたらしいんですね。それでパトカーで城南署のほうに移送されてきたんですって』

やはり彼は城南署までは行ったのだ。

『それが、署に到着して二時間くらい経ったころにですね』

焦《じ》らすように間を空ける。

わたしは期待に応えて、

「二時間後に、どうしたの」

と催促した。

すると、ことさら声を潜めて、

『消えたらしいんですよ』

「消えた？」

『そうなんですよ。その犯人がですね、署内で消えちゃったんですよ』

「逃亡したってこと？」

『たぶん、そういうことだと思うんですけど』

彼女にしては歯切れが悪い。

『とにかく、いまの城南署はちょっとしたパニック状態みたいですよ。お偉いさんだけじゃなくて、職員もみんな、この世の終わりが来たような騒ぎになってるって。これ、ほんとうかどうかわからないですけど、泣いてる女子職員までいたって話です。いくらなんでもとは思うんですけどね』

どうやら彼女は、茨城で起きた警察官殺害事件とのつながりには気づいていないようだ。

だが城南署の職員はどうか。達川颯斗の供述を聞けば、当然、事実関係を確かめようとするだろう。茨城での事件の情報も得ていたはずだ。テンプル事件のときと同様の犠牲者が新たに出ており、それが警察官だったというだけでも衝撃的なのに、その実行犯らしきギフテッドがこんどは署内で忽然《こつぜん》と姿を消したとなれば、パニックになるなというほうが無茶だ。

「どうもありがと」

『あ、しつこいようですけど、くれぐれもこのことは』

「わかってる。他言はしないわよ」

通話を切った。

わたしは確信した。彼はまたテレポートしたのだ。しかし、どこへ……。

その答えが閃《ひらめ》いたとき、久しく感じたことのなかったものが胸に弾けた。稜線《りょうせん》から顔を出した瞬間の太陽を浴びたような、圧倒的な恍惚《こうこつ》。突き上げてくる歓喜。心が乱れた。冷静になろうとすればするほど、それはぬるりと逃れてわたしを翻弄した。

「なんのこと、他言はしないって」

顔を上げると下村が立っていた。大学時代はラグビーをやっていたとかで、四十代になっても腹は出ておらず、一年中浅黒く灼《や》けた顔は嫌みなほど健康的。ただ、文化部のデスクにしてはあまり文化的な雰囲気はなく、実際、本も映画もそれほど詳しくない。なぜ文化部のデスクを任されているのか不思議なほどだった。

「やだ、聞いてたんですか」

「聞こえちゃったんだよう」

わたしの机に手を突いてなれなれしく見下ろしてくる。いま文化部にはわたしと下村しかいない。ほかの部員は取材に出ている。

「気になるんだよなあ。なにかあったの」

「いえませんよ。他言しないって約束ですから」

「おれ、力になれるかもしれないよ」

「大丈夫ですから」

「遠慮しなくていいのに」

「あら、下村さん、その腕時計、買ったんですか」

しつこいので強引に話を逸らすと、

「あ、気づいてくれた？」

気分を害するどころか、嬉々《きき》と隣の椅子を引いて腕時計の自慢話を始めた。わたしは興味のあるふりをして聞いていたが、頭を占めていたのは達川颯斗のこと。さっき閃いた答えがまた躍りだす。恍惚がじわりと胸に染みわたる。

「ねえ、佐藤くん」

下村の顔が迫っていた。

「たまにはメシでもいっしょにどう？　今後の君のことについてもゆっくり話がしたいと思ってたんだよね。これからどういう仕事をしていきたいか、率直なところを聞かせてくれたらと思ってさ」

「ずっとここで頑張らせていただきたいと思ってます、はい」

「まあ、そのへんをさ、じっくりと、ね」

じつは下村からはたびたび食事に誘われている。向こうにしてみれば単身赴任で自由を謳《おう》歌《か》したいのかもしれないが、はっきりいって迷惑だ。

しかしこのときは幸いにも、下村がわたしの返事を聞かずに腰を上げ、さっさと自分の席にもどっていった。妙にあきらめがいいなと思ったら、なんのことはない。女子部員の一人、野口が帰ってきたのだ。さっそく下村に取材の成果を報告し、どのように記事にまとめるかも手短に説明している。彼女の説明は常に論理的で、態度も入社三年目とは思えないほど堂々としたものだ。下村も、その方向でいい、と毎回同じセリフを繰り返すしかない。

ほどなく相原、田宮も帰ってきた。相原はわたしより二つ年上の男性で、文章を書かせればピカイチだが、口から出る言葉となるとなぜか無神経で、しばしば取材相手を怒らせて企画を壊してしまう困った人でもある。一方、映画好きを自任する田宮は、映画関係の取材となると目の色を変える好青年だ。文化部所属の記者はあと二人いるが、きょうはそれぞれ鹿児島と東京に出張だった。

「では、お先に失礼します」

終業時間の夕方五時になるや数秒と違《たが》わず席を立つのは野口だ。その時間の正確さは下村が「新幹線みたいだな」と嫌みをいうほど。しかし当の野口にいわせれば、会社が終わったあとも英会話やらヨガ教室やら忙しくて、一秒でも時間がもったいないとのこと。

そしてこの日は、わたしも彼女に続いて立ち上がった。

「あれ、佐藤さんまで、早いですね」

正面の席の田宮がパソコンから顔を上げる。

「なんか、あったんですか」

「さあ、どうかしら。みなさん、お先に」

下村はぽかんと口を開けたまま動かない。わたしは構わずに背を向ける。

とくに用事があったわけではない。空手の道場に行くのも週末だけだ。しかし、きょうだけは、それこそ一秒でも早く部屋に帰りたかった。

会社を出て歩道を進み、大きな交差点の赤信号で止まる。まだ空は明るい。東京に比べるとこちらは夜の来るのが遅い。歩行者用の信号が青に変わった。歩行者が交差点になだれ込む。わたしも足早に渡った。駅構内を移動するときも、ホームで電車を待っているときも、やたらと気が急いて胸が高鳴った。吊革《つりかわ》につかまっているときでさえ駆け出したくなるような気持ちを持て余した。

最寄り駅を出てからはほんとうに小走りになった。ようやく夜の闇が覆いはじめた空の下をわたしは息を弾ませながら駆けた。マンションが見えてくると口元がゆるむのが自分でもわかった。エレベーターを待つ間ももどかしく、四階で降りてからは、自分でもどうかしていると思うくらい、幸福感に包まれた。鍵をバッグから取り出すも、手に付かずに落としそうになる。鍵穴に差し込んでドアを開ける。靴を脱ぎ散らかしたまま部屋の中のすべての灯りを点《とも》して回る。すべての扉を開ける。クロゼットもトイレも浴室も。

達川颯斗の姿は、どこにもなかった。

第二部

第一章　接触

1

来訪者がボタンを押すたびに単調なメロディが鳴る。たまに耳にするぶんにはかまわないが、これほどしつこく繰り返されると、自分の中のなにかが壊れていくような気がする。叫びたくなる。

小さなモニターに映し出されているのはマイクを握った女性。母よりは若そうだ。着ているものも垢抜けている。その後ろにはカメラを手にした髪の短い男の人。

『いるよね、絶対』

女性が舌打ちしそうな顔でその男性にいった。姿と音声がモニターに拾われていることに気づいていないのか。あるいは気にしていないのか。

『もうちょっと粘ってみたら。ここが最後だし』

『そうね』

あらためてインターホンに向き直り、チャイムを鳴らした。

『お忙しいところ、すみません。Jテレビの者です。達川颯斗容疑者のことでお話を伺わせていただけませんか』

別人のような声だった。

『学校での様子とか、なんでもいいんです。インターホン越しでも構いませんから。お願いします』

四年前に買った二階建ての建売住宅。いまこの家にいるのは上原夏希一人だ。夏希は時間を無駄にすることを嫌う。だから学校が終わるとすぐに帰宅して勉強に取りかかる。以前は塾に通っていたが、いまは通信添削を利用している。コストが安いし、自分のペースで進められるから。そういうわけで、インターホンのチャイムが鳴ったとき、夏希はテキストを広げて勉強している真っ最中だった。ちなみに、母が仕事から帰ってくるのは午後六時。それから夕食の支度を始めて、食卓につくのがだいたい七時すぎ。そのころには弟もサッカーの練習から帰ってきている。父の帰りは早くて午後八時、遅いと十時近くになるので、平日の夕食でいっしょになることはまずない。

『教師だった達川容疑者には、どのような印象をもたれていましたか。一言、いただけないでしょうか』

先週の日曜日、中学校の体育館で保護者向けの説明会があった。夏希の両親も参加した。

保護者からは厳しい声が相次いだようだ。達川颯斗がギフテッドであることはいつからわかっていたのか。なぜわかった時点で解雇するなり転出させるなりしなかったのか。中には、子供にギフテッドが感染したらどうするんだ、と詰め寄る保護者までいたらしい。けっして冗談ではなく。

説明会から帰ってきた父も学校の不手際に憤っていた。

「夏希、どういう先生だったんだ。あの達川という男は」

「普通だよ」

夏希の答えに、父は納得しなかった。

「普通のわけがあるか。ギフテッドだったんだぞ。恐ろしいことだ。ギフテッドがこんな近くにいたなんて」

その言葉を聞いて息が止まりそうになった。

「学校があのテンプルみたいになっていたかもしれないんだぞ。警察はなにをやってるんだ。ギフテッドなんて問答無用で逮捕すればいいんだよ。そうすればみんなが安心できる」

「どうしてそんなことというの」

夏希はたまらず反論した。

「ギフテッドの人が全員、犯罪者ってわけじゃないよ」

父が珍しく怯む様子を見せた。

「夏希にはまだ世の中のことがよくわからんだろうが、とにかくギフテッドは危険なんだよ。なにを考えているのか、なにをするかわからん連中だ。夏希もギフテッドには絶対に近づくな。いいな」

夏希はさらに言い返そうとしたが、会話はそこで断ち切られた。ぐつぐつと煮えたぎるものだけが胸に残った。

『達川容疑者の評判とか噂とか、どんな小さなことでもいいんです。ご存じないでしょうか』

マイクを持った女はまだいる。なぜこんなにしつこいのだろう。なぜ人を苛立たせて平気なのだろう。学校からは、メディアの取材には応じないように、と釘《くぎ》を刺されている。メディア関係者にもその旨が通達されているはず。そもそも自分は達川先生の担任クラスでもない。不思議といえば、なぜここの住所がわかったのかも不思議だ。保護者のだれかが名簿を渡したのだろうか。金銭と引き換えに。とすれば、これだって犯罪ではないか。

『テンプル事件以来、ギフテッドに注がれる世間の目は厳しさを増していましたが、達川容疑者がギフテッドであることはご存じだったんでしょうか。それとも――』

夏希の中で一本のネジが弾け飛び、衝動的に送話ボタンを押していた。

「ギフテッドでなにが悪いんですかっ！」

マイクの女がぎょっとしている。

「ギフテッドだって人間です！　それに達川先生はとても優しい先生でした！　なにも知らないくせに勝手なことばかりいわないでくださいっ！」

もう一度ボタンを押してモニターを消した。自分の部屋に駆けもどった。デスクスタンドが点ったままの机には向かわず、ベッドに身体を投げ出した。

またチャイムが鳴った。しつこく鳴る。夏希は耳を塞いだ。しばらくすると、チャイムも聞こえなくなった。帰ってきた静寂の中で、こんどは後悔と不安が膨らんできた。カメラは回っていただろうか。もし放送で流れたらどうしよう。声がそのまま使われたら、あたしだとわかってしまうかもしれない。そうなったら、クラスメートから不審に思われる。なぜ上原はギフテッドの味方をするのか。そしてだれかがその答えを思いつく。そうだ、きっとあいつもギフテッドなんだ。

二週間前の深夜、水浦市で一人の警察官が殺された。テンプル事件と同じやり方で。逃走した犯人もギフテッドらしいと報じられた。その翌朝、達川先生は学校に来なかった。週が明けて、警察官殺しの犯人が、水浦第三中学の理科教師、達川颯斗であると発表された。当然のように、彼がギフテッドであることも強調された。

あの達川先生がほんとうに警察官を殺したなんて信じたくない。気が弱そうに見えるが、話のわかる先生であり、生徒を指導すべきときは公正に指導するので、担任のクラスでの評判も悪くなかったはずだ。だが、あの事件があったとされる日以来、達川先生が学校に姿を見せていないことも事実。そして、いまも行方不明のまま連絡がつかない。

その後の報道で、村山直美との接点も徐々に明らかになった。達川先生は、あの村山直美と親友だっただけでなく、第一の事件のあったテンプルにも顔を出していたらしい。この二人によって惨殺されたとされる犠牲者は二十三名に上る。それが事実なのかどうか、夏希にはわからない。しかし少なくとも、人々のあいだでのギフテッドのイメージは、いまや殺戮者そのものだ。

夏希はふと疑問を感じた。

たしかに日本では、ギフテッドをめぐって大きな問題が起きている。しかし、ほかの国ではどうなのだろう。ギフテッドは全世界で生まれている。海外でも差別や迫害はあるのか。ギフテッドが超能力をもつことは知られているのか。問題や事件は起こっていないのか。こういったニュースは日本のメディアではほとんど流れない。たまに流れることがあっても、それがほんとうに世界の状況を映しているとは限らない。真実を知りたければ自分で調べるしかない。

夏希はベッドから下りて机に向かった。ノートパソコンを開いてネットで検索した。まずは基本的なところから〈gifted〉の意味を再確認した。この言葉にはもともと〈天から特別な才能を授かった〉というニュアンスが込められていたが、そこから〈天から未知の臓器を授かった人々〉に対しても使われるようになったらしい。これと、超能力という意味の〈psychic power〉をキーワードにして検索をかけてみたところ、無数にヒットはしたが、純粋に超能力者についてのものばかりで、日本でいうギフテッドとは関係なかった。そこで、ギフテッドの最大の特徴である〈機能性腫瘍〉という単語の英訳を調べてキーワードに加えた。ヒット数は激減した。検索結果の上位から順に見たが、夏希が望んでいる情報はやはり得られなかった。

あきらめかけたそのとき、とつぜん検索結果のトップにそのサイトが新たに表示された。一瞬、なにが起こったのか、わからなかった。表示されたサイト名を訳すと〈全世界の覚醒したギフテッド諸君へ〉とでもなるか。

クリックした。

Congratulations!

最初に目に飛び込んできた。クリーム色の背景に黒い文字。下に短い文章が続いている。それだけ。リンクもない。素っ気ないというか地味というか。文章は英語で綴《つづ》られているが、ほかの言語にも設定できるようだ。languageをクリックする。世界中の言語が表示される。日本語もあった。夏希は小学校低学年のときから英語教室に通わされていたこともあって、英語の文章でも大まかな意味ならばつかむことはできる。だが、ここは日本語を選ぶと同時に、文章が日本語に一変した。

おめでとうございます。
道はつながりました。私たちは近いうちにあなたに接触することになるでしょう。あなたにお願いします。どうか、そのときになって驚いたり、怖がったりしないでください。

2

郵便受けはエントランスを入ったところにずらりと並んでいる。仕事から帰った佐藤あずさは、ダイヤルを暗証番号に合わせて薄っぺらなスチール製の扉を開ける。いつものようにタウン誌やチラシで溢れそうになっていた。ほとんどがゴミ箱へ直行だ。エントランスにはそれ用の大きな屑《くず》入れまで用意してある。

この日も、佐藤あずさの手に残ったのは、電気料金の引き落とし日と金額を予告するハガキ一通だけだった。空になった郵便受けに失望のため息を漏らす。どれほど見つめても、待ち望む便りがそこに現れることはない。

部屋のドアを開けるときは、いまでも微かな昂《たか》ぶりを覚える。もしかしたら彼がいるのではないか。しかし期待は常に裏切られてきた。そしてそれは、きょうも繰り返された。

すでに一カ月が過ぎている。

あのような不可思議な出来事の記憶は、時間とともに変質し、夢との区別がつかなくなってもおかしくない。しかし、茨城県水浦市の警官殺しの犯人として手配された達川颯斗の顔写真が、それを許さなかった。見覚えのあるその顔を目にするたびに、あれは現実だったのだと認識させられる。

彼は、これ以上の悲劇を防ぐためにと警察に出頭したはずだった。なのに、ふたたび姿を消した。すでに一通り事情は説明したということか。それとも、姿を消さなければならない理由が生じたのか。そして、いま彼はどこにいるのか。

頼るとすれば肉親だが、今回に限ってそれはありそうもない。彼の母親のもとには、すでに多数のメディアが押しかけている。こうなることは、当然、予想できたことだ。そんなところを彼がわざわざ選ぶとは思えない。たとえ母親に会いに行ったとしても、長居はしないはずだ。週刊誌などの記事によると、彼の母親は再婚して別の家庭をつくっており、彼とは何年も会っていないという。心情的にも頼りにくいのではないか。

　彼が行くとすれば、やはり同じギフテッドの仲間のところだろうとあずさは考えた。しかし、いくつかの名前は彼の話の中に登場したが、いま彼らがどこでなにをしているのかまではわからない。

　あずさはいろいろ思案したあげく、あることに思い至り、社会部にいる後輩のハコちゃんこと谷本葉子を食事に誘った。それが三週間ほど前のことだ。葉子は忙しい身にもかかわらず「あずさ先輩のお誘いならば」と喜んで応じてくれた。フレンチとワインを楽しみながら、城南署の件をそれとなく尋ねると、消えた犯人は見つかっていないという。

「その犯人って、どんな事件を起こしたの」

「それがぜんぜんわからないんですよ。ものすごく厳しい箝口令《かんこうれい》が敷かれてるみたいで。いくら箝口令でも、ちょっとくらい漏れてくるもんなんですけどね」

「教えてあげようか」

　葉子が、え、という顔をする。

「城南署に出頭して、その後に行方《ゆくえ》をくらませたのはね」

　もったいつけて間を空けた。いつかの葉子みたいに。

「達川颯斗よ」

「あ……あの、水浦の警官殺しのギフテッド？」

大きすぎる声に自分でぎょっとしている。

「なんで知ってるんですか」

「それはちょっと」

まだ信じられない、という表情だ。

「城南署の職員、できれば上のほうの人に鎌かけてごらんなさい。達川颯斗はまだ見つからないんですかって。顔色変えると思うよ」

葉子が思案顔になる。

「で、あたし、なにすりゃいいんですか」

「わかる？」

「こんな情報、タダでもらえるわけないですもん」

「さすがハコちゃん、話が早い」

あずさは一息入れてワインを舐《な》めた。

「ほら、ちょっと前に、光明学園の同窓生のリストが流出したことがあったでしょ。あれ、手に入らないかな。ネットで検索しても、ぜんぜん出てこなくて」

「そんなもの、どうするんですか、って答えてもらえるわけないですね」

あずさはうなずく。

「あれは、一時はかなり広まったんですけど、光明学園の同窓会がねばり強く削除を要請して回ったらしくて、いまはほとんど見かけなくなりましたよね」

「ハコちゃんでも無理？」

「手に入らないわけじゃないと思うんですけど」

あのリストは取材する側にとっては貴重な情報源になる。新聞社の社会部ならば当たり前のような顔で入手しているはずだし、いくら削除要請があったからといって、表向きはどうあれ、簡単に手放すわけがない。

「秘密は守る」

あずさがいうと、葉子の顔に小狡《こずる》そうな表情が浮かんだ。

「もうちょっと、情報ないですか。あずさ先輩なら、もってそうな気がするんですけど」

「そう来ると思った」

へへ、と葉子が笑う。

「じゃあもう一つだけ。達川颯斗はね、わたしの小学校時代の同級生で、出頭する直前までわたしの部屋にいたの」

葉子が固まっている。

瞬きを一つ。

「……マジっすか」

「ハイ」

「もしかして、あずさ先輩、ギフテッドなんですか」

「だとしたら？」

葉子の顔に表れた感情。恐怖。そうか、いまはギフテッドというだけで、こんな顔をされるのだ。

「わたしはギフテッドじゃない。彼とは小学校がいっしょだっただけ」

「でも、どうしてあずさ先輩の部屋に――」

あずさが静かな視線を向けると、葉子が言葉を呑んだ。

「いや、なんでもないです」

いってから、残っていた赤ワインをぐいっと呷《あお》った。

リストは三日後に手渡された。

佐藤あずさは、帰宅して早々にデータを自宅専用のパソコンに取り込んだ。まず彼と同じ入学年度の同窓生名簿を呼び出した。その数、三十七名。意外に少ないな、と思った。ポイントは光明学園における在籍期間だ。大半は入学年度の四月一日から始まっているが、それ以前、つまり、小学六年の段階で、いわゆる準備クラスに移ってきた人もいる。達川颯斗もその一人だ。記録によれば、彼が転入したのは十月十四日。村山直美はその一カ月前になっている。彼らの付き合いはこのときから始まったのだ。そしてこの二人のほかに準備クラスに入ってきた児童が六人いる。間違いないだろう。彼らこそ、達川颯斗があのとき話してくれた、特別な絆で結ばれた仲間なのだ。

この六人の氏名、住所、電話番号、メールアドレス、勤務先を書き留めた。そのうちの男女二人は同じ住所で、女性の姓が男性のそれに変わっていた。結婚しているらしい。互いに初恋の相手なのだろうか。いいわね、とつぶやいた。

ともあれこれで仲間の居所はわかった。連絡をとることもできる。達川颯斗は、彼らのうちのだれかのところに身を寄せているのか。それとも、自分の考えはまったくの見当違いなのか。いずれにせよ、彼らと接触しないことには始まらない。

しかし、いきなり六人全員に、というのは避けるべきだと思った。達川颯斗の情報を共有するのなら、可能なかぎり、少人数のほうがいい。

達川颯斗が頼るとしたら、彼らのうちのだれだろうか。あずさは一人の人物に着目した。彼の口からいちばん多くその名を聞いた気がする。

坂井タケル。

現在、つくば医科大学に医学者として勤務し、茨城県つくば市の公務員住宅に住んでいる。達川颯斗の住んでいた水浦市とも近い。あの夜の話しぶりからも、頻繁に顔を合わせていたことが窺える。

あとは、どうやって接触するか。電話でもメールでも可能だが、それは適切ではない気がした。彼らもギフテッドだ。昨今の社会状況では、とくに見知らぬ人間に対して不信感を抱きやすくなっているだろう。そういう相手に真意を伝えなければならない場合、電話やメールは不向きだ。ここは直筆で手紙を書くしかない。

あずさは、趣味のいい便箋と封筒のセットを購入し、万年筆で手紙を書くことにした。文章はまずパソコンで作成し、推敲《すいこう》を重ねた。冒頭で、達川颯斗の同級生であることを記した上で自分の職業を明かし、水ヶ矢小学校での一件から、あの夜の不可思議な出来事まで、丁寧かつ簡潔に書きつづった。このあたりは長年の記者稼業が役に立った。そして、あの警察官殺しの事件以降、達川颯斗を見なかったか、もし可能であればいちど会ってもらえないか、と続けた。最後に、これは新聞記者としてではなく、あくまで古い友人として彼の身を真剣に案ずるがゆえのことだと念を押した。記事にするつもりは毛頭ないと。くどいかとも思ったが、自分の気持ちを理解してもらうには必要だと判断した。その手紙を投函《とうかん》したのが二週間前。

坂井タケルからの返事はまだ来ない。手紙にはこちらの電話番号やメールアドレスも記しておいたが、なにもない。やはり〈新聞記者〉と正直に書いたのはまずかっただろうか。警戒させてしまっただろうか。

いずれにせよ、手紙は出してしまったのだ。結果がどう出るか、時間が教えてくれる。

3

デジタル時計は午前四時二十九分を表示している。アラームの設定は午前六時。まだ鳴っていない。

上原夏希はベッドで上半身を起こし、天井に近い一点に目を凝らした。小学五年生のときから使っている部屋。二階にはほかに弟の部屋がある。両親の寝室は一階だ。

小さな常夜灯が点ったただけのうす暗い空間には、さっきまで見ていた夢のかけらが漂っている。夏希は、闇に吸い込まれるように消えていくそれらを掻き集め、頭の中で結晶化させる。

高いところに立っていた。特別な場所ではない。見慣れている。少なくともそう感じる場所だ。学校だったかもしれない。そこから夏希は地面に向かって飛んだ。落下するときの空気の抵抗が皮膚に残っている。地表が近づいてくると、夏希は足を下に向けた。落下速度がみるみる遅くなった。まるで足の裏からなにかが噴射されているみたいに。地面ぎりぎりのところで姿勢をやや前傾させると、前方へ滑らかに加速した。足の裏と地面の間は十センチくらいしかない。わずかに浮いた状態のまま、夏希は地表を撫でるように飛んだ。頬に受ける風がこの上なく爽快だった。

それまで空を飛ぶ夢を見たことがないわけではない。でも、今回はなにかが違った。目が覚めたいまも、飛べる気がする。飛びたいと思っている。この感覚は初めてではない。前回はスプーンを曲げる夢を見たときだ。

まさか、とは思う。いくらギフテッドでも、地面から浮き上がるなどということができるのだろうか。夢の中では、足の裏と地面の間に、目に見えない力の塊のようなものを感じた。磁石の同極どうしが斥《しりぞ》け合っているときのような。

夏希は布団から出てベッドの端に立った。いまの世界でギフテッドであることは、嬉しいことではない。だれにも知られたくない、知られてはならないことだ。超能力だって、スプーン曲げだけでたくさんだ。これ以上、特別な力なんか欲しくない。

それでも夏希は、試さずにはいられなかった。夏希を衝《つ》き動かすのは、理性を超えたなにか、さなぎの殻を破って外へ出ようとする本能にも似たなにかだった。そこにあるのであれば、そして、それが羽を持っているのであれば、空に放たれなくてはならない。

夢の中の感覚を思い出しながらベッドから飛んだ。足の裏に気を集中させた。飛べ。しかし、あっと思う間もなく重力に屈し、どん、という音とともに床に着いていた。

「そんな……」

なんだろう、この失望は。悔しさは。

もう一度ベッドの上に立った。深呼吸をして精神を澄ませた。飛んだ。飛べなかった。足に力みがあったせいか、さっきよりも音が大きく響いた。

そんなはずはない。飛べるはずだ。なぜならあたしはギフテッドなのだから。スプーンだって曲げられたのだから。夏希は三たびベッドに上った。しかし三回目の試みも、結果は床を大仰に鳴らしただけだった。

部屋のドアがいきおいよく開いた。

「うるせえな、なにやってんだよ！」

弟が寝起きの顔もそのままに叫んだ。

学校は、とつぜん襲ってきた巨大な非日常を乗りこえ、表向きの平穏を取りもどしていた。

一時は校門付近に蟻《あり》のように集《たか》っていた報道陣も、取材禁止の通達の効果もあってか、ほとんど見ない。生徒も教師もそれまでと変わりなく授業をこなし、日々を消化していた。

たしかに、校舎や校庭が事件の現場になったわけではなく、惨劇の瞬間を目撃した生徒がいたわけでもない。犯人とされるギフテッドがここで理科の教師をしていたに過ぎない。それでも、毎日のように顔を合わせていた教師が警察官を殺害して逃亡したという事実は、いまだ成熟から遠い生徒たちの心に、容赦のない一撃を加えていた。

「こいつ、ギフテッドだぞ！」

心臓が停まりそうになって振り向いた。夏希は休み時間はたいてい友人たちとおしゃべりをして過ごす。このときも、親友であるとともに勉強のライバルでもある小川美優《みゆう》と、他愛のない話題で時間を埋めていた。

「きさま、いままで隠してたな。隠れギフテッドめ！」

「ち、違う、オレは違う。無実だぁ！」

黒板の前で笑い声があがる。クラスのムードメーカーである男子二人が、歌舞伎役者みたいに大げさなリアクション合戦を繰り広げていた。

「バカ男子」

美優が冷ややかに見やった。

「なんで男子って、こう、子供っぽいんだろね」

あの事件に対する反応となると人それぞれだ。ショックで寝込んだ生徒もいた一方で、テレビカメラを前に笑顔でインタビューに応じたり、その後ろで飛び跳ねながらピースサインをする男子までいた。だがこれも彼らなりの方法で、事件の衝撃に対処しようとしていたのではなかったか。

「いや、こいつはぜったいにギフテッドだ。見ろ。首の後ろに印がある」

「な、なにぃ！」

見ると、黒いマジックで〈ギ〉と書いてある。

「ば、ば、ば、ばぁれたかぁ！」

こうやって偽悪的にギフテッドを冗談にするのも、その延長のような気がする。とはいえ、愉快なものではけっしてないが。

「みんな逃げろ！　ギフテッドにばらばらにされるぞ！」

夏希は、達川先生やギフテッドの話題を可能なかぎり避けるようにしていた。自分もギフテッドである以上、ほかの生徒たちと同じ受けとめ方をするのは難しい。

それでも気持ちに多少の変化はある。

「うっるさいなあ、なに、あのはしゃぎっぷり」

飛ぶ夢を見たことが大きかったかもしれない。もし、ほんとうにあんなことができるのであれば、ギフテッドもそんなに悪くない、と思えた。

　いや正直にいえば悪いどころではない。空を飛ぶ飛ばないにかかわらず、ほかの人にはない特別な力をもっていることは、それだけでとてつもない快感なのだと夏希は気づきはじめていた。ギフテッドという特別な存在であることで、周囲からの視線に怯えなければならないのは事実だ。だが夏希は、それが同時に、秘かな満足感をもたらしてくれるものであると認めざるを得なかった。否定と肯定。拒絶と享受。自分ではそうと意識しないまま、矛盾する感情を抱え込んでしまっていた。

　ギフテッドであることの危険性は感じている。事件の凄惨さを知れば当たり前だ。報道では特殊な爆発物を使ったことになっているが、いまの夏希にはわかる。あれは爆発物ではない。ギフテッドにはスプーン曲げ以上の超能力がある。それが発現してしまったのだ。たぶん、達川先生の意図に反して。達川先生が自分の意志であんなことをするはずがない。

「おまえたち、ギフテッドの超能力を甘く見るなよ！」

たとえ報道では触れられてなくとも、やはりみんなはうすうす感じている。ギフテッドに超能力があることを。それはそうだ。自分だって、スプーン曲げができたときに、真っ先にギフテッドのことが頭に浮かんだくらいなのだから。

「おまえら、全員、爆発してしまえ！」

悲鳴があがった。笑っている。

「逃げられると思うな。ギフテッドを怒らせる奴らは全員ミンチに――」

「やめなさいよっ！」

夏希は思わず立ち上がって怒鳴った。

ふざけていた男子二人が固まる。いつも物静かなクラス委員が声を荒らげたことで、何事かと戸惑っている。そして、夏希の怒りがこの上なく真剣なものだと知ると、決まり悪そうに目配せをし合った。見物していた生徒たちも、夏希に抗議することもなく、フェイドアウトするように自分たちの席に散っていった。おそらく彼らにも後ろめたい気持ちはあったのだろう。

夏希は自己嫌悪を嚙みしめながら腰を下ろした。なにをやってるんだろう、あたしは。もっと冷静にならなければ。

「すごい迫力。いつもの夏希じゃないみたい」

美優が目を丸くしている。

「でも、夏希の気持ちはわかるよ。夏希、達川先生のことが好きだったもんね」

「え……！」

こんどは夏希が目を丸くした。

「だって、理科の授業のあとに、一人で残ったことがあったでしょ。あのときコクったんでしょ」

顔の前で手を振った。

「そんなんじゃなくて、ちょっと質問があったから」

のぼせたように頬が熱くなってくる。

美優が、そんな夏希を気にする様子もなく、窓に目を細めた。

「達川先生、いまごろ、どうしてるんだろうね」

いちどだけ、事件を報じる新聞で顔写真を見たことがある。その写真の人物が、夏希の知っている達川颯斗と同一だとは、どうしても信じられなかった。

「あの先生に、特殊な爆発物なんて作れたのかなあ。理科の先生だから、そういうのは得意なのかもしれないけど」

夏希は、美優の考えを聞いてみたくなり、

「超能力でやったって噂もあるけど」

と水を向けた。

するとは強ばった笑いを漏らし、

「夏希、本気にしてるの？」

と逆に聞いてきた。

「そういうわけじゃないけど」

美優が、ぞっとしたように身体を震わせた。

「怖すぎるでしょ、そんなの」


学校の周辺は一戸建て住宅やアパートで埋め尽くされているが、近くを走るバイパス道路を一本越えると、時代がもどったかのように田畑が幅を利かせる。そこでは民家は少数ずつ固まって散在するのみ。家屋をからっ風から守ってきた屋敷森も、海に浮かぶ小島のようにところどころに残っているが、その島も時間の波に浸食されて年々小さくなっていた。

夏希は徒歩で通学しているので、家に帰り着くまで二十分くらいかかる。そのころにも空には太陽があるが、冬の気配が近づくのに歩調を合わせて夕暮れの訪れも早くなる。夏希は、オレンジ色を帯びはじめた日光を全身に受けながら、いつもよりも遅いペースで家路を辿《たど》っていた。

「怖すぎる、か」

口からこぼれた言葉は、乾いた冷たい風にまぎれ、だれの耳にも届かない。自分がギフテッドであることを美優に告げたら、そしてスプーン曲げをしてみせたら、それでも彼女は親友でいてくれるだろうか。

美優にだけは打ち明けたい、という衝動があった。しかし、どうしてもその決心がつかなかった。美優から「化け物」といわれたら立ち直れない。

それでも夏希には相談する相手が必要だった。不安を吐き出させてくれるだれかが欲しかった。同じギフテッドである達川颯斗がいなくなり、ほかにギフテッドの知人もいない。

いや、でも、もしかしたら、と夏希の頭にその考えが現れた。仲間はすでにいるのかもしれない。

「道は……つながりました」

あの不気味なサイトの向こうには、大勢のギフテッドたちがいて、自分を受け入れてくれるかもしれない。しかし、ブラウザを閉じたあと、自分が目にしたものを確認したくなってもう一度あのサイトにアクセスを試みたが、できなかった。あらためて検索をかけたが、どうキーワードを変えてもヒットしなかった。さらに奇妙なことに、パソコンの閲覧履歴にもサイトの記録は残っていなかった。サイトが削除されたとしても、パソコンの履歴には残るはずだ。その記録まで消えているとは、どういうことなのか。そんなサイトは最初から存在しなくて、夢でも見たのだろうか……。

ふと気づくと、夏希は石段の前で立ち止まっていた。通学の途中でいつも目にしている。

濃い森に挟まれたこの石段を上ったところに、寂れた神社があるらしいが、夏希は行ったことがない。年に数回、石段の上り口に二本の幟《のぼり》が立つところを見ると、地元の住民から忘れられている、というわけではなさそうだが、街灯もなく、周囲に民家もなく、夜になるとブラックホールのような黒い空域と化す。少し脇に入ったところには〈痴漢に注意〉という標識も立っている。

なぜ自分が、こんな人気のないところに立ち尽くし、神社に通じる暗い石段を見上げなければならないのか。しかし、この場から立ち去ることもできない。呼ばれている気がする。夏希は吸い寄せられるように石段を上りはじめた。

森の匂いがした。樹木の醸し出す精油の香りだ。その中に微かな腐臭が混じっていた。妙に気分を高揚させるものがあった。石段を上るペースが速くなった。

わずか百段足らずの石段でも、一気に上ると呼吸が荒くなった。じっとりと汗を感じる。頂は平地になっていて、意外に広かった。奥まった場所にある拝殿まで石畳が延びている。拝殿は切妻造りの本格的なものだが、短い階段を上ったところに設《しつら》えてある賽銭《さいせん》箱も、大きな鈴も、その鈴を鳴らす鈴緒《すずのお》も、すべてが色褪《いろあ》せ、くすんでいた。

周りを見回して、夏希はあることに気づいた。ここに立つと下界の景色が見えない。逆にいえば、ここならば人の目に触れることはない。つまり、超能力を試すにはうってつけの場所、ということになる。それで自分はここに来たのか。無意識に導かれるようにして。これもギフテッドの能力の一つなのか。

夏希は頭を一振りした。

考えてもきりがない。

時間もない。

夏希は拝殿へと続く短い階段を上り、鞄《かばん》を脇に置いてから、賽銭箱を背にして立った。顔だけ拝殿を振り返り、もしかしたらその奥にいるかもしれない神様に、お尻を向ける無礼を謝罪した。

あらためて前を向く。階段は五段しかないが、こうして上に立ってみると思ったよりも高く感じる。だが、ベッドから飛んでも浮けなかったのは、高度が不足していたせいかもしれないのだ。だいじょうぶ。この高さならば失敗しても怪我をすることはない。運が悪くても足を挫《くじ》くのがせいぜいだ。

大きく深呼吸した。夢の中の感覚を思い出す。地面に着くすれすれで、足の裏に力の塊のような抵抗を感じて、そのまま滑るように前へと流れる、あの感覚。

よし。

身体を深く沈めてから、全身のバネを使って跳躍した。空中。踏みしめるものがないというのはこんなにも頼りないのか。落ちる。地面。足の裏を意識する間もなかった。接地の瞬間、足腰に強烈な負荷を感じた。が、怪我はない。

もう一回だ。

夏希は階段を上った。最初から足の裏に力を感じるのだ。えい、と声を出して飛んだ。しかし浮く気配もなく地面に落ちた。まだまだ。夏希は階段にもどる。飛ぶ。落ちる。もどる。飛ぶ。落ちる。そして、もどる……。

「いたっ」

夏希は着地のバランスをくずして尻餅をついた。足腰の筋肉は硬く熱をもっていた。身体も汗にまみれている。心臓はハイペースで稼働し、呼吸も乱れている。何回飛んだか、数えることもやめてしまっていた。いつの間にか日も沈み、西の空の残照がみるみる退色していく。空気も冷たくなっている。ここぞとばかりにカラスが鳴いた。

「いけない。帰らなきゃ」

腰を上げてスカートの後ろを手ではたいた。けっきょく毛の先ほども飛べなかった。いくらギフテッドだからといって、空中に浮くなんて、やはり無理なのだろうか。

鞄をつかんで階段の下り口に向かおうとしたときだった。

そこに人が立っていることに初めて気づいた。

暗がりで顔は見えない。しかし、紺色の空を背景にしたシルエットから、明らかに大人の男だとわかる。背が高く、体格もがっしりとしている。いつからいるのか。ずっと見ていたのか。いったい何者なのか。下で見た標識が脳裏をよぎった。

〈痴漢に注意〉

夏希の思考はそこで停止した。ゆっくりと降りてくる闇が夏希を閉じ込めようとしている。唯一の出口にはその男が立ち塞がっている。心臓が非常事態を報《しら》せるサイレンみたいに脈を拍った。鞄を胸に抱いた。身を守る甲冑《かっちゅう》の代わりにでもするかのように。

男が動いた。まっすぐ向かってくる。叫ばなくては。声をあげなくては。焦れば焦るほど喉が石膏《せっこう》みたいに硬くなる。足も動かない。男は無言のまま迫ってくる。なにをするのだろう。なにをされるのだろう。もしかしたら殺されるだろうか。ごめんなさい。心でつぶやいていた。だれに謝ったのかわからなかった。男にか。両親にか。自分自身にか。

男は二メートルほどの距離をおいて足を止めた。その表情が見えにくいのは、暗いからだけではなかった。男の肌そのものが褐色だった。二つの瞳に宿る光には底知れぬ深さがある。

「上原夏希さん、ですね」

その声は穏やかに空気を伝わってきた。

「……はい」

夏希は短く囁くように答えた。

男が白い歯を見せて笑みをつくる。

「怖がらないでください。道はつながったのです」

「道……」

「私の名はアレックス。あなたの仲間ですよよ」

4

佐藤あずさ様

返事が遅くなって申し訳ありません。

佐藤さんの手紙の内容が真実なのかどうか、私に確かめる術《すべ》はありませんが、文章から伝わってくるものを信じたいと思います。

お尋ねの件について、結論を先に書きます。

颯斗は私のもとにはいません。事件以降、会ったこともありません。私が彼とたびたび連絡をとり合い、会っていたのは事実ですが、彼からの連絡は、水浦市の事件の三日前に届いたメールが最後でした。話があるから会いたい、とだけありました。しかし私には返信する時間がなかった。ひき逃げの濡《ぬ》れ衣《ぎぬ》を着せられて警察に逮捕されてしまったからです。

完全な濡れ衣、誤認逮捕です。通ったこともない道で起きたひき逃げ事件の犯人にされてしまったのですから。いったい、どんな経緯でそんなことになったのか、私は混乱するしかありませんでした。

ところが、起訴される直前になって、なぜかとつぜん勾留《こうりゅう》が解け、なにごともなかったかのように釈放されたのです。警察に説明を求めましたが、事件が成立しなくなったとか要領を得ないことばかりいわれて、最後まで明確な理由は聞けませんでした。水浦市の路上で警察官が殺され、その犯人として颯斗が手配されたことは、釈放されてからニュースで知った次第です。

お役に立てずに申し訳なく思います。

なお、ギフテッドに超能力はあるか、とのご質問ですが、私は、ある、と考えています。スプーン曲げは私にもできました。テレポーテーションはまだ経験していませんが、颯斗がそれをやったとしても不思議には思いません。

ただ、我々ギフテッドがその力を意思によってどこまでコントロールできるかとなると、未知数としかいいようがない。スプーン曲げ程度ならばともかく、それ以上のレベルとなるとかなり難しいのではないかと考えています。通常の人生をたどってきた人間には、そのような特殊な力を行使する自分をイメージできないからです。イメージできないものはコントロールできません。佐藤さんの書かれていたように、颯斗が超能力で警察官を殺してしまったとすれば、それは不可抗力といっていいと思います。自分にそんなことができるとは颯斗は思ってもいなかったはずですから。そしてそれは、颯斗に限ったことではない。

颯斗にもいったことがありますが、私がもっとも恐れているのは、覚醒するギフテッドが急速に増え、コントロール不能になった超能力が暴走することです。今回のような事件が全国で続発する事態となったら、犠牲者がどれほどの数に上るか。事態を収束させるためにどのような手段がとられることになるのか。

佐藤さんもご記憶かと思いますが、我々の世代は、小学校の六年になると法定検査を受けさせられました。ギフテッドを判別するためのスクリーニングです。ギフテッド制度の廃止にともない、法定検査もなくなったものと私は思っていました。しかし、そうではなかったのです。

ご存じでしたか。ギフテッド制度が廃止されて久しい現在も、小学六年生を対象にした法定検査が続けられていることを。

名目は病理検査となっています。実際に、ある種の病気の診断は行われているようですが、ギフテッドの判定も並行してなされています。病気の診断は法定検査を存続させるためのエクスキューズと見て間違いないでしょう。なぜなら、診断対象となっている病気は、医学者の端くれである私の目から見ても、わざわざ全児童を対象にスクリーニングしなければならないほどのものとは思えないからです。主目的はギフテッドの選別。それ以外に考えられません。

ただし、以前と違って、ギフテッドである可能性が高いと判定されても、本人や保護者に通知されることはありません。国のデータベースに保管されるだけです。

このデータベースの規模は、旧光明学園の同窓生リストの比ではない。光明学園に在籍したのは、ギフテッドと判定された者の一部に過ぎません。一般校に通いつづけたギフテッドや、制度廃止時に小学六年になっていなかったギフテッドは含まれません。もちろん、その後に生まれてきたギフテッドも。しかし、国のデータベースには、国内で判定されたギフテッドは一人残らず記録されているのです。これがどういうことか、おわかりでしょうか。

どこのだれがギフテッドなのか、国だけがすべての情報を握っている。本人の知らないところで。異様なことだとはお思いになりませんか。法定検査を継続させるだけでも少なからぬ予算が必要のはずです。目的もないのに続けるわけがない。国民の中のギフテッドを特定しておかなければならない事情が国にはあるのです。

それはどんな事情なのでしょうか。私自身、ギフテッドの一人として、気味の悪いものを感じずにはいられません。私がひき逃げの濡れ衣を着せられそうになったことも、颯斗の身に起こったことも、深いところでつながっているような気がします。


ここで佐藤さんは疑問をもたれたかもしれません。なぜこの男はこんなことまで知っているのだろうかと。私は、国の政策の中枢に迫れるような立場にはありません。ですが私の友人に、その立場にある者がいたのです。彼とは光明学園からの付き合いで、いまは沖縄に住んでいることになっています。といえば、名簿を入手済みの佐藤さんには見当がつくでしょう。しかし、名簿に記載してある住所に行っても彼はそこにいません。連絡も付きません。彼の居場所は私だけが知らされています。颯斗も知らないはずです。そして、もし佐藤さんが、この問題に興味をもち、彼に取材したいということであれば、私には彼との橋渡しをする用意があります。

本音をいいましょう。

私は佐藤さんに期待したいのです。佐藤さんはギフテッドではありません。しかし、手紙の文面からは、ギフテッドのことを冷静に理解しようと努めていらっしゃる姿が伝わってきました。しかも佐藤さんはマスメディアの世界に身を置く方でもあります。その佐藤さんの手で、ギフテッドの正確な情報を発信していただきたいのです。非ギフテッドの人々に向かってだけでなく、ギフテッドたちにも。我々ギフテッドも、自分たちの特殊な力のことをもっと知り、理解し、それをコントロールする方法を身に付けなくてはならないからです。

私もかつては、ギフテッドに超能力があるという事実は伏せておくべきだと考えていました。しかし、状況は変わってしまった。正確な情報を欠いたまま、互いに対する思い込みと敵意が増幅されていけば、最悪の事態に至りかねない。そうなる前になんらかの手を打たねばならない。その一翼を、佐藤さんに担ってはいただけないでしょうか。

たいへんなお願いをしていることはわかっています。佐藤さんの力だけですべてを好転させられるとも考えていません。しかし、いまは一人でも多くの方の力が必要なのです。

敵は、ギフテッドでも、非ギフテッドでもありません。無知によって増幅された憎悪です。憎悪が我々を滅ぼす。無知が我々を滅ぼすのです。

坂井タケル

葉子が手紙から顔を上げた。さっきまでの元気なハコちゃんはそこにはいなかった。

「少しは信じる気になった？　わたしのいったこと」

葉子は答えず、また一枚目にもどって読みはじめる。眉間に深いしわを刻み、鋭く光る目はそこに綴られている文字を一つ残らずビーム光線で焼き尽くそうとしているみたいだった。

再読を終えると、手紙を元のように折り畳み、丁寧に封筒に入れる。小さく頭を下げてあずさに手渡すと、瞬きを繰り返して、いった。

「マジっすか、これ」

小会議室D。出席者が十人以下のときに使われるこぢんまりとした会議室だ。あずさも取材相手に来社してもらってインタビューするときによく利用する。いまこの部屋にいるのは佐藤あずさと谷本葉子の二人だけ。会議用テーブルに並んで着き、椅子を回して向き合っている。

「達川颯斗は超能力で警察官を殺してしまった。直後にわたしの部屋にテレポートしてきた。わたしの目の前でスプーン曲げをしてみせた」

「でも、そのときあずさ先輩は目をつむってた」

「だから、その場面を見たわけじゃない。けど、彼はスプーンをねじ曲げるとき、指一本触れなかった。それは間違いない。世の中にはそういうマジックもあることは知ってる。でも、あれはマジックじゃなかったと思う。スプーンだってわたしの部屋にあったものだった」

「朝になって彼は警察に出頭した。でもそのあと、なぜか警察署から姿を消した。彼はテレポートした、とあずさ先輩は考えてる」

「前後の状況から、そう結論するのがいちばん妥当だと思う。彼がテレポートできる、と知っていれば」

「あずさ先輩は彼を捜そうと思った。それで光明学園の名簿を手に入れ、彼の仲間だった坂井タケルというギフテッドに手紙を書いた」

「そして返ってきたのがこれ」

封筒を持ち上げる。

「信じる？」

葉子が唇をきつく結び、しばらく無言を保ったあと、

「信じたいんですよ」

重大な秘密でも打ち明けるようにいった。

「あたしはあずさ先輩を尊敬してます。あずさ先輩が、こんなことで嘘を吐くわけがない。嘘を吐く理由もない。あずさ先輩は、ほんとうのことをいってる。それはわかるんです」

自分の一言一言に念を押すようにうなずく。

「でも、なんか……越えられないいんですよ」

もしかしたら彼女の口から聞く初めての弱音かもしれない、とあずさは思った。

「あずさ先輩のいったことと、この手紙にあることをすべて信じるとしたら、ものすごく高い壁を乗り越えなきゃいけないいんです」

「できない？」

「やろうと思えばできるんです」

声が小さくなる。

「でも、それ、ほんとうに越えてしまっていいのかどうか。はっきりいえば……」

また沈黙した。

躊躇いが口を重くしている。

その重みを押し退けて葉子がいった。

「……怖いんです」

「気持ちはわかる」

あずさはいった。

「わたしだってそうだった。最初に彼から事情を聞かされたとき、自分の頭がおかしくなったと思ったもの」

「でも、あずさ先輩は彼のいうことを信じた」

「しょうがないでしょ。現実に目の前に彼が現れちゃったんだから」

おどけてみせた。

「そして彼は、城南署に出頭した。わたしのおかしくなった頭の中でつくりあげた幻ではなかった」

葉子がうなずく。それは認めざるを得ない、とでもいうように。

「テンプル事件と今回の警察官殺し、二つの事件で使われた凶器は特殊な爆発物だとされてる。ハコちゃんもそう思ってた？」

「どういう意味ですか」

「違和感はなかったの？　凶器が特殊な爆発物ってところに」

「とくに……」

「事件が起こるまでは、テンプルのギフテッドたちは超能力の訓練に明け暮れているとか、リーダー格の男は超能力者だとか、さんざん報道されてたわよね。流れからすると、凶器は超能力かもしれない、となっても不思議じゃない。ハコちゃんは、その可能性はほんとに考えなかった？」

　黙って首を振る。

「なぜだと思う？」

　質問の意図が理解できない、という顔になる。

「たぶん、そこには、いまハコちゃんが感じているのと同じ壁があったと思う」

　反応はない。

　あずさの言葉を待っている。

「特殊な爆発物で人間をばらばらにしたということであれば、これまで生きてきた世界のルールの中にかろうじて収まる。既存の理屈でも強引に説明できなくはない。自分自身を納得させられる。でも、超能力の仕業となったら」

「これまでのルールのほうが否定されてしまう」

「この場合の壁って、そういうことでしょ。壁のこちら側にいるかぎり、いままでどおりのルールが適用される。でも、壁の向こうに足を踏み出したが最後、いままでのルールは通用しなくなる。そのルールの上に維持されてきた自分たちの世界観が根底から揺らぐことになる。下手すれば崩壊してしまう。跡形もなく。それが、怖い、ってことじゃないの」

葉子が魂の抜けたような表情になった。ぼんやりとしているのではなく、全エネルギーを脳細胞に集中させているときの顔だ。

一つ、瞬きをした。

あずさは言葉を継いだ。

「そのクライシスを回避するもっとも効果的な方法、知ってる？」

目が、なんですか、と問いかけてくる。

「見なかったことにするの」

「見なかったことにする……？」

そう、とうなずく。

「どうしても壁を越えられないのなら、無理にとはいわない。わたしの話を聞かなかったことにしなさい。この手紙も読まなかったことにしなさい。それで世界が崩壊する不安に怯えなくて済む」

　葉子が口元を引き結び、たじろぎたくなるほどの視線を向けてくる。

　あずさは、まっすぐ受け止めた。

　濃密な数秒が流れた。

「あずさ先輩、もう一度だけ、聞きます」

「なんなりと」

「達川颯斗が先輩の部屋にテレポートしてきたって、ほんとうですか」

「ほんと」

「目の前でスプーンを曲げてみせたのも」

「厳密には目の前じゃないけど」

　葉子が視線をさらに鋭くする。あずさの中にわずかでも虚偽の揺らぎがないか、見極めようとするかのように。

　ふいに強ばりが解け、笑みが浮かんだ。

　いつものハコちゃんにもどった。

「わっかりました」

　瞳にサインが点る。

こちら谷本葉子。戦闘準備、完了。

「で、あたし、なにすればいいんですか」

5

「ちょっと待ちなさいよ」

小川美優の尖《とが》った声が、鞄を手に教室を出ようとする上原夏希を引き留めた。美優が前に回ってぎごちない笑みを浮かべる。さっきの声の印象をいくらかでも和らげようとするかのように。

「なに、彼氏でもできたの？」

「どうして？」

「やけに急いでるから」

「いつもでしょ」

美優の顔から笑みが消える。

「なんか、最近の夏希、変だよ。わたしともあんまり話さなくなったし、目つきが、なんていうか、怖いよ。人が変わったみたい」

夏希は不思議に思った。なぜそんな下らないことでいちいち呼び止めるのだろう。

「なにか、あったの。あったのならわたしに相談してほしいし――」

「あなたには関係ないことだから」

美優が短く空気を吸う。

肺にしばらく溜めてから、

「そう」

投げやりな声とともに吐き出した。

「あたし、やらなきゃいけないことがあるから」

美優を残して廊下に出た。

学校を後にした夏希は、大股で一歩一歩、地面をしっかりと蹴って進む。空に浮かぶ雲が鮮明に見える。世界の中の自分をはっきりと感じる。身体をいっぱいに満たしている。やらなきゃいけないことがある。

嘘はいっていない。

神社に通じる石段を上り、頂の平地にたどり着いたとき、夏希は舌打ちをしかけた。

拝殿に小柄な老女が立っていた。身体は細いが、頭に豊かな白髪が膨らんでいる。身軽で動きやすそうな服を着ていた。靴も白いスポーツシューズ。ウォーキングの途中で立ち寄ったのだろうか。老女が細い腕を伸ばして鈴緒をつかみ、がらんがらんと鈴を鳴らした。予想外に大きなその音が、夏希の精神を乱した。なぜあんな人がここにいるの。ここはあたしだけの聖域なのに。

参拝を終え、拝殿の階段を注意深く下りた老女が、おや、という顔をした。すぐに上品な笑みをつくり、

「こんにちは」

といった。

「こんにちは」

夏希も乾いた声で返す。

「お参り？」

「ええ、まあ」

「珍しいわね。あなたのような歳《とし》のお嬢さんが。好きな人でもいるの？」

聞かれたのはきょうで二度目だ。

「あら、ごめんなさい。神様になんのお願いだろうと思って」

老女が目を伏せてこちらに歩いてくる。足の運びは軽快で、なるほど、これなら長い石段を上っても平然としているわけだ、と納得した。

「早く帰ったほうがいいわよ」

すれ違うときに老女がいった。

「ここ最近、夜になると、若い人たちが来てお酒飲んだり、変なクスリ使ったりしてるみたいだから」

「すぐに帰ります」

「そう。それがいいわ」

さようなら、といい残し、石段をゆっくりと下りていった。

その老女は不可思議な印象を夏希に残した。たぶん、この近所に住んでいるのだろうが、どことなく現実離れした佇まいも感じさせる。いま石段を見下ろしたら、老女の姿はそこにないのではないか。そんな気さえしたが、実際に確かめようとは思わなかった。あたしには、やることがある。

拝殿の階段の脇に鞄を置き、五段のいちばん上に立った。きょうこそは浮いてみせる。絶対に。

深く呼吸をする。神経を集中させる。吐き出すと同時に身体を沈め、飛んだ。

「あなたの仲間は世界中にいます」

あの日、アレックスという名の褐色の肌をもつ男は、夏希にそう告げた。

「あなたには素晴らしい才能がある。なにより、力を恐れていない。あなたならば必ず完全覚醒を達成できるでしょう」

「完全覚醒って、なんですか」

夏希は尋ねた。

しかしアレックスは教えてくれなかった。

「いますぐに知る必要はありません。その前に、受け入れる準備を整えなければ」

「準備……？」

「また会いに来ます。さっきのような訓練を続けてください。あなたの中にある力を目覚めさせるために」

「あたし、飛べるようになりますか」

別れ際に夏希は聞いた。

アレックスは答えた。

「もっとすごいことができるようになりますよ」

もっとすごいこと。なんだろう。あたしの中にはどれほどの力が秘められているのだろう。考えるだけで身体が浮きそうになる。

とはいえ現実には、この日も浮くことなく終わった。しかし失望はない。むしろ満ち足りていた。荒く乱れた呼吸と、全身を流れおちる汗は、充実の証《あかし》だった。いま自分は本来の居場所に立っている。正しい道を進んでいる。

ハンカチで汗を拭って呼吸を整えていると、みるみる空がうす暗くなってきた。風も冷えてきた。急がなければ。母が帰ってきたとき家にいないとまた小言をいわれてしまう。

鞄を手にして石段に向かおうとしたとき、人の話し声が聞こえてきた。下のほうから。近づいてくる。石段を上ってくる。甲高い声が交じっている。五、六人。どうしてきょうに限ってこんなに人が来るのだろう。隠れる間もなかった。

石段から現れたのは、男が三人、女が二人。年齢は高校生くらい。でも制服は着ていない。頬の痩《こ》けた男は髪を鶏のトサカみたいに立てている。身体のすべてが一回り大きい男はずっとしゃべっている。外見がいちばん普通っぽい男は気持ちの悪い笑みを浮かべている。女は二人とも長い髪を金色に染めていた。メイクの仕方も同じで目元が異様にくっきりとしている。区別がつくとしたら着ているものだ。一人は真っ赤なジャンパー。もう一人は黒に金色のドクロの刺繡《ししゆう》が入ったトレーナー。

話し声が止んだ。

五人の視線が夏希を捉えた。

普通っぽい男が二、三歩近寄って、愛想笑いをつくり、

「君、中学生だよね。なにしてんの？」

夏希は口をぎゅっととじた。

「よかったら、いっしょに遊ばない。いいものあるよ。すごく気持ちよくなるの」

「冗談じゃねえっつうの！　なんでこんな奴に」

ドクロの女が敵意を剝き出しにした。

赤ジャンの女も横目で夏希を睨む。

「あたしも、この子、気に入らなぁい」

個人的な恨みがあるとしか思えない目つきだったが、夏希とは初対面のはずだ。

「そうそう。なんか、いい子ぶってんだよね」

「いかにも優等生っぽくてさぁ、きっとクラス委員とかしてて、あたしらみたいな頭悪いのをバカにしてんでしょ」

夏希は懸命に首を横に振る。

「ああ、こいつ、ほんとむかつくんですけど」

「昔を思い出すよねぇ」

「いやな奴、いたよね」

「いたいたぁ」

「いま会ったらぜったいボコるよね」

「うん、ボコる」

「ボコろうか」

「ボコろうよぉ」

ドクロと赤ジャンが、ねえ、とうなずき合う。それを見て男三人が苦笑いした。

「もうきょうはいいだろ」

トサカ男が諭すようにいった。

「その子、普通の子だろ。帰してあげたらいいじゃん」

「なぁに急に優しくなってんのぉ」

赤ジャンが毒づく。

「あぁ、そっかぁ。この子、タイプなんだ。だったらやっちゃえばぁ」

「かわいそうだよ。怖がってんじゃん」

大柄の男が肩を揺すって笑う。

「それに、おまえらはいったん始めちゃうと手加減するってこと知らねえから」

「失礼します」

夏希が早口でいって駆け抜けようとすると、

「まだ話は終わってねえっつうのよ」

ドクロに腕をつかまれ、力ずくで引きもどされた。

「見かけによらず態度悪いね。あんた。え？」

顔を近づけてくる。

「あんたをどうするか、こっちで話し合ってるとこじゃん。聞こえてたろ？　なんで無視して行っちゃおうとするわけ？」

「……家に帰らないと」

「なに？」

「いえ……」

「あんた、ほんと、根性悪いわ。素直にしてりゃ見逃してやろうかとも思ったけど、やっぱ、だめ。あんた失格。不合格。あたしらのせいじゃないよ。あんたが、自分で、こうしちゃったわけ。わかる？」

夏希は目を伏せて耐えるしかない。

「ほらっ」

火花が散ったあと、暗くなった。視界がもどると、左の頬が熱く痺《しび》れてきた。平手打ちされたのだ、と知った。生まれて初めて振るわれた、身体への直接的な暴力だった。

「わかったかって聞いてんの」

夏希はなにも反応できない。

「じゃあ始まり始まりぃ。はい、まずこれ貸してぇ」

鞄を奪われた。逆さにして中身をすべて地面にぶちまけられた。教科書。ノート。筆記具入れ。生理用品の入ったポーチまで。夏希は見ているしかなかった。さっきの暴力が、抵抗する気力を根こそぎにしていた。ずれたメガネを直すこともできなかった。

「勉強なんかしてると頭が腐りますよぉ」

教科書を踏みつけられた。

「なに、その顔。文句あんの？」

ドクロが夏希の顎をつかんだ。左右の頬をきつく挟む。

「うわ、こいつ、生意気ぃ。こんなの持ってるぅ」

赤ジャンがポーチから生理用品をつかみ出した。女二人が悪魔みたいな笑みを浮かべた。

赤ジャンが、生理用品の包装を一つ一つむしり取り、中身をドクロの手に渡した。

「ほら、口、開けろ」

ドクロが、夏希の顎をつかんでいた手にさらに力を入れ、口をこじ開けた。赤ジャンが夏希の後ろから両手をつかんだ。夏希は身動きできなくなった。開いた口に生理用品を押し込まれた。夏希は首を振って呻いた。胃液が逆流してきそうだった。ドクロがやっと手を放した。夏希は生理用品を地面に吐き出した。激しく咳《せ》き込んだ。女二人がきゃははと笑った。男たちは拝殿の階段に腰を下ろしてタバコを吸っていた。呆れたような顔でこちらを眺めていた。ドクロが男たちに確認するように、

「とりあえず、いつもみたいに脱がして写真とっちゃうよ」

男たちが、おう、と気乗りしなさそうに応える。赤ジャンが夏希の耳元に、

「そうしたら、あたしたちのこと、しゃべれないもんねぇ」

地面に吐き出された生理用品が唾液に濡れてた。血も付いていた。頬の内側が切れたのか。暴力のショックで凍結していた感情が少しずつ流れはじめた。涙がにじんできた。だれか助けて。心で叫んだ。アレックス、助けて。必死に叫んだ。

「ほら、自分で脱ぎな」

ドクロがいった。

「自分で脱がないなら、服をびりびりにしちまうぞ。ここから裸で帰らなきゃいけなくなるぞ。いいのか、おい」

それでも夏希は動けなかった。涙だけが流れ落ちる。

「ああ、めんどくせー」

ドクロが夏希の制服に手をかけようとしたとき。

「やめてください」

夏希の口が勝手にしゃべった。

「なんだって」

「やめてください」

「聞こえないなあ」

耳に手をあてて声を張り上げる。

「これ以上、わたしを怒らせないでください」

この言葉にいちばん驚いたのは夏希だった。あたしはなにをいっているのだろう。どこからこんな言葉が出てくるのだろう。こんなことぜんぜん考えてないのに。

「なに、そのとつぜんの反抗期。意味わかんないんですけどお」

また頬を叩かれた。こんどは右頬。さっきよりも強かった。

「なんだ、その目はよ！」

また叩かれた。左頬。メガネが弾け飛んだ。

「おまえがいわなきゃいけないのは、ごめんなさい、だろ。ほらっ！」

右頬。なぜだろう。叩かれるたびに心が鎮まっていく。メガネがなくて視野が少しぼやけているはずなのに、いろいろなものがはっきりと見えてくる。もしかしたら、と夏希は思った。あたしはほんとうは思っていたのかもしれない。心のずっと深いところで。あたしを怒らせるなと。頼むから本気で怒らせないでくれと。なぜなら、とても恐ろしいことが起こるから。起こってしまえば、あたしには止められないから。取り返しのつかないことになるから。でも、あたしは、なにをしようとしているのだろう。

「おまえ、頭、おかしいのか。そういう悪い子には特別なやつをだな」

ドクロが思い切り腕を振り上げた。目を剥いたその顔は達磨《だるま》みたいだった。

「**わたしにさわるな**」

勢いをつけて振り下ろされた手は、しかし夏希の頰を打つ直前で止まった。目に見えないなにかに押しもどされたような動きだった。ドクロが自分の手を見て首を傾げる。

「**わたしにさわるな**」

その目を夏希に向けたとたん、顔を強ばらせた。一歩、後ろに退いた。ごまかすような笑みをつくる。

「な、なんだよ……」

声が震えている。さらに後ずさる。

「こ、こいつ、なんか……」

「**わたしにさわるな**」

「く、来るなよ」

　夏希のほうから近づいていた。

　一歩、一歩。じり、じり、と。

「来るなって！」

「ちょっと、あんたさぁっ」

　横から赤ジャンの声がした。肩をつかまれた。しかし夏希が振り向くと、ひっと声を漏らして放した。

「**わたしにさわるな**」

　凍りついた表情のまま、小さくうなずく。

「どうした」

　男たちから呑気な声がした。

「こ、こいつ、変だよ。気味が悪いよ」

　ドクロがいった。

「もう帰ろうよ。なんか、ヤバいよ、ここ」

「なにいってんの、おまえら？」

　男たちが笑う。

「マジだって！　こいつ、こいつさ……」

「**もう遅い。許さない**」

　ぎょっとして振り返る。

「**おまえたちなんか……おまえたちなんか……おまえたちなんか……**」

　女たちの顔が引きつった。背を向けた。男たちのほうへ走りだそうとする。助けて。悲鳴が聞こえた。夏希の中でなにかが急激に膨張していく。

死んでしまえ

6

　小洒落《こじゃれ》たマンションだった。床面積は佐藤あずさの住んでいる部屋と同じくらいだが、そこは福岡県在住の作家・的場《まとば》スミレにとっては執筆のためだけのスペースだ。的場スミレはあずさよりも二つ下、三十歳の独身女性。作家デビューは四年前だが、今年に入って最新刊が全国的なベストセラーになり、文学賞の候補にも挙げられている。地元密着型の地方版文化面を担当する文化部としては見逃すことは許されない。出版社経由で連絡をとり、きょうのインタビューにこぎ着けた。

事前に彼女の作品にはすべて目を通した。いわゆる等身大の恋愛ものだ。どれもそこそこおもしろく読めたが、かつて自分が書いた小説とそこまで大きな差があるとも思えなかった。たぶん、この〈差がわからない〉というところに自分の才能のなさが集約されているのだろうな、とあずさは自虐的に思った。

実際に会った的場スミレは、腰が低くて、質問にも丁寧に答える、好印象を抱かずにはいられない女性だった。彼女の仕事場でお茶をいただきながら小一時間ほどインタビューをしたあと、写真を何枚か撮って終了。カメラマンを同行する予算などあるわけもなく、自分でデジカメを使った。あとは会社に帰ってから録音したインタビューを聞きながら取材メモと突き合わせ、記事の大まかなアウトラインを決めていく。

会社へともどる地下鉄の中で、あずさは物思いに耽った。インタビューで知ったのだが、的場スミレも中学時代から小説を書きはじめ、高校二年のとき文芸コンクールで入選していた。あずさが入選したのと同じコンクールだ。的場スミレはその後作家となり、自分はなれなかった。二人の道を分けたのはなんだったのだろう。答えは簡単。才能だ。彼女にはプロになれるだけの才能があり、自分にはなかった。それだけのこと。才能は、もって生まれてきたか否かがすべてだ。翼をもって生まれなかった者がいくら努力しても空を飛ぶことはできない。生まれた時点で決定されている。ある意味、彼女は別の生き物なのだ。そうとでも考えなければやりきれない。

小説に限った話ではない。音楽、スポーツ、美術。あらゆる分野における天才と呼ばれる人々は、平凡な我々とは異なる人種と思ったほうがいい。だれでも努力すれば同じようになれる、などと考えるのは傲慢であるとともに、才能というものに対する冒瀆だ。神からの贈り物を受けとった彼らは、我々には手の届かない高みに到達できる。だからこそ我々は惜しみない賞賛を送る。

だが、別の生き物という意味ならば、ギフテッドもそうではないか。未知の臓器を有するところから、これまでの人類とは生物学的に異なる。そして、常識を覆す特殊な能力の存在までもが明らかになろうとしている。そのとき人々はギフテッドの能力を賞賛するだろうか。たぶん、しないだろう。

この差はどこから来るのだろうか。

ギフテッドには、存在そのものに我々を怯えさせるものがある。当初、ギフテッドが人類の進化型とする説が広まったことが、その後のイメージに大きく影響しているのは間違いない。仮にその説が正しいとすれば、現在の我々は旧型ということになる。旧型は駆逐される運命にある。その先に待っているのは滅びだ。

ただでさえ不吉な予兆を感じさせるのに、そこにギフテッドによる殺人事件が相次いだ。

これがギフテッドへの本能的な嫌悪を正当化した。良心の呵責《かしゃく》を感じることなくギフテッドを攻撃できる道が開かれた。

この流れは易々《やすやす》とは止められないだろう。ギフテッドを嫌悪し、攻撃する人々には、ギフテッドに対する潜在的な恐怖心があるからだ。恐怖心に衝き動かされている人々に論理は通じない。行き着くところまで行ってしまう危うさが常にある。そこに加えてギフテッドに超能力まであると証明されたら、どうなってしまうのか。

だからだろう。人々はその存在を匂わせるものから徹底して目を背けている。超能力など実在するわけがない。ギフテッドだからといってそんな力を使えるわけがない。そう思い込もうとしている。

いまはいいかもしれない。だが、いずれは、事実を受け入れなければならない日が来る。その上でギフテッドと非ギフテッドは共存しなければならなくなる。坂井タケルのいうように、そのとき必要なのは、正確な情報に基づく、互いに対する理解だ。感情をコントロールする理性だ。寛容といってもいい。

坂井タケルとはあれから何度かやりとりをした。その中であずさは心を決めたのだ。微力でも、ギフテッドと非ギフテッドの橋渡しになろうと。

しかし橋渡しの役割を果たすには、まず、あずさ自身が正確に理解しなければならない。

ギフテッドとはなんなのか。ギフテッドをめぐって、いま、この世界でなにが起きているのか。

メールの着信を知らせるバイブレーションで物思いから覚めた。

葉子からだ。

『中村デスクのGOサイン、出ました。あくまで〈法定検査は税金の無駄遣いではないか〉という視点から切り込むことでOKとれました』

社会面の特集で取り上げてもらえるようだ。まずは第一歩。こういう場合、地方から始めるというのは悪い選択肢ではない。議論の多いテーマを扱うとき、中央でやると目立ちすぎてなにかと横槍《よこやり》が入りやすいが、九州ならば東京から離れているぶん、横槍が入るにもタイムラグがある。東京の人間は東京から発信されるニュースがすべてだと思い込んでいるからだ。

まず会わなければならないのは、達川颯斗の盟友の一人であり、元内務省の官僚でもある、辰巳龍だ。坂井タケルによれば、彼は法定検査を担当する部署にいたことがあるという。退職した理由も、彼自身がギフテッドであることが関係しているのではないか。なかなか取材に応じてもらえる気配はないが、いま坂井タケルが説得してくれている。あずさは彼からの連絡を待っている。

7

「やめろ、上原っ！」

　そのとき響きわたった懐かしい声が、殺戮者になる運命から夏希を救った。もう少しで破裂しかけたなにかが急速に萎んだ。夏希は自分の体内が空洞になって風が吹き抜けたような気がした。

　声の主が、拝殿の裏の森から現れた。ドクロと赤ジャンの女二人は泣いていたが、男たち三人には強がる余裕が残っていた。

「なんだよ、おっさん」

　大柄な男が肩を怒らせて向かっていく。見下ろすように迫り、

「おれたち、いま大事な話してるとこだから、どっか行ってもらえねえかな」

「それはできないな」

　生徒から、きょうの宿題をなしにしてくれ、と懇願されたときのような答え方だった。

「その子は僕の教え子でね。心配になって捜しに来たんだ」

「学校の先生？　ほんとかよ」

「いまはちょっと休んでるけどね。個人的な都合で。な？」

夏希に投げかけられた声は、どこまでも穏やかだった。ぜんぜん変わっていない。

「……達川先生」

その名を口にしたとたん、胸に激しい感情がこみ上げた。ぐちゃぐちゃに入り乱れてわけがわからなくなる。

「達川……？」

普通っぽい男がぼそりと漏らした。

「あんた、ひょっとして……中学の理科教師で、警察官を殺して逃げてるっていうギフテッドじゃないのか」

大柄の男が、えっ、と振り向く。

「そうだ。間違いない。こいつの顔、テレビに写真が出てたのを見たことあるっ！」

そこにいた全員の目が一人の男に注がれる。

大柄の男が指をさしながら、

「じゃ、あんたが、警察官を……」

「ああ、ばらばらにして殺した」

女たちが大声で泣き叫んだ。

「ほらみろよ！　だから早く帰ればよかったんだよ！　この女もそうだよ。きっとそうだよ。

こいつら二人ともギフテッドだよ。とんでもねえ化け物だよっ！」

大柄男の指が震えだした。かろうじてその場に踏みとどまってはいる。だがその表情は、ほんの一押しするだけで粉々に割れてしまいそうだった。

「家に帰りなさい」

達川颯斗がいうと、五人いっせいに逃げだした。争って石段に飛び込み、転がり落ちるように駆け下りていく。もしかしたらほんとうに転がり落ちたのかもしれないが、わざわざ確認はしなかった。

達川颯斗が、五人の去ったほうに目をやりながら、

「化け物か」

少し寂しそうにいった。

「達川先生」

二人きりになった夏希は、張りつめていたものがゆるむのを感じた。さっきの五人にとってこの人は犯罪者であり化け物かもしれない。でも、あたしにとっては同じギフテッド、同類なのだ。

「どうしてここに」

「あぁあ、こんなにしちゃって」

話を逸らすようにしゃがみ込み、メガネを拾ってくれた。夏希は受けとってかけた。視界が元にもどった。達川颯斗が、散らばっていた教科書やノートを拾い、埃を手で払った。夏希もあわてて生理用品を回収し、汚れるのもかまわずポーチに押し込んだ。一通り鞄に収めると、立ち上がって、どちらからともなく笑みを交わした。

「ありがとうございました」

「こんな寂しい場所に一人で来るなんて不用心だぞ」

超能力の訓練をしていた、とはいえなかった。でも、達川先生はすべてを見抜いているような気がする。

「先生、聞いていいですか」

「なんだ」

「先生が、警察官を殺したというのは、本当なんですか」

「殺そうと思ったわけじゃない。殺せるとも思わない。だが、我に返ったとき、一人の警察官が死んでいた。それは事実だ」

「ニュースでは特殊な爆弾を使ったたって……」

「そんなものを僕が作れると思うか」

「じゃあ、やっぱりギフテッドの超能力が」

夏希は慄然《りつぜん》とする思いを抑えられなかった。ギフテッドの能力は、自分が想像していたよりもはるかに恐ろしいものなのかもしれない。それが、この身体にも備わっている。

「もしかして……さっきのあたしも、同じことをしてしまうところだったんですか」

「危なかったと思う。間に合ってよかった」

「でも、ギフテッドの超能力は、人目のあるところでは使えないはずじゃ――」

「いいか、上原」

教師の顔になった。

「ギフテッドの能力については、まだなにもわかっていないんだ。頭からこうと決めつけてはいけない」

夏希は、はい、と答える。

「どうやらこの能力は、人に見られているから使えないとか、そんな単純なものでもないようだ。力をむやみに目覚めさせようとするのもやめたほうがいい。この力が、上原を幸福にすることは、おそらく、ないから」

「でも、アレックスという人は――」

表情が険しくなった。

「アレックスに会ったのか」

「……知ってるんですか」

「どこで会った」

「ここです」

周囲を探るように視線をめぐらせる。

「ネットであのサイトを見てしまったんだな」

「でも、一度しかアクセスできませんでした。履歴にも残ってなくて」

「アレックスのよく使う手だ。彼にしかできない芸当だよ」

夏希に視線をもどす。

「もう、ここに来ちゃいけない。アレックスにも会うな。君が会いたくないと強く願えば、彼も簡単には来られないはずだ」

「でもアレックスは、あたしなら完全覚醒を達成できるからって」

「馬鹿なっ！」

「え……」

声を荒らげたことを悔やむように空に目を向ける。夏希も同じ方角を見た。星が瞬きはじめている。

「一つだけいっておく。アレックスは敵ではないが、味方でもない。たとえ再会することがあっても、絶対に心を許すな」

　夏希は、その声の厳しさに、身体を硬くした。

「すっかり遅くなってしまったな。上原も帰りなさい」

「先生は、どうするんですか」

「僕のことは心配しなくていい」

　安心させるように微笑む。

「また、会えますか」

「ああ」

「きっとですよ」

「きっとだ」

　夏希はうなずいて、石段に足を向ける。二、三歩進んで、さよならをいおうと振り返ったとき、達川颯斗の姿はすでになかった。

第二章　動きだした計画

1

上原夏希は、教室に駆け込むと、小川美優の姿を探した。登校しているクラスメートは三分の一くらい。美優の席は窓側の前から二番目。すでに来ていた。退屈そうに頬杖を突き、目を半分とじている。ちらとこちらを見たような気がしたが、それきり窓の外に視線を移し、大理石の像みたいに動かない。夏希は呼吸を整え、鞄を自分の机に置いてから、すたすたと美優の前に立った。

「きのうはごめん」

美優が顔を上げた。目を瞬《しばたた》かせる。

「あたし、美優にひどいことといっちゃったね。どうかしてた。ほんとに、ごめん」

頭を深く下げた。

美優があわてた様子で立ち上がった。

「どうしたの、いきなり」

夏希の肩に手を添えて頭を上げさせる。

「学校に来たら、いちばん最初に美優に謝ろうって決めてたから」

美優が推し量るように夏希を見つめる。

「……なにか、あったの」

「うん、というか……」

美優がにこっと笑った。

「まあ、いいよ。わたしは、べつに気にしてないし」

「許してくれるの？」

「大げさな」

おどけて肩をすぼめる。

「よかった」

夏希もやっと息を吐けた。

「じつはね、美優に、どうしても聞いてほしいことがある」

それとなく周囲を見やった。壁の時計も確認する。

「あまり人に聞かれたくないこと？」

美優も声を潜める。

「ちょっと時間もかかるかも」

「だったら、学校が終わってから、で、どう？」

とはいえ、美優とは帰る方向が違う。しかも彼女は自転車通学だ。並んで歩きながら話せることでもない。二人だけで人目を気にせず話せる場所というのは、ありそうでないものだ。あの神社は問題外だし……。夏希の考えていることを悟ったのか、美優がさらに付け加えた。

「バイパスの横断トンネルは？」

「それだと美優は遠回りになっちゃうよ」

「いいよ、少しくらい。自転車だし」

学校からほど近いところにバイパス道路が走っているが、ところどころに、その下を潜《くぐ》る横断用のトンネル式通路が造られていた。通学路からも外れていて、滅多に生徒は通らない。ふだんも人気がないため、例によって痴漢が出るという噂が立ったこともあるが、一人じゃなければ平気だ。

横断トンネルは断面が四角形で、車二台がすれ違うのも無理なほど狭い。トンネル内に照明はないが、長さはバイパスの車線四本分しかないので、空に太陽があるうちは光が中まで届き、真っ暗になることもない。一言でいうなら、秘密の話をするには悪くない場所だった。

夏希は、自転車を引く美優と、トンネルの真ん中あたりまで進んだところで初めて、

「あたしね」

と打ち明けた。

「きのう、達川先生に会ったの」

とたんに美優の悲鳴のような声がトンネル内に反響した。

「話すと長くなるんだけど」

「な、な、長くなってもいいから」

美優が自転車のスタンドを立てた。

「さ、話して」

「どこから話したらいいんだろう。いろいろありすぎて」

「だったら、わたしの質問に答えて」

美優が人差し指を立てた。

「いつ、どこで達川先生に会ったの。まずそこが大事でしょ」

「この先の、長い石段のある神社、知ってる？」

美優が首を横に振る。

「きのう、学校が終わってから、そこで」

「約束してたの？　それとも偶然？」

「偶然……なのかな。約束はしてないから」

「なにを話したの」

「あの事件のこととか」

「やっぱり、あれは、先生が……」

夏希は苦しい思いでうなずいた。

バイパスを通る車の振動がトンネル内にも伝わってくる。大きなトラックでも通るのか、ときどき天井から圧迫されるような感覚がある。

「それで」

美優が気を取り直すようにいった。

「達川先生は、そのあと、どうしたの」

「また、どこかへ行っちゃった」

消えた、とはさすがにいえない。

「どこに行ったのか、わからないの？」

表情が重く曇る。

ふと瞬きをして顔を上げた。

「でも、約束してたわけでもないのに、なんで夏希はそんなとこに行ったの。先生に会えると思ったわけじゃないんでしょ？」

「こんなことというと、頭がおかしいと思われるかもしれないけど」

「思わない」

「笑わないでね」

「笑わない」

「あのね」

夏希は息を吸い込んだ。

「超能力の特訓をするため」

美優の口があんぐりと開いた。

「ね、やっぱりそうなるよね。信じられないよね」

告げるべきではなかった。せめて、超能力を実際にやってみせてからのほうが……。

「ああ、スプーンを持ってくればよかった」

「スプーン？」

美優が聞きとがめる。

「スプーンがどうしたの」

「スプーン曲げ、知ってる？」

「夏希、できるの？」

「いま手元にないから、見せられないけどね」

「ちょっと待って。たしか」

美優が自転車のかごから鞄をとり、中をごそごそと探りはじめた。

「これなんか、どう」

取り出したのはスプーンではなく、缶コーヒーだった。正確にはカフェオレ。短いタイプの缶。夏希は至極当然の疑問を口にした。

「なんでこれが美優の鞄の中にあるの」

「以前に学校帰りに買ったんだけど、そのときは飲まなくて、以来、なんとなく入れてある。いつか飲むだろうと思って」

意外にずぼらなところがある。美優の知られざる一面を見る思いがした。

「で、それをあたしにどうしろと」

「開けるんだよ。超能力で」

そう来たか。

「本当にスプーンを曲げられるなら、缶コーヒーのプルタブくらい開けられるでしょ」

「缶は、やったことがないんだよね」

「スプーン以外でなにを曲げたの」

「なにも。試したこともない」

「だいたい、どうして超能力っていうとスプーンになっちゃうの」

「定番だからじゃないかな。それに、曲がるところをイメージしやすいってことはある」

「それならこれだってできるはず。缶を開けるところ、イメージできない？」

なるほど、と思う。

「わかった。やってみる」

ここまでいわれたら、やるしかない。

「じゃあ美優、缶はそのまま持っていていいから、目をつむっていてくれる？」

「見ている前じゃできないの？」

「あたしの超能力は、そういうふうになってる」

美優の顔に微妙な失望がにじむ。

「疑いたくなる気持ちはわかる。けど、ほんとにそうなの。美優がちゃんと持ってれば、あたしが手を触れたらわかるでしょ」

納得してくれたようだ。

「よっし。やってもらおうじゃないの」

美優が目をつむった。

夏希も、深く呼吸し、いつもより気合いを入れてから、プルタブに神経を集中させる。初めての挑戦に気持ちも高揚してきた。全身の細胞が沸き立つような感覚がある。網膜に映った缶のプルタブ。そのイメージに入り込み、曲がるところを思い描く。指で曲げるんじゃない。プルタブを内包する空間そのものが歪み、缶を封印しているスチール板を……。

ぷしゅ。

音と同時に、美優がびくっと目をあけた。両方の黒目を真ん中に寄せて、縦に起こされたプルタブを見つめる。コーヒーの香りが漂ってくる。

「……ほんとに開いちゃったよ」

びっくりしたのは夏希も同じだった。こんなにあっさりと開けられるとは。スプーンのときよりも時間がかかると思ったのに。

美優がプルタブを倒し、おそるおそるといった感じで缶に口をつけた。ごくりと飲んで夏希に差し出す。

「カフェオレだ」

夏希も受けとって飲む。冷えていないせいか、やたらと甘い。

「たしかに、カフェオレね」

缶を返す。

美優がまた一口飲む。

二人そろって、ふう、と息を吐き、口をとじた。いま目の前で起きた現実を受け入れるのに必要な沈黙だった。頭上の道路を疾走するタイヤの気配だけが途切れない。

美優が「飲む？」という顔で、カフェオレの缶を夏希に差し出す。夏希は首を横に振った。

美優が残りを一気に飲み干してから、

「つまり」

ようやく口をひらいた。

「夏希は超能力者なんだ」

「信じてくれた？」

「信じるっきゃないでしょ。飲んじゃったんだもん」

互いに控えめな笑みを交わす。

「でも、どうして夏希にそんな力が」

「あたしね、たぶん……」

夏希は一瞬の迷いを振り切っていった。

「ギフテッドなんだと思う」

美優が、え、と声を詰まらせる。

「でも、超能力が使えるからってギフテッドとは限らないんじゃ」

「達川先生も使えるっていってたし、それに、人に見られてると発揮できないっていうのはギフテッドの超能力の特徴だって」

もっとも、達川先生はそうでないケースもあるとはいっていたが。

「ギフテッドに超能力があるって噂、ほんとだったんだ」

はっと思い出したように、

「達川先生の事件も、ひょっとして……」

「殺すつもりはなかったけど、超能力が勝手にやっちゃったって」

「自分で加減できないの？」

「できない、みたい」

「それと同じ力が夏希にも？」

「……たぶん」

美優の顔から血の気が引く。

「それって……怖すぎない？」

「怖いよ。なにかの拍子に、達川先生と同じことをしてしまうかもしれないんだから」

そして、実際にやってしまう寸前まで行ったのだから。

「でも、こんなこと、だれにもいえなくて……」

「親にも？」

「お父さんたちは、ギフテッドっていうだけで気味悪がってるから」

自分の発したその言葉が、思いがけず、なにかの蓋を開けた。暗く冷たい感情が噴き上がってきて、瞬く間に夏希の心を染める。涙が溢れた。

「打ち明けてくれて、ありがとう」

美優が手を握ってくれた。

夏希はその確かな温《ぬく》もりを握り返す。

「気持ち悪くない？　あたしのこと」

美優がふっと笑みを漏らしてから、怖い目で夏希を睨んだ。

「ばかなことというと、ぶんなぐるよ」

美優と別れてから、夏希は家路を急いだ。地を蹴る足が軽かった。吸い込む空気が気持ちよく体内に入ってきて、酸素が指先まで行きわたっていく。問題は解決したわけではない。

達川先生は誤って警察官を殺してしまって逃亡中だし、自分はギフテッドとして中途半端に覚醒したままだし、アレックスという男の正体もわからない。自分がこれからどうなるのか、どう生きていくのか、なにも見えない。すべては不確かだ。でも、少なくとも、ひとりぼっちではない。涙をこぼしたとき、黙って手を握ってくれるだれかがいる。それだけで人は、なにかに立ち向かう力を得ることができる。

神社のある小山の前で足を止めた。暗い森に挟まれた石段には、異界へと続くような妖気が漂っていた。自分を手招きしている、と感じる。あのときと同じだ。最初にここを上ったあの日と。そしてアレックスが現れたのだ。

ちょっとだけ上ってみようか、という小さな冒険心が生まれた。それは瞬く間に膨らみ、夏希の頭のほとんどを占めた。偶然を装った思いつきは、夏希の気づかぬうちに、上りたくてたまらないという衝動に変容していた。あたしなら大丈夫。もうこんなの平気だから。不自然なほど揺るぎない自信が夏希を後押しした。しかし、最初の石段に足をかけたとき。

〈そっちに行っちゃだめだ〉

周りを見た。だれもいなかった。なぜあたしは石段を上ろうとしているのだろう。そんなつもりはなかったのに。ここに用はないはずなのに。

夏希は、獰猛《どうもう》な大型犬と対峙《たいじ》したときのように、ゆっくりと後ずさった。五歩ほど退いたところで、すばやく背を向けて駆けた。なにかがものすごい勢いで追いかけてくるような気がした。夏希は後ろを見ずに走りつづけた。

自宅の小さな門扉を入って、ようやく安堵できた。息が切れて汗が噴き出てきた。背後にはなにも見えなかった。追いかけてくる気配も消えていた。夏希はちょっとだけ笑った。

母はまだ帰っていなかった。いつものように郵便受けを開けて郵便物を取り、玄関の鍵をあけて家に入った。

郵便物はほとんどが両親に宛てたものだった。中に一通だけ、父の名前の下に夏希の名を記したものがあった。市役所からの封筒だ。とくに興味は引かれなかった。市役所からの郵便物に興味をもったことなど生まれてから一度もない。そういうわけでこの封筒も、ほかの郵便物といっしょにダイニングの食卓に放った。

だが、自分の部屋に上がろうとしたとき、なにかが引っかかった。それは危険が迫っているときに閃く直感のようなものだった。階段の途中で足を止め、しばらく迷ったあと、ダイニングにもどった。自分の名前の記された封筒をもう一度手にした。宛先にあたしの名前が書いてあるのだから、あたしが読んでも構わないはずだ。ハサミで封を切った。

中には白い紙が二枚入っていた。広げた。上から文字を追った。直感はこのことを教えていたのかもしれない。

「なにこれ……精密検査って」

2

ウェイターに先導されて現れた辰巳龍は、ほうっとため息を漏らしたくなるほどのいい男だった。服装はラフだが趣味がよく、それなりに値の張るものだと見当が付く。都心のホテル二十三階にあるカフェ・ラウンジの個室において、簡単に自己紹介して名刺を差し出した。辰巳佐藤あずさと谷本葉子は立ち上がって迎え、簡単に自己紹介して名刺を差し出した。辰巳龍は受けとったが、自分の名刺は出さなかった。辰巳です、と一言いっただけだ。あずさと葉子も同じものを頼

ウェイターが注文をとりに来た。辰巳がコーヒーと告げた。あずさと葉子も同じものを頼んだ。

「このたびは取材に応じていただいて、ありがとうございます」

いえ、と目を合わさずに返してくる。どちらかというと痩せている。頬や顎にもよけいな贅肉はない。立ち居振る舞いは三十二歳にしては落ち着いている。結婚して子供がいるとのことで、良き夫であり、良きパパなのだろうなと思わせる。だが、目元には拭いがたい陰もあり、それが外見に不思議な奥行きを与えていた。

「坂井さんは、きょうは仕事の関係でどうしても来られないとのことで、残念です。お会い

したかったのですが」

　辰巳龍は目を伏せ気味にうなずくのみ。

　葉子が取材用のノートを広げてペンを持つ。今回は録音をしない約束になっている。ノートと記憶だけが頼りだ。

　ウェイターがコーヒーを運んできた。わざわざ目の前でカップに注ぎ、どうぞ、とテーブルに置く。コーヒーが三つそろい、ウェイターが去ると同時だった。

「理由は二つあります」

　なんの前置きもなく辰巳龍がいった。視線はテーブルのコーヒーに注がれたまま。あずさは、なんの理由だろう、と頭を働かせなければならなかった。

「一つは、あなたが颯斗の身近な知り合いであり、彼に同情的であること。彼も大変なことになっていますが、私にとっては大切な友人です」

　はい、とあずさは応える。

「もう一つは、私が沈黙を守る理由がなくなってきたこと。すでに私のもっている情報は古くなっている。いまさら漏らしたところで大した影響はない。事態は動きはじめているようなので。むしろ政府も事実を公表するタイミングを見計らっているころでしょう」

　取材に応じることにした理由を明かしたのだ。どうやら彼は、端折《はしょ》った言い方をするタイプらしい。こういう場合、相手がしゃべってくれるのを待つより、こちらから質問をしたほうがいい。

「辰巳さんが内務省にいらっしゃったころ、小学六年生を対象にした法定検査を担当されていたと伺っていますが」

「それを担当する部署にいた、ということです。法定検査だけを担当していたわけではありません」

あずさはうなずいて、

「もともと法定検査は、ギフテッドの判定が目的でした。しかし、ギフテッド制度が廃止されたあとも、法定検査は継続されています。別の病気の診断をするためとなっていますが、坂井さんのお話では、それはカムフラージュに過ぎず、じつは秘かにギフテッドの判定が続けられているとのことでした。これは事実でしょうか」

「事実です」

あっさりと認めた。

「つまり、国は、国民のだれがギフテッドであるか、すべて把握している、ということですね」

無言で肯定する。

「しかし、本人には通知していない」

やはり無言。

「目的はなんでしょうか」

口をひらき、大きく息を吸った。

「将来、ギフテッドへの対応を迫られたとき、速やかに実行に移すためです」

「ギフテッドへの対応、とは具体的になにを指すのですか」

「わかりません。わかっていたのは、いずれ対応しなければならない日が来る、ということだけです。どう対応することになるのかは、当時はだれにもわからなかった」

「いまは、どうなのですか」

「さあ。職を辞して年月も経っていますので」

このままでは埒《らち》があかない。やはり、あの問題をはっきりさせておかなければ。

「その対応とは、ギフテッドに超能力があることと関係しているのでしょうか」

「というより、すべてはそこから発しています」

この言葉を想定していなかったわけではない。が、生の声として耳にすると、いいようのない恐れが身体を走った。自分の中に構成されていた世界観が、ほんとうにひっくり返ろうとしている。

「つまり、ギフテッドの超能力のことを国は知っていた、ということですか」

「もちろんです」

隣の葉子も身じろぎした。

「それも、かなり早い段階から」

「いつごろでしょうか」

「十年以上前になります。私はまだ入省していませんから、あとで記録を読んだだけですが」

目を上げた。彼が目を合わせたのは初めてかもしれない。

「その年、国連で極秘の会合が開かれました」

「国連……？」

「政治家ではなく、各国の事務方が集まって、けっして表には出せないテーマについて話し合われました」

「そのテーマが、ギフテッド」

「ギフテッドの特殊能力です。あなた方は超能力という言い方を好むようですが」

葉子が猛烈な速さでペンを走らせる。

「その会合で初めて、ギフテッドの特殊能力の存在が、正式に確認されました。アメリカを中心とした先進国では、すでに大規模な調査が行われていたのです。我が国では、人類の進化だなんだと浮かれていたときに」

「一つ確認させていただきたいのですが……いま世間を騒がせているテンプル事件、そして達川颯斗が犯人とされている警察官殺し、この二つの事件はギフテッドの特殊能力によって引き起こされたものであると、辰巳さんはお考えなのですか」

「私だけではなく、政府の人間はみなそう考えているでしょう。我が国ではテンプル事件が最初でしたが、海外では先行する事例がありましたから」

「すでに超能力の犠牲者も出ていたのですか」

はい、とこともなげに答える。

「その事件のことは海外の報道で流れましたか」

「事件そのものは流れたかもしれませんが、ギフテッドの特殊能力が原因、とする報道はなかったと思います」

あずさは、ここまでの情報を整理した。ギフテッドの超能力はとっくの昔に確認されていた。だがそれを把握していたのは各国の政府だけで、国民には知らされなかった。そしていまも、大多数の人々はそのことを知らされないまま生活している。

「なぜ国連でそのような会合が開かれたのでしょうか」

「当初は、ギフテッドの問題に対して、国家間で協力し合う雰囲気はなかったとされています。それぞれの国で、それぞれのやり方で、ギフテッドの活用方法を探っていた。特殊能力がありそうだとなったとき、軍事分野で利用しようとした国家も一つや二つではない。しかしすぐに、そんな生易しいものではないことが明らかになりました。結論からいえば、ギフテッドの軍事転用はあまりにもリスクが大きすぎた」

「……どういうことでしょうか」

「いかに破壊力があっても、その力をじゅうぶんにコントロールできなければ意味がない。そして、そんなことは不可能だという結論に達したのです」

当たり前のように話しているが、その内容は耳を疑うものだった。軍事転用を考えさせるほどの超能力がギフテッドにあり、実際に複数の国家が実用化を検討していたというのだから。しかもギフテッドの能力は、それを断念させるほど危険きわまりないものだった。

「軍事転用の道は放棄せざるを得ない。そのコンセンサスができて、ようやく会合にこぎ着けたわけです。ある意味、ギフテッドに関するかぎり、人類は足並みをそろえる必要に迫られたといえるでしょう」

「会合で、なにか成果はあったのですか」

「いくつかの点で合意に達しました。まず軍事転用の放棄の再確認。各国で連携してギフテッド対策の研究に着手すること。その研究成果は各国で共有するが、原則として公表はしないこと。それから、各国で進められていたギフテッドのスクリーニング結果も一般市民には非公開とすること」

「スクリーニング結果まで非公開にしたのはなぜですか」

「ギフテッド同士が集まってグループ化するのを防ぐためです。だれがギフテッドなのか、自分がギフテッドかどうかすらわからないとなれば、グループ化することはない。当然、我が国のギフテッド制度も廃止、ギフテッド専用校も廃校です」

「あれは世論の声に押されてなされた決定だと思っていました」

「ある程度までなら、世論を人為的に喚起することは可能です。もともと、ギフテッドに反感を抱く人は多かった」

「集団になると手に負えなくなるので、ばらばらの状態にしておく、ということですね」

「概《おおむ》ね、そういって間違いはありません」

辰巳龍には感情の起伏というものがないのだろうか。あずさは、これまでのどのインタビューよりも体力の消耗を感じた。

「ギフテッド対策の研究とは、具体的にどのようなものなのでしょうか」

「ギフテッドの特殊能力を無力化する研究です」

「無力化、というと？」

「ギフテッドならば、だれでも特殊能力を使えるわけではない。段階を追って覚醒する必要がある。その覚醒を阻害すればギフテッドを無害化できる、という理屈です」

「さきほど辰巳さんは、事態は動きはじめていると口にされました。すでにその研究が実用段階にあるということでしょうか」

「そのように聞いています」

「どのような方法を使うのですか」

「私にはわかりません。ただ、機能性腫瘍を完全に不活性化すれば、覚醒が起きないことはすでに判明していたはずです。ターゲットにするとしたら、そこではないでしょうか」

「薬物でも使うのでしょうか」

「さあ、そこまでは」

辰巳龍は淡々とした態度を崩さない。

「ただ、さきほども申し上げたように、私の情報は古いものです。いまは異なるアプローチがなされているかもしれません」

「不思議でならないのですが」

あずさは声を改めていった。

「辰巳さんご自身もギフテッドのはずです。このような動きに、なんというか……抵抗をお感じにならないのですか」

「やむを得ないことだと考えています」

　まったく感情を表に出さない。それは彼の性格というより、つくられたものに思えた。舞台俳優のように。

「ギフテッドは病気なのです」

「病気っ？」

「定義の問題です。〈進化〉と定義すれば、賞賛、あるいは、妬みや羨望の対象となる。しかし〈病気〉と定義すれば、それは治療の対象です。特殊能力の覚醒は〈症状〉。機能性腫瘍はその〈原因〉。ならば、その〈原因〉を取り除き、〈発症〉を予防するのは、理に適《かな》ったことです」

「治療を始めるには患者の同意が必要です。いくら病気だからといって、勝手に検査したり治療したりしていいことにはなりません」

「この病気は、本人だけの問題ではないのです。放置しておくには、社会全体への影響が大きすぎる。致死性のウイルスに感染した患者は強制的に隔離されなければならない。それと同じことです」

「……ギフテッドを排除するということですね」

「強制連行して収容所に隔離するわけではありません。予防措置を受けてもらうだけです」

「では、もし予防措置を受けることを拒否したら、そのギフテッドはどうなるのですか」

数秒の間を空けて、辰巳龍が答えた。

「それを罰する法律は、まだないはずです」

「しかしいずれは法案が国会に提出される」

「そうなるでしょうね」

「となると、事実上、予防措置は強制的なものになります。これは、ギフテッドを否定し、排除することにほかならないのではありませんか」

「それは極端な捉え方ではないでしょうか。予防措置を受けても、生活に支障はないのです」

「それでギフテッドの人々が納得するでしょうか。どのような理由があろうと、もって生まれてきたものを一方的に否定されるのですから」

「だから病気だと定義するのです。病気ならば、治療を受けることを躊躇《ちゅうちょ》する理由はない」

こんなのは間違っている。大きな過ちを含んでいる。しかし、うまく言葉にできない。

「納得できませんか」

あずさは目に力を込めた。

「達川颯斗は、ギフテッドと非ギフテッドは共存できるはずだといっていました。互いに理解し合うことで可能だと。しかし、すでに世界は、共存は不可能だという前提で動いている」

「このままでは不可能、ということです」

どうしてこの人は平気でいられるのだろう。こんなに簡単に受け入れられるのだろう。

「颯斗らしいですね」

あずさの質問が途絶えると、辰巳龍のほうから言葉を継いだ。

「彼は昔と変わっていないようだ。颯斗のそういうところが私は大好きでした」

そのときの声にだけは温かい血が通っていた。

「しかし残念ながら、彼の考えはナイーブに過ぎます。現実的ではありません」

「理由をお聞かせ願えませんか」

「ギフテッドも生身の人間なのです。善人もいれば悪人もいる。理性のかけらもない者もいるだろうし、犯罪者だっている。そういう輩《やから》が覚醒して特殊な能力を身に付けたら、その力をどのような場面で使うか、想像も容易です」

「おっしゃることはわかりますが……」

「タケルから聞いた話では、颯斗は警察官の身体を粉砕してしまったあと、あなたの部屋にテレポートしてきたそうですが」

真偽を確認するニュアンスがあった。

「彼はそういいました。わたしも彼の言葉を信じてます」

顔面がじわりと熱くなった。

あずさはわざと事務的な口調に変えて、

「わたしの住んでいるのは九州の福岡です。事件のあった茨城県からは一千キロも離れています。それなのに彼は、事件のあった直後に、わたしのところに現れました。鍵もすべてかかっていたわたしの部屋の中に」

辰巳龍が小さくうなずく。

「私の知る範囲では、ギフテッドの特殊能力として認められているのは、思念によってものを変化させる力、瞬間的に空間を移動する力、この二つです。そのうち、軍事転用を断念させた最大の要因は、後者です」

意外な気がした。人間の身体をばらばらにする力のほうがよほど危険ではないか。

あずさのこの疑問も、辰巳龍にとって想定内だったのだろう。

「たとえば、覚醒したギフテッドを暗殺者に仕立てれば、敵国の指導者のもとにテレポートして暗殺し、すぐ帰還させることができます。どのような防衛態勢を整えても無意味です。しかしそれは同時に、敵国の暗殺者がいきなり背後に現れる可能性も意味します。ギフテッドは至るところで生まれていますから。わかりますか」

問うというより、責めるような眼差しだった。

「仮に、大量殺戮を第一の目的とするテロリストの集団が、どこにでも一瞬で移動できるようになったとしたら、この世界はどうなるでしょうか」

考える時間を与えるように沈黙してから、

「あらゆる秩序は崩壊します。そうなってしまえば、ギフテッドも非ギフテッドもない。すべての人類が犠牲になる。それを防ぐためなら、ギフテッドの人権をある程度制限するのもやむを得ないことではないでしょうか」

あずさは彼の言葉を消化しようとした。しかし、どうしても消化しきれないものが残る。

「では、もし仮に、ギフテッドの覚醒をこのまま放置したら、どのような事態が到来するとお考えですか」

これにも辰巳龍は迷わず答えた。

「大げさに聞こえるかもしれませんが、これまでの古い世界が終了し、ギフテッドを中心とした新しい世界が始まるでしょう。しかし、その移行プロセスは凄惨なものになる。ギフテッドと非ギフテッドの対立だけではない。非ギフテッドが敗北して消え去れば、ギフテッドの中でも覇権争いが始まる。これまでのルールが無効になる以上、新しいルールをめぐって、どうしてもそれは起こらざるを得ない。残念ながら、それが人間世界の現実です。既存の秩序が崩壊し、ふたたび新しい秩序が構築されるには、百年単位の時間が必要になるかもしれません。ある意味、歴史をもう一度やり直すことになるのですから」

「だから覚醒を防いで、ギフテッドの力を抑え込む」

「はい」

「しかし、ギフテッドの数はいまも増えつづけているのではないのですか」

「おそらく」

「覚醒を防ぐといっても、いずれは防ぎきれなくなる時が来ます。そうなれば……」

深くうなずく。

「いまの世界に未来はない。希望もない。そのとおりです。ですが、これが最善の策なのだと信じます」

あずさはもう付いていけなかった。自分の理解力が足りないのか、それとも彼の言動が常軌を逸しているのか。

辰巳龍が寂しげに目を伏せる。

「どちらにせよ、人類の先にあるのは、カタストロフです。暗黒の数十年、数百年です。それを避けることはできないでしょう。しかし、その始まりを十年でも二十年でも遅らせることができるのなら、それは意味のあることだと私は思います」

「わかりません。その考えが。どうして共存を試みようともしないのか。ギフテッドであるあなたが」

「無駄だとわかっているからです。余計な犠牲者が出ることがわかっているからです」

「しかし――」

「試みようともしない、とあなたはいいましたが、その試みのせいで大勢の人間が死ぬことになるかもしれないのですよ。現実に、すでに国内だけで二十三名が死んでいる」

辰巳龍がちらと時計に目をやった。

残り時間は少ない。

「最後に、一つだけ聞かせてください」

無言でうなずく。

「なぜ内務省をお辞めになったのですか。辰巳さんご自身がギフテッドであることと関係しているのではないですか」

辰巳龍の顔に初めて、感情らしきものがにじんだ。

「私の個人的な事情です。今回の取材の趣旨とは関係のないことです」

それ以上の追及を許さない口調だった。

「これ、記事にできないですよ」

辰巳龍を見送ってから、葉子がノートを閉じた。

「あの人のいったことをそのまま原稿にしたら、あたしの頭がおかしくなったと思われちゃう。元は内務省官僚かもしれませんけど、いくらなんでも、頭から信じることはあたしには無理です。国連の極秘会合でギフテッドの超能力が確認されたなんて。しかも十年以上も前に」

たしかに、辰巳龍の話は壮大すぎる気がした。妄想じみたものを感じたのも事実だ。しかし、一つ一つの話は妙に理屈が通っている。思念によってものを変化させる能力と、一瞬で移動する能力の、両方を目の当たりにしたあずさにしてみれば、辰巳龍の話もけっして受け入れ不可能なものではない。

「あの人、なんで辞めちゃったんでしょうね、内務省。官僚になるために生まれてきたみたいな人なのに」

「そうかしら」

葉子が意外そうに、

「あずさ先輩の見方は違うんですか」

「たしかに物言いはいかにも官僚って感じだけど、かなり無理して演じてるようでもあった。そうは思わない？」

葉子が考え込む。

「今回の取材に応じてくれた理由だって、情報が古くなったためだけとは思えない。仮にも政府の極秘事項に関する内容だし、わざわざここまで足を運んでくれたんだから」

「そういわれると……」

「冷徹さを装っていても、やっぱり彼もギフテッドの一人、それも村山直美や達川颯斗の盟友だってことを忘れちゃいけない。ギフテッドの人権を無視するような国のやり方には不満を抱いていたはずだし、それを遂行しなければならない自分の立場には苦悩や葛藤があって当然でしょ」

「内務省を辞めたのは、それに耐えきれなくなったから」

「わたしの想像だけどね」

「ということは、あの人が今回のインタビューで語ったことは、内部告発みたいなもんですか」

「わたしたち、ひょっとしたら、とんでもなく重い役目を担わされちゃったのかもよ」

葉子の目が鋭くなる。

多少のムラ気はあるが、本気にさせたらこれほど頼りになる相棒もない。

「すでに事態は動きはじめているって、いってましたよね」

葉子が、ノートを開き、最初から読み返す。

「事態が動いているというのなら、どこかでそれが目に見える形となって現れるはず」

ノートをめくる手を止め、視線を宙に向けた。

「現れるとしたら、どこか……ってことですよね」

「ギフテッドは病気だと彼はいった。機能性腫瘍を不活性化することで発症を防ぐと。そういう処置が可能な場所、そういう処置をしても不自然にならない場所……といえば」

3

上原夏希は、廊下の茶色い長椅子に腰かけて、行き交う人たちを眺めていた。看護師、医師、病人、けが人、見舞い客。入院患者にはお年寄りが多いが、自分と同い年くらいの子の姿も目に付く。みな左の手の甲に点滴の針を刺している。点滴台に吊《つる》された容器の中身も同じ、青みがかった透明な液体だ。点滴台を押しながら歩いている人はほかにも見かけたが、青みがかった液体をぶら下げているのは中学生以下の子ばかりだった。妙な感じがする。

市役所から届いた通知には、つくば医科大学附属病院で精密検査を受けるようにとあった。

小学六年生のときに受けた法定検査で異常が見つかったというのが理由だった。なんでいまごろになって、とは思う。父は役所の怠慢だと文句をいっていたが、クレームの電話をかけることまではしなかった。

精密検査は二時間ほどで終わった。いまは母だけが呼ばれて医師のところに行っている。

「上原夏希さん」

看護師に名を呼ばれ、返事をして腰を上げた。

「こちらへどうぞ」

笑顔のすてきな若い看護師さんに連れていかれたのは病室だった。四人部屋だ。一つだけ空いたベッドの前で、母が待っていた。

「入院することになったよ」

やんなっちゃうね、とでもいいたげに眉を寄せる。

「治療が必要なんだって。でも三日で退院できるそうだから」

入院するなんて話は聞いてない。なぜそんな大事になるのか。だってあたしは健康そのものなのに。

「どういう治療なの」

「点滴を打つだけ。いちいち通院するより、入院したほうが手間がかからないって」

「あたし、病気なの？」

「病気っていうより、病気になるのを防ぐための点滴だから」

おかしな話だった。予防と治療はぜんぜん違うはずなのに。

「とにかく早く着替えなさい」

ベッドには淡いピンク色の病衣が用意されていた。夏希は事情が呑み込めないまま、目隠しのカーテンを引いて着替えた。本物の病人になった気がして、心細くなった。カーテンを開けると、看護師が点滴台を押して入ってきた。入れ違いに母が、

「いったん家にもどって身の回りのものや肌着の替えを持ってくるから」

と帰っていった。

「じゃあ始めましょうか」

「もうやるんですか」

心の準備をする間もなく、夏希はベッドに横になった。白い天井が目に入った。入院なんて小学校の低学年以来だ。そのときは風邪をこじらせて軽い肺炎になり、抗生物質の点滴も受けた。だから、これが初めての経験ではない。注射を怖がる年齢でもない。しかし、なにもかもが急すぎる。第一、自覚症状もなにもない。ほんとに点滴を打つ必要があるのだろうか。

看護師は夏希の思いに関係なく、慣れた手つきで点滴の準備を進める。台に吊《つ》り下げた袋

には、青みがかった液体が入っていた。同じだ、と思った。廊下で見かけた子たちが打っていたものと。ということは、あの子たちも法定検査で異常が見つかったのか。ひやりとした。左の手の甲を消毒されていた。アルコールの匂いが心を粟立《あわだ》たせる。

「ちょっとチクッとしますからね」

針の先端が触れた。力が込められた。手の甲の皮膚を破り、血管の中へと射し込まれてくる。痛みはわずかだが、異物の侵入に全身の細胞が動揺している。針が固定され、チューブ内に残った気泡が取り除かれると、点滴液の落下が始まった。看護師が速度を調節してから、

「終わるころになったら交換に来ますね」

と微笑んで出ていった。

4

佐藤あずさは、ギフテッド研究の歴史を洗い直すことにした。辰巳龍の話では、国連の極秘会合とやらで研究成果を非公開とすることが決まったという。しかし完全に秘密にしておけるものだろうか。秘密もやりすぎるとかえって不自然になって注意を引くものだ。なんらかの周辺情報は表に出ている可能性が高い。こちらはすでにギフテッドの覚醒と超能力のことを知っている。その二つの情報を組み合わせることで、いまなにがどこまで進んでいるか、

ある程度の推測はできるのではないか。

そして実際に調べてみると、公開されている情報は意外に多かった。たしかにギフテッドそのものを対象にした研究は、ある時点を境に途切れている。それは〈人類の進化型〉という説が否定された時期とも一致する。しかし、ギフテッドの身体的特徴とされる機能性腫瘍に限っていえば、研究成果はその後も報告されている。ただし、機能性腫瘍という名称は、先天性腎臓腫瘍（CKT　Congenital Kidney Tumor）という言葉に置き換えられていた。辰巳龍がいったように〈定義〉が変わったのだ。もはや〈臓器〉ではない。だから、いくらでも情報公開できる。むしろ、どんどん発表して〈病気〉というイメージを広めたほうが都合がいいのだろう。

研究成果に関する記事はネットで閲覧できるようになっていた。ただし、すべて英語だ。目を通すだけでも骨が折れる。専門用語も山のようにある。

あずさは、文化部記者としての仕事もこなしつつ、睡眠時間を削って読み進めた。難解な単語の意味を確認しながらなので、最初は石に刻むような読み方しかできなかった。それでも一通りの用語を憶え、背景をつかんでしまえば、おのずと読むスピードも上がる。同じ分野のものを何十本も読めば、文系一直線のあずさにもだいたいの要領はつかめてくる。どうやらキーワードはレセプターだ。

　ＣＫＴは細胞活性が低く、ほとんど休眠状態であることは以前から知られていたが、ある種のレセプターだけは常に待機状態にあることがわかった。つまり、信号を受けとるための口が常に開いている。その信号がどこからやってくるのか、信号を受けとったらなにが起こるのか、それはまだわかっていない、ということになっている。おそらくこの信号が結果的に覚醒の引き金になるのだろうが、記事では、腫瘍が悪性化する可能性を示唆するに留まっていた。つまり、レセプターが受けとる信号が癌化を引き起こすといっているのだ。癌化すれば命にかかわるが、あらかじめレセプターの口を閉じておけば、信号を受けとることができず、癌化することもない。だから、そのような性質をもつ物質が存在すれば、癌化を予防する効果が期待できる。そういう理屈になっている。

　その後、レセプターの口を塞ぐ物質の探索がさまざまな方面から進められ、最終的に一つの化学構造にたどり着いた。それがメトキシサグラゾンだ。

　常温では青い結晶で存在するこの物質は、静脈注射用として製剤化され、サグラミン点滴剤という名前ですでに認可されている。すべての特許はアメリカのピアソン医学生理学研究所が所有し、世界で三つの製薬会社が製造を担い、ここから各国に供給されている。製造工場の分布は、アメリカで一つ、欧州で一つ、アジアで一つ。アジアは日本の上杉薬品工業だ。

「と、ここまでがわたしが集めた情報」

佐藤あずさは資料を束ね、とんとんとテーブルを叩いた。

「あずさ先輩、理系女子みたいっすね」

谷本葉子が愉快そうに目を丸くする。

「つまり、ギフテッドの機能性腫瘍は、いつの間にか先天性腎臓腫瘍という名前に変わり、純然たる病気ということになっていた。その癌化を防ぐという名目で、サグラミンという薬剤が開発された。でも実際は、その薬はギフテッドの覚醒を阻害するためのものだとあずさ先輩は考えている」

葉子と顔を合わせるのは、辰巳龍のインタビュー以来だ。その間、あずさは英文の記事を読み漁《あさ》って情報収集を重ねてきたが、葉子も葉子でそのフットワークと人脈と図々《ずうずう》しさを駆使して独自の取材を進めていた。きょうは互いの成果を突き合わせて、今後のことを話し合う。今回も小会議室Dが空いていたので使わせてもらっている。

「サグラミンは取材した病院でも耳にしましたよ」

「もう日本の病院でも使われているってこと？」

「内務省厚生局から通達が来たそうです。法定検査で先天性腎臓腫瘍が確認された場合、速やかにサグラミンを投与するように」

葉子が自分の取材ノートをテーブルに広げた。

343 第二部 第二章 動きだした計画

「しかもですね。通達が来るのと時を同じくして、法定検査で引っかかって来院する子の数が急増してるんです。おそらく、過去の法定検査でギフテッドの可能性が高いと判定された人たちに、要精密検査の通知が届きはじめてるんだと思います。といっても、いま来院しているのはほとんどが十代で、二十歳以上は確認できませんでした。もしかしたら、年齢の低いほうから段階的に通知を出してるのかもしれません。一度に通知すると現場が混乱するという理由で」

「いずれにしても、サグラミンを供給する態勢が整ってるのは確かみたいね。辰巳さんのいったとおり、すでに事態は動きはじめている」

「でも、ほんとに、そう結論しちゃっていいんでしょうか」

「どういうこと」

葉子がいいにくそうに、

「あたしたちは辰巳さんの話を聞いてますから、一連の動きにも裏があるって考えちゃいますけど、これ、額面どおりに理解しても、そんなに不自然じゃないですよね。サグラミンはほんとうに癌化を抑えてくれるのかもしれないし、法定検査もそれを見越して継続されてきたのかもしれない。ほんとにギフテッドの覚醒や超能力が関係してるんでしょうか」

「つまり、辰巳さんのいった国連での秘密の会合なんてなかったと?」

「そう考えても辻褄《つじつま》が合うと思いませんか。あたしたち、考えすぎてるってことはないでしょうか。辰巳さんが嘘を吐いたとはいいたくないですけど、囚われすぎてもよくない。少し距離をおいて見たほうがいいんじゃないかと」

「ハコちゃんのいいたいことはわかる。たしかに、まだわたしたちは、辰巳さんの言葉を裏付けるものはなにも手にしていない」

葉子がうなずく。

「でも、もしギフテッドの覚醒を防ぐという目的がないのなら、どうしてサグラミンが開発されたのかしら」

「だから、癌化を」

「よく考えてみて。サグラミンを投与する対象はギフテッドだけでしょ。世界中のギフテッドを合わせてもせいぜい数万人から十数万人。開発したからって大きな利益は期待できない。つまり、民間の製薬会社が魅力を感じるような市場規模にはほど遠い。しかも、実際に癌化した症例が急増して社会問題になっていたわけでもない。はっきりいえば、膨大な投資をしてまでサグラミンを開発しなければならない理由は、製薬会社にも、各国政府にも、どこにもなかった。超能力の発現を阻止するという目的を除けば」

葉子が考え込んでいる。

「例の国連の秘密会合はほんとうにあって、サグラミンの開発着手はその結果。そう考えるのがいちばん無理がないと思う。いまのところは、だけど」

「やっぱり、政府はギフテッドの超能力を知っていたってことですか」

「それも、相当な危機感をもって」

葉子がしばらくうつむいてから、

「だとしたら、悔しいですよね」

といった。

「だって、自分たちだけで重要な情報を握って、国民に知らせないって。人を馬鹿にしてますよ」

「病院の現場ではどうだった。サグラミンの処方はギフテッドの覚醒を防ぐため、ということは周知されてないの」

「あたしの取材した範囲では、なかったですね。たぶん、癌化を防ぐためってことでみんな納得してるんじゃないですかね。疑いもせずに」

葉子が顔を上げた。

「一つ疑問なんですけど……サグラミンがレセプターを塞いでギフテッドの覚醒を阻害する、という理屈はわかります。でも、すでに覚醒してしまっていた場合は、どうなるんでしょうか」

「たとえば、達川颯斗にサグラミンを投与したら、彼は超能力を使えなくなるのか、ってこと？」

「これ、重要なことだと思いませんか。もし、効果がないとしたら、いったん覚醒してしまったギフテッドの無害化は、サグラミンでも不可能ってことになりますよ」

「信号を受けとってしまったあとでレセプターを塞いでも意味はないような気がするけど、そんな単純に考えていいものかどうか、わたしにはわからない。もしかしたら、専門家の間でもまだ結論が出ていないのかもしれない」

ですよね、と葉子も肩を落とす。

「これぱっかりは、実際にやってみないと、確実なことはいえませんよね」

短い沈黙を挟んでから、あずさは気持ちを切り替えるように、

「で、今後のことなんだけど、なにか考えてることはある？」

葉子も姿勢を正す。

「税金の無駄遣いってアプローチは難しくなりましたね。子供たちが癌になるのを防ぐっていう名目は、けっこう説得力ありますから。少なくとも、問題にはしにくいですよ。記事にするのなら、別の切り口を考えないと」

「いまから切り口を変えても、中村デスクはＯＫしてくれる？」

「そこは大丈夫。任せといてください」

やけに自信たっぷりだ。勝算があるのだろう。

「いまわたしが気になってるのは、政府がいつ真実を公表するかってことなんだけど」

「ギフテッドの超能力のことを？」

「辰巳さんもいってたけど、ずっと隠し通せるとは、政府も考えてないでしょ」

「でも難しいですよ。どうやって公表するんですか」

「パニックにならないように、少しずつ情報をリークする形になると思う。ある程度、事実を受け入れる準備をさせてから、じつは、って感じになるんじゃないかな」

「ギフテッドの無害化も進んだころに」

「おそらく」

「なんか、歯がゆいですね。いくらあたしたちが、こうやってあれこれ考えても、たぶん、なにも変えられない」

「ハコちゃんらしくない」

葉子の眼差しがあずさを捉える。

「あずさ先輩の目的は、ギフテッドに関する正確な情報を発信すること、でしたよね」

「そうすることで、過剰な憎悪のもとになっている恐怖心や不安を取り除くことができれば と。それが、共存への第一歩になると思うから」

「共存……共存か」

言葉を吟味するように繰り返す。

「サグラミンがその答えになるんでしょうか。超能力を使用不可能にして無害化すれば、ギフテッドへの恐怖心や不安は取り除かれるんでしょうか。共存の道につながるんでしょうか」

「正直、なにかが間違っているような気がする」

「あたしもです」

葉子が静かに応えた。

「でも、世界はすでに、そっちに向かって動きだしてる」

5

「たいへん申し上げにくいことなんですが」

担当の若い医師が難しい顔で切り出した。メガネの奥の細い目はパソコンのモニター画面に向けられている。そこに表示されているのは上原夏希の電子カルテ。胴体を輪切りにした

ＭＲＩ画像や各種データがずらりと並んでいる。夏希の座っている位置からは、一つ一つの項目までは読み取れない。

「お嬢さんの数値が下がらないんですよね」

「……数値というと」

夏希の隣に座っている母。その声は、話が違うとクレームをつけているみたいだった。

医師が椅子を回してこちらに身体を向ける。右手はマウスに添えたまま。

「腫瘍マーカーみたいなものです。それが、薬を使ったあとも、変化していないんです。本来なら、劇的に下がっていなければおかしいのに」

入院も最終日を迎え、点滴による薬剤投与がすべて完了したあと、点滴ラインを外す前に血液が採取された。二時間後にその検査結果が出て、薬が効いていることを確認でき次第、退院の手続きをするはずだった。そのつもりで身の回りのものもすでにまとめてある。

夏希の表情に気づいたのだろう。

医師が子供向けの笑みを浮かべて、

「前回、お母さんにはお話ししましたが、あなたの腎臓にはでき、、、ものがあります。それは聞いてる？」

「いえ」

実際、どんな病気なのかと夏希が尋ねても、母は話してくれなかった。聞かれることすら嫌がっていた。

「命に関わるようなものではありません。ただ、このまま放っておくと、将来、悪化する可能性があるので、いまのうちに治しておいたほうがいいんです。それで今回、薬を使ったわけです。でも、どうもその薬がうまく効いてないようなんだよね」

「そのできものって、機能性腫瘍のことですか」

医師が驚いた表情で、夏希の顔を見つめた。

「よく知ってるね。そんな古い言葉」

たしか、達川先生から聞いたのではなかったか。ギフテッドの特徴は、体内に未知の臓器、すなわち機能性腫瘍をもっていることだと。ということは、やはりあたしは正真正銘のギフテッドだったのだ。

「以前はそう呼ばれていたこともあります。でもいまは、先天性腎臓腫瘍と呼ばれてます。腫瘍といっても、いわゆる癌とは違うものですからね。そこは間違えないようにしてください」

今回の治療の対象は、機能性腫瘍だったのか。しかし、それを治療するとは、なにを意味するのだろう。機能性腫瘍を消滅させてしまうことだろうか。もし機能性腫瘍が失われたら、あたしはギフテッドでなくなるのだろうか。超能力も使えなくなり、普通の人間にもどるのだろうか。そしてそれを、あたしは嬉しいと感じるだろうか……。

医師が母のほうへ視線を移す。

「今後の治療なんですが、ここでは対応できないので、東京の大学病院に移っていただきます」

「東京まで……」

「転院に関しては、当院に専属のコーディネーターがいますので、詳しい話はのちほどそちらからあると思います」

「どうしても、いま治療しなければいけないんですか。命に関わることでもないのに」

「なんども説明申し上げたように、このまま放置しておくと、将来、癌化する可能性が指摘されています。いまのうちに対処しておくことを、強くお勧めします」

「でも……どうしよう。東京の病院なんて」

母はとつぜんのことに困惑している。この人はいつも、突発的な事態に見舞われるとなにも考えられなくなる。そんなときに進むべき道を示されたら、反射的に飛びついてしまう。

「じつは、この病気に関しては、厚生局の定めたガイドラインがちゃんとあって、それに基づいて治療を進めていくことになっているのですよ」

「そうなんですか。そういうことなら、仕方ない……よね」

夏希に同意を求めるようにいう。

「ああ、それと」

医師がだめ押しするように付け加えた。

「これは国の特殊難病に指定されているので、治療費はかかりません。そこはご心配なく」

6

キーボードを打つ手を休め、両手で顔を強くこすった。コーヒーカップに手を伸ばしたが、褐色が輪になって干からびていた。

佐藤あずさはカップを持ってパソコンから離れ、キッチンのポットから何杯目かのコーヒーを注いだ。立ったまま一口飲む。時刻は午前二時半。

この時間になると、どうしても思い出す。達川颯斗がこの部屋に現れた、あの夜を。いまだ行方知れずの彼。どこでどうしているのか。いきなりこの部屋に現れることは二度とないのだろうか。期待を込めてうす暗い片隅に目を凝らしても、なにも現れない。気配すらない。

その空虚が自分の気持ちと共振すると、涙がこぼれそうになる。

「いかんいかん。仕事しなきゃ」

あずさは負の連鎖を断ち切るように声に出した。よし、と気合いを入れ、カップを手にパソコンにもどる。

モニター画面には記事の原稿。地元の小学校で伝統工芸を子供たちに教えている男性を取り上げたものだ。明日の朝一番にデスクに見せなければならないが、まだ半分ほどしか書けていない。ギフテッド問題にかまけたつもりはないが、いつの間にか本業にしわ寄せが来ていたようだ。自分はあくまで文化部の記者。先日の辰巳龍のインタビュー取材も、葉子には会社から出張旅費が出たが、あずさは自腹を切るしかなかった。

原稿に向かって十分も経たないうちに、谷本葉子からメールが届いた。あの子もまだ起きているらしい。ご苦労なことだ。

『厚生局の治療プロトコルが入手できましたので送ります。取り急ぎ』

「プロトコル……？」

添付のファイルを開けた。どうやら、厚生局から各地の拠点病院に通達されたものらしい。つまり、法定検査でギフテッドと判定された対象者には、このプロトコルに沿って治療がなされるということだ。

「こんなのまでできてたんだ」

それによると、血液検査でマーカーの数値が規定値を超えた場合、まずは精密検査によって先天性腎臓腫瘍の有無を確認する。腫瘍が存在すればギフテッドと正式に判定される。ギフテッドと判定された者には、一次処置としてサグラミンを三日間投与する。ここまではすでに取材でわかっていたことだ。だがプロトコルにはこの続きがある。

サグラミン投与の結果、マーカーの数値が規定値を下回れば、薬効があったとして治療を完了する。規定値を下回らないが、当初の値よりも三十パーセント以上減少していれば、三カ月後に再投与を行う。それ以外、すなわち、値がまったく変化しなかったり、じゅうぶんな減少が認められなかったりした場合は、無効症例として速やかに二次処置に移行する。

「二次処置……ってことは」

サグラミンが効かないケースもすでに想定されていたのだ。

この無効症例こそ、覚醒したギフテッドを意味するのではないか。とすれば、いったん覚醒してしまったあとでレセプターを塞いでも、やはり効果はなかったことになる。

二次処置でどのような治療がなされるのかについては、プロトコルでは言及されていない。

理由はすぐにわかった。

言及する必要がないからだ。

一次処置までは、各都道府県の大学病院が拠点病院として担当する。だからこのプロトコルが通達された。しかし二次以降の処置ができるのは国内では一カ所しかない。プロトコルによれば、二次処置が必要となったギフテッドは、すべてそちらに転院させることになっている。

覚醒したギフテッドばかりが全国から集められるこの施設にこそ、おそらく、現在のギフテッドをめぐる最新事情のすべてが集約されている。そこではどのような治療が行われているのか。どの程度の成果を上げているのか。そしてその成果はなにを意味するのか。

取材しなければならない、と思った。とはいえ、いまのあずさは、とてもではないが東京へ出張できる状況にはない。今回は葉子一人で行ってもらうことになりそうだ。

7

東京聖徳会医科大学附属病院。

その長ったらしい名前を目にするだけで、上原夏希は自分が重病人だと錯覚しそうになる。一般には〈東聖医大病院〉と呼ばれているらしい。大きな病院だとは聞いていたが、その威容は想像をはるかに超えていた。広い敷地に、個性的な形の病棟が林立し、その建物の間を連絡通路が複雑につないでいる。ガラス張りのその通路を迂闊《うかつ》に渡ろうものなら、たちまち見当違いの病棟に迷い込んで元の場所にもどれなくなる。通りがかりの看護師や職員に泣きつこうにも、病棟によっては人気のまったくないゾーンもあり、いちど果てしなく延びる廊下に一人ぽつんと立ち尽くしたときは、悪夢の中に置き去りにされたような気分になった。以来、夏希は滅多に病室の外を出歩かなくなり、自分の病室が病院のどのあたりに位置するのか、いまだに把握できないでいる。

入院とはいうものの、とくにすることはない。たまに採血されたり、検査を受けたりするくらいだ。検査に使われる機器はＭＲＩに似ているが、ちょっと違うような気もする。ここで検査対象になっているのは、いわゆる先天性腎臓腫瘍ではなく、脳のようだった。検査が終わって検査台から下りたとき、ガラス越しの部屋で医師が何人か集まってぼそぼそと話しているのを見たことがある。そのときモニターに映っていたのが、脳の断面の画像だった。その画像の脳は、赤やらオレンジやら緑やらで色分けがされていて、医師たちはその色を指さしては気難しげな顔で話し、ある医師はお手上げというポーズまでした。なにがお手上げなのだろう。

詳しいことは教えてもらっていない。もしかしたら両親には伝えてあるのかもしれないが、実際に入院しているのはあたしなのだ。いくら未成年だからといって、中学生にもなればいろいろと理解できる。聞きたいこともある。なぜ本人に話してくれないのか。ここに来る前にいたつくば医大病院のほうがずっと親切だった。

夏希の不満はそれだけに止《とど》まらない。

診察に来る医師が毎日違う。看護師も頻繁に代わる。自分の状態について質問しても、いつもはぐらかされる。いつ退院できるのかと尋ねても「先生と相談してからね」といわれるだけ。もしかしたら知らないうちに母が呼び出され、とうぶん退院はできません、と一方的に宣告されたのかもしれない。だとしても母には異議を唱えることなどできないだろう。最初は毎日顔を出してくれた母も、今週はまだ一回も来ていない。

夏希は、ここでは自分の意思など顧みられないのだ、と認めるしかなかった。そんなものには関係なく周りは動いている。この病院そのものが巨大な怪物で、いつの間にか自分はその体内に呑み込まれ、少しずつ消化されているみたいだった。

「まるでカフカの城ね」

いちど見舞いに来てくれた小川美優が、そういったことがある。夏希には意味がわからなかったが、あまり縁起のいい喩《たと》えでないのは確かだ。

悪くない点があるとすれば、個室を使えることだろうか。シャワーやトイレのほか、勉強机まである。食事は意外においしい。少し太ったかもしれない。

同じフロアには、夏希のほかにも入院患者がいるはずだが、言葉を交わしたことはない。みんな自分の病室に閉じこもっている。夏希と同じ事情で、つまり、ギフテッドとしてここに来ている人がいるのか、いるとしたら何人なのか、それすらわからない。ただ、なんとなくだが、同じ世代の子が多いような気はする。大人の匂いがあまりしない。

夏希のあとから入院した患者は、少なくとも一人はいる。やはり同世代の女の子だ。看護師と保護者に挟まれ、不安げな表情で廊下を歩いている姿を見かけた。病衣を着ていなかったし、見舞い客にも見えなかったので、これから入院するのだなと見当が付いた。退院した人がいるのかどうかはわからない。夏希が気づかなかっただけかもしれない。

そして、夏希が入院してちょうど二週間になるこの日、さらに一人、この病棟に新たに入院してきた。それが彼だった。

いつもと違うざわめきを感じて廊下をのぞくと、年配の男性といっしょにこちらに来るところだった。父親という感じではなかった。ぜんぜん似たところがないし、その男性が彼のことを「木内くん」と呼ぶのが聞こえたからだ。その木内くんは明らかに夏希より年下で、まだ小学生ではないかと思った。もしギフテッドだとすれば六年生ということになる。目が澄んでいて利発そうな子だった。木内くんがこちらに気づき、数秒間、夏希の顔に視線を留めた。笑いを堪えるように下を向き、そのまま夏希の前を通り過ぎる。彼は隣の病室に入っていった。入るとき、夏希を振り返り、小さくうなずいたような気がした。

8

あずさ先輩へ

東聖医大病院の取材一日目、無事に終了しました。詳しいことは帰ってからにしますが、一ついい報せがあります。

坂井さんからご紹介いただいた方の力添えもあって、明日、二次処置が行われている病棟を見学させてもらえることになりました。まさかこんなにあっさりと許可が下りるとは思わなかったのでびっくりです。うまくいけば、入院している子たちに話を聞けるかもしれません。ここにいるということは、みんな覚醒しているわけですから、スプーン曲げとかできるんでしょうかね。試しにお願いしてみようかな。あ、これ冗談ですよ。実際にそんなことはしませんからご心配なく。今回の取材の趣旨は、あくまで、先天性腎臓腫瘍の治療現場をこの目で見るってことになってますから。

ただ、ここの治療に当たっている人たちがギフテッドの超能力についてどこまで知らされているのか、本当のところを探りたいとは思ってます。覚醒したギフテッドの無害化を本気で目指しているのなら、なにも知らされてないってことはあり得ないですよね。それじゃあ研究になりませんから。でも、それならどうしてこんなに簡単に内部の見学ができるのか、ちょっと奇妙な感じはします。極秘事項のはずなのに。

相手がこちらを利用しようとしている可能性もありますが、あたしはどちらかというと、単に弛《たる》んでいるだけのような気がします。ガードが甘いというか、まだ組織としてちゃんと機能していないというか。だから対応がちぐはぐになっている。

記者の本能として、なーんていうと生意気ですけど、攻めるなら今がチャンスだなとは感じます。こういうときは策を弄するより正攻法が思わぬ効果をもたらすものだって、これ、あずさ先輩から教わったことでしたっけ。

だからあたしも、明日の取材の最後の最後にずばりと聞くつもりです。覚醒したギフテッドの無害化には成功したのですか、と。

さあて、どんな反応が返ってくるんでしょうね。

明日の取材が終わったら速攻でメールします。楽しみにしていてください。

谷本葉子

9

文化面の原稿をなんとか締め切りに間に合わせた佐藤あずさは、半ば脱力状態のまま、パソコンでメールをチェックした。葉子からの速攻の取材報告とやらは、まだ来ていなかった。時計を確認すると午後五時を回っている。今日中に飛行機で帰ってくる予定だから、取材は終わっているだろう。

彼女のことだ。ほんとうにあの質問をぶつけたに違いない。覚醒したギフテッドの無害化には成功したのか、と。そのとき相手からどんな反応が返ってきたのか。葉子の勢いに呑まれ、意外にもあっさりと事実を打ち明けてくれたかもしれない。「いやあ、それがまだなんですよ。困っちゃいますよねえ」とか。葉子にはそういう、ここぞというときの突破力がある。これだけはあずさにも真似ができない。

いずれにせよ、結果は出ている。葉子はいまごろ空港に向かいながら、取材報告の文章を打ち込んでいるところだろうか。まったく、人を焦らすのは彼女の悪い癖だ。

モニター画面から目を離し、ぐるりと職場を見回す。きょうは珍しく文化部のメンバー全員がそろっていた。デスクの下村はシャツの袖をまくり上げ、難しい顔をして原稿に赤を入れている。田宮、相原はパソコンに向かい、野口は電話でなにやら打ち合わせ中。加藤と鈴木は窓際に立って意見交換でもしているのか、手振りを交えて熱心に話している。ここでは、テンプル事件も、水浦の警察官殺しも、話題に上らなくなった。しかし一人一人に「ギフテッドをどう思うか」と問いを投げれば、「不気味」あるいは「怖い」という言葉が、硬い壁に当たったテニスボールのように返ってくるだろう。そしてそれは、現在の一般的な人々の、一般的な反応でもある。

ギフテッドには超能力があり、政府は秘かにその無害化の研究を進めている。仮にその動かぬ証拠を入手したとしても、衝撃的なスクープとして紙面を飾ることはできない。我々には受け入れる準備ができていないから。共存どころか、ギフテッドに対する偏見や誤解は深まる一方。このような状況下での不用意な情報は、たとえそれが事実であっても、不安や憎悪を煽る結果にしかならない。

冷静に受け止めてもらうには、時間をかけて、地味でもそれなりの手順を踏みながら伝えていくしかない。葉子が着手している特集記事は、その記念すべき第一歩として、少なからず重要な役割を担うことになる。新聞記者として、これほどやりがいのある仕事も、そうあるものではない。葉子もそれを理解している。だからいつも以上に張り切っている。

悔しいな、と思う。本音をいえば、この手でやりたかった。葉子に頼むのではなく、自分自身で東聖医大病院に乗り込みたかった。担当者の表情の裏にあるものを考えながら、鋭い質問を繰り出し、追い込み、真実に到達したかった。そしてその真実を、自分の手で、自分の文章で世に問いたかった。

もう一度、職場を見回す。なぜわたしはここにいるのだろう。ここは自分の居場所ではない。ずっと心の底に沈んでいた思いが、ぐいと頭をもたげ、力強く浮上してくる。抑えようもなく、水面を山のように押し上げ、そしてついに姿を現す。

社会部への転属願いを出そう。

あずさは決めた。もはや一瞬たりとも逡巡《しゅんじゅん》する必要のない、完璧な決断だった。

なぜもっと早く思いつかなかったのだろう。健康は完全に回復している。気力ももどった。なにより、いつまでもこんな中途半端はよくない。第一、性に合わない。わたしらしくない。

そして、いったん心が決まれば行動が早いのがわたしだ。佐藤あずさだ。

デスクの下村に目をやると、右手で赤ボールペンをいじり、不機嫌そうに原稿を読んでいる。と思ったら、息を吐いてボールペンを投げ出し、首を左右に曲げた。ごり、という音がここまで聞こえてきた。

あずさは腰を上げ、迷いのない歩みで下村の前に立った。

「お忙しいところ申し訳ありません。お話があります」

尋常でないものを感じたのか、下村がぎょっとした顔で見上げてくる。

「少し、お時間をいただけないでしょうか」

「なんだ、珍しいじゃないの」

ぎごちない笑みをつくり、

「ここではいいにくいこと？」

「いささか」

廊下に出て適当な部屋を探すと、また小会議室Dが空いていた。

「掛けなさい」

先にあずさを座らせ、下村は隣の椅子を引いて腰を下ろした。膝が触れそうな距離だ。

「で、話というのは」

「社会部に転属させていただけないでしょうか」

下村の表情が固まった。

「おれの下では不満か」

「けっしてそういうことでは。文化部の仕事もやりがいのあるものです。いまの職場に不満もありません。でも、わたしはもう一度、社会部の仕事にもどりたいのです」

「おいおい、会社の組織をなんだと思ってるんだ。転属なんて、そう簡単にできるもんじゃない。おれのハンコで決められることでもない。新入社員じゃないんだから、そのくらい知ってるだろう」

「無茶なことをいっているのは承知の上です。それでも、まずは下村さんの許可をいただくのが筋だと考えました」

下村が大きく息を吸いながら口を開けたが、空気だけを嚙みしめ、遠くを眺めるような目をあずさに向けてくる。

「もしダメだといったら」

あずさはあえて答えなかった。文化部に居つづける自分はもはや想像できない。

「まさか会社を辞めるわけじゃないだろ」

それも悪くない、と思った。

顔に出てしまったのだろうか。

「辞めてどうする？」

厳しい声で畳みかけてきた。

「社会派のフリーライターにでもなるつもりか。これまでは君の名刺に、会社の名前と、新聞記者という肩書きが刷ってあったからこそ、取材もできたし、情報ももらえたんだぞ。どこに行ってもそれなりに扱ってもらえた。佐藤あずさという名前一つで同じことができると思うなよ」

そんなことはわかってる。あずさは抗弁する代わりに黙って目を伏せた。

「君の個人としての力なんて、その程度のものなんだよ。大それたことは考えないほうがいい。……とはいうものの」

ここで一転、くだけた調子に変わる。なれなれしいほどに。

「佐藤くんの気持ちはよくわかる。おれにも覚えがある。君もまだだいいたいことはあるだろう。どうせならこの機会にぜんぶ吐き出したほうがいい。どうだ。場所を変えて、もっとじっくり話そうじゃないか。メシでも食いながら。きょう、空いてるんだろ」

「いえ、それには――」

「君のほうからいい出したことだぞ。話を聞いてくれと。おれはもっと時間をとって話を聞いてやるといってるんだ」

「ですから――」

「いい店を知ってる。いいワインをそろえてる。きっと気に入るよ」

いい終わらないうちに下村が腰を上げた。

「仕事はあと三十分で片が付くから、そのあとで。じゃ」

それだけいい置いて廊下に出ていった。去り際にウインクまでしてきた。

あずさは閉まったドアを呆然《ぼうぜん》と見た。

「冗談じゃない」

下村を追って飛び出した。

しかし、文化部のあるスペースに一歩入ったとき、異変を感じて足が止まった。

あちこちでテンションの高い話し声が飛び交っている。電話に向かって怒鳴っている者もいる。奥の壁にずらりと並べられたテレビモニターの前にいつも以上に人が集まっている。その中には文化部の面々もいる。さっきまで話していた下村まで。なにかあったのか。

「ああ佐藤くん、こんなところにいたか」

血相を変えて駆け寄ってきたのは社会部の中村デスク。谷本葉子の上司だ。小柄ながら声だけはやたらと大きな男で、ときおり文化部のスペースまで怒鳴り声が聞こえてくる。

「谷本くんから連絡入ってないかっ」

ぎくりとした。自分が裏で葉子に助言していることは、だれにも話していない。

「どうして、わたしのところに」

「とぼけなくていい。谷本くんから事情は聞いてる」

驚いた。葉子は裏でしっかりと上司の了承を得ていたのか。わたしにはそんなことは一言もいわなかったのに。

あずさは殊勝な表情をつくり、

「申し訳ありません。差し出がましい真似をするつもりは——」

「そんなことはどうでもいい」

謝ろうとするあずさを遮り、

「東京に出張してる谷本くんから連絡はないのか」

「昨夜、メールが来ましたが」

「きのうじゃない。きょうだっ」

このあわてぶりはなんなのか。胸の深いところでなにかが騒ぎだす。

「……さっきチェックしたときは、まだでした」

「ないのか」

「はい」

「……そうか」

老け込むような落胆ぶりだった。

「あの……どうかしたのですか」

「ずっと連絡がとれないんだよ」

中村は社内でも強面《こわもて》で通っている。普段ならこんな表情は絶対に見せない。

「もう飛行機に乗っているとか」

「予定の便はわかってる。まだそんな時間じゃない」

あずさは、テレビモニター前をちらと見やった。声を落として、

「あの、なにか、あったんでしょうか」

「……知らないのか」

中村が目を剝いた。

「また事件が起こったんだよ。こんどは東京だ」

しかし、事件なんて毎日あちこちで起きているではないか。なぜこんな騒ぎになるのか。よほど大きな……。

「テンプル事件、水浦の警官殺しに次ぐ、第三の事件が起きてしまったんだっ！」

雑音が消えた。

しんと静まりかえった世界に、中村の声だけが反響する。

「詳しい情報は入ってないが、犠牲者は相当な数に上るらしい。二桁じゃ収まらないって話もあるくらいだ。とにかく、現場はひどく混乱していて、情報も錯綜《さくそう》してる」

第三の事件。多数の犠牲者。まさか、また達川颯斗が。いや、そんなはずはない。彼は二度とあんなことはしない。もしかしたら、村山直美なのか。それとも、まったく別の……。だめだ。考えようとしても歯車がうまく嚙み合わない。思考が前に進まない。

「犯人は……ギフテッドなのですか」

「ほかに考えられるかっ」

あずさは中村の肩をつかみそうになる。

「捕まったのですか、犯人が！」

中村が顔を歪めて横に振る。

あずさは胸を膨らませて空気を入れた。ゆっくりと吐いた。落ち着け。落ち着け。事件の全容はまだなにもわかっていないのだ。

情報だ。まず情報が欲しい。できればすぐにでも東京に飛びたい。自らの足で取材したい。

そうか、と思い至った。

いま東京には葉子がいるではないか。中村は葉子に取材させようとしているのだ。だから連絡をとりたがっている。

しかし葉子のことだ。事件があったと知れば、いわれなくとも現場に急行するはず。

それをいうと、中村が真っ赤になって怒鳴った。

「だれがそんなことをさせるといったっ！」

あずさは、紅潮したその顔を、瞬きもせずに見つめる。

「事件の発生した場所が、東聖医大病院なんだよ。きょう、谷本くんが取材で行っているはずの」

あずさは完全に文脈を見失った。世界が一瞬にして場面転換したのに、自分一人が古い場所に取り残されているようだった。

東聖医大病院が、第三の事件の現場……。

心臓がひときわ大きく拍動した。

「事件の第一報が入ってから、谷本くんの連絡が途絶えてるんだ」

なに、どういうこと……。

悲鳴を漏らしそうになって思わず両手で口を塞いだ。手が、腕が、身体が震えはじめた。

「映像出ました！」

テレビモニター前の人垣から声がした。だれかがボリュームをオンにした。ヘリコプターの音が聞こえてきた。レポーターの絶叫がなにかを伝えようとしていた。たしかに、なにかが伝わってきた。膨れ上がった人垣は、咳《しわぶき》一つない沈黙の中で、モニターに見入っていた。

あずさは電話をかけた。呼び出し音。出ない。留守番サービスにつながった。

「佐藤です。ハコちゃん、これを聞いたらすぐに電話して。すぐに。お願いだからっ！」

自分でも気づかないうちに泣いていた。

レポーターの声は止んでいる。

ヘリコプターの音だけが鳴っている。

第三部

第一章　混沌《こんとん》

1

順番が回ってきた。

名前を呼ばれた佐藤あずさは椅子から立ち上がり、赤い模様入りのクロスの掛けられた小さな演壇の前に進む。設置されたマイクは四本。あずさの声を受け止めるために、下から突き上げるような角度で待機している。国会議員たちの儀礼的な拍手が収まってから、あずさは口をひらいた。

「佐藤あずさと申します。自己紹介をしたいのですが、あいにく、ほかのお二方のような立派な肩書きはございません。以前は新聞社に勤めておりましたが、二年前に退職し、それ以来、フリーのジャーナリストという立場で、とくにギフテッドに関わる問題を扱ってまいりました。このような機会を設けていただき、深く感謝申し上げます」

国会議事堂の第一委員会室。思っていたより狭い部屋だが、シンプルなシャンデリアから降り注ぐ光が、装飾の施された壁や、重々しいカーテンの襞《ひだ》や、くすんだライトグリーンの絨毯《じゅうたん》に、静かな威厳を与えている。あずさの記者歴は十年あったが、議事堂に足を踏み入れたことはない。まさか記者を辞めたあとに、自分がこの場に立つことになるとは、人の運命はわからないものだ。

「わたくしは、今回のギフテッド特措法案には批判的な立場をとっております。なぜなら、この法案は、事態をさらに深刻にさせるだけだと考えるからです」

この日、衆議院の〈ギフテッド特別措置法案に関する特別委員会〉において公聴会が開かれ、あずさも公述人の一人として招かれていた。午後の部の三人目として、十分間の意見陳述を行うことになっている。

二年前の東聖医大病院事件は、国内だけでなく、世界中を震撼《しんかん》させた。死者八十九名。しかし問題は数ではない。世界を見渡せば、これを上回る規模の虐殺は至るところで起きている。人々に衝撃を与えたのは、大学病院という、文明社会の中核的な場において、これほど多くの一般市民が、超能力によって瞬時に殺害されたという点だった。

もはや尋常な事態でないことは隠しようがなかった。ついに各国政府は、ギフテッドの特殊能力の存在を認める声明を発表した。それでも、これらの公式見解すら頭から否定し、信じようとしない者も多かった。

「この二年間で、状況は転がり落ちるように悪化してきました。もしかしたら隣にいるだれかが覚醒したギフテッドかもしれない。次の瞬間には自分の身体がばらばらにされるかもしれない。その恐怖心が、人々を、常軌を逸した行動に駆り立てました」

嫌がらせのレベルには止まらなかった。各地でギフテッドへの暴行事件が頻発した。ギフテッドと間違われて襲われ、重傷を負った人もいた。こうなれば第四の事件が起きるのも時間の問題だった。そしてそれは実際に起こった。このときの死者は三名。事件の引き金となったギフテッドは逃亡することもなく逮捕された。以後、同様の事件がこれまでに五件発生し、犠牲者も十七名を数えた。

「悲劇はそれだけではありません」

我が子がギフテッドであることに絶望して無理心中を図る例もあった。胎児の父親がギフテッドだと判明して中絶してしまった妊婦もいた。

「しかし、そのほとんどは、誤った情報や思い込みによるものでした。本来なら、起こるはずのない、起こってはいけない悲劇だったのです」

ギフテッドは必ずしも覚醒するわけではなく、ましてや人に危害を加え得るほどの能力をもつ者はごく少数であることが、これまでの調査によって明らかにされている。しかし科学的根拠のあるそれらの数字も、恐怖に目を塞がれた人々には効果がなかった。

「たしかに、ギフテッドによる事件で大勢の方が亡くなりましたが、件数でいえば九件なのです。少ないとはいいません。しかし、九件のために、数千名におよぶギフテッド、そのほとんどは同じような事件を起こす能力をもっていないにもかかわらず、彼らの人権を法律によって一律に制限するようなことは、基本的人権の尊重を憲法の理念として掲げる民主国家として、許されるのでしょうか。ただ国民感情を満足させるためだけに、少数者の人権を無視してはならない。少数者の人権も、多数者のそれと同様に尊重し、けっして蔑《ないがし》ろにしない。それが民主国家のあるべき姿のはずです」

議場には空席が目立つ。法案の可決はすでに確実視されており、きょうの公聴会も、議論を尽くしたことを記録として残すための儀式という色合いが強い。

「今回の法案は、ギフテッドが対象となっています。しかし、これは、悪《あ》しき前例となる可能性をはらんでいます。場合によっては特定の集団の人権を制限できるという、きわめて危険な前例に」

ギフテッド特措法は、大きく二つの柱から成る。一つは、ギフテッドの覚醒を未然に防ぐこと。具体的には、サグラミンの投与を義務づける。もう一つは、覚醒してしまったギフテッドの処遇についてだが、問題になっているのはこちらだった。

覚醒していると判断された場合、すなわち、サグラミンの効果が認められない場合、当該ギフテッドは危険を減じるためのあらゆる処置を積極的に受け入れなければならない。ということは、本人の意思に反して強制的に隔離したり、侵襲をともなう医学的な処置を施したりすることも、解釈によっては可能になる。

「この法案は、有権者の感情的な要求に応える形で提出されました。もちろん、国民の不安や怒りは正当なものです。しかし、国会議員であるみなさんまでもが、一時的な感情に流されてはなりません。この法が成立した場合、ほんとうにギフテッドの危険性がなくなるという根拠はあるのか。そして、国や社会のあり方にどのような影響をもたらすのか。感情論ではなく、長期的かつ現実的な視点から冷静な判断を下す。それが、みなさんに課せられた使命であり、みなさんが負っている責任のはずです」

あずさはゆっくりと息を吸った。

「みなさんが成立させようとしている法は、ギフテッドや、ギフテッドを身内にもつ人々を、いま以上に追いつめることになります。まさにその状況が、ギフテッドに覚醒を強いるのです。覚醒したギフテッドが増えれば、それだけ凄惨な事件の起こる確率が高まります。そしてそれが人々の不安や怒りをさらに掻き立て、その怒りを浴びたギフテッドがまた連鎖的に覚醒していく。絶望的な悪循環です。このスパイラルに入ってしまえば、止めることは容易ではありません。取り返しのつかなくなる前に、理性をもって踏みとどまってください。それができるのは、みなさんだけなのです。いまなら、まだ間に合うはずです」

あずさは祈るような気持ちで議員席を見やった。わかってもらえただろうか。一人でも考えを変えてくれただろうか。

「わたくしの意見は以上です。ご静聴、ありがとうございました」

深く頭を下げた。

気のない拍手に送られて席にもどった。

隣には二番手に立った大学教授。法学を専門にしていて人権派と呼ばれているらしい。その向こうは一番手の医学者で、医学的な見地からギフテッドについて解説した。両者の意見陳述を聞くかぎり、医学者は法案に賛成、大学教授はあずさと同じく反対の立場をとっているようだった。

このあと議員からの質問がある。

委員長が最初の質問者を指名した。

野党の女性議員が質問人の席に着いた。三人の公述人の意見はたいへん勉強になったと社交辞令を述べてから、まず医師へ質問した。ギフテッドは病気の一種であるとの認識についてどう思うか。医師は、妥当な認識だと考えている、と答えてその理由を述べた。内容は、かつて辰巳龍が話したものと同じだった。女性議員は大学教授にも人権問題について質問したが、どちらも熱意は感じられなかった。

最後にあずさにも質問が来た。

「佐藤さんは、テレビや新聞などでも、一貫してギフテッドを擁護する立場で発言され、それがもとで脅迫状が送られてくるなど、何度も危ない目に遭われていると伺っています。佐藤さんご自身はギフテッドではないのに、なぜそのような立場をおとりになるのですか」

あずさはふたたび演壇まで進んだ。

「擁護しているわけではありません。むやみにギフテッドを排除してもいい結果は得られないと考えているだけです。わたしも二年前の事件で、たまたま東聖医大病院を取材で訪れていた同僚を亡くしています。もしあれが、殺意をもったテロリストによる犯行であれば、わたしも心の底から犯人を憎んだことでしょう。しかしわたしは、彼らギフテッドが自ら望んであんな事件を起こしているのではないと知っています。彼ら自身も、まだ自分の力をコントロールできていないのです」

「だからこそ、この法が必要なのではありませんか」

「逆効果になるだけだと思います。必要なのは、高圧的に抑え込むことではなく、彼らの能力を理解し、その能力のコントロールを助けることです。感情に任せて憎悪をぶつけたり、排除したりするだけでは、問題の解決にはつながりません」

「ありがとうございました。質問を終わります」

次の質問人は与党の男性議員。議員の中では若手だった。といっても四十代だろうが。体格も声も大きく、自信に満ちていた。医師と大学教授にそれぞれの専門分野に関する質問をしたが、公述人の答えを拝聴するより、自分の考えを開陳することに多くの労力と時間をかけるタイプのようだった。

「最後に、佐藤公述人にもお伺いします。佐藤公述人のことはテレビでよくお見かけして、こうして初めてお会いしたのに、昔からの知り合いのような気がしています」

愛想笑いを投げてきた。

あずさが無視すると表情を改めて、

「さて、さきほど佐藤公述人は、ギフテッドを擁護しているわけではないとおっしゃいましたが、私はやはり、ギフテッドの立場により近い方だという印象をもっています。なぜここまでギフテッドの側に立つのだろうと、常々不思議に思っていたのですが、最近になってようやく納得できる理由が得られた気がします。水浦の警官殺しのギフテッド、達川颯斗と親密な仲だったと週刊誌で報道されましたが、これは事実でしょうか」

あずさは鼻白んだ。議員からもどよめきや笑いが起こった。すかさず委員長が注意した。

「質問人、言葉を慎んでください。ここは神聖なる議場です。ゴシップを追及する場ではありません。公述人に対しても失礼ですよ」

しかし男性議員に反省した様子はない。
「申し訳ありません。質問を撤回します。これで私の質問を終わります」
あずさにも形ばかりの一礼をし、悠々と自分の席にもどっていった。

2

いま、つくば医科大学附属病院の第三特別病棟の一画に、一人の少女が収容されている。二年間、昏睡《こんすい》状態が続いており、いちども目を覚まさない。家族がときおり訪れるほかは、見舞いに来る者もない。彼女が何者で、どのような経緯でここに来たのかを知らされているのは、ごく一部の職員に過ぎない。

生命を維持するための栄養分は点滴のチューブによって直接体内に供給され、生命活動の証でもある排泄《はいせつ》物も適切に処理されている。身体の清拭《せいしき》や体位交換も細心の注意のもとに行われ、そのおかげもあってか、いまだ少女の顔から生命の芽吹くような輝きは失われていなかった。実際、まったく手足を動かしていないはずなのに、筋肉の萎縮は不思議なほど目立たない。いまにも目をあけて起き上がりそうだ。

この少女をめぐり、いつからか一つの噂が、職員の口の端に上るようになった。深夜になると、ときおり彼女の病室から低い話し声が聞こえる。そのときそっと中を覗くと、ベッドの脇にだれかが立っている。

3

「いちおう、時間ですが」

進行役を務める予定だった梶川敏《かじかわさとし》が重い声で告げた。

「報道各社には通知したんだよね」

坂井タケルは、長テーブル中央の席で腕組みをしたまままいった。

「もちろん」

憮然《ぶぜん》と答えたのは、タケルの左隣に座っている林勲子。きょうの装いはシックな細身のパンツスーツ。スリムで驚いた、というと、一生懸命ダイエットしたのよ、と返ってきた。テーブルには三本のハンドマイク。すでにマイクテストも済んでいる。あとはスイッチを入れるだけ。

旧光明学園同窓会は、ギフテッドの代表者的立場から、ギフテッド特別措置法案に異議を唱える声明を何度も出してきた。いよいよ法案の採決が迫り、最後のアピールをすべく、記者会見を開くことにした。そのために、厳しい予算の中から費用を捻出し、都心のこの会場を借りたのだ。用意した記者席は九十四。しかし、開始予定の午後七時になっても一人の関係者も現れない。

「身体をばらばらにされると思ってるんじゃないですか」

「梶川くん」

林勲子にたしなめられると、すみません、と明るく謝った。梶川敏は二十七歳。タケルたちの七年後輩に当たる。若さはそれだけで希望だ。

「こんなことだから、日本のメディアはレベルが低いっていわれるんだよ」

タケルの右隣には、この道三十年のベテラン弁護士、陣内俊介《じんないしゅんすけ》。肥満気味の身体を持て余し、大きな目をぎらぎらと戦闘的に輝かせる彼は、旧光明学園の出身でないどころかギフテッドですらない。もともとギフテッドをめぐる人権問題には危機感を抱いていて、いまは同窓会の顧問弁護士を引き受けてくれている。事件を起こして逮捕されたギフテッドたちとも接見し、彼らの権利を守るために奔走していた。

「もう少し待ちましょう」

タケルは口ではいったが、胸の内では、もう来ないだろうな、と覚悟した。

法の成立を阻止することはほとんど不可能。それはタケルにもわかっている。しかし、ここで声をあげなければ、ギフテッドたちも法案に納得している、と見なされる。流れが加速してしまう。それは違う、とアピールを続けることで事態の進行に少しでもブレーキをかけなければならない。

きょうも当初は、半年前に会長を引き継いだばかりのタケルが、陣内弁護士と二人で会見に臨むことになっていた。いまの社会状況では、ギフテッドとして広く顔を知られることは、けっして大げさではなく、生命の危険をともなう。すでにタケルは、会長に就任して以来、ギフテッド代表として何度かメディアに登場している。顔をさらす人数は、これ以上増やす必要はない。しかし林勲子が、今回の記者会見だけは、事務局長として同席することを強く要求した。メディアへの対応なら自分のほうが慣れている、というのがその理由だった。タケルは最後まで反対した。しかし林は頑として譲らなかった。

『会長、なんでも一人で背負い込もうとしちゃダメよ』

タケルもついに根負けした。しかし、そのすべてが無駄なやりとりだったことになる。

予定時刻から三十分が過ぎた。

「ここまでだね」

タケルが宣言すると、同窓会のスタッフたちが黙々と撤収作業に入った。マイクを備品係に返却し、パイプ椅子とテーブルを畳んで片づける。

陣内弁護士はとくに気落ちした様子もなく、書類を鞄に入れてからタケルの前に立ち、

「坂井会長、このくらいで負けちゃいけませんよ。あの法案は明らかな憲法違反だ。徹底的

に戦わなきゃ。あたしゃやりますからね」

不利な戦いを楽しんでいるかのようだった。

タケルは気圧《けお》され、

「よろしくお願いします」

と応えるしかない。

「じゃ、あたしはこれで」

「ありがとうございました」

全員で頭を下げて陣内弁護士を見送った。


旧光明学園同窓会の事務局は、江東区の細長い雑居ビルの二階に入っている。事務機器のほか、簡単なソファアセットもそろえてあって、少人数の会合ならできるようになっていた。以前は、事務局のためにわざわざ部屋を借りるなど考えられなかったが、テンプル事件以降、ことあるごとにギフテッドの代表者のような役割を求められ、メディアへの対応のためにそれなりの窓口が必要になったのだ。家賃などの費用は、会費と有志からの寄付によって賄われている。そこは絆の強い光明学園だ。社会で成功を収めた同窓生たちは進んで大口の寄付をした。林勲子もその一人だった。

事務局にもどったタケルたちは、途中で買った弁当を食べながら、これからのことを話し合うことにしていた。といっても、ビールを飲みながらだから、単なる飲み会というか残念会になってしまうのは自然な流れだ。明日も仕事が早いからと帰宅した者を除き、事務局にはタケル、林勲子、梶川のほか、西本、三宮《さんのみや》の五人が残った。この中でいちばんの酒豪は紅一点でもある林勲子だ。どれほど飲んでも酔いつぶれるということがないらしい。

同窓会の表の顔はあくまで会長であるタケルだが、いま実質的に事務局を取り仕切っているのは林勲子だった。平日はほぼ毎日、午後一時から七時まで事務局に詰めて、メディアなどへの対応を一手に引き受けている。しかも完全なボランティアだ。彼女にそれができるのも、自分の会社を売却し、いまは悠々自適といってもいい生活を送れているからだった。起業家として活躍していたときの人脈も役に立っており、顧問弁護士の陣内俊介をタケルに紹介したのも彼女だ。

同窓会の内規上は、会長、事務局長に、副会長、書記、会計、会計監査、顧問を加えた七名から成る役員会が、最高意思決定機関となっている。しかしほとんどの役員は、とくに対外的な活動には消極的で、なにかと理由を付けては出てこない。結果として、タケルと林勲子にすべての責任がのしかかることになった。会見の準備を手伝ってくれた梶川敏たちは、タケルが個人的に声をかけて集めたのだ。

残念会の愚痴り合いが盛り上がっていたとき、電話のベルが鳴った。梶川がフットワークも軽く受話器に走る。

「はい。光明学園同窓会事務局です」

とたんに顔をしかめ、受話器を置いた。

「またですよ」

メディア向けの窓口を設けたのはいいが、嫌がらせの電話も頻繁にかかってくる。

「でも以前に比べると、面と向かって罵倒されることは少なくなりましたよね」

そういった西本は梶川と同期だ。まだ若い。

「そりゃそうだよ。みんな身体をばらばらにされたくないだろうからさ」

梶川が軽口で応じる。

「いまじゃ暴力団もギフテッドを避けて通るらしいよ」

三宮がまじめ腐った顔でいうと、やけくそな笑いが起こった。

とくに有意義な議論もないまま、午後十時前には散会となった。片づけはやっておくからと、若い三人を先に帰した。事務局にはタケルと林勲子が残った。

「もうちょっと飲まない？」

林が冷蔵庫から缶ビールを二本出した。

「あんまり強くないんだけど」

「いいじゃない、たまには。部屋に帰っても一人なんでしょ」

いいながらタケルの隣に腰を下ろす。二人同時にプルタブを開けた。タケルは控えめに一口、林は流し込むように呑む。さっきまでの騒々しさが嘘のように消え、静かな夜の空気が辺りを満たしていた。窓の外から漏れ入ってくる街の気配も、静寂の引き立て役にしかならない。

「あの法律が成立しちゃったら、どうなるんだろうね」

林の声はどこか虚ろに響いた。

「ギフテッドへの包囲網はどんどん狭まる。圧力も強くなる。その流れは止められない。でも本当の問題は、その先だ」

タケルは手元の缶をじっと見る。

「作用のあるところには反作用が生じる。圧力が強くなればなるほど、それに反発するエネルギーが溜まっていく。溜まったエネルギーは、必ずどこかで噴き出す。いったん噴き出しはじめたら、ぼくらには手の打ちようがない」

「あの法律に賛成している人たちは、そこまで考えてないんだよね。法律で規制さえすればうまくいく、安心できると思ってる。そう思いたがってる」

「やっぱり、行き着くところまで行ってしまうのかな」

ため息のような沈黙が続く。

「ねえ、子供とは会ってないの？」

林が話題を変えた。

「幼稚園や学校に行くようになったとき、いじめられるとかわいそうだからね」

「再婚は？」

「無理だろ、こんな状況じゃ」

「女の子のギフテッドには、坂井くんに憧れてる子も多いよ」

「まさか」

「大きな責任を背負った男の顔はセクシーなのよ」

「その責任に潰されそうになっててもか」

「そこがまたね、そそられるの」

「勘弁してくれ」

林が含み笑いをした。笑みを残したまま、遠いところを見上げる。

「みんな、どうしてるんだろうね」

それがだれを指すのか、確認するまでもない。

「楽しかったよね、あのころは」

「みんな、いた。颯斗も、和人も、村やんも」

「辰巳くんたちはまだ野辺山原《のべやまはら》にいるの」

「リナがあの土地を気に入ってるようだ」

「いま辰巳くんたちが住んでる家って、もともと辰巳くんのおうちの別荘だったんでしょ」

「いいよな、資産家は。伸は伸で、また海外に行っちまったし」

林がまた、ふふっ、と笑った。

「あたしね、昔、向日くんに告白したことあるんだよね」

「ほんとに？」

「振られちゃったけど」

「知らなかったな。そんなことがあったのか。龍たちもあのころから付き合ってたらしいし、みんな、けっこう青春してたんだな」

「坂井くんは、そういうのなかったの」

「なかったよ」

「悔しそう」

「どうせ暗い青春だよ」

「好きな子はいたんでしょ」

「どうだったかな」

「だれだっけ。上級生で、きれいな人いたじゃない。みんなが憧れてた」

「佐伯陽子」

「そう。デートしたって噂、聞いたけど」

「あれは和人だ」

「上岡くん？　そうだっけ。なんか意外」

「うん。あいつは意外性の男だった」

「続いたの」

「いや、一回デートしてそれっきりだったらしい」

「なんか納得」

「和人が気を悪くするぞ」

笑い声がそろった。

「また同窓会、できるといいね。こんどこそ、みんなで」

テンプル事件以降、大勢のギフテッドが一堂に会することなど許されない空気が、社会を覆っていた。この前のようにホテルのレストランを借り切ろうものなら、そのホテルはキャンセルの嵐に見舞われるだろう。

「達川くんや村山くんもいっしょになって笑いたいよね。あのころのことを思い出しながら」

「あのころ、か」

二度ともどらない、なにものにも代えられない、仲間と過ごした素晴らしい時間。

「さ、ぼくらもそろそろ帰ろう」

タケルは断ち切るように腰を上げた。

「了解、会長殿」

林勲子も立ち上がった。

いっしょに片づけを済ませ、施錠して外に出た。

夜は深くなっていたが人通りはまだ多い。車も途切れることなく通る。タケルと林勲子は肩を並べて歩いた。最寄りの地下鉄駅までは徒歩で十分くらい。すぐに着く。駅の階段を下りると、改札口が二つあった。使う路線が違うので、林勲子とはここでお別れになる。

「坂井くん」

改まった声でいった。

「気をつけてね。あなたは大事な身体なんだから」

「林こそ。君がいなかったら、ぼくはとっくに潰れてた。ありがとう」

「あら、珍しいお言葉」

林勲子が嬉しそうに微笑んだ。

「また連絡する」

「うん。またね」

タケルは改札を通って下りのエスカレーターに乗った。後ろを振り返ると、林勲子がまだ同じ場所に立っている。姿が見えなくなるまで互いから目を離さなかった。

「あいつ、ギフテッドだろ」

「新しい代表になった奴だ」

「やだ。なんでこんなところにいるの」

地下鉄のホームに下りると、どこからか声が聞こえてきた。いや、聞こえるような気がした。神経が疲れている。

タケルは顔を伏せ、壁を背にして立つ。ホームドアのない駅で電車を待つときは、線路に近づかないようにしている。用心に越したことはない。無用なトラブルを避けるには、できるだけ目立たないことだ。それでも異物の存在は知れてしまうものらしい。ときおり針のような視線が刺さる。ギフテッドというだけで忌避され、嫌悪され、恐れられる。これまでの経緯を考えればやむを得ないのかもしれない。しかしそれは我々だけの責任なのか。

「坂井タケルさん、ですよね」

ぎくりとして顔を上げた。

三十歳くらいのサラリーマン風の男が立っていた。見覚えはない。痩せて顔色が悪い。目の下に疲れが沈着している。懸命に笑みをつくろうとしている。敵意は感じない。それでも油断はできない。

「そうですけど、なにか」

「ぼくもギフテッドなんです」

声を潜めていった。

会長に就任して以来、たびたびメディアに顔が出るようになった。そのせいだろう。街でギフテッドを名乗る人から声をかけられることがある。

「ということは光明学園の？」

男性が首を振った。

「あそこには行きませんでした。だから、同窓会の会員ではないんですけど」

恐縮するように身体を小さくする。

「でも、坂井さんたちのことは陰ながら応援しています。なんといっても、ぼくらギフテッドの代弁者ですから。どうか、頑張ってください」

「ええ、もちろんです」

空疎に響かないように努めた。

「それだけいいたくて」

男性は気が済んだのか、すっきりした笑みを浮かべ、小さく一礼して離れていった。タケルはこんどこそ、エネルギーを最後の一滴まで使い果たしていた。これ以上、どう頑張れというのか。

地下鉄とJRを乗り継ぎ、一時間半かけてつくば市にもどった。駅からアパートまでは駐輪しておいた自転車を使った。それまで住んでいた公務員住宅は、半年前に引き払っている。職場ではギフテッドであることを公にしていたし、同僚たちも科学的・論理的に考える習慣が身に付いた連中ばかりなので、ありがたいことに、いまでも差別的な扱いはほとんど受けない。むしろ、身近にギフテッドがいることを面白がっている節さえある。

林勲子の予言どおり、1DKの部屋に帰ってもタケルを迎えてくれる者はいなかった。暗い部屋に自分で灯りを点け、冷蔵庫のオレンジジュースをグラスに注いで飲んだ。全身に染みわたるクエン酸が、こびりついた酔いの残滓《ざんし》を溶かしていく。グラスを流しに置いた。乾いた音が、空っぽの部屋に広がった。

離婚したいと切り出したのは、妻のほうだった。決定的な要因は、タケルが光明学園同窓会の会長に就任したことだ。平和な家庭生活はもう無理だと思ったらしい。離婚に際してタケルは、妻の要望のほとんどを受け入れた。本音としては、せめて子供に会う機会をつくってほしかったが、父親がギフテッドだと周囲に知られるリスクを考えると、あきらめざるを得なかった。

最後にあの子と話したのはいつだったか。子供の成長は速い。ちょっと見ないうちに、驚くほど大きくなっているだろう。声を聞きたい。できれば会いたい。しかし、いまのタケルにそれは許されない。先日、どうしても我慢ができなくなって電話をかけた。そのとき、別れた妻は取り乱し、金切り声で叫んだ。

『二度と電話してこないでっ！』

4

『賛成多数。よって本案は可決されました』

参議院議長の声が朗々と響く。佐藤あずさは、パソコンのキーボードを打つ手を休め、テレビの国会中継をぼんやりと眺めた。ギフテッドが相手ならなにをしても構わないという社会の空気が、ついに法律という形に結実してしまったのだ。国会議員たちは、これで世界は救われたとばかりに、歓声と拍手を送っている。

電話がかかってきた。新聞社だ。今回の法案可決についてコメントが欲しいという。あずさは、この法律で問題が解決するわけではない、むしろ悪化する恐れもある、とこれまでの主張を繰り返した。通話を切るとすぐに次のメディアから電話が入った。夜には報道番組でコメンテーターの仕事も入っている。そこでも同じような言葉を口にするのだろう。しかし、いったい何人の心に届くのか。いまや世論は反ギフテッド一色だ。そこで自分に求められている役割は、手頃なカウンターバランスでしかない。

因果なものだ、と思う。東聖医大病院事件の直後に新聞社を辞め、フリーのジャーナリストとして再出発した。追いかけるテーマはギフテッド以外になかった。それが残された自分の責任だと感じた。取材を重ね、感情を排して冷静に考察し、そこから導き出されるものを文章にして発表した。それだけのことなのに、なぜか注目され、メディアに引っ張り出されるようになった。ほかにギフテッドを擁護する立場をとる者がいなかったという事情もあるのだろう。同僚を東聖医大病院事件で失ったことが知られてしまい、あまり認めたくはないが、このドラマ性によって自分の存在にある種の質量が加わったことも否定できない。あげくには有名人扱いで、達川颯斗と親密な仲だった、とのスキャンダル記事まで出てしまった。これにはさすがに肝を冷やした。あの朝、マンションから出たところを目撃されたのか。おそるおそる読んでみたら、なんのことはない、小学六年のときに付き合っていたらしい、というだけの肩すかし記事だった。水ヶ矢小学校の同級生に取材した内容を大げさに脚色したのだろう。

　言葉は、いかようにも歪められる。冷静に発言しても、受けとる側が感情的な反応に終始すれば、真意を理解してもらうことなど望めない。あずさは必ずしもギフテッドの肩をもっているわけではないつもりだが、世間はそうは見てくれなかった。身の危険を感じたことも一度や二度ではない。強引なスキャンダル記事も、無数に吹きつけてくる逆風の一つに過ぎない。しかし、ここで降りるわけにはいかないのだ。心が折れそうになったときは、達川颯斗のことを考える。もう逃げない、と誓ったあの朝を思い出す。彼はどこにいるのだろう。

　あずさは達川颯斗の母親にも取材したことがある。彼女は、水ヶ矢小学校に通っていたあずさを憶えていた。達川颯斗のことに話が及ぶと、わたしは母親失格です、と自嘲した。彼がギフテッドだとわかったとき、騙されたような気分になったのだという。自分の子供だと思っていたのに、実際にはそうではなかったと宣告されたように感じたと。以来、それまでと同じ接し方ができなくなってしまった。我が子なのだからギフテッドであろうとなかろうと関係ない。なんども自分にいい聞かせたが、だめだった。そして彼が光明学園に転校して、離れて暮らすようになったとたん、解放されたように感じた。そんな自分を責めたこともある。しかし、再婚して新しい家庭を築いたときは、正直、あの子のことを忘れてしまいたいと思った。実際に、ほとんど忘れかけていた。そこにあの事件が起きた。もしかしたらあれは、あの子の復讐《ふくしゅう》だったのかもしれない。息子がギフテッドでよかったと思うことはないのか、との質問には、政府から支給された保護育成金にはずいぶんと助けられたので、それだけは、あの子がギフテッドだったおかげだと感謝している、と返ってきた。ね、ひどい母親でしょ。彼女は最後にそういって笑った。

テレビ画面がスタジオに切り替わっていた。キャスターと解説委員がギフテッド特措法の説明をしている。ギフテッドをめぐる問題は全世界で表面化しつつあるが、ギフテッドを狙い撃ちにした法規制にまで踏み込んだ国は日本しかない。これには東聖医大病院事件が大きく影響していると思われる。ただし、覚醒したギフテッドを無害化する確実な方法はまだないから法律ができてもすぐには効果は期待できない云々。

「どうかしら」

あずさは一つの情報を入手していた。名前が売れると厄介ごとも増えるが、メリットもある。さまざまな情報が、さまざまな方面から持ち込まれるのだ。そのほとんどはいい加減な、ときには悪意さえ仕込まれた偽情報だが、ごくまれに本物が交じっている。一カ月ほど前に飛び込んできた情報は、どうやら後者らしかった。覚醒したギフテッドを無害化する方法はすでに実用段階に達している、というものだ。具体的な方法まではわからないが、実用化されれば、早々に動きがあるだろう。法律は成立している。人権問題で批判を浴びる心配はない。

この二年間、あずさがもっとも取材に力を入れてきたのは、いうまでもなく東聖医大病院事件だ。しかし、いまだ真相解明にはほど遠かった。最大の要因は、事件が発生した現場の目撃者が一人も生き残っていないことだ。第一発見者が目にしたのは、無数の肉片が散乱し、静寂と凄《すさ》まじい臭いが支配するフロアだけだった。

事件の被害は、覚醒したギフテッドたちが入院していたという病棟を中心に、広範囲に及んでいた。その様相から、テンプル事件との類似を指摘する声も多いが、ある一点において決定的に異なっている。テンプル事件では事件後ギフテッドたちが姿を消したのに対し、今回はギフテッドたちも犠牲者に連なって屍《しかばね》を残していることだ。個人情報は公になっていないが、事件当時十三名のギフテッドが入院しており、その全員が死亡したとされていた。この前後に起こったギフテッドによる一連の事件と比べて、飛び抜けて不可解といわれる所以《ゆえん》である。

ところが、最近になってある噂を耳にした。東聖医大病院事件では数名のギフテッドが生き残っていて国内の施設に収容されている、という。真偽のほどはわからない。いま、あずさがいちばん欲しい情報は、この噂の裏付けと、そしてもし噂が事実であればだが、生き残ったギフテッドたちの居場所だった。居場所がわかれば、どのような形でもいい、彼らに話を聞きたい。もしかしたら、彼らは目にしたかもしれないのだから。谷本葉子の生前最後の姿を。

5

つくば医科大学の学長・久坂《くさか》潤三郎が、もったいぶるように顔をこちらに向け、にんまりと口角を上げた。自分の威厳に一抹の疑いも抱いていない。還暦を迎えていながらも引退したレスラーのような体格で、若いころから型破りな医師として名を馳《は》せていたと聞く。ありそうなことだと坂井タケルは思った。

久坂学長の隣でおとなしく座っているのが、タケルの上司でもある宮川教授。タケルが院長室に入ったときから、苦い顔をしたまま、一度も目を合わせようとしない。

長いソファに座っている二人は、それぞれ保木《やすき》、外海《そとめ》と名乗った。保木は厚生局のギフテッド対策担当の官僚で、一般的な役人のイメージをなぞったような男だ。白衣姿の外海教授は、あるプロジェクトチームのリーダーを任されているとのことだが、タケルには見覚えがない。珍しい姓なので、目にしていれば記憶に残っていそうなものだが。外部の研究機関から招聘《しょうへい》されたのだろうか。

「あの、話がよく見えないのですが」

タケルはようやく言葉を返した。

久坂学長が目元を険しくした。君は口答えせずにいわれたとおりにすればいいんだ、といわんばかりに。

「つまり、私に実験台になれ、ということでしょうか」

「被験者です」

すかさずプロジェクトチームの外海教授が訂正した。

「私からよろしいでしょうか」

厚生局の保木。口ぶりは控えめだが、遠慮している態度ではない。

「坂井先生、これには政治的な意味も含まれているのです」

「政治的な意味、というと？」

「意外に思われるかもしれませんが、ギフテッドの無害化の分野では、いま日本は最先端に躍り出ています。東聖医大での試行錯誤を土台にした研究が、このつくば医大で実を結ぼうとしている。さきほども申し上げたとおり、ギフテッド覚醒のメカニズムはほぼ解明されました。無害化の方法も理論上はできあがっている。これを世界に先駆けて実用化できれば

「——」

「しかし」

とタケルは遮った。

「研究成果は各国で共有することになっているはず。世界に先駆けることにそれほどこだわる理由があるとは」

「どこが主導権を握るかは、それとは別の問題なのです。現にいまは、サグラミンを開発したアメリカが、もっとも強い発言力をもっています」

外海教授が付け加えて、

「無害化の道は見えている。あとはその正しさを裏付けるデータを手に入れるだけなのです。実際に覚醒したギフテッドを使って得られたデータを」

「それで私に白羽の矢が立ったと」

タケルは、すでに市役所からの通知に従って一次処置のサグラミン投与を受けている。案の定、数値は下がらなかったが、二次処置については保留されたままだ。

保木が続けた。

「覚醒したギフテッドならばだれでもいい、というわけではないのです。これはたいへんデリケートな問題です。折りも折り、特措法が成立したばかりですし、ギフテッドも神経質になっている。いま、こんなことで彼らを刺激したくはない。それが我々の本音です。私が政治的といったのは、この点なのです」

　わかりますか、とでもいうように短い沈黙を挟む。

「坂井先生は、ギフテッドの代表者としての顔をお持ちです。しかも医学者でもある。その先生が、自ら被験者となって、先生ご自身の無害化に成功し、それを広く社会にアピールすれば、ギフテッドたちの心理的抵抗を和らげるだけでなく、人々のギフテッドに対する印象にも少なからず影響するでしょう」

　これは脅迫だな、と思った。だが一方で、被験者として自分がもっとも適任であることは認めざるを得ない。

　タケルの沈黙を承諾と受けとったのか、保木が外海教授に向かって、

「では、実験方法について説明を」

　と促した。

　外海教授が目で応えてから、タケルに向き直る。

「我々はこれまでの研究で、ギフテッドの覚醒は脳の特定部位が活性化することによって引き起こされる、との結論に至っています。その活性化の鍵となるホルモンを分泌するのがＣＫＴ（先天性腎臓腫瘍）です。ただし、ＣＫＴのホルモン分泌を促す因子はまだ特定できて

いません」

ふと疑問がよぎった。東聖医大では、覚醒したギフテッドを集めて無害化の手段を模索していた。しかし、集められていたギフテッドは、あの事件で全員死亡している。研究を引き継ぐのであれば、覚醒したギフテッドを新たに確保しなければならないはずだが、いまの社会情勢では容易なことではない。

「ここまで、よろしいですか」

タケルは、どうやって研究を進めたのかと尋ねようかと思ったが、面倒になってやめた。

「それで、CKTによって活性化される部位ですが、さまざまな面から検討した結果、Λ31《ラムダ》領域である可能性が濃厚であると思われます」

「Λ31というと……」

タケルは記憶を探った。

「……空白領域と呼ばれるものの一つでしたね」

外海教授が満足げにうなずく。

「どのような働きをもつのか、これまで不明だった部位です」

「Λ31がギフテッドの覚醒に関与していると?」

「CKTはΛ31の点火装置だった。いったん点火してしまったあとでは、たとえ外科的にC

KTを取り除いても意味はない。つまり、無害化はできません。これまで覚醒の有無を判断する拠り所として、CKTの腫瘍マーカーを使ってきましたが、厳密にいえば、それは間接的に覚醒を示唆する数値でしかなかったのです」

「無害化するためのターゲットとなるのは、CKTではなく、脳のΛ31領域ということですか」

「だから粒子線を照射して、Λ31領域そのものを破壊するのです。理論上は、それで無害化できるはずです」

「Λ31は腫瘍とは違います。周辺と生組織上の差異はないはずですが、正確にマッピングできるのですか」

「それは……」

照射位置がずれれば、ほかの部位まで損傷を受ける。心身の機能に障害が残る恐れも出てくる。

「坂井先生の不安は理解できます。詳細はこれから詰めますが、私としても、可能なかぎりリスクを小さく――」

「外海先生を信じなさいっ」

タケルは思わず久坂学長を睨みつけた。リスクの説明もさせないつもりか。それで人を危険な実験に参加させようというのか。ギフテッドだからという、それだけの理由で。

「私に選択権はないということですね。ギフテッド特措法でそう決まったのですから」

皮肉の一つもいいたくなる。

「強制するつもりはありませんよ」

保木が不快そうにいった。

「私たちにそんな権利もない。あくまで坂井先生の自由意思によるものです。断るのも坂井先生の自由です」

「本当でしょうね」

「もちろん」

しかし口元は歪んでいた。

久坂学長も苦々しげに押し黙っている。

外海教授が表情を変えずにうつむく。

宮川教授は相変わらず目を合わせない。

「外海先生、一つ質問があります」

タケルがいうと、意外そうに目を上げた。

「腫瘍マーカーが当てにできないとなると、無害化の成否はどのように判断するのですか」

「実際に、特殊能力を使えるかどうか、で判定するしかないと思います」

それで、スプーン曲げができるかどうかを真っ先に聞かれたわけか。

「しかし、そのような方法では厳密性に欠けるように思うのですが」

タケルの言い分を認めるようにうなずき、

「さらに信頼性の高い判定方法は、この実験を通して探りたいと考えています」

「もう一度、伺います。リスクはどの程度あるとお考えですか」

「率直に申し上げて、未知数です」

タケルをまっすぐ見返す。

「粒子線医療センター長の甲斐《かい》先生とも話したのですが、CTで境界が判別できる腫瘍ではなく、なんの症状もない特定の領域だけに照射するというのは、これまでに例がないのです。どの程度の精度で当てられるのか、どのような結果になるか、やってみなければわかりません。しかし、甲斐先生のスタッフは優秀な方ばかりなので――」

「一言でいえば、大きな危険をともなう、ということですね」

「危険がないとはいえません」

「しかも、Λ31が覚醒に関与しているというのも仮説の域を出ない」

「ただ、これが成功すれば、ギフテッドの無害化へ大きく前進します。問題の根本的解決につながるのです」

「先生のいわれる根本的解決とは、なにを意味するのですか」

外海教授が声を失った。

「坂井先生、そのへんで勘弁してもらえないか」

久坂学長が諭すようにいった。

「危険をともなうのは事実だ。だが、人類に大きく貢献する医療技術も、その最初の一歩は常に危険をともなっていた。危険を冒す先人たちがいたからこそ――」

「もうけっこうですっ」

学長室が静まりかえった。

うんざりだった。

四人の顔をゆっくりと見回す。

投げやりに息を吐き出す。

「わかりましたよ。実験台の役目、お引き受けしましょう」


夜。

アパートに帰ったタケルはそのままベッドに倒れ込んだ。風邪のウイルスにやられたときのような気だるさが身体を重くしていた。もう、どうでもいい。気持ちが切れそうになっている。自分でもわかっていた。だが、なんとかしようという気力が湧いてこない。ただ、楽になりたい、と思うだけだった。

着信音が鳴った。メールではない。電話だ。どうせ悪い報せか厄介ごとに決まってる。放っておいてくれ。ぼくにはこれが限界だ。これ以上のことを期待しないでくれ。ぼくはスーパーマンじゃない。〈奇跡のギフテッド〉でもない。

「……なあ、颯斗。おまえはどこにいるんだ」

こういうときこそおまえの出番じゃないか。〈奇跡のギフテット〉じゃないか。

着信音は鳴りつづけている。タケルを催促している。根負けして表示を見た。林勲子。すがるように耳に当てた。

「やあ」

『元気ないみたいだけど』

「わかる？」

『だれが聞いてもわかると思うよ、いまの坂井くんの声なら』

「なにかニュースでも」

『そういうわけじゃないけど……坂井くんに電話しなきゃいけないような気がして。あ、ごめん。もしかして寝てた？』

「仕事から帰ってきたばかりだよ」

言葉を交わすだけで、温かなものに包まれていく。彼女はなにかを感じたのだ。だから用もないのに電話をくれた。そこにはたしかに特別なものがある。ぼくらを結びつけるこの絆はなんなのだろう。

「林って覚醒してるんだっけ？」

『え……あ、サグラミンを投与されても数値は下がらなかったから、してるんじゃないかな。スプーンは曲げたことないけど』

「試してないの？」

『だって、曲がっちゃったらスプーンがもったいないじゃない』

タケルは思わず噴き出した。

『そんなに可笑しい？』

「さすが林だと思ってさ」

『どういう意味？』

「深い意味はないよ。……ありがとう」

静かになった。

『なにか、あったの』

そっと肩に手を置くような声だった。ほんとうに弱いな、と思った。自分は彼女に甘えようとしている。無防備に休息できる場所を彼女に求めている。その誘惑に抗《あらが》う力は残っていない。

「ほんとうは、外に漏らしちゃいけないんだけどさ」

『内緒の話？　そういうの大好きよ』

「うちの病院で、ギフテッドの無害化の研究が進められてる。その実用化の目処《めど》が立って、あとは実証実験をするだけになった」

『実証実験ということは、覚醒したギフテッドを使って？』

そうだ、と答えた。

『もしかして、その実験に坂井くんが？』

「人体実験第一号」

『危なくないんだよね』

念を押すような言い方だった。

「どうかな」

『どうかなって……』

また沈黙が流れた。

『無害化って、どうやるの』

「粒子線で脳の一部を焼くんだよ。そこが覚醒のもとになっているらしいから」

『そんなことして大丈夫なの』

「わからない」

『また他人事みたいに』

「やるしかないよ。学長や教授や厚生局の役人から束になって要請されたんだから」

『危険なことなのね』

「百パーセント安全ではなさそうだ」

『でも粒子線治療って、時間もお金もかかるんでしょ』

「これは国のプロジェクトだから、ぼくが負担するわけじゃ――」

『そういうことじゃなくて、たとえその方法でうまくいったとしても、すべての覚醒したギフテッドに粒子線照射を施すなんて、現実的な方法とは思えないんだけど』

「まあ、たしかに」

『いまから断れないの？』

「ぼくが断れば、ほかのギフテッドを探すことになる。どうせだれかがやらなきゃいけないのなら、ぼくが受けるべきだ。これでもギフテッドの代表ってことになってるからね」

『実験はいつ？』

「まだ聞いてない。いろいろ準備が大変らしい。レントゲン写真を撮るのとはわけが違うから」

『坂井くんは、平気なの？』

「平気じゃないよ」

口にしたとたん、それまでかろうじて形を保っていた感情が崩れた。支えようとしたが無理だった。

「怖いさ」

後遺症が残るかもしれないという不安もある。しかしそれ以上に、ギフテッドでなくなること、覚醒した力を失うことに、いいようのない恐怖を感じる。自分という枠組みが消滅して、存在そのものが霧散してしまうような。

『坂井くん……』

いまタケルを正気につなぎ留めているのは林勲子の声だけだった。タケルはその声を握りしめた。

「……怖いんだよ、ぼくだって」

6

夜。

つくば医大病院。第三特別病棟。

消灯時間はとうに過ぎ、各病室と廊下の照明も落とされ、ナースステーションとその周囲だけが闇に浮かんでいる。宿直の看護師は二名。一人は三十四歳の田中、もう一人は二十九歳の山崎。どちらも独身女性で、看護師としての腕は悪くない。眠気覚ましにカプチーノを飲みながら、今夜の宿直医である若い男性の話に花を咲かせていたが、見回りの時間になると、田中がＬＥＤ懐中電灯を手にナースステーションを出た。見回りは交替で行くことになっている。

田中看護師は、避難路を示す緑色の光を遠くに見ながら、病室を一つ一つ覗き、患者の状態を確認していく。照明は完全に消えてはおらず、患者たちの顔が確認できる程度の明るさは残っている。特別病棟はみな個室になっているが、この第三特別病棟はプライバシーに格別の配慮が施され、部外者は入ってこられないような造りになっていた。とうぜん患者もそれなりに裕福な人たちばかりだ。

いちばん奥の病室の前まで来ると、田中看護師は足を止めた。立ったまま、じっと耳を澄ませる。話し声は聞こえてこない。ほっとして病室の中を覗く。ベッドには少女が一人。脇に立っている人影はない。やはりあれはただの噂なのだ。田中看護師はベッドに近づき、少女の顔を見下ろす。ほかの病室では患者を起こさないように気をつけなければならないが、この少女にその気遣いは無用だった。

田中看護師は、LEDライトの光を直接少女の顔に向けた。射るような光をまともに浴びても、少女はぴくりとも反応しない。眩しげに目元をしかめることもない。無防備な寝顔をさらしている。この少女がなぜここにいるのか、田中看護師は知らされていなかった。VIP患者として接するようにと指示されているだけだ。それにしても、まだ十代半ばでVIPとは恐れ入る。田中看護師は、白い光に照らされた少女の顔を見ているうちに、衝動的に少女の頭を指で小突いていた。少女の頭は、枕の上でぐらりと揺れた。もう少し力を込めて突いてみた。さっきよりも大きく揺れた。少女はどこまでも無抵抗だった。田中看護師は嗜虐《しぎゃく》的な興奮を覚え、前開きの病衣から胸に手を滑り込ませた。意外に体温があった。肉の薄い胸に手のひらを置くと、ゆったりとした鼓動が伝わってくる。乱れのない美しいリズム。やはりこの子はなにも感じていないのだ。田中看護師は、少女の未熟な乳首を強くひねり上げた。それでも鼓動のリズムに変化はなかった。顔に苦悶《くもん》の表情も出ない。この少女はされるがままになるしかない。それだけの存在。かわいそうに。

田中看護師は、病衣から手を抜いて、大きく息を吐いた。顔には清々しい満足が広がっていた。白衣の天使を演じるには、ときどき、ちょっとだけ悪魔にもどってバランスをとらなきゃいけない。あなたももう少し大きくなったらわかるよ。目が覚めれば、だけどね。心でつぶやいてから、少女の病衣の乱れを直し、病室を出た。
田中看護師がナースステーションにもどり、「異常なし」と山崎看護師に報告してから日誌に記入し、ふたたび二人で噂話に興じはじめたころ、いちばん奥の病室で、二年間眠りつづけているはずの少女の瞼が、ゆっくりとひらいた。

7

大手町にある外資系ホテルの一階カフェラウンジ。佐藤あずさが情報提供者と初めて会うときは、ここの個室を利用することが多い。これでもジャーナリストとして顔が知られてきているので、人目の多いところでインタビューなどできないし、第一、相手が嫌がる。かといって、わざわざ足を運んでもらうほどの事務所は持っていないし、ホテルの部屋を借りていきなり密室状態で向き合うのも雰囲気を気まずくしかねない。その点、カフェラウンジの個室ならば、まず人目を気にしなくて済むし、初対面ならではの距離感を保つのにも無理がない。外から漏れ入ってくる騒がしさも、場を適度に和らげてくれる。

今夜のあずさの取材相手は、現在も東聖医大で講師を務める大野光二だ。二年前、谷本葉子が取材できるように取りはからってくれたのが、坂井タケルの友人でもある彼だった。

「残念ですが、私にはわかりません」

頬が痩けて青白いが、とくに体調が悪いのではなく、もともとこういう顔色なのだろう。顎が細いわりに頭が大きく、髪の生え際もかなり後退している。

「そんな噂、聞いたこともないですし」

あずさは、事情が許すかぎり対面取材を優先している。電話やメールでの取材のほうが手軽で効率的で相手にも負担をかけないのはわかっている。しかし、そうやって出てくる情報は、表層的な記憶や印象であることがほとんどだ。同じ場所で時間を共有し、相手の表情や声音や視線に触れながら言葉を交える中でこそ、有用な情報は発掘できる。それは、あずさがこれまでの経験から得た教訓だった。当人にはさほど重要とは思われないことでも、あずさにしてみれば宝の山に等しいことだってある。相手に迷いが感じられるときはなおさらだ。

「私の職場とは離れていたので、どんな状況にあったのかも、いまだによく知らないんですよ。すみません。お役に立てなくて」

このくらいは想定の範囲内だった。勝負は、ここからいかに情報を発掘するか、なのだ。

「では、仮の話で構いません。もしギフテッドが生き残っていて、ほかの施設に移送されたとしたら、どこが考えられますか」

　困惑するように首を振る。

「見当もつきません」

「もし移送されたのが事実であれば、その目的は無害化の研究を継続することにあると思われます。提携していた研究機関とか、大学の病院だとか、そういったものにお心当たりはありませんか」

「といわれても」

　気を紛らせるように、テーブルのコーヒーに手を伸ばす。

　一見、壁にぶち当たって二進《にっち》も三進《さっち》もいかなくなったと思えるときでも、じつはすぐ横に抜け穴がぽっかりと開いていたりする。目の前の壁にばかり気をとられていると、なかなか見つけられないが。

「当時、ギフテッドの研究に携わっていたスタッフのみなさんは、その後、どうされたのでしょうか。いまも大学に残ってらっしゃるのですか」

「ショックで大学を辞めた者も多いとは聞いてます。三上先生は事件に巻き込まれて亡くなってしまわれたし」

「三上先生といいますと、あの研究チームの副リーダーをなさっていた先生ですね」

「私が坂井くんに頼まれて、取材の許可をお願いしたのが、三上先生でした。とても気さくな方なので、先生ならOKしてくれるのではないかと」

「そうだったのですか」

「私があんなことを頼まなければ、先生も、あの記者さんも、命を落とさずに済んだかもしれない」

あの事件の影は、いまもこの人を苛《さいな》んでいる。苦しんでいるのは自分だけではない。そんな当たり前のことに、あらためて気づかされる。

「あ、そういえば……」

聞き逃しそうなほど小さな声だった。

「なにか」

「いえ……いま思い出したのですが、研究チームのリーダーを務めていた教授が、東聖医大から去ったという話は、聞いたことがあります。事件の責任をとってのことだと思いますが」

あずさの直感が反応した。

「去ったということは、辞職されたのですか」

「どうだったかな。ほかの大学に行ったんじゃなかったかな」

もし研究対象となっていたギフテッドが生き残っていて、ほかの施設に移ったのであれば、研究チームのリーダーであるその教授もまた、同じ施設に移るのではないか。いかに事故の責任を問われようと、無害化の研究を続ける以上は欠くことのできない人材のはずだ。

「その方、いまどこにいらっしゃるか、わかりませんか」

「さあ、そこまでは」

「ほかの大学に移ったのであれば、どこかに記録が残っていそうなものですよね」

「まあ、そうでしょうね。大学の総務部とか——」

大野光二の目に初めて、能動的な気配が感じられた。

「ちょっと待ってください」

ケータイを取り出した。

番号を選んでから耳に当てる。

「総務に知り合いがいるので、彼女に聞けばわかるかもしれない」

「いいんですか、こんな時間に」

「思い出したんですよ。その教授が去ったことを私に話してくれたのが、彼女なんです」

視線があずさから離れた。

「あ、ぼくだけど」

ずいぶんとなれなれしい口調だ。よほど親しい間柄なのだろうな、と余計なことを考えた。

「ほら、外海教授っていたじゃない。そう、事件のあったチームの。あの先生、うちを辞めてからどこに行ったか、知ってる？」

8

陣内弁護士の戦闘的な目が迫ってくる。

「お願いしますよ、坂井さん。もう一度、記者会見を開きましょうよ」

「しかし、前回は一社も来なかったわけですし、開く意味があるんでしょうか。うちの予算だって余裕がないんですよ」

「不当に逮捕されているギフテッドを救うためじゃないですか！」

江東区にある旧光明学園同窓会の事務局。ソファに座って議論をしているのは坂井タケルと陣内弁護士。林勲子は事務用デスクでときおりメモをとりながら、二人のやりとりを黙って見ている。いま事務局にいるのはこの三人だ。時計の表示はすでに午後八時半を過ぎていた。

「ギフテッド特措法を逆手にとるんです。あなた方の特殊能力は政府も認めた。スプーン曲げ程度ならともかく、人を殺してしまうほどの力は自分ではコントロールできない。その裏付けとなるのがギフテッド特措法です。コントロールできないから、わざわざ法律で無害化することが定められた。ということはですよ」

太い人差し指を突きつけてくる。

「コントロールできない事情によって人を死なせてしまったとしても、これを殺人罪に問うことはできないはずだ。あたしは最初は過失致死が落としどころだと考えてましたが、いまは違う。無罪ですよ。完全に無罪です。彼らに責任能力はなかった」

「理屈としてはわかります」

タケルはいった。

「しかし、それでは非ギフテッドの人々を納得させられません。あまりに多くの命が失われている。それを無罪と主張すれば、反発を招くだけです」

「だからなんだっていうんですか」

さらに挑発的に返してきた。

「ギフテッドの代表であるあなたがそんなことをいっちゃいけませんよ。怒りをぶつける標的がないからといって、無罪の彼らを標的にさせておいていいんですか。怒りや憎悪に身を任せるのは、ある意味で解放的な快楽をともないます。でもそれは野蛮な行為です。なんの解決にもならない。人類がなんのために法を発明したと思ってるんですか」

「それを記者会見でいえと」

「あたしがいいます」

「大変な批判を浴びますよ。頭に血が上った連中に論理なんか通じない。危害を加えられる可能性だって」

「そのくらい覚悟しなければ、世間の注意を引くことはできません。こちらの言い分をアピールしたければ、相手の目をこちらに向けさせることです。耳を傾けさせることです」

「仕掛けるわけですか」

「存在感を示すためにも、このへんで一騒動起こすのも悪くはない。理はこちらにあります。向こうにあるのは感情論だけ。議論になれば我々が勝つ」

「たとえ記者会見をやるとしても、この前のような場所は無理だと思いますよ。予算的に」

「ここでじゅうぶんです。ここに記者連中を招待すればいい」

　これ以上、陣内弁護士とやり合っても不毛だ、とタケルは思った。彼は絶対に折れないだろうから。

「わかりました。検討してみましょう」

「急いでください。あまり時間はないんです。それじゃ、あたしはこれで」

　話が終わったと見るや、陣内弁護士が疾風《はやて》のごとく帰っていった。ドアが閉まっても、彼の巻き起こした風がいつまでも渦を巻いているようだった。

「相変わらず精力的よねえ、陣内先生」

林勲子が湯呑みを片づけながら感心している。

「十分の一でも分けてほしいよ」

タケルはぐったりと背もたれに身体をあずけた。

林勲子が自分の湯呑みにお茶を注いで、さっきまで陣内弁護士の座っていたソファに腰を下ろした。

「ごめんなさいね。わざわざ来てもらって。陣内先生、そういうとこにはあまり頓着しない人だから」

いつもならば、顧問弁護士との打ち合わせも林勲子が対応してくれているのだが、陣内弁護士が今回だけは直接会って相談したいことがあるというので、タケルは仕事を終えてから、片道一時間半をかけて駆けつけたのだった。

「先生も思い切ったことというね、無罪だなんて。たしかに、筋は通ってるかもしれないけど、いまは正論が通用する状況じゃない」

「そこまでわかった上でいってると思うよ、陣内先生は。わたしたちよりずっと修羅場を潜ってきてる人だから」

タケルはうなずく。どちらにせよ、陣内弁護士を信じる以外に選択肢はない。

「もし、すべて無罪ってことになったら、達川くんや村山くんたちも帰ってくるかな。逃げる必要がなくなるんだから」

「生きていればね」

林勲子が、はっと息を吸った。

そうね、とうつむく。

「生きててほしいね」

「ああ」

沈黙が流れた。窓から街の気配が忍び込み、夜の時間を染めていく。

林勲子はソファに身を沈めるようにして動かない。

タケルもまだ帰る気持ちにはなれなかった。

あ、そうだ、と林が顔を上げた。

「粒子線の話はどうなってるの」

「いろいろ準備が大変でね。頭部を固定するための専用の型をとったり、ｆＭＲＩで脳を調べたり。たしかに、覚醒したギフテッド全員にこんな処置を施すのは、現実には無理だろうね」

「照射がいつから始まるのか、まだわからないの」

「一般の患者との兼ね合いもあって、いまスケジュールを調整中らしい。それにしたって、準備だけでこんなに手間暇がかかるものだとは思わなかったよ」

「それだけ危険ってことなんでしょ」

「脳に放射線を浴びせるわけだから」

ふいに息を呑んだように静かになった。

タケルが目を向けると、林勲子もタケルを見ていた。どちらも互いから逸らそうとしなかった。逸らすことができなかった。

「……ねえ」

林勲子がためらいがちに口をひらいたとき、タケルのジャケットから着信音が響いた。

9

大手町の外資系ホテルを出た佐藤あずさは、内堀通りの歩道を歩きながら目当ての電話番号を呼び出した。片側三車線の車道にはテールライトが満ち、無数の排気音は星の見えない夜空に吸い込まれ、彼方に横たわる黒い森は目をとじたように沈黙している。回線がつながってあずさは足を止めた。

「佐藤です。こんな時間にすみません。いま、よろしいですか」

　話しながら前後左右に目をやった。歩行者は多くはない。ぽつりぽつりと影が見える程度。ジョギングしている人。自転車に乗っている人。数人で並んで歩いている人。歩道の幅が広いので、あずさの周囲に人が立つことはない。不審な人物が近づいてくればすぐにわかる。

「東聖医大病院事件のことでお伺いしたいことがあります」

『なんでしょうか』

「あの事件では、当時入院していたギフテッドも全員死亡したとされていましたが、実際には生き残ったギフテッドがいて、国内のどこかの病院に保護されているという噂がありますす。ご存じでしたか」

『いえ……』

「わたしはその噂の真偽を調査していたのですが、どうやら、生き残ったギフテッドが、つくば医大病院にいる可能性があるのです」

『つくばに……？』

「坂井さん、お心当たりはないでしょうか」

『そんな話は聞いたこともありませんが』

「では、東聖医大にいらした外海という先生をご存じないでしょうか」

『外海教授？』

声に驚きがあった。

「ご存じなのですね」

『なぜ外海教授を——』

不自然な間が空いた。

『佐藤さん、いまどちらに?』

「大手町です」

『いまから同窓会事務局まで来られますか?』

あずさはすでに次の行動に向けて頭を働かせていた。ここから江東区までなら大した距離ではない。下手に地下鉄を使うよりも車で行ったほうが早い。

『さっきまで陣内先生と打ち合わせをしていたところです。あと一時間くらいならばここにいられます』

車道の脇に立ち、流れてくる車の群にタクシーを探す。さっそく一台見つけたが先客が乗っていた。

「わかりました。いまからそちらに向かいます。三十分もあれば——」

タクシーがもう一台来た。〈空〉の表示を出している。あずさは手を高々と挙げた。タクシーが方向指示器を点滅させながら減速する。

「――いえ、二十分で行きます」

10

外海教授が目を見ひらいた。

「どこでそれを」

「事実なのですね」

坂井タケルは静かに念を押した。

「いや、そういう意味では」

しかし動揺は明らかだ。

「ずいぶん前から噂は流れていたようですよ。もっとも、私もある人から聞いて初めて知ったのですが」

つくば医科大学研究棟にある外海教授のオフィス。タケルは尋ねたいことがあると連絡を入れ、日没後のこの時間に訪れたのだった。外海教授は白衣を脱いでワイシャツの袖をまくり上げている。五十代のはずだが、あらためて見ると引き締まったなかなか精悍な面構えで、四十歳といっても通じるくらいだ。良き家庭人でもあるのだろう。パソコンの横に立ててある写真では、奥さんと娘さんらしき二人が幸せそうに笑っている。タケルは、自分に妻子があったころのことを思い出し、忘れていた空虚を自覚させられた。

「あらためてお尋ねします。東聖医大病院事件を生き残ったギフテッドがつくばにいる。事実でしょうか」

「だから、そんなことは――」

「それはおかしい」

タケルははねつけるようにいった。

「以前も疑問に思ったことがあるのですが、ギフテッドもいない状態で、どうやってギフテッドの研究を進められたのですか」

外海教授が口を固くとじる。

「本当のことを話していただけませんか。私はこの身を実験材料として差し出すのです。そのくらい知る権利はあると思いますが」

「話さなければ実験への参加を取りやめると?」

「私には自由意思によっていつでも実験を降りる権利がある。そうでしたね」

厳しい視線をタケルに向けてきた。本来の大学内のヒエラルキーに従えば、自分のはるか上位にいる外海教授にこのような物言いはできない。タケルがただの大学教員ではなく、ギフテッドの代表者でもあることが、両者の関係を複雑にしている。そのまま無言で睨み合っていたが、先に口をひらいたのは外海教授だった。

「この圧力、数千のギフテッドに対する責任感かな」

　顔からは硬さが消えている。

「坂井先生がいわれたことは事実です。東聖医大病院事件を生き残ったギフテッドが一名、ここに入院しています」

「会わせてください」

「いま？」

「外海先生もご指摘されたように、成り行きとはいえ、私には国内の全ギフテッドに対する責任があります。ギフテッドが、ギフテッドであるがゆえに不利益を被っているのであれば、是正するために尽力しなければなりません。先生方の下でそのような不公正が行われるはずがないことは承知しています。ですが聞いてしまった以上、そのギフテッドの状況を確認せずに済ますことはできません」

　自分でいいながら、ずいぶんと強引な理屈だなと思った。それにしても、いつの間にこんなに図々しく振る舞えるようになったのだろう。ギフテッドに対する責任？　そんなたいそうなものじゃない。開き直っただけだ。

「もしかすると、そのギフテッドには意識がないのですか」

外海教授が眉を上げた。

「なぜそう考えるのです」

「でなければ、実証実験に私を引っ張り出す理由がわかりません。粒子線の効果は、特殊能力を使えるかどうかで判定するしかないといわれた。意識がなければ、その判定方法は使えない。だから、ほかに覚醒したギフテッドを調達する必要に迫られた」

「なるほど。そう考えても筋は通りますな」

「第三特別病棟ではないかと見当をつけてみましたが、違いますか。ここではあそこがいちばん秘密を守りやすいはずです」

これには外海教授も苦笑した。

「それでもこうして漏れてしまった。でも二年、よくもったほうかもしれない」

さばさばした顔で腰を上げ、デスクから電話をかける。二言三言なにかを伝えてから受話器を置き、タケルを振り返った。

「行きましょうか」

オフィスを出て廊下を歩き、エレベーターでいったん地下一階まで下りる。そこから地下通路を使って特別病棟に移動し、専用のエレベーターに乗る。このエレベーター内にはカードリーダーが備え付けてあり、このリーダーにカードを通さないと、第三特別病棟のある最上階のボタンを押せない仕組みになっている。外海教授が自分のカードを読みとらせた。タケルはカードを持っていない。

「そのギフテッドは、事件以来、昏睡状態にあります」

最上階に向かうエレベーターの中で外海教授がいった。

「全身状態はどうなのですか」

「至って良好です。驚異的なほどに」

「東聖医大病院にいたのは十代の子ばかりだと聞いていますが、そのギフテッドも？」

「上原夏希という女の子です。事件当時は十四歳。いまは十六歳になりました」

扉が開いた。そこはエレベーターホールになっていた。待合いスペースもある。第三特別病棟は、さらに廊下を歩いて、ガラスドアを入ったところだ。ここでもカードリーダーでロックを解除しなければならなかった。タケルも初めて足を踏み入れる。

「さきほど坂井先生は、研究を進めるにはギフテッドが必要だといわれましたが、じつは基礎的なデータはすべて東聖医大でそろっていました。あとは実証実験をするだけだったのです。昏睡している彼女にもさまざまな検査は行いましたが、あくまで健康状態をチェックするためです」

「なぜここにいることを秘密にしなければならなかったのです」

外海教授が歩をゆるめずにタケルを見た。

「あの事件の唯一の生き残り、しかも覚醒したギフテッドですよ。ここにいるとわかったら、どんな事態になると思いますか」

「彼女を守るためでもあったと」

「むろん……覚醒した貴重なギフテッドを手元に置いておきたいという気持ちがなかった、といえば嘘になりますが」

「私的な願望も、患者の利益と一致するのであれば、悪いことではないというのが私の考えです」

「そういってもらえるとありがたい」

「データが出ていながら、なぜ実証実験まで二年も待ったのですか」

「それは……」

外海教授の反応が、一呼吸遅れた。

「……そう。ギフテッド特別措置法ですよ。あの法律によってお墨付きが得られるまでは動こうにも動けなかった。なにしろ、人権問題に直結するデリケートな問題なので」

苦し紛れの答弁のようだった。

「ちょっと待ってください」

外海教授がナースステーションに入っていく。看護師らに声をかけてから、

「お待たせしました」

さらに廊下を進み、いちばん奥の病室の前で足を止めた。

「ここです」

スライド式のドアを開け、中に入る。広く明るい病室だった。ほぼ中央に置かれたベッドに少女が眠っている。何本かのチューブを介した物質のやりとりで生命が維持されている。髪や肌の手入れはきちんとされている。それはわかる。しかし微笑さえ浮かんでいるように見えるのはどういうわけだろう。

「昏睡から覚める兆候はないのですか」

「残念ながら」

「あの事件を引き起こしたのは、この子なのでしょうか」

上原夏希はいまのところ、あの事件の唯一の生存者だ。しかし、この状態では、話を聞くどころではない。また佐藤あずさを失望させてしまう。

思い出した。たしか佐藤あずさの話では、生き残ったギフテッドは複数いた可能性があるとのことだった。

「外海先生、ここに入院しているギフテッドは、この子だけですか」

「どういう意味でしょうか」

タケルは、佐藤あずさから聞いた話をぶつけてみた。

「私の知るかぎり、あの事件で生存を確認されたギフテッドは、この少女だけのはずです。ただ……」

表情に影がよぎる。

「……報道では、入院していたギフテッドは十三人となっていますが、実際には十四人いました。差し障りがあって伏せられていますが」

「残りの一人は？」

「生存は確認できず、遺体もなかった」

「つまり……消えた」

外海教授がうなずく。

「当時まだ小学六年生の少年でした」

11

「そうですか」

佐藤あずさはため息を堪えた。

『お役に立てなくて申し訳なく思います』

「こちらこそ、大変なことをお願いしてしまって」

パソコンの前から離れ、窓辺に立った。カーテンを少し開ける。大した夜景が見えるわけではないが、どこか遠くに視線を向けたかった。しかし目に入ったのは、電話をかける自分の姿だけ。

『じつは、来週からしばらく入院することになりました』

「例の粒子線治療が始まるのですか」

『しかも、あの子と同じ病棟です』

なんと言葉をかけたらいいのだろう。粒子線治療に対する彼の複雑な気持ちは、事務局で会ったときに聞いている。

『しばらく、連絡が付きにくくなるかもしれませんが、なにかあったら事務局の林が対応してくれるはずです』

「ご配慮、ありがとうございます」

『では、これで』

あずさは、堪えていた失望を吐き出した。

たしかに生き残ったギフテッドはいた。居場所も特定できた。しかし、そのギフテッドは二年間眠ったまま。話を聞きたければ、目覚めるのを待つしかないが、大きな期待はかけられそうにない。消えた少年のことも気になるが、追跡の糸口すら見つけられない。

すでに嫌な事件が何件も起きている。ある地方ではギフテッドを名乗る強盗が現れた。凶器は曲がったスプーン一本。それをコンビニの店員に示し、自分は覚醒したギフテッドだ、ばらばらにされたくなければ金を出せ、と脅し、成功させてしまった。その強盗がほんとうにギフテッドかどうかはわからない。だが、このような事件が増えれば、ギフテッドに対して、さらに強硬な意見が勢いを増すだろう。

当初、坂井タケルからは、ギフテッドと非ギフテッドの橋渡しになってほしいと頼まれた。いま目の前には猛々《たけだけ》しい濁流が荒れ狂っている。ここにどうすれば橋を架《か》けられるのか。あずさは呆然と立ちすくんでいる。

第二章　十一月十五日午後三時四分

1

頭部の固定具を初めて見せられたとき、デスマスクみたいだな、と坂井タケルは思った。熱可塑性樹脂のシートを顔に被《かぶ》せて作製されたもので、白いプラスチックに自分の顔が浮き出ている。目の周りと鼻から口にかけてが大きく空いているので、死に顔というよりは断末魔の叫びのようでもある。いずれにせよ、気分の晴れやかになる代物ではなかった。

タケルはいま、そのデスマスクもどきをすっぽりと被せられた状態で、照射台に横たわっている。マスクの両端がネジで台に固定されているので、頭を動かすことはできない。この状態で三十分間、耐えなければならない。

ターゲットとなるΛ31領域の位置は、さまざまな画像データからコンピュータで定義された。そのコンピュータ上でシミュレーションを繰り返すことによって、もっとも適切な照射方向、エネルギー、深度を決定し、さらに一時間におよぶ照射リハーサルでのミリ単位の微調整を経て、きょうという日を迎えている。

粒子線といっても放射線の一種であることに変わりはない。それがいま自分の頭部に降り注いでいる。痛みや熱さはない。しかし、この瞬間も脳細胞が攻撃を受けている。妙な感覚だった。脳の一部が焼かれつつあるのに、そのことについて思考するのも脳なのだ。思考する領域と焼かれる領域が違うのだから、不思議なことではないのかもしれないが。

「お疲れさまでした。これで一回目の照射は終わりです」

スタッフの手によって固定具が外され、ようやく身体を動かすことができた。一日一回、三十分。これを月曜日から金曜日まで週五日のペースで続ける。とりあえず三週間が予定されている。その後のことは効果次第だ。効果の判定は、スプーンを曲げられるかどうか、で決まる。タケルは可笑しくなる。このようなオカルトじみた実験が、大学という場で真面目に検討される時代が来るとは、だれが予想できたろう。十年前の日本でこんな研究を提案しようものなら正気を疑われたに違いない。時代が変わればものの捉え方も変わる。そしてそれは、これからも変わっていく。

タケルは検査衣から着替え、粒子線医療センターから地下通路を使って第三特別病棟にもどった。ロックを解除するカードも貸与されている。タケルの病室はナースステーションの近く。さすが特別病棟だけあって広く、テレビ、トイレ、浴室など一通りそろっていた。パソコンも使える。基本的に、照射以外の時間は自由に過ごすことができる。本来なら通院でもかまわないのだが、ギフテッドの無害化を目的とした照射実験は初めてのことなので、どのような副作用が出るか予想できず、念のために入院することになったのだった。直接いわれたわけではないが、万が一、実験期間中に外で事故を起こされると研究にとって致命的なダメージとなる、という理由もあるのではないか。

第三特別病棟では、ほかの入院患者と顔を合わせることはほとんどない。廊下で見かけることもない。各々の病室内で生活を完結できるという事情もあるが、もともと患者同士の交流を好まない人々がここを選んでいるからだろう。いちばん奥の部屋に覚醒したギフテッドが眠っていることを知っている入院患者もいないはずだ。看護師にさえ周知されていないくらいなのだから。

夕食後に外海教授が来室した。体調に異変がないかと聞かれたので、とくにない、と答えた。最後に効果判定用のスプーンを渡された。明日の朝までに曲がるかどうかを試しておく、というのがタケルに課せられた作業だ。厳密には、観察者の目の前でやってみせなければ意味がないが、特殊能力の性質上、その方法は適切ではないと説明し、やむなくこの形にしてもらった。もちろん、こうして得たデータはあくまで予備的なもので、論文などで発表するときは客観的に検証可能な判定方法を使わねばならない。それでも政治的な役割ならば果たすことはできる。

外海教授が帰ってから入浴を済ませると、ようやく人心地ついた。しかし、まだ仕事が一つ残っている。

「やるか」

スプーンを手にしてテレビの前のソファに身体を沈めた。もう何度もやってきたことだ。コツはわかっている。意識の上でスプーンを取り囲む三次元の空間をプロットし、空間そのものを変形させるように動かす。スプーンを曲げるのではなく、空間を歪ませる。

外海教授が持ってきたスプーンは、一分と経たずに反り返った。ということは、まだ自分は無害化されていないのだ。それを、嬉しい、と感じる気持ちを抑えられなかった。

明日になればこの曲がったスプーンを外海教授に見せる。すでに特殊能力によって曲げるところは実演しているので驚くことはないだろう。たった一度の照射で効果が現れるとも期待していないはずだ。

スプーンをテーブルに置いたとき、名前を呼ばれた気がした。耳を澄ましたが、なにも聞こえない。スプーンがしゃべるはずもない。

タケルは壁に目をやった。意識がそちらに引き寄せられる。それにしてもただの壁だ。なにかがそこにあるわけでもない。意識はその壁の向こうを目指している。どこへ。

あの少女の病室だ、と気づいた。初めて味わう感覚だった。覚醒したギフテッド同士だからか。しかし、林勲子といっしょにいるときでもこんな感覚を経験したことはない。強烈な磁力のようなものに捕捉されている。行かなければならない、と感じる。

タケルはスライド式のドアを開けて廊下に出た。すでに消灯時間を過ぎていたが、ナースステーションが近いので足下は明るい。廊下の奥ほど暗く、避難路を示す緑色の光が目に痛い。呼ばれている、とはっきり感じた。やはりあの部屋から。足音を忍ばせて廊下を奥へと進んだ。一歩近づくごとに磁力が強くなる。息苦しいほどに。

少女の病室の前に立つ。ドアに手をかける。理性が囁いた。なにをやってるんだ。こんなところを見られたらどうする。すぐに自分の部屋にもどれ。しかし身体はその声を無視した。ドアをゆっくりと開け、ほの暗い部屋に足を踏み入れた。そっとドアを閉めた。

中央のベッドまで足を進める。

少女は眠りつづけている。

だがタケルには確信があった。

たしかに、ここから、声が聞こえたのだ。

「ぼくを呼んだのは君かい？」

「違う。僕だよ」

振り返った。

壁にもたれて一人の男が立っていた。暗くて顔はよくわからない。軽く腕組みをしている。

しかしタケルは、その男を知っていた。声を聞いた瞬間にわかった。

「……颯斗」

「久しぶりだね、タケル」

信じられない思いで近づいた。間近で顔を見た。上から下まで視線を走らせた。両手で男の腕をつかんだ。幻ではなかった。肉と骨と体温をもつ生身の人間だった。〈奇跡のギフテッド〉達川颯斗だった。

「よく無事で……」

「タケルこそ、元気そうだ」

「元気なものか」

無理に笑ってみせた。涙がこみ上げてきた。

「いままでどこにいたんだ。みんな心配していたんだぞ」

「すまない。いろいろ事情があって」

「なぜここに」

「上原夏希。その子は僕の教え子だったんだよ」

あらためてベッドを見る。

「彼女がこうなった責任の一端は僕にある」

「東聖医大病院でなにがあったのか、知っているのか」

そのときタケルは、颯斗の印象が以前と違うことに気づいた。瞳に湛える静けさはひたすら深く、目の動きや仕草の一つ一つに大きな意味があるように感じる。重ねた年齢以上のなにかが彼を変えている。

「いまは詳しいことを話している時間はない」

「一つだけ。あの日、事件に巻き込まれて亡くなった谷本という女性記者を知らないか」

颯斗が目を眇める。

「その女性記者がどうかしたのか」

「彼女は佐藤あずささんの同僚だったんだ」

顔に微かな驚きが走った。

「谷本記者は、佐藤さんと組んでギフテッドの法定検査のことを調べていた。二人は東聖医大病院が無害化の研究拠点になっていることを突き止め、あの日、谷本記者が一人で取材に来ていたんだ」

「タケルは佐藤あずさと会ったのか」

「なんどもね。彼女、おまえを捜すために、ぼくのところにまで手紙をくれたんだぞ」

「…………」

「テレビを見てないのか。彼女はいまや著名なジャーナリストだ。会いに行ってやれよ。行けるんだろ、おまえなら」

「迷惑がかかるだけだよ」

「そんなことは——」

「それよりタケルに頼みがある」

迷いを振り切るようにいった。

「いまタケルが参加している実験の責任者は、外海という男だね」

「知ってるのか、この実験のことを」

「その外海教授だけど——」

颯斗が目を険しくしてドアを見やった。

「まずいな。看護師が来る」

タケルは肝を冷やした。ここから自分の病室に帰ろうとすると廊下で看護師と鉢合わせすることになる。この部屋にいたことをどう釈明すればいいのか。

「タケルを捜しているみたいだ」

たしかに騒がしい気配がする。

「仕方がない。この話は日を改めてしよう。いまは部屋にもどったほうがいい」

「もどるといっても――」

次の瞬間、タケルは自分の病室に立っていた。反り返ったスプーンはテーブルの上。壁もそのまま。変わったところはなに一つない。心臓の鼓動が耳に響く。じわりと汗がにじむ。なんだったのだ、いまのは。夢でも見ていたのか。あの少女の病室に行ったつもりが、実際にはここから一歩も動いていなかったのか。

いきなりドアが開いた。

「あれ、ちゃんといるわよ」

宿直の看護師の一人だった。その後ろからもう一人も顔を出す。

「え、坂井さん。どこにいたんですか。さっき確かめたときはどこにも」

「トイレじゃなかったの。ちゃんと確認した？」

「捜しました。中で倒れているかもしれないと思って。でもいなかったんです」

「いるじゃない」

「だって、わたしは……」

タケルの様子に気づいたらしい。看護師たちが言葉を呑み、顔を見合わせた。

2

病院の職員が防火扉を解錠し、体重で押すようにして開けると、ひっそりとした通路が現れた。左右の壁は全面ガラス張りで、午後の日差しを取り込んでいるはずなのに、通路内はくすんでいる。渡った先にも、底の見えないうす暗い空間が、時間が止まったように静まりかえっていた。

佐藤あずさは職員に礼をいって通路に進む。背後で職員が防火扉を閉め、外から施錠する。その音を聞いた瞬間、肌を撫でるような冷気を感じた。出るときは電話を入れることになっている。それまでは、この締め切られた空間に一人きりだ。

東聖医大病院は現在もその機能を失っていないが、事件のあった一棟だけは完全に閉鎖されている。その病棟につながる通路口はすべて防火扉によって閉じられ、一般の人が誤って入らないようにしてあった。

あずさは、以前にも事件現場に足を踏み入れたことがある。フリーランスにはなかなか取材許可が下りないものらしいが、あずさがすでにジャーナリストとして認知されていたことに加え、事件で同僚を亡くしているという点も考慮されたのかもしれない。

二年前の十一月十五日、午後三時四分。

ここでなにかが起こり、覚醒したギフテッドの入院していた四階のフロアは、血と肉片で染め上げられた。そのなにかはわかっていない。証言できる人間が一人もいないからだ。

被害は四階だけに留まらなかった。上下数階にまで及んでいる。四階から遠いフロアほど、犠牲者の数が少なく、範囲も狭かった。こちらの目撃者は大勢いる。とはいえ、彼らが見たのは、目の前にいた人間の身体がいきなり飛び散るところだけだ。前触れや兆候のようなものはなかったという。おそらく、四階で発生したなにかの余波に襲われたのだろう。

犠牲者の発生した範囲を立体的に捉えると、四階の一つの病室を中心にして被害が広がっていることがわかる。あずさは、その病室に入院していたギフテッドの素性もつかんでいた。上原夏希という名の、当時十四歳の少女だ。

坂井タケルの情報によれば、入院していたギフテッドのうち、生き残っているのは、達川颯斗の教え子だったという彼女だけだ。ほかのギフテッドたちはＤＮＡ鑑定によって死亡が確認されている。

ただし一人だけ、生死不明とされるギフテッドがいた。当時まだ小学六年生だった少年、木内順。彼のＤＮＡに適合する肉片だけは、一つとして発見されていない。

通路を渡りきったあずさは、うす暗い廊下に歩を進めた。ここはすでに事件現場だった。

血痕は丁寧に拭き取られ、念入りに消毒薬が散布されているはずだが、壁や床や天井の奥深くに染み込んだ匂いまでは除去できない。生臭いというよりも、ひたすら不快で嘔吐《おうと》を催させる。それは事件発生から二年が経ったいまも漂っている。むしろ、建物内の換気がなされていないためか、濃縮されているようにさえ感じた。

かつてナースステーションだった場所の前で足を止めた。谷本葉子のDNAを検出した肉片は、このあたりを中心に散乱していたという。あずさは両手を合わせ、目を瞑った。もともと霊魂の存在は信じない。人は死ねばそれまでだと思っている。だがいまだけは信じたかった。たとえ霊魂でも葉子に会いたかった。会って一言――。

ぞっと鳥肌が立って目をあける。

周囲を見まわす。

動くものはない。

だからこそ感じる。

空気の微かな乱れを。

「……だれ」

不気味に沈む暗がりに、声が幾重にも反響する。本来なら、ここに人のいるはずはない。

完全に閉鎖された空間なのだ。たまにメディア関係者が取材のために入るようだが、きょうはあずさのほかに予定はないと聞いている。

「ハコちゃん……？」

おそるおそるその名を呼んだ。しかし声は黒い霞《かすみ》のかかったような廊下に吸い込まれていくだけ。

あずさは意を決して、気配の感じる方向へ進んだ。一歩一歩、前方を凝視しながら。

廊下の両側には、入り口の開け放たれた病室が並んでいる。その一つから人影が現れた。

廊下の真ん中に立ち、こちらを向く。暗くて顔がよく見えない。しかしあずさにはわかった。

「あの人が君の知り合いだとは思わなかったよ」

「颯斗く――」

駆け寄ろうとして足が固まった。

一瞬の歓喜が消え、得体の知れない不安が這い上がってくる。

「……どうしてハコちゃんのことを知ってるの」

達川颯斗は答えない。

その目には白い小さな光が点っている。

涙を流しているのだった。

3

「それで、話というのは」

外海教授がソファにくつろぐ。

坂井タケルは、持ってきたスプーンをテーブルに置いた。柄の付け根から反り返っている。

「ご覧のとおりです。三回目の照射でも影響はありませんでした」

外海教授がスプーンを手にとって一瞥《いちべつ》する。

「なるほど。たしかに」

目を鋭く向けてきた。

「しかし、このためだけに、わざわざ私のオフィスまで足を運んだわけではないでしょう」

時刻は午後七時を回っていた。本来ならば、スプーンテストの結果は翌日に報告することになっている。

「お願いがあって来ました」

「可能なことであれば」

「本日をもって、粒子線の照射を中止していただきたい」

外海教授が目を細めた。それ以外に表情らしきものはない。

「当初の予定では、ワンターム三週間ということになっていたはずですが」

「状況が変わりました」

「具体的には？」

「いまは、いえません」

「理由もいわずに実験を拒否するということですか」

「というより、私は無害化そのものを拒否します」

「それでは、ギフテッド特別措置法に反することになりますよ」

おどけるようにいった。

しかしタケルが無反応でいると、表情を改めた。

「まあ冗談はともかくとして……困りましたねえ。こちらとしても、今回の実験には相当な準備をして臨んでいる。いいたくはないが、少なからぬ額のお金も使っています。たしかに、坂井先生にはいつでもこの実験から降りる権利はある。それでも理由くらいは聞かせていただきたい。なぜ、いまになってやめるのか。不安や恐怖心に耐えられないというのなら、心理カウンセラーを紹介することもできます。ほかにも条件があれば、できるかぎり対応しますよ」

「ありがとうございます。しかし、そういうことではないのです」

タケルは静かに見つめ返す。

「外海先生、あなたは、二年前まで東聖医大にいらしたそうですね」

「……それが？」

「東聖医大でどのような研究がなされていたか、ご存じのはずですよね。なにしろ、研究チームのリーダーでいらしたのだから」

「誤解があるようですが」

外海教授が語気を強めた。

「隠すつもりはありませんよ。私の経歴を調べれば簡単にわかることだ。東聖医大に在籍していたというのは」

「もちろん、そのことをどうこういうのではありません。先生が中心となって進めていた研究の内容を伺っているのです」

「だから、ギフテッドの無害化を――」

「それは表向きだ」

外海教授が口をつぐむ。

「話していただけませんか。先生方が、覚醒したギフテッドたちを使って、ほんとうはなにを研究していたのか」

「それと、坂井先生が今回の実験から降りることとは、関係あるのですか」

「もし先生の答えが私の予想どおりならば、実験を拒否して家に帰ります。しかし、私の思い違いだったとわかれば、このまま病棟にもどることになるでしょう」

外海教授が目を伏せた。

とつぜん笑い声が弾けた。外海教授らしからぬ、品のない笑い方だった。

「いやあ、坂井先生は策士であられる。それに、恐るべき情報源をお持ちのようだ」

窮屈な仮面を投げ捨てたように、態度を一変させていた。

「いいでしょう。お話しします。どうせ終わってしまったことだ」

声にも、いくらか若返った響きがある。

「おっと、お茶を出すのも忘れていた。コーヒー、いかがですか」

「お構いなく」

「まあ、そういわず。これでも豆にはこだわっているのですよ」

外海教授が軽やかに腰を上げた。

「こうして、とっておきの豆を来客にふるまうのも、道楽のうちでしてね。まあ、ここは付き合ってくださいな。いまから飲んでいただく豆はですね——」

冷蔵庫から取り出した豆をミルで挽《ひ》き、金属製のフィルターにセットし、電気ポットで沸かした湯を注ぐ。その手際は流れるようだった。奥行きのある香ばしさが空気を染めていく。その間、外海教授はずっとコーヒー豆についての蘊蓄《うんちく》を傾けていた。

「まあ、これがほんとの豆知識というやつでしてね」

笑いながら二人分のコーヒーをテーブルに置く。

タケルは礼をいってカップを手にした。小さく一口飲んだ。深く癒されるような芳香に思わず声が漏れた。

「ああ、これは……」

「はい。美味しいのはいわなくてもわかってますよ」

外海教授がカップに口をつける。味わうように数秒間、目をつむる。カップは手にしたまま。

「お気づきかもしれませんが、私はいまコーヒーを淹れながらずっと考えていました。さあて、話すとはいったものの、どこまで話すべきだろうか、と」

視線をコーヒーカップから離さない。

「まあ、時間稼ぎをしたかったんですよ。我ながら往生際の悪いことです」

タケルは黙って聞くしかない。

「結論として、包み隠さず話すことにしました。それが、いちばん気が楽だ。坂井先生の予想なるものがどんな内容なのかはわかりませんが、判断はお任せします」

「恐縮です」

「ただこれは、あくまで昔話として聞いてください。さっきもいったように、すべては終わったことです。二年前の十一月十五日、午後三時四分に」

「あの事件が起きた時刻ですね」

外海教授がコーヒーをもう一口飲み、カップをテーブルに置く。

「たしかに私は、東聖医大で研究チームを率いて、ギフテッドの無害化という名目で国から予算ももらっていました。実際にその研究を進めて、実証実験の前段階までこぎ着けたのは、先日お話ししたとおりです。しかし、我々がその裏で本当に目指していたのは、ギフテッドの無害化ではない。その逆です」

「逆……？」

「つまり」

外海教授が愉快そうにいった。

「全人類のギフテッド化ですよ」

4

二年前　十一月十五日

谷本葉子はいつもと同じ朝を迎えていた。宿泊したのは定宿にしている有楽町のビジネスホテル。まずは身支度を整えて、ホテルのレストランでビュッフェ形式の朝食をとった。食べられるときに食べておくことが習慣になっていたので、この日の唯一の食事のつもりでたっぷりと食べた。最後にコーヒーをお代わりしてから部屋にもどり、ノートパソコンを開いて前日のインタビューをまとめる作業を再開した。

きのう話を聞かせてもらったのは東聖医大の三上教授。このインタビューは、同じく東聖医大で感染生理学の講師をしている大野光二の口添えで実現した。大野講師を葉子に紹介してくれたのが坂井タケルだ。二人は学会の懇親会で知り合った仲だという。

インタビューの場所は三上教授のオフィスだった。最初は表面的な質疑に終始したが、場がほぐれてくると少しずつ論点を深くしていった。葉子はまず機能性腫瘍という名称が変更された点を質《ただ》し、法律で検査を義務づける理由にも疑問を投げた。ただし、ギフテッドの特殊能力との関連については触れなかった。聞いたところで否定されるに決まっているからだ。

下手をすればインタビューそのものを打ち切られてしまう。三上教授は、ＣＫＴの治療とは癌化を防ぐことにほかならない、と繰り返した。葉子は、三上教授の言説に感銘を受けたふうを装った。真剣な顔で耳を傾ければ、よほどのひねくれ者でないかぎり、気分を悪くすることはない。こちらが肯定的な反応を示せばなおさらだ。三上教授も例に漏れず、熱弁を振るってくれた。葉子は、三上教授の機嫌が頂点に達した頃合いを見逃さず、ぜひ現場も見学させてもらえないか、と願い出た。三上教授は、熱弁の勢いであっさりと承諾した。ただし、きょうはこのあと予定があるので明日出直してほしい、とのことだった。異論のあるはずもない。翌日の午後二時半に三上教授のオフィスを訪ねることになった。

葉子は、ぎりぎりまでパソコンでの作業を続け、午前十一時きっかりにホテルをチェックアウトした。このときの服装はビジネス用の黒のパンツスーツに白いブラウス。ヒールは低めのものを選んでいた。荷物はボストンバッグ一つ。地下鉄を使って東聖医大病院へと向かった。バスに乗り換えて到着したときは、約束の時刻まで二時間以上あった。無駄にするつもりはない。病院内を歩き回ってみることにした。そうやって雰囲気を肌で感じる。気がついたことをメモしておく。きのうは時間がなくてできなかったことだ。それと同時に、きょうの取材のシミュレーションも頭の中で進めた。

佐藤あずさへのメールにも書いたとおり、最後は核心をずばりと突くつもりでいる。ＣＫ

Tの治療の目的は癌化を防ぐことではなく、特殊能力を使えなくすること、すなわちギフテッドの無害化ではないのか。それはどこまで成功しているのか。

しかし、いきなりそんな質問をしてもまともに答えてくれるわけがない。答えざるを得ない、あるいは、つい答えてしまうような状況にもっていかなくてはならない。論理的に追い込むか、わざと怒らせて感情的になった勢いで本音をしゃべらせるか。三上教授にはどちらの方法が有効なのか。きのうのインタビューだけでは結論を下せない。そのときになって一瞬で判断するしかない。まさに取材力が問われる真剣勝負だ。ぞくぞくする。

大学病院はやたらと待ち時間が長いというイメージがあるが、ここもそうらしかった。広広とした総合待合いスペースは、さながら開演を待ち受けるコンサート会場だ。病人、けが人、医師、看護師。白衣姿が様になっていない一団は学生か。

歩いているうちに一種独特な空気に呑まれ、集中力が散漫になる。各病棟は連絡通路でつながっているが、似たような建物ばかりなのでわかりにくい。気がついたら連絡通路の真ん中で立ち往生して、自分がどちらの建物から来たのかもわからなくなってしまっていた。四階だから高さはそれほどではないが、壁が全面ガラス張りのため、端に寄るとちょっと怖い。

「どうしたの」

油断しきったところに声をかけられ、心臓が喉から出そうになった。

振り返ると男の子が立っていた。

いつの間に来たのだろう。さっきまでは影もなかった。足音も聞こえなかった。とはいえ、道に迷って途方に暮れていたのだから、気が付かなかったとしても不思議ではないが。

「ええと、ちょっと迷っちゃって」

「どこに行きたいの」

「とりあえず、メインエントランスかな」

「それならね」

男の子が教えてくれた。簡潔で要領のいい説明だった。学校の成績も優秀なのだろうな、と思わせる。

「ありがとう。助かったよ。よく知ってるね」

「ここに入院してるから」

それにしては着ているものが病衣ではない。そのまま学校に行けそうな服装だった。葉子の考えていることを察したのだろう。

「検査のない日は普段着でいてもいいんだよ」

かわいそうに、と葉子は思った。なんの病気なのだろう。雰囲気は落ち着いているが、かといって中学生という感じでもない。声変わりもしていないし、大人の男の匂いがない。小学校の六年生くらいか。

待てよ、と思った。

六年生ならば、この時期、法定検査をすでに受けている。もしかしたら彼は二次処置のために入院しているギフテッドではないのか。

かちりと取材モードに切り替わった。

「入院しているわりにはとても元気そうだね」

ギフテッドなのか、といきなり尋ねるわけにはいかない。できれば、相手からその言葉を聞きたい。

「ぼくは病気じゃないからね」

「病気じゃないのに、どうして入院してるの」

「ギフテッドだからさ」

少年は得意げでさえあった。

「もしかして、法定検査で引っかかったの」

「そうだよ」

葉子は逸る気持ちを抑えた。

この少年は覚醒したギフテッドで、まさにいま、この東聖医大病院で無害化の研究対象になっている。そんな彼のほうから声をかけてくるとは、なんという僥倖《ぎょうこう》だろう。取材しているると、ときどきこういうことがある。信じられないようなチャンスが向こうから転がってくる。そのとき心すべきことはただ一つ。逃さないこと。

「あ、そうだ。名前、聞いてなかったね。わたしは谷本葉子っていうの。君は？」

「ぼくは木内順」

少年はそう答えると、葉子を見つめたまま笑いだした。

「わたしの顔、なにかおかしい？」

「べつに」

笑いは収まったが、まだ瞳が愉快そうに潤んでいる。妙な感じがしたが、取材を優先することに決めた。

「普段着ってことは、きょうは検査がないんだ」

「さっき、そういったでしょ」

ぐっと詰まりそうになる。

小生意気な子だ。

「いつもはどんな検査してるの」

「そんなことに興味あるの？」

「おねえさん、仕事なにしてるの？」

「まあね」

ちょっと迷ったが正直にいうことにした。

「新聞記者」

少しは驚くなり関心を示すなりするかと思ったら、あっさりと聞き流された。そんなことは最初からわかっていたとでもいうように。

「ぼくのことを記事にするの？」

「……そういうわけじゃないけど」

「じゃあ、どうしていろいろ聞くの？」

「興味があって」

いつの間にか、こちらが質問を受ける側に立たされていた。

「それだけかなあ」

「どういう意味？」

「ほんとは、検査の内容なんかより、もっと知りたいことがあるんじゃないの」

「たとえば？」

「ギフテッドに超能力があるのか、とか」

背筋を冷たいものが走った。

「見たい?」

「……見せてくれるの?」

「もう少し近くに来て」

手招きに誘われるように葉子は顔を寄せる。その顔面ぎりぎりのところで木内少年が両手を打ち鳴らした。葉子は思わず目をつぶった。そしてあけたときには、木内少年の姿はどこにもなかった。

5

「全人類のギフテッド化?」

「いや、もちろん」

外海教授があわてた様子で付け加える。

「まずはその端緒を開くことが我々の目的でしたが」

「それをギフテッド無害化の研究と並行して進めていたと」

「ただ、やはり無理があったのでしょうな。相反するテーマを同時に扱ったせいで、チーム内がぎくしゃくしてしまった」

ギフテッドに特異的に感染する病原性ウイルスの研究が、二年前まで東聖医大において進められていた。その情報の真偽を調べてほしい。颯斗からは、そう頼まれた。仮に事実であれば、ギフテッドの一人として、そんな恐ろしい研究に携わっていた者に協力するなど断じてできない。しかし、外海教授によれば、目指していたのは全人類のギフテッド化だという。

嘘をいっているようには見えない。颯斗たちの情報が誤っていたということか。たしかに颯斗も、あの情報には半信半疑ではあったようだが。

「さすがの坂井先生も驚きましたか」

外海教授が手を一振りした。

「なんというか……そのような壮大なことをお考えだったとは」

「冷静に考えればだれでも辿り着く当然の帰結です」

気負いのない物言いだった。

「だってそうでしょう。ギフテッドは増えつづけている。これはだれにも否定できない事実だ。政府の連中は一時的な現象だと思いたがっているようだが、現実のデータを無視した希望的観測に過ぎない」

外海教授がコーヒーカップに口をつける。

「現在のペースでギフテッドが増加していくと仮定すると、どうシミュレートしても、ギフテッドの覚醒を完全に抑えるのは不可能です。追いつきません。それどころか、将来的には、新生児のほとんどはギフテッドとして生まれてくると、私は予測しています。いずれ、非ギフテッドは淘汰《とうた》される。我々は現実を認めた上で、それを回避する道を探るしかない」

「それが全人類のギフテッド化だと？」

「納得していただけませんか」

納得するもなにも、いま外海教授はギフテッドを無害化する研究の責任者ではないか。その責任者が、そんな研究など無意味だと断言したに等しい。いったいこの人はどういう思考回路をもっているのか。

「かつて、ギフテッドは人類の進化型であるという説が、まことしやかに語られていましたね」

「そのせいで私たちはずいぶんと翻弄されました」

「あれは、意外に真実を突いていたのではないかと思います」

「本気でおっしゃっているのですか」

「ギフテッドには、思念によって物を変化させる能力と、瞬時に空間を移動する能力が備わっている。これまでの我々の常識に照らせばあり得ないことです」

タケルはうなずく。

「しかし現実にその能力は存在した。ということは、我々の常識のほうが間違っていたわけです。というより、生命観そのものが未熟だったといったほうがいいかもしれない」

「生命観……」

「ねえ、坂井先生。いまだ人類は、生命というものについてなにも理解できていないのではないでしょうか。ごく限られた狭い範囲の知識をもとに生命を定義するなど、どだい無理な話です。漠然とした想像図を描くのがせいぜい。その想像図が否定されるからといって、あわてるほうがおかしい。もともと未熟で不完全なものなのですから。そうでしょう？」

タケルの返事を期待している言い方ではなかった。

「私はこう思います。ギフテッドの存在が我々に教えているのは、宇宙における生命の本来のあり方ではないのか、と」

「すみません……それはどのような」

外海教授が破顔する。

「難しい話ではありませんよ。生命とは本来、瞬時に場所を移動できるとか、そういう能力を当たり前にもつ存在ではないか、ということです。それなのに我々は、そんな能力などないと決めつけてきた。自分たちの常識に合わないというそれだけの理由で。我々の生命観が未熟だといったのはそういう意味です」

「進化していけばギフテッドのような能力を備えるようになる。それが宇宙における生命の自然な姿であると？」

「地球上の生命は、四十億年をかけて、やっとその段階に達した。それが具現化したものがギフテッドであると、私は考えています」

　タケルは懸命に咀嚼《そしゃく》しようとした。

「もちろん、いまの社会に受け入れてもらうのは難しいでしょうね。みんな古い考えに囚われていますから。そう。古いんですよ」

　いいながら、人差し指でぐるりと輪を描く。

「古代の人類は、この世界が平板だとか、巨大な亀に乗っているだとか、そういった世界観をもっていた。現代人はそれを原始的と笑うかもしれない。だが、自分たちもまた同様に、原始的な世界観しかもち得ていないとは考えない。じつに滑稽なことです」

　タケルは反応に困った。

　しかし外海教授には気にする様子もない。

「そうですね。たとえば……」

　窓に目を向ける。

「……まだ地球に水棲《すいせい》生物しか存在しなかったころ、自分たちがいずれ陸上や空中を自在に動き回れるようになるなどとは夢想もしなかったでしょう。それどころか、そういう世界があることすら知らなかった」

視線をもどして、にやりとする。

「いまの我々も同じです。我々はずっと水の中にいたようなものだ。水の中が世界のすべてであり、水の中を泳ぐことでしか活動できないと思い込んできた。だが、いよいよ陸に上がり、空に舞い上がる時が来たんですよ。考えるだけで物を変化させ、遠い場所に瞬時に移動できるようになる。我々が生きる世界は一変するでしょう。怖いのは当然です。適応できずに死んでしまう個体も多いに違いない。しかし、それは生命というものの宿命なんじゃありませんか」

数秒の静止をはさんで、けたたましく笑った。

「いやいや、久しぶりに語ってしまいましたよ。忘れているかと思ったら、次から次へと……おや、坂井先生、呆れてますね」

「一つ基本的なことをお尋ねしてよろしいですか」

外海教授が仕草で促す。

「全人類をギフテッド化する件についてですが、非ギフテッドをギフテッドに変えることは、そもそも可能なのでしょうか」

「理論上は可能です」

　即座に返ってきた。

「ただしこの場合のギフテッドとは、ＣＫＴをもつ人間のことではありません。特殊能力に覚醒した、つまり、Λ31領域が活性化している人間を意味します」

「ギフテッド化とは、人工的にΛ31を活性化させることなのですね」

　大きくうなずく。

「非ギフテッドはＣＫＴを体内にもっていません。しかしΛ31領域はすべての人類に共通している。つまり人類は、いつからかはわかりませんが、ギフテッドとなるための装置をすでに獲得していた。それに点火する役目を担うのがＣＫＴで、その遺伝子もセットで組み込まれている。あとは遺伝子が発現するのを待つだけだった。そして、めでたく発現してＣＫＴを手に入れたのがギフテッドというわけです。人類のギフテッド化は遺伝子レベルで運命づけられていたのですよ」

　これはタケルにも理解できた。すでにギフテッドと非ギフテッドでゲノムの比較が行われ、両者に差がないことは明らかになっている。

「鍵となるのは、ＣＫＴが分泌しているホルモンです。そのホルモンを人工合成して投与すれば、Λ31領域を活性化させることはできるはずです」

「その研究は、政府も公認していたのですか」

外海教授が鼻で嗤った。

「彼らにそんな度胸はありませんよ」

「外海先生の独断で？」

「申請はしました。しかし彼らはこういった。すべての人類をギフテッド化するなど狂気の沙汰だ。危険すぎると」

問うような眼差しを向けてくる。

「坂井先生はどう思いますか」

「さあ……」

「自動車はどうです。社会に普及しているありふれたツールです。しかし大勢の人間を殺すことは可能ですよ。たまにそういう事件も起こってる。死亡事故だってゼロにすることは難しい。だからといって、自動車がないほうがよかったという人はいません。それと同じことです。特殊能力による事件や事故は起こるでしょう。死者も出るかもしれない。だからこそ、特殊能力の存在を前提としたルール作りを急がねばならないのです。自動車の運転に交通ルールが適用されるように」

「それでも社会は混乱するでしょうね」

「新たな進化の段階に移行する代償です。いままで築き上げたものは使い物にならなくなる。水の中をいかに速く泳げても、地上を走る役には立たない。空を飛ぶ助けにはならない。古い知識で新しい世界を理解しようとしても無駄なことです。我々にできるのは、受け入れること。適応すること。それだけなのですよ。だが悲しい哉《かな》、この理《ことわり》を解する人間は限られている」

「ギフテッド化の研究はどの程度まで進んでいたのですか」

外海教授が首を横に振った。

「まだ初期段階でした。ＣＫＴから分泌されるホルモンを探索した結果、ギフテッドの血中からそれらしき物質がいくつか検出できて、これから絞り込んでいこうというときだったのです。そこに、あの事件が起こってしまった」

「先生のお考えはわかりました。しかし先生は現在、ギフテッドの無害化研究の責任者です。これも名目に過ぎないのですか」

「申し上げたはずですよ。すべては終わったことだと。我々の、全人類ギフテッド化の夢は、あの事件によって完全に潰えました」

「つまり先生はいま、ご自分の信念に沿わない研究をなさっていると」

沈黙があった。

「落とし前をつける、という言い方ができるかもしれません」

「落とし前……？」

「あんな惨劇を引き起こしてしまった落とし前です。多くの人命を奪ったギフテッドの能力を無害化する。我々にできるのは、そのぐらいのものですから」

「無駄だとわかっていても？」

「坂井先生のおっしゃりたいことはわかります。その無駄に付き合わされる身にもなってみろ、というわけでしょう」

タケルはあえて応えなかった。

「事件のあった日、一人の女性新聞記者が取材に来ていました。ご存じでしたか」

「三上先生が許可したそうですね。私は聞いていなかった。知っていれば許可しなかったでしょう。彼は自分たちのやっていることの意味を自覚していなかったために、迂闊な判断を下した。そのせいで記者も巻き添えで命を落とすことになってしまった」

「じつは、その取材をお願いしたのは私なのです。知り合いから頼まれて」

外海教授が驚いた顔をした。

「……そうだったのですか。お気の毒なことを」

二人とも押し黙った。

静かな祈りのような数秒が流れた。

6

二年前　十一月十五日　午後二時二十九分

谷本葉子は、三上教授のオフィスに向かう廊下を歩きながら、一時間前の出来事を反芻《はんすう》していた。目をつぶっていたのは、ほんの一瞬だった。それなのに目をあけたとき木内少年の姿はなかった。消えた、とするしかない。あれが覚醒したギフテッドの特殊能力の一つ、テレポーテーションだったのだろうか。とうとう自分も目撃してしまったのか。

約束の時間ちょうどにオフィスのドアをノックした。迎えてくれた三上教授にあらためて前日の礼を述べ、病棟取材を許可してくれたことに感謝の意を伝えた。しかし三上教授の態度は前日の印象とは違っていた。ソファに腰を落ち着けたきり、関係のない雑談ばかりして、病棟取材の話題を避けているようだった。

葉子は不安になってきた。もしかしたら、調子にのって取材を認めてしまったことをいまになって後悔しているのか。しかし、ここまで来て前言を翻されてはたまらない。まだ切り出さないということは、迷っているのかもしれない。ならば、これ以上時間をかけるのは得策ではない。速攻で主導権を握る。

「じつはさきほど、たまたま連絡通路で木内順くんに会いました。わたしが道に迷っていたので、助けてくれたんです」

賭けだった。木内順はここに入院している。それを前提に話を進める。

「木内順？」

「これから取材させていただく病棟に入院しているといってましたけど、違うんですか？」

三上教授の視線が宙を漂う。

「小学六年生くらいの男の子です。道の説明の仕方も上手で、とても頭の良さそうな子でした。え、ご存じですよね」

「あ、ああ……木内くんか。もちろん知ってますよ」

葉子は、愛想笑いを崩さないように気をつけながら、ゆっくりと息を吐いた。

木内順は実在した。やはりあのとき彼は、わたしの目の前でテレポートしてみせたのだ。ギフテッドの特殊能力はほんとうにあった。これまでのルールはもう通用しない。以前に辰巳龍から聞いた言葉があらためて思い起こされる。

「木内順くんは最近になって入ってきた子ですね。とても素直な子だと聞いています」

「そうなのですね。道を教えてもらったお礼をいいそびれてしまったので、病棟に伺ったときにお礼をいおうと思ってます。よろしいですよね」

止める理由はないはずだ。すでに顔を合わせて言葉まで交わしているのだから。

「もちろんですよ」

三上教授がいって腰を上げた。まあ、しょうがないか、と表情に出ている。

「では、ご案内しましょう」

その病棟に着くまでには、エレベーターで四階に下り、連絡通路を渡り、建物を縦断し、さらにもう一本連絡通路を通らなければならなかった。三上教授のエスコートがなければまた迷っていたかもしれない。

到着して、まずそのフロアの広さに驚かされた。ナースステーションだけでも三カ所あるらしい。廊下には医療従事者や入院患者が行き交っているほか、ちょうど面会時間でもあることから、見舞い客らしき人たちも目に付いた。

ただし、フロア全体がギフテッドのためだけに使われているのではない。入院しているギフテッドはわずか十四名で、彼らの病室は奥まった場所にまとめられているという。

三上教授が三つ目のナースステーションの前で足を止めた。

「この先がぜんぶギフテッドの病棟になっています」

その一画だけはすべて個室で、ほかの区画に比べてひっそりとしていた。廊下にも人影がない。以前は特別室として利用されていたということだ。ギフテッド用の区画を担当するナースステーションにも看護師の姿はあったが、人数は少なかった。ギフテッドたちが入院しているといっても本当の意味での病気ではない。容態の急変を心配する必要もなく、そのぶん緊張感も薄いのだろう。

「木内順くんの病室はどちらになりますか」

「ええと、どこだったかな。ちょっと待ってください」

三上教授がナースステーションの看護師に尋ねた。年若い看護師が、奥から三番目、左側の部屋です、と答える。

「わたし、さきに木内くんに会ってきてよろしいですか」

「どうぞどうぞ」

葉子は一礼して廊下を進んだ。振り返ると、三上教授は看護師たちと談笑していた。あの調子ならしばらくは自由にやらせてもらえそうだ。

葉子は神経を研ぎすまして歩いた。すべてを記憶に焼き付けるつもりだった。どの病室もドアが閉めてある。静かなものだ。後方でしゃべっている三上教授と看護師の声が廊下を響いてくる。

奥から三番目、左側。

ここか。

ドアをノックした。

反応がない。

「木内くん。さっき道を教えてもらった新聞記者の谷本です。開けるね」

開けた。だれもいない。ベッドも空だ。またどこかへ行っているのか。

葉子は中に進んだ。バス・トイレや勉強机がそろっているが、これといって変わったところはない。

声が聞こえたような気がした。

耳を澄ます。

やはり聞こえる。

内容は聞き取れない。

しかしこの声。

木内少年ではないか。

どこから。

壁。

隣だ。

隣の病室に木内少年がいるのか。

葉子は壁に耳を当てた。

〈どうしてダメなんだよ〉

間違いない。木内少年だ。

〈ここはギフテッドの弱点を研究してるんだぞ。ぼくらの敵じゃないか〉

感情が昂《たかぶ》っている。

〈いっしょに行こうよ。そのためにぼくはここに来たんだから〉

だれと話しているのか。

〈おねえさんを連れていかないとアレックスに叱られちゃうんだよっ〉

おねえさん？　アレックス？　だれのことだろう。

〈いや。あたしは行かない〉

こんどは女の子の声。おねえさんというのはこの子のことか。ということは女の子のほうが年上なのだ。

〈いいの？　そんなことといって〉

少年の声に、暴力の気配が漂いはじめた。

〈知らないよ。ここがどうなっても〉

喧嘩でもしているのだろうか。

〈いいんだね。ほんとうにいいんだね〉

ここに入院しているのだから、相手の女の子もギフテッドということになる。いったい、なんの話をしているのか。二人の声音からは、単なる喧嘩というより、もっと切迫したものを感じる。

〈みんな、おねえさんのせいだからね。ぼくが悪いんじゃないからね〉

不穏な気配が濃くなっていく。

〈なんだよ、おまえ。邪魔するなよっ！〉

木内少年の声が急変した。

なんだ。なにが起こったのだ。

〈ほんとうにやるぞ。ぼくは本気だからなっ！〉

記者魂に火が点いた。

この目で確かめなければ気が済まない。

葉子は廊下に出た。

三上教授たちはまだしゃべっていた。笑っていた。こちらを気にする様子はない。

葉子は隣部屋のドアを少し開けて中を覗いた。

男の子がドアに背中を向けて立っていた。

振り向いた。

目が合った。

木内少年だった。

葉子はとっさにドアを大きく開けて笑みをつくった。

「あ、やっぱりここにいた。声が聞こえたから。さっきはどうもありがとうね」

木内少年の顔には赤みが射《さ》し、瞳もぎらぎらしている。

葉子は、室内の光景の異様さにも気づいた。

病室にいたのは木内少年だけではない。彼と対峙するように大人の男性が立っていた。その男は、背後にいる中学生くらいの女の子を守ろうと両腕を広げていた。女の子は明らかに怯えていた。その子は初めて見る顔だ。しかし男のほうには見覚えがあった。

「達川颯斗……」

葉子を見つめる木内少年の顔に、凶悪な笑みが広がった。

「やめろ」

達川颯斗が短く口走った。葉子を見て鬼のような形相になった。

「逃げるんだ、早くっ！」

状況が理解できない。しかし身体が反応した。廊下に出た。呼吸も忘れて駆けた。背後にはっきりと感じた。得体の知れないなにかがもの凄い勢いで追いかけてくる。迫ってくる。ナースステーションの前で立ち話をしている三上教授と看護師たち。葉子に気づいた。逃げてください。声にする間もなく、三上教授の顔がぐにゃりと歪む。看護師の身体がねじれる。ばらばらに引きちぎられていく。それを見て葉子は悟った。

だめだ。追いつかれてる。

7

「木内順は、完全に覚醒していた。その力は強くて、僕たちに向かってくる波を打ち消すのがやっとだった。君の友人や、病院にいた人たちを、僕は見殺しにした」

達川颯斗の口調は淡々としていた。

「ほかに、どうしようもなかったんだよね」

佐藤あずさは確認するようにいった。

「ハコちゃんを助けることは、だれにもできなかったんだよね。そうだよね」

颯斗が苦しげにうつむく。

「そうだといってよっ！」

あずさの叫びは、暗いフロアを彷徨《さまよ》いながら、消えていった。

「そうだよ。だれにも、どうすることも、できなかった」

あずさは、溢れてくるものを呑み下した。

「わかる範囲でいいから教えて。なにがあったの。あの日。なぜあんなことになったの」

「木内順が、上原夏希を病院から連れ出そうとしたんだよ」

「なぜ、そんなことを」

「上原夏希は、ギフテッドとして並外れた素質をもっている。その素質を欲しがる者がいたんだ」

あずさは理解しようとした。だが無理だった。背景にあるものがまるで見えない。

「僕が交番に出頭した日のこと、憶えてるかい」

「でも颯斗くんはあのあと警察署から消えた」

「警察署内の留置場で、僕はある人物と再会した。アレックスという男だ」

「その人もギフテッドなのね」

「きわめて高い能力をもつギフテッドだ。彼は罪を犯して留置場に入れられたんじゃない。テレポートしてきたんだ。彼は僕にこういった。ムラヤマが待っている。いっしょに来い、と」

「ムラヤマ……村山直美。颯斗くんが村やんと呼んでいた」

「アレックスと最初に会ったのが、村やんの施設、佐藤たちのいうテンプルだったんだよ」

「それで、アレックスという人といっしょに留置場からテレポートした」

「僕の意志じゃない。アレックスが僕の腕をつかんで、強引にテレポートさせた」

「そんなこともできるの」

「らしいね。一瞬のことで、抵抗する間もなかった」

「テレポートしてどこへ。あれからどこにいたの」

「さすがに、これは信じてもらえないと思う」

あずさは、おかしくもないのに笑いたくなった。

「いまさら、なにいってるの」

「地中海だよ」

「地中海……？」

「テレポートした先は、地中海に浮かぶ島だ。向こうはまだ夜明け前だった」

信じられないだろ、という顔になる。

「地中海の……なんていう島」

「いまはいえない」

あずさは話に付いていくだけで精いっぱいだった。

「でも、そんな遠いところまで行けるものなの。いくらなんでも」

「テレポーテーションに距離は関係ないらしい。どれほど離れていても、イメージさえできれば、瞬間的に移動できる。理屈はわからないけど、そうなってるんだよ。もしかしたら、月や火星にだって行けるかもしれない。試したことはないけどね。ほんとに行っちゃったら怖いし」

冗談をいっている顔ではなかった。

「その島に、村山直美が……」

「村やんだけじゃない。覚醒したギフテッドたちが世界中から集まっていた」

「なんのために」

颯斗がきっと目を上げる。

「ギフテッドに対する差別や迫害に、力を合わせて対抗するためだよ」

あずさはあらためて感じた。ギフテッドと非ギフテッドは、もはや明確な敵対関係にあるのだ。

「僕は、日本には帰らず、島に留まることにした。ギフテッドの一人として、アレックスたちの理想に共鳴したから。それに、さきに島に来ていた村やんや、村やんと行動を共にした光明学園の後輩たちの力にもなりたかった。ただ……理想と現実はやはり違う。しばらくしてわかってきたのは、あの島のギフテッドも一枚岩じゃないってことだ。同じギフテッドでも、大勢が集まれば、考え方の違《い》いは出てくる。せっかくこれだけの数のギフテッドが集結しているのに、それをどう活かすのか、はっきりとした方針を決められないままでいた。だれもが納得できるリーダーがいなかったせいだと思う。停滞が長引けば、痺れを切らす連中も出てくる。彼らは、自分たちには特殊な能力があるのだから、それを最大限に活用すべきだと主張した」

「早い話が、テロね」

「大半のギフテッドは反対していたよ。でも、武闘派と呼ばれる連中は、劣勢になればなるほど先鋭化する。ギフテッド内の対立が深まると、数の少ない武闘派は、自分たちの陣営を補強するために、世界中から有能なギフテッドを集めはじめた。その中心となった人物がアレックスだ。もともと彼は、ギフテッドを見つけ出す嗅覚のようなものを備えていた。僕らは、彼らの主導権争いのまっただ中に飛び込んでしまっていたんだ」

「木内順も、上原夏希も、そのアレックスに目を付けられたってことなの？」

「上原は僕の教え子だ。こんな不毛な争いに巻き込みたくはなかった。でも僕は結局、彼女一人、守り切れなかった。君の友人も……」

あずさの胸の奥で凶暴な感情が弾けた。わたしはいま、目の前に立つ達川颯斗に対して、憎しみを抱こうとしている。葉子を見殺しにされたから。そしてなにより、彼がギフテッドだから。

否定したくても、いったん生まれてしまった憎悪は、易々と消えてはくれない。しぶとく、どこまでも絡みついてくる。あずさは無力感に圧《お》し潰されそうだった。もうだめかもしれない、と思った。ギフテッドと非ギフテッドの共存など、しょせん絵空事なのか。はかない夢に過ぎなかったのか。

「あと一つ、聞いていい?」

颯斗が、ああ、と答える。

「木内順は、いまも生きてるの?」

少し間が空いた。

「生きているよ。でも、あの日以来、一言もしゃべらなくなった」

第三章　始動

1

暖炉の火が揺れている。煉瓦《れんが》造りではなく、壁に埋め込まれたビルトイン型で、一見すると炎の映ったテレビ画面のようだ。十八畳のリビングの白い壁を飾るのは、夏の風景を描いた絵画一枚。床はカーペットだが、暖炉前の一角に空色の広いラグが敷かれ、そのラグを暖炉に向かって囲い込むように、同じく空色のソファがL字形に並べられていた。ソファは大きく、大人六人が座っても窮屈さを感じさせない。

「間違いないよ。あれは、村やん本人だ」

長い沈黙を崩したのは達川颯斗だった。

坂井タケルは、暖炉の炎から意識を引きもどした。

「おれはまだ信じられんよ、村やんが、あんな……」

向日伸だけビジネススーツ姿なのは、仕事の途中で抜け出してきたからだ。

林勲子はタケルの隣。両手の指を組み合わせ、沈んだ表情でうつむいている。

端に座っていた辰巳龍が腰を上げた。暖炉脇のバケツから薪《まき》を一本とって炎の中にくべ、無言のままソファにもどる。

「お願いします。村山さんを止めてください。あの人を止められるのは、みなさんだけなんです」

思い詰めた顔で訴えたのは森田賢太郎。辰巳龍を除くタケルたち四人は、三年ほど前にあの施設で会っている。悩みの種とこぼしていたかつての童顔は、浅黒く灼けて別人のようだった。

「止めるといっても、どうやって」

「会って話すしかないだろ」

タケルは向日伸に応えていった。

「居場所もわからないんだぞ」

「少なくとも、あの島には、もどっていない」

颯斗のいう〈あの島〉とは、ギリシャのクレタ島とマルタ共和国の中間に浮かぶ小さな島国、ウルピヌス共和国のことだった。共和国といっても名ばかりで、実質的には、モガシ大統領が二十年の長きにわたって独裁政権を維持している。

モガシ大統領は、一貫してギフテッドの保護政策をとっており、ギフテッドでありさえすれば無条件で、入国と国内での行動の自由を認めた上、税金も免除していた。通常、ウルピヌス共和国へ渡るには航路を、それもかなり不便な航路を使うしかないが、テレポートできるギフテッドにはそれも障害にならない。

モガシ大統領のこの方針は、ギフテッドの無害化という世界の流れに逆行するものだったが、国力の乏しいウルピヌス共和国には国際的な影響力もなきに等しいため、当初は話題にもならなかった。それがここに来て、各国の間で真意を訝る声が広がりつつある。モガシ大統領がギフテッドに寛容なのは、なにも人道的な配慮からではない。ギフテッドの特殊能力を背景にして、国際社会での発言力を確保しようとする狙いがあるのではないかと、ようやく気づいたからだった。

「森田くん、もう一度確認するけど、あれは全部、村やんが一人でやったことなんだね」

森田賢太郎がタケルにうなずく。

「でも、村山さんは悪くありません。悪いのはあの暴走族の連中です」

「あのとき……なにがあったの」

林勲子が、慎重に尋ねた。

「話せるかい？」

颯斗に促されると、一つ深呼吸をして、はい、と答える。

「あの夜……ぼくらが気づいたときには、あいつらは敷地内まで入っていました。ものすごい排気音とけたたましい音を鳴らして、ぼくらを威嚇しました。バイクで取り囲まれたことはなんどもありましたけど、フェンスの中まで入ってこられたのは初めてでした」

「警察には助けを求めなかったの？　ケータイはあったんでしょ」

「以前、バイクで取り囲まれたときにも通報したことはあるんですよ。でも、自業自得だと笑われただけでしたから」

林勲子が絶句する。

「そのうちに、あいつらが村山さんの名前を叫びはじめました。村山、出てこい、ぶっ殺してやる、と。もちろん、そんな声に応えるわけにはいきません。ぼくらは息を潜めてじっとしていました。そのうちにあきらめて帰るだろうと。そうしたら、あいつら、こんどは建物のドアを壊しはじめたんです」

生々しく思い出しているのだろう。声が不安定に震えた。

「あのときの、ガラスの割れる音がどれほど恐ろしかったか……。殺されるんだと思いました。女の子たちは抱き合って泣いていました。そのとき、村山さんが一人で階段を下りていったんです。ぼくが話をつけてくると」

瞬きが激しくなる。ふたたび大きく呼吸する。

「村山さんが下りていっても、騒ぎは収まるどころじゃありませんでした。でもぼくらは村山さんを信じて待つしかなかった。そしたら、とつぜん村山さんの悲鳴が……」

暖炉で小さく火が爆《は》ぜた。

「村山さんの身になにかあったのだと覚悟しました。もうお終《しま》いだと。でも、ほとんど同時に、あいつらの声も消えていたんです。そして、そのあとすぐ、激しい雨音のようなものが聞こえました」

「雨……？」

タケルは思わず問い返した。

森田賢太郎が、暗い目で見返してくる。

「でも、それは、雨の音じゃなかったんです」

「もういい」

林勲子が短くいって、口に手を当てた。

「……ということは」

タケルは冷静に続けた。

「あの時点で覚醒していたのは村やんだけだったわけか」

「そう思います」

「アレックスが現れたのは、そのあとだったんだね」

「アレックスは、ぼくたちを励まして、互いに手をつないで輪をつくるようにいいました。ぼくらはいわれたとおりにしました。そうしたら、次の瞬間には、全員……あの島にいたんです」

ゆっくりとタケルたちを見まわす。

「ぼくらは静かな岸壁に立っていました。大きな夕陽が海に沈むところでした。穏やかで、とてもきれいな海でした。もちろんそのときは、これが地中海だなんて思いもしませんでしたけど」

「僕がアレックスとテレポートしたころには、森田くんたちもすっかり現地の生活になじんでいたね」

颯斗の言葉に、森田賢太郎がうなずく。その一瞬だけ、過ぎ去った時間を懐かしむような目をした。

「待ちなさいっ！」

とつぜん女性の叱責が響いたと思ったら、小さな男の子が駆け込んできた。追っているのは辰巳リナだ。後ろから男の子を捕まえて軽々と抱き上げる。

「こら、パパたちが大事なお話をしているっていったでしょ！」

すっかりママの顔になっていた。これがあの麻野リナとは信じられない。男の子は元気いっぱいに足をばたつかせて喚《わめ》いている。その無邪気な騒々しさは、タケルたちを重い雰囲気から救い出してくれた。

「それ、なに持ってるの」

颯斗が明るく声をかけた。

「本だよ。宇宙のすべてがわかるんだぜ！」

「へえ。よかったら、見せてくれないかな。これでも理科の先生してたから、そういうの好きなんだよ」

「いいよ。でも、りかってなあに？」

「あ、そうか。まだ小学校に行ってないんだな」

辰巳リナが夫の表情を窺う。

「いいんじゃないか」

辰巳龍がいうと、男の子が「やったあ！」と叫んだ。床に下ろされるや飛ぶように颯斗の横に座り、本を広げ、早口でまくし立てる。

「ほら。これが、火星の地面。ほんものだよ。あの宇宙のずっと向こうに、こういう星があるんだ。だれも住んでないんだ」

「火星なんて言葉、よく知ってるね」

「あったりまえだろ」

「すごいなあ」

「おじさん、ぼくのこと、こどもだとおもってバカにしてる？」

「そんなことないよ。いや、ごめん。少ししてた。でもおじさんが間違ってた。君は大したもんだ」

　男の子の顔に大きな笑みが咲いた。心の動きが素直に出る。いいな、とタケルは思った。辰巳リナも腕組みをして苦笑している。辰巳龍も穏やかに見守っている。彼らだけではない。平和そのものといった光景に、向日伸は眩しそうに目を細め、林勲子に至っては涙ぐんでいた。

「さあ、翔《かける》、もう寝なさい」

　しばらくして辰巳龍がいうと、男の子が「はあい」と応えてソファを下り、ばいばいと手を振ってからママといっしょに出ていった。

「さすが父親、大した威厳だな」

　向日伸が茶化した。

「いまだけだよ。だんだん生意気になってきやがった」

「これ、忘れていったぞ」

颯斗の手元には本が残っている。

「そのへんに置いといてくれ」

暖炉の温もりに平和の余韻が漂っている。もう少し浸っていたかったが、そういうわけにもいかない。

「村やんは、なにを望んでるんだろうな」

タケルは、いった。

「だから、ギフテッド特措法の廃止とか、無害化政策の即時中止とか、そういうことだろ」

向日伸が答える。

「それは、ぼくたちだってそうだ。光明学園の同窓会は、ことあるごとに声明を発表してきた。ウルピヌス共和国にいるギフテッドたちだって、基本的な考えは同じだろう」

颯斗は翔の残していった本を見ている。怖いくらい真剣な表情で。

「なあ、颯斗」

「うん？」

と目を上げる。聞いていなかったらしい。

「ウルピヌスでも、無害化に反対する方針に変わりはないんだろう。なぜ村やんは袂《たもと》を分かったんだ」

「ああ、その話か」

本を閉じた。

「たしかに目指す方向は同じだけど、実現させるための手法が違うんだよ。ウルピヌスのギフテッドたちの大半は、まとまった一つの勢力となることで、各国に政治的な圧力をかけて事態の打開を図るつもりでいる。これにはモガシ大統領の意向も働いている。だが、それに不満な連中もいた」

「なにが不満なんだ」

と向日伸。

「一つはスピード。もたもたしているうちにギフテッドの無害化が達成されてしまったら、元も子もないからね」

「ほかにも理由があるのか」

「彼らは、そもそもモガシ大統領を信用していない。たしかにこれまでは保護政策をとってきた。でも今後も同じことが続くという保証はない。ただでさえ、なにかと噂のある人物だ。あの国のギフテッドの待遇は、そのモガシ大統領の気持ち一つにかかっている。そんな状況は危険すぎると彼らは考えている」

「一理あるな」

向日伸が皮肉っぽく笑う。

「政治ってやつにはひどい目に遭わされてきたからな、おれたちも」

「だな」

辰巳龍がぼそりと同意する。

「ともあれ、そういう連中が村やんを担ぎ出した」

「なぜ村山くんを」

「村やんの能力がいちばん高かったからだと思う」

「アレックスや、あの少年よりもか」

向日伸は意外そうだった。

「木内順の能力は低くはないけど、あの程度ならウルピヌスでは珍しくない。しかも彼は、あの事件で精神的なダメージを負って、いまも回復していない」

「あれほどの事件を起こせたのに……」

「ウルピヌスには選《よ》りすぐられたギフテッドばかりが集まってる。その中にあっても村やんは別格だった。いまの村やんの能力は、アレックスさえ凌《しの》いでいる。もし村やんが本気を出したら、僕たちが束になっても止めるのは難しいと思う」

「あの子はどうなんだ。上原……夏希とかいったな」

「彼女の能力は未知数だけど、素質から判断すれば、村やんと同等か、それ以上の能力をもってもおかしくはない。これはアレックスも同意見だ。でもまだ昏睡状態から脱していないし、仮に目覚めたとしても、彼女を巻き込むことはできないよ」

「なぜだ」

「まだ十六歳だよ」

「そんなことをいっていられる状況なのか。世界中でギフテッドによるテロが起こるかもしれないんだろ」

「古代ローマ人は」

辰巳龍が口を挟んだ。

「ハンニバルに攻め込まれて存亡の危機に立たされたときでさえ、未成年を兵士として使うことは考えもしなかったそうだ。約二千二百年前の話だ」

「わかったわかった。もういうな」

しかし、そういう向日伸の顔は愉しげだった。

「ったく、変わらねえな、龍は」

「お互いさまだ」

ふっと空気がゆるむ。

「だから言葉で説得するしかないんだ」

タケルは強くいった。

「でも、わたしたち、拒絶されているんでしょ。どうやって村山くんを捜すの」

「僕がなんとかやってみる」

達川颯斗がいった。

「村やんがテレポーテーションで移動すれば、空間の歪みが余韻となって残る。それを見つけることができれば、後を追えるかもしれない」

「歪みの余韻……？」

タケルには初耳だった。

「水面に石を落としたときに広がる波紋のようなものだよ。だから時間が経てば消えてしまう」

「颯斗にはわかるのか、それが」

「あの感覚を言葉で説明するのは難しいけどね」

辰巳リナがもどってきた。

「寝たわ」

微笑みながら夫の隣に腰を下ろす。

「ごめんね。ばたばたしちゃって。珍しくお客さんがいっぱい来てるから興奮したみたい」

「元気で素直で、いい子だな」

向日伸がいうと、颯斗も、

「好奇心も旺盛。これ、忘れ物だ」

と本を手渡す。

「ありがとう」

受け取ってから、

「それで、村山くんのこと、深刻な状況なの？」

「深刻だな、間違いなく」

夫から手短に説明されると顔色を変えた。

「みんなに一つ確認しておきたいことがある」

辰巳龍が口調を改める。

「村やんが予告してきた十二月二十二日まで、あと何日もない。それまでに村やんの居所をつかんで、会って、説得するのは、かなり難しいかもしれない。だが仮に、村やんに会うことができたとして、だ」

言葉を切ってタケルたちを見回す。

「村やんが俺たちの言葉に耳を貸さず、どうあってもテロを実行するといったら、そのときはどうする」

「どうする、とは？」

向日伸が不安げに尋ねる。

「テロを防いで大勢の命を救うために、村やんと刺し違える覚悟はあるか」

「そこまで考えなきゃいけないの」

林勲子が抗議するようにいった。

「考えるに値しない選択肢はない。忌わしいものであればあるほど、前もって熟慮しておく必要がある。そのときになって選択を誤らないために」

「理屈はわかるんだけど……」

彼女には呑み下せないようだった。

「忘れてならないのは、村やんは私利私欲のためではなく、俺たちギフテッド全体のためを思って動いているということだ。手法の是非は別にして、これは認めなくちゃいけない」

辰巳龍の言葉に、みながうなずく。

「ギフテッドがこの社会からどんな仕打ちを受けてきたか、俺たちは憶えている。いまや法律でギフテッドの人権さえ制限されはじめた。村やんは、そんな世界に一矢報いようとしている。もしかしたら俺たちは、村やんを止めるのではなく、逆に村やんと力を合わせて戦うべきなのかもしれない」

「そんなっ」

森田賢太郎が感情的な声をあげる。

「そういう考え方もできるということだよ」

辰巳龍が上から被せるように返した。

「それでも俺たちは、村やんを止めなくてはならないのか。いざとなったら、村やんを殺してでも。いうまでもないが、これは〈大きな殺戮を防ぐための小さな殺戮は許されるのか〉とか、そういった文学的な問題じゃない。わかるな」

「僕たちがギフテッドとしてなにを求めていくのか。非ギフテッドの社会に対して反乱を起こすのか、それとも、あくまで共存を目指すのか。そういうことだね」

「これまでもギフテッドによる死亡事件はあったが、そのほとんどは、制御できなくなった能力が暴走してしまったものだ。事故といってもいい。だが、村やんがやろうとしていることとは違う。明確な政治上の目的をもって、意図的に超能力を使ったテロを起こそうとしている。これは非ギフテッド社会に対する宣戦布告と同じ意味をもつ。このテロによってさらに人命が失われれば、共存の可能性は完全に潰れる」

「でも、向こうが共存を拒むのなら、こちらの力を示すしかないんじゃないか」

「颯斗、本気でいってるのか」

と向日伸。

「村やんなら、そういうかもしれない」

鉛のような沈黙が降りてきた。

だれもしゃべろうとしない。

向日伸が腕時計に目を落とした。

「おれ、そろそろ仕事にもどらなきゃ」

「テレポーテーションには慣れたみたいだね」

颯斗が口調を軽くしていった。

「最初はおっかなかったけどな。でもロンドンと野辺山原を一瞬で移動できるんだから」

「電子機器を携帯できないから、普段はあまり使えないけど」

タケルがいうと、

「だから腕時計もネジ巻き式に替えたよ」

向日伸が腕を見せる。

「けど、さっき颯斗のいった歪みの余韻ってやつは、いまいちピンと来ないな」

「何百回かテレポートすれば体感できるよ」

「気の長い話だ」

向日伸が笑いながら立ち上がった。

「僕たちもいったん帰るか」

森田賢太郎が、はい、と答える。

「二人は島に？　なんていったっけ、あの島」

「ウルピヌス」

と辰巳龍。

「そう、それ。憶えにくいのよね」

夫婦だな、と感じさせる呼吸だった。

「村やんの居場所を突き止めたら連絡する」

「無茶はするなよ」

「わかってる」

タケルも、それとなく林勲子と目を合わせてから、腰を上げた。

玄関で靴を履いて一人ずつ外に出る。ほとんど同時に気配が消えていく。林勲子を送り出し、最後になったタケルは、ドアを開ける前に辰巳龍と向き合った。

「龍はもう答えを出したのか」

「さっきの村やんの話か」

「ああ」

辰巳龍が首を横に振った。

「十二月二十二日、村やんはなにをするつもりだろうな」

「犠牲者が出るようなものではないと信じたい」

「そうだな」

タケルはもどかしかった。だが、これ以上、言葉を重ねたところで、慰めにもならない。

「またな」

玄関を出てドアを閉めると同時に、つくば医大病院の第三特別病棟にもどっていた。テーブルの上には、曲がったスプーンがそのままになっている。

2

佐藤あずさは、身の刻まれる思いで、時計の秒針を見つめた。午前十一時を回る。あと一時間。

電話が着信した。付き合いのあるTVプロデューサーだった。彼の担当する報道番組には何度も呼ばれている。

『どう。情報入ってない？』

「なにも。そちらは」

『さっぱり。明らかなガセはいくらでもあるんだけどさ』

局内からかけているのだろう。声の背後から緊迫した空気が伝わってくる。

『正直なところを聞きたいんだけど、今回の件、どう見てる？』

「本物かってこと？」

『きょうの正午、ほんとうになにか起こるのかな。まさか、テロとか？』

「可能性はあるでしょうね」

『東聖医大病院事件みたいな？』

「あり得るんじゃない」

『洒落になんないよ、それ』

声の端が震えていた。

『おれたち、ギフテッドを本気で怒らせちゃったのかな』

「少しは反省してるの？」

『そりゃ、ちょっとは、やりすぎたかもしれないけどさ、うちだけじゃないし』

言葉が途切れた。

無言が続く。

珍しいことだ。

いつもは一方的にかけてきて一方的に切る男なのに。

「いいたいことがあるなら早くいえば」

『……ほんとは知ってるんじゃないの？』

声に陰があった。

『こっそり教えてもらってるんじゃないの。きょう、どこで、なにが起こるのか。あのギフテッドの同窓会の連中と仲がいいんだろ』

「バカなこといわないでくれる。同窓会の人たちだってなにも知らないのよ。会見、見たでしょ」

問題となっている動画の内容が明らかになったあと、旧光明学園同窓会が急遽《きゅうきょ》、会見を開いた。会長である坂井タケルと事務局長の林勲子、顧問弁護士の陣内俊介が出席した。そのとき発表された声明の要点は大きく三つあった。すなわち、今回の件に旧光明学園同窓会は関与していない。我々もギフテッド特別措置法には反対の立場をとっているが、あくまで合法的な手段で意見を主張していく。このような脅迫行為を断じて容認するものではない。

『あんなもの信じられるかよ』

「会長の坂井さんは、自ら無害化の実験台になってるのよ」

『どうせパフォーマンスだろ』

こういう手合いにはなにをいっても無駄なのだ、と痛感させられる。

「もしわたしからテロの情報を入手できたら、どうするつもりだったの」

『どうするって……近くでクルーを待機させるのよ。ヘリもスタンバイしてるけど、やっぱり地上部隊が現場に行かないと迫力のある画《え》は撮れないから。とにかくさ、うちがいちばんに現場に立ちたいわけよ。他局に出し抜かれるわけにはいかないからさ』

この男も異様な事態に直面して分裂している。さっきは、ギフテッドからの思わぬ反撃に恐怖心すらのぞかせたのに、こんどはテロの取材に心躍らせるような言葉を吐く。そんな矛盾した言動に対して感じるこの不快さはなんなのだろう。

『ねえ、ヒントでいいからさ、教えてよ。おれとあずさの付き合いじゃない』

「残念だけど、知らないものは知らないの」

あずさは感情を抑えていった。

「それにね、もしわたしが知ってたら、あなたに教える前に、とっくに警察に通報して、現場を立ち入り禁止にしてもらってます」

通話が切られた。

午前十一時半になると、ほとんどの地上波で特別番組が組まれていた。報道フロアやスタジオのセットから、キャスターたちがあらためて今回の経緯を説明したり、解説委員やコメンテーターが意見を述べたりした。話題の内容は、ほんとうにテロが起こるのか、起こるとして、どこで、どのようなものになるのか、に集中した。もちろん、そんなことはだれにもわからない。

あずさにもコメンテーターとして出演依頼が来ていたが、電話での出演も含めてすべて断った。新年のカウントダウンではない。人が死ぬかもしれないのだ。その時を待ちわびるような、事件が起こらなければ格好がつかないような番組などに関わりたくなかった。それにあずさ自身、疲れも感じている。なにを訴えても事態は悪くなるばかりだ。

あずさは秘かに心に決めていた。きょう、ほんとうに大規模なテロが起きて、多くの人命が失われるようなことになったら、この仕事をやめる。そこまで時代の流れが決定的になってしまっては、自分にできることはない。逃げるのではない。ただ、静かにあきらめるのだ。

テレビ画面に街の様子が映った。人出はいつもより疎《まば》らですね、とキャスターがいった。テロを恐れて外を出歩くことを控えているのでしょうね、とコメンテーターが付け加えた。

画面がスタジオにもどった。みな深刻そうな顔をしていた。あずさは可笑しくなった。彼らは、今回のような事態を、ほんとうに想定していなかったのだろうか。だれかに敵意を向ければ、その数倍の敵意が返ってくる。当たり前ではないか。

思えば奇妙なことだ。いま自分は、非ギフテッドたちの慌てふためく様を見て、悪意に近い悦《よろこ》びを感じている。深刻ぶる人々を冷たく眺めている。たしかに葉子が命を落としたのはギフテッドの特殊能力のせいだ。しかし、自分たち非ギフテッドも責任を免れない。彼らをそこまで追いつめたのは、ほかならぬ我々だからだ。我々は報復されようとしている。いずれ、こうなる運命だったのならば、受け入れるしかない。超能力を駆使し、軍事転用を断念させるほどのギフテッドを相手に、勝てるわけがないのだから。

正午まで一分を切った。

スタジオが静かになった。

画面が数秒ごとに切り替わる。各地の様子がリレーで中継される。まだなにも起こっていない。

あと十秒。

時計が大きく映し出された。

沈黙の中で時が刻まれる。

時報のように三秒前から音が鳴りはじめた。

四つ目の大きな音と同時に正午になった。

画面のスタジオに変化はない。

『ええ……たったいま、予告にあった正午になりました。いまのところ、なんらかの異常事態が発生したとの報告は入っておりませんね』

キャスターがスタッフに確認するようにいった。中継地を順番につないでいくが、やはり変化なし。あずさはネットでも確認したが、とくに信頼に足る情報はなさそうだった。

『どういうことでしょうね』

テロが起きなかったのなら喜んでいいはずだが、かえって不気味なものを感じているのかもしれない。あずさと同じように。

『あの動画は、単なるいたずらだったんでしょうか』

『でも、映っていたのは、たしかに本人ですよね』

『CGってことはないと思いますけどねえ』

『え……』

キャスターの顔が引きつった。スタジオがざわついている。新しい情報が入ったらしい。

『……東京タワー？』

あずさはすぐにネットで検索した。

最初にその画像が目に飛び込んできた。

「なに、これ」

思わず口走っていた。

首都高速道路あたりから撮影したものだろう。高層ビルの間に写っているのは東京タワー。しかし、見慣れたいつものタワーではない。その先端部分がわずかに、しかしはっきりと曲がっている。いや、先端だけではない。特別展望台から上の部分すべてが、滑らかな弧を描いていた。目の錯覚でも、光のいたずらでもなかった。

あずさの呼吸が乱れてきた。とんでもないことが起きている。新たな写真も次々とアップされてきた。撮影場所もタワーまでの距離もさまざま。あずさは気づいた。タワーの曲がり具合が徐々に大きくなってはいないか。アングルの違いだけではない。先端部の高さが明らかに下がっている。いまこの瞬間も曲がりつづけているのだ。

テレビのチャンネルを替えた。東京タワーを生中継している局はないか。見つけた。やや距離はあるが、それ故に曲がっている様子がよくわかった。その曲線は、ゆっくりと、確実に、鋭くなっている。我々の見守る前で、これまでの常識を覆す現象が進行している。夢ではない。幻でもない。我々は、我々の生きてきた古い世界の終焉《しゅうえん》を目撃しているのだろうか。

スタジオも騒然としていた。女子アナウンサーは泣きそうになっていた。

『見てください！　東京タワーが曲がってます。いまも曲がりつづけてます。どこまで曲がるんでしょうかっ！』

キャスターの絶叫は、非ギフテッドたちの悲鳴だった。

東京タワーは、やがて鉤針《かぎばり》のように変形し、先端のアンテナが地面を向くまでになった。そこでようやく動きが止まった。静寂を取りもどした世界の中で、あずさは呆然とした。

「これが……そうなの」

＊

『最初に断っておきます。私は一人ではありません。世界中に仲間がいます。我々は各国の政府に、ギフテッドに対する認識を改めるよう促すことになるでしょう。その先陣を切る形で、私は、私の生まれ育った国である日本の政府と、日本に住む非ギフテッドのみなさんに、次の三つを要求します。

一つ目は、ギフテッド特別措置法を廃止すること。

二つ目は、ギフテッド無害化へのあらゆる試みを中止すること。

そして三つ目は、ギフテッドへの差別・迫害を禁ずる法を制定すること。

いずれ各国政府にも同様の要求がなされるはずです。しかし私は日本人です。日本のみなさんが自らこれを受け入れることを強く希望します。それが叶《かな》わない場合、私は己の全能力をもって、みなさんの説得に当たらねばなりません。私はけっして、それを望んでいるわけではありません。できれば、穏やかに物事を進めたいと思っています。みなさんがただちに行動に移すことを期待します。

とはいえ、私のこの意思表明を、単なる脅しと捉える人もいるかもしれません。私の決意が真剣であることを示したいと思います。来る十二月二十二日の正午に、それはだれの目にも明らかな形で、だれにも否定しようのない形で、示されるでしょう』

3

電車の吊革につかまりながら、窓を流れる都心を眺めていると、高層ビルの群れが途切れ、彼方に霞む東京タワーが視界に入った。孤高の優雅さを纏って鋭く聳えていた塔も、あの日以来、首がぐったりと垂れたように折れ曲がったままだ。その無惨な姿を目にするたびに、佐藤あずさは鉛を呑み下したような重苦しさを感じるのだった。ほかの乗客も目を伏せるか、背けるか、している。

テンプル事件の前後から、人々はギフテッドを〈排除すべき危険な異物〉と見なし、差別や迫害をエスカレートさせ、ついにはギフテッド特別措置法まで制定した。これでギフテッドの脅威を封じ込められると多くの人々は信じた。こんなことを続けていたらギフテッドからの激しい反動を誘発しかねない、と真摯《しんし》に警告する識者もいたが、その声はたちまち「おまえはギフテッドに味方するのか」という非難と怒号に掻き消された。人々は、自分たちの世界観を永遠不変のものと思いたがった。変更を迫られることを極度に恐れた。その恐怖が、現実を直視すべき目を塞いだ。

いま、人々がすがりつこうとした世界は、完全に崩壊してしまった。彼らの古い幻想は、いかなる反論も許さない形で、へし折られた。あの曲がった東京タワーは、その隠喩《いんゆ》ではないのか。

せめてもの抵抗というわけでもないのだろうが、タワーの修復も検討されたようだ。が、取り壊しでもしないかぎり不可能というのが、専門家たちの出した結論だった。曲がった部分を検証したところ、鉄材の亀裂や損傷は見られず、外部から強引に力を加えられたというよりは、まるで柔軟な筋肉のごとく自ら伸縮したようだったという。きわめて強い磁場をともなって。

鉄材が破断して先端部が落下する恐れは小さいが、曲がったせいでタワーの重心がずれ、このままでは倒壊する可能性もゼロではない。いまのところその兆候はなく、周囲にも立ち入り禁止区域は設けられていないが、タワーの姿勢は二十四時間態勢でモニターされており、異常が検知されたらただちに警報が発令されることになっている。

村山直美からの三つの要求に対しては、日本政府も毅然《きぜん》とした対応がとれないでいた。国会議員や識者の間でも意見がそろわず、テロリストとの交渉は断固拒否すべきという者もいれば、検討くらいはしてもいいという者もいた。警察当局は総力を挙げて村山直美の行方を追っているものの、相手は世界中をテレポートできるギフテッドだ。これまでの捜査手法は通用しない。各国に情報提供を呼びかけてはいるが、有力な手がかりはないらしい。

今回の一件に関しては、いまのところ国際社会からの目立った反応はない。むしろ、じっと息を潜めて、ことの成り行きを見守っている。どの国においても、ギフテッドと非ギフテッドの全面衝突は不可避とされている。最初に顕在化したのが、たまたま村山直美を生んだ日本だったというに過ぎない。おそらく各国政府は、同じ事態が自国に降りかかってきたときに備えて、日本政府の対応とそれによる状況の推移を、慎重に分析するつもりでいるのだろう。

4

風が吹きつけてくる。厚い雲に覆われた夜空が低い唸《うな》りをあげている。いま坂井タケルが立っているのは、都心のホテルの屋上。ほかに人影はない。足下にはRの文字が大きく描かれている。レスキュー用のヘリがホバリングする位置を示すマークだ。

寒さは感じなかった。そんなことはどうでもよかった。タケルは両手をジャケットのポケットに突っ込み、風よりも冷たい眼差しを、間近に聳える東京タワーに注いでいた。先端部が変形したあの日以来、展望台は閉鎖されている。日没後のライトアップもなくなり、全身をオレンジ色に発光させて夜を彩っていた巨塔も、いまは死骸のように沈黙し、わずかに航空警告灯の赤い光を宿すのみとなっていた。

「村やん……なんてことをしてくれたんだ」

タケルは、村山直美に対して、初めてといえるほどの激しい怒りを覚えていた。ギフテッドのために行動を起こしたという彼の言葉に嘘はない。それはわかっている。だからこそ歯がゆいのだ。彼の目指しているものと、彼の行為の招く結果が、あまりにもかけ離れている。その乖離《かいり》に彼自身が気づいていない。気づこうともしていない。あいつはいつもそうだった。寮の屋上から飛び降りたときも、ギフテッドを集めた施設を作ったときも、そこで騒動が起きたときの対応の仕方も、あいつは見当違いのことばかりしてきた。

「村やん、なぜ、おれたちを拒む」

特殊能力によって東京タワーが曲げられた事件の波紋は、かつてそこから発せられていた電波のように、この社会を瞬時に舐めつくした。

外海教授のもとで進められていたギフテッド無害化の実験は、一時中断されることになった。外海教授は無念そうだったが、政府からの通達とあれば従わざるを得ない。結局、タケルのΛ31領域には十四回にわたって粒子線が照射されたが、特殊能力が減退する兆候は認められなかった。外海教授もこの結果には、

「一筋縄ではいきませんな」

と苦笑するしかなかった。

駅のホームで電車を待っているとき、以前なら周囲の人々から責めるような視線を向けられたものだが、いまは徹底的に無視される。そこには明らかに、ギフテッドに対する怯えが感じられた。首の折れた東京タワーは、そこに在るというだけで、非ギフテッドへ無言の圧力をかけていた。

非ギフテッド側のこの変化に、ギフテッドたちも気づいた。そして歓喜とともに知った。攻守が逆転したことを。

それまで一方的に攻められる側に立たされていた者が、一転して攻める側に立ったとき、積もり積もったものを発散させる衝動に駆られる。それを完全にコントロールすることは不可能に近い。

マグマはまず、タケルの足下から噴き出した。年が明けて早々に、旧光明学園同窓会の副会長を務める高崎守から、役員会の招集を要求されたのだ。

嫌なものを感じた。高崎守は二年後輩だが、同窓会の活動には滅多に顔を出さない。副会長への就任を打診したときも、ずいぶんと渋っていた。そもそも役員会自体、形骸化しており、同窓会の運営は事務局長である林勲子一人に頼っているのが現状だ。

不安は的中した。久しぶりに招集された役員会の出席者は、タケルと高崎守、林勲子の三名だけだった。役員としては、書記、会計、会計監査のほか、顧問という形で旧光明学園の教師だった人物が就いているが、今回は四名とも高崎副会長に白紙委任する旨を伝えてきた。裏でなんらかの根回しがあったのは明白だった。結果として高崎守は、五人分の発言権をもって役員会に臨んでいることになった。その席で彼は、同窓会の活動方針を改めることを提案してきた。

「坂井会長の融和路線はもう限界ですよ。我々ははっきりと戦う意志を示すべきだ」

「戦うって、だれと？」

林勲子が問うと、決まってるでしょう、といわんばかりに答えた。

「非ギフテッドですよ」

「これまでも戦ってきてるつもりだけど」

「あのね坂井会長、私はそれが生ぬるいといってるんです。記者会見を開いて、声明をアピールして、それでなにか改善されましたか。なにも変わらない！　ところが、村山さんが東京タワーを曲げただけで、非ギフテッドの連中は嘘みたいにおとなしくなった。なぜだと思いますか。彼らはギフテッドの能力を本気で怖がっているんです。村山さんが彼らを絶望させたんです。だから我々は、能力を使えるのは村山さんだけじゃないと、いまこそ彼らに知らしめてやるべきです。我々が本気を出せば、いつでもああいうことができるんだと！」

「できるのか、君にも」

高崎がぐっと言葉に詰まった。

「……それは問題じゃない。私にできなくても、村山さんにはできる。それでいいんです。非ギフテッドの連中は、みんなビクビクしてますよ。彼らは常に村山さんの存在を意識しなきゃいけない。東京タワーが曲がっているかぎり、それは続くんです。まったく愉快じゃないですか」

「で、ぼくにどうしろと」

「我々の特殊な力を、もっと前面に出すんです。これまで我々ギフテッドは自制していたが、これからは違うと、はっきりと宣言するんです。やられた分はやり返す。我々にはその権利があるんだと」

「それは脅迫っていうんじゃないか。あるいは恫喝《どうかつ》か」

「いけませんか」

「ここはそういう団体じゃないんだけどな」

「そんなことといってるから非ギフテッドどもがつけあがるんですよ！」

テーブルを叩きかねない勢いだった。

「私たちがこれまで、どんなに悔しい思いをしてきたか、あなたにはわかっていないいんだっ！」

そうかもしれないな、とタケルは思った。たしかに自分は職場に恵まれている。ほんとうに辛《つら》い思いをしてきたギフテッドの気持ちを理解していないと責められても仕方がない。

「もう警察だって、私たちには簡単に手出しできないんですよ。これもみんな、村山さんが東京タワーを曲げてくれたおかげです」

タケルは眼差しを鋭くした。

「村山はそんなことのために東京タワーを曲げたわけじゃない。この社会に向かって、ギフテッドへの差別をなくせといっているだけだ。これまでの非ギフテッドの行いに対して報復をするとは一言もいっていない」

「同じことですよ」

「君たちは、彼の中に、勝手に救世主を見ている。だが彼に、救世主になるつもりは、これっぽっちもないはずだ」

「どうしてあなたにわかるんですか」

「彼の声明のどこにも、そんなことは語られていないからだよ。もう彼に勝手なストーリーを押しつけるのはやめるんだ」

「これは私だけじゃないんですよ。多くの会員の声でもあるんです。あなたの耳には届いていないでしょうけどね。私はその声を受けて、この場に来ている。そこを取り違えないでいただきたい」

「旧光明学園の同窓会は、成り行きとはいえ、もはや単なる親睦目的だけの存在ではなくなった。我々の決断一つ一つに、社会的、歴史的な責任がともなう。その重さをわかっているのか」

　高崎守が聞こえよがしにため息を吐いた。

「つまり、坂井会長には、この会の活動方針を転換するつもりはないと」

「少なくとも、恫喝集団に貶めるつもりはないね」

「そうですか。わかりました」

　人を小馬鹿にするような言い方だった。

「どうしても方針を転換しないというのであれば、やむを得ません。いまここで、会長の解任動議を提出します」

「高崎さん！」

林勲子が声を荒らげた。

高崎守は平然と無視する。

「内規によれば、役員会の三分の二で動議は可決される。役員会の出席者は、委任状を入れて七名。そのうち四名は私の判断に委ねられている。私が賛成すれば、それは五名が賛成したのと同じだ。規定の数は超えている。そうですよね、事務局長」

林勲子が強ばった目を見ひらく。

タケルは驚かなかった。ある程度は予想していたことだ。

「最初からその気だったんだな」

「坂井会長が改心してくれるのなら、こんなことはしなくて済んだんですよ」

「私を解任したら、だれを会長に就けるつもりだ。そこまで考えてあるんだろ」

「本来なら、村山さんを会長にしたいくらいなんですけどね。まあ、さすがにそれは通りませんから、当面は内規に従って、副会長である私が務めます」

余裕を感じさせるかのように一呼吸おいた。

「では採決に入りましょう。解任に賛成の方、挙手を願います」

芝居がかった調子でいってから、右手のひらを顔の横で開く。

「可決ですね」

にやりとして下ろす。

「では、会長が交代することはすぐに各メディアに通知します。そのあとで記者会見を開いて、方針の転換を大々的に発表することにしましょう。それが反撃の狼煙《のろし》になります。非ギフテッドの連中、ただでさえ打ちひしがれているときですからね。きっと震え上がって泣きだしますよ」

「君はゴールをどこに見ているんだ」

タケルは、なおも静かに尋ねた。心の底から知りたいと思ったのだ。

「機に乗じて非ギフテッドへの攻勢を強めて、なにを達成しようというんだ」

高崎守はまだ、意味がわからない、という顔をしている。

「非ギフテッドとの全面戦争でもするつもりか」

「そんなことにはなりませんよ」

「どうして断言できる」

「すでに我々が勝利してますから」

「ならば、いまさら反撃もないじゃないか」

「勝利を確実にするためですよ」

「君のいう勝利とは、なにを意味するんだ」

高崎守が苛立ちを嚙みしめるように口を閉じた。

「自分たちが味わってきた悔しさを、こんどは非ギフテッドに味わわせることか」

「悪くないですね」

暗い笑みが広がった。

「私は、あなたのような聖人君子ではないので」

言葉どおり、高崎新会長は記者会見を開いた。一時期に比べると、旧光明学園同窓会の動向には、メディアの注目が集まるようになっていた。どうやら同じギフテッドとして、村山直美との調停役を期待されているようだった。

高崎守はその席で新たな活動方針をぶち上げた。村山直美との調停どころか、きわめて攻撃的な言葉を用いて、自分たちが受けてきた差別や迫害を糾弾し、これ以上の不公正に対しては実力行使も辞さないと断言した。記者からの「実力行使とは、村山直美と同様、テロに訴えることを意味するのか」という質問には、明確な返答を避けたが、否定もしなかった。会見場は騒然となった。この様子はすべてメディアで流された。こちらの一言一言に非ギフテッドたちが右往左往する様には、溜飲《りゅういん》が下がったギフテッドも多かったことだろう。

この直後から、ギフテッドの特殊能力によって引き起こされたと思しき事件が頻発した。テレポートによって住居に不法侵入したり、ものを破壊したり、人に危害を加えたりといった事例が報告された。その数も増える一方で、なにかのたがが外れてしまったようだった。

ただし、非ギフテッドも怯えるばかりではなかった。よほどの能力者でないかぎり、ギフテッドの能力の大半は、人の目のあるところでは効力を失う。その弱点を突いて逆襲し、ギフテッドに重傷を負わせる事件も発生した。この一件には非ギフテッドの人々が異様な関心を示した。はっきりいえば快哉を叫んだ。高崎守の過剰に攻撃的な言葉は、非ギフテッドの間に恐怖と混乱を生じさせたが、同時に、ギフテッドに対する新たな憎悪もまた、植え付けてしまったのだった。

屋上の冷たい夜風に吹かれながら、タケルは自分に問いかける。我々は、望んでいた場所からは、もっとも遠く離れたところに行こうとしている。この流れを止める術はあるのだろうか。

「風邪、引くよ」

背後で林勲子の声がした。

気配が近づいてきて横に並ぶ。

「ここで待っていれば、村山くんが現れると思ったの？」

「そういうわけじゃないけど」

「あなた一人では止められないわよ」

「わかってる」

「それに、わたしたちの力では、これを元に戻すこともできない」

歪んだ鉄塔は、不吉な予言のように、赤い光を明滅させている。

闇が鳴り、ひときわ強い風が吹いた。

林勲子がタケルの手を握り、身体を寄せてきた。

「帰りましょう。寒いわ」

タケルは、初めて彼女と目を合わせ、小さくうなずいた。

次の瞬間、二人の姿は屋上から消えていた。

5

北東の方角から地中海を駆け抜けてきた風が、容赦なく肌を打つ。また雨が降りそうだ。

夏に南から吹きつける灼熱《しゃくねつ》のシロッコも耐えがたいが、冬のマエストラーレも厳しいことでは変わらない。達川颯斗は、なぜこんなところにいるのだろう、とあらためて不思議に思った。まだ長い夢を見ているようだった。

ウルピヌス島の百キロメートルにも満たない海岸線は、ほぼ岸壁に支配され、唯一海に開かれた北側の港には、中世に建造された城塞が遺《のこ》っている。いま颯斗が立っているのが、この城塞の見張り塔だ。

地中海を舞台にキリスト教徒とイスラム教徒が血なまぐさい聖戦を繰り広げていた時代、ウルピヌス島はキリスト教徒の重要拠点の一つとして、幾度となく襲いかかってきたオスマン・トルコ海軍を撃退した歴史をもつと、観光客向けのパンフレットには書かれてある。とはいえ、当のトルコ側には、そのような島を攻撃した史実は残っておらず、キリスト教徒側の文献でも言及されていないところを見ると、襲ってきたのはトルコの正規軍などではなく、せいぜいが当時地中海沿岸を荒らし回っていた北アフリカの海賊ではないか。もっとも、その海賊たちもイスラム教徒ではあったのだが。城塞がだれによって建てられたのかも、正確なところはわかっていない。例によってパンフレットには、聖地エルサレムを追われた十字軍の残党がこの地に踏みとどまり、彼らが中心となって城塞を建造したことになっているが、あくまで伝承の類であり、証拠となる史料は現在に至るまで見つかっていない。

近代に入ると、島の戦略的重要性から、大国の思惑に翻弄された時期もあったが、冷戦の終結にともなって存在価値も薄れ、すでに世界史の主流から外れた国家と見なされてきた。

その小さな島国が、いまふたたび、歴史の表舞台に立とうとしている。

現在、ウルピヌス共和国に滞在するギフテッドがどれほどの数に上るのか、颯斗は知らない。場合によっては地球の反対側までテレポートできるのだから、その数にあまり意味もないのかもしれない。一言でギフテッドといっても、国籍も人種も多様で、非ギフテッドに対するレジスタンスに身を投じる者がいる一方で、バカンス気分で島の生活をひたすら楽しむ者もいれば、ギフテッドの能力を活かして世界を飛び回り、ビジネスに勤《いそ》しむ者もいる。

とりあえずウルピヌス共和国にいれば衣食住は保証される。このことを向日伸に話したら、光明学園の寮生活みたいだな、といわれた。ただし、いま颯斗が寝起きしているのは寮やアパートではない。ギフテッド専用として新たに造成されたゲーテッド・タウンが郊外にあり、その中の一軒家を提供されている。タウンは高い塀で囲まれ、ゲートには小銃を携えた共和国軍の兵士が立っており、一般人は立ち入ることができない。もちろん、テレポートできるギフテッドには塀もゲートも関係ない。

ウルピヌス共和国の公用語は英語とイタリア語であり、他国から来たギフテッド同士の会話には主に英語が使われる。颯斗はお世辞にも英語が達者とはいえないが、とくに相手がギフテッドの場合、互いに向き合って真剣に言葉を交わしていると、相手の伝えようとしていることが心に直接響くように理解できて、ほぼ完璧なコミュニケーションが成立する。もしかしたらこれも、ギフテッドの特殊能力の一つなのかもしれない。

「なんの用だ」

横からアレックスの声がした。テレポートしてきたのだろう。胸間城壁を備えた城塞には観光客の姿もあるが、彼ほどの能力者になると人の目の有無は関係ない。不思議に周囲に気づかれた様子もなかった。

「そろそろ、ほんとうのところを聞かせてもらえないか」

颯斗はアレックスの横顔を見た。その深い瞳は、水平線に海賊船を探す歩哨《ほしょう》のように、鋭く海に向けられている。

「真の目的はなんだ」

アレックスが初めて颯斗を見た。口元が微かにほころんだ。また海に目をもどす。

「ムラヤマのことか」

「あんたたちが村やんを捨て石にしようとしていることはわかってる」

「ムラヤマはそこまで愚かではない。彼は自分の役割を心得ている」

「それを吹き込んだのは、あんたたちだろう」

北東風が強くなった。

アレックスが目を細める。

「村やんになにをさせる気だ」

風をやりすごすように沈黙した。

颯斗は返答を待つ。

アレックスが小さく鼻を鳴らした。地中海の風をゆっくりと吸った。

「ムラヤマには、エノラ・ゲイになってもらう」

不吉な響きが風の中を伝わってきた。

「どういう意味だ」

アレックスは静かに微笑むだけ。

「日本で大規模なテロが起こるのか」

「要求が受け入れられなければ、そうなるだろう」

「そんなことを村やんが本気で考えるわけがない」

「彼は納得の上で行動している。信じたくない気持ちはわかるが、これは事実だ」

颯斗は感情が先走って言葉を継げない。

「我々はなにも、非ギフテッドを屈服させて、ギフテッドが支配する世界を造ろうというのではない。あくまで、両者が平和に共存する世界を望んでいる。だが、古い世界から抜け出せない者たちにそれを納得させるには、理を説くだけでは不十分だ。ときには暴力がもっとも有効な手段となる。それは歴史が証明している」

アレックスが続けた。

「ヒロシマとナガサキの惨状が、その後の人類に核兵器の使用を思い止まらせ、大国同士の全面戦争を抑止した。君たち日本人には受け入れがたい考えかもしれないが、そこには真実が含まれている。残念ながら、人類に教訓を与えるには、あのくらいのインパクトが必要なのだ。君たちの国は、貴重な教訓を人類にもたらすという歴史的役割を、ふたたび果たすことになるだろう。ギフテッドは排除できない。共存するほかに選択肢はないという教訓を。そうして初めて、我々は新たな世界を構築するためのスタートラインに立てる。我々の理想が、現実へと一歩近づく」

「違うぞ、アレックス」

颯斗はこみ上げてくる感情を噛みしめた。

「ヒロシマとナガサキから教訓を得るとすれば、人間はどれほど残虐な行為にも、正義という仮面を被せて平気でいられるということだ」

アレックスの目に嘲るような光が点った。

「まあ、それもいいだろう。教訓は多いほうがいい」

颯斗は怒りに駆られて腕を伸ばした。

アレックスが素早くかわした。

「無意味なことはやめろ」

余裕のある笑みを浮かべていった。

「エノラ・ゲイはすでに飛び立っている」

6

巨大なプロペラ機が飛来したような気がして、佐藤あずさは夜空を見上げた。しかし上空でゆっくりと動いている光は、たぶん報道用のヘリコプターだ。あの音が聞こえたのだろうか。いや、いかにヘリの音でも、いまは地上に届く前に掻き消されてしまうはずだ。

国会正門前の歩道は、数千人におよぶ群衆で埋まっていた。サラリーマン風の男性もいれば学生らしき女の子もいる。年配者もいれば若者もいる。大小さまざまな手書きのプラカードを掲げている。スピーカーを通した男の濁声《だみごえ》が彼らを煽り立てる。唱和する声が一帯に沸き上がる。ギフテッド特措法、改悪反対、テロに負けるな、絶対反対。中年女性の金切り声がここまで聞こえてきた。車道では警察車両の回転灯が赤い光を放ち、大勢の警察官が厳めしい顔つきでデモ隊に目を光らせている。

あずさはもう一度夜空を見上げた。やはり上空に確認できるのは報道ヘリだけだ。ほかには南東の空に浮かぶ月。地上がこれだけ騒がしいのに、月の光だけはいつも静かだ。

デモの一団から逃げるように、カメラを肩に担いだ男が出てきた。あずさはその男に見覚えがあった。テレビ局のスタッフだ。あずさに気づいたらしく、ほっとした笑みを浮かべて近づいてきた。

「取材ですか」

「ええ、そちらも」

互いの耳に向かって叫ばないと会話もできない。

「えらいことになってますね」

現在召集されている通常国会に、ギフテッド特措法の改正案が提出された。政府は否定しているが、村山直美の要求に応じるものであることは明白だった。もっとも本音は、審議している間は時間が稼げる、だったかもしれない。ところが、これが非ギフテッドの人々の、膨れ上がった反感と恐怖の混合物に火を点けてしまった。巨塊はたちまち激しい反応を起こして燃え上がった。怒りに衝き動かされた人々は極端に走りやすい。ギフテッドの取り締まり強化、強制隔離といった、人権を無視する声さえ公然とあがりはじめた。

伏線はあった。まずは、旧光明学園同窓会の新会長、高崎守による挑発的な会見だ。高崎守は、こういう場合、政治的にもっともやってはいけないことをやってしまったのだった。

その後に起こった、ギフテッドが非ギフテッドに反撃されて重傷を負う事件が、人々に自信を取りもどさせた。これで反ギフテッドの機運が勢いを得た。そこにこの政府の対応だ。テロに屈するのか、と非難を浴びるのも当然だった。

それまでは国会内の空気も、ある程度の妥協はやむを得ない、という意見に傾いていた。が、世論の風向きが一変したことで、反対する声が与党内からも出てきた。予断を許さない状況の中、いよいよ明日、衆議院本会議で採決の時を迎える。もし改正案が否決されれば、その瞬間、東聖医大事件を上回る規模のテロが発生するかもしれない。何百人もの犠牲者が出るかもしれない。自分も犠牲者の一人として名を連ねるかもしれない。だがいまここで声を嗄《か》らしている人々は、その可能性すら頭にないようだった。

「これも狙いどおりってわけかしら」

「なにかいいました？」

「いえ……この光景を村山直美がどこからか見てるかもしれないと思って」

男が周囲を見まわす。

「いま奴がその気になったら、ここで騒いでいる何千人もの人間も、一瞬で肉片になっちゃうんですかね」

しまった、という表情で口を押さえた。

「すみません。冗談でもいっていいことじゃなかったですね」

あずさが東聖医大事件で同僚を亡くしていることを思い出したのだろう。

あずさは笑みをつくってみせる。

「わたしのことなら気にしないでください」

二日前の夜、あずさは達川颯斗に会った。帰宅するあずさを待っていたかのように、部屋のチャイムが鳴ったのだ。颯斗と顔を合わせるのは、東聖医大病院の閉鎖された病棟以来だった。話したいことがあると彼はいった。あずさは部屋に招き入れたが、達川颯斗に心を開けない自分をあらためて感じた。谷本葉子のことが棘《とげ》となって、あずさを苛みつづけていた。それは颯斗も同じらしかった。

達川颯斗は、一連の事件に隠された意図を淡々と語った。日本でギフテッドと非ギフテッドの対立を激化させ、その悲惨な結末をもって各国政府への警告とする。アレックスは、ギフテッドたちの危機感を煽るために、ギフテッドを標的にした生物兵器が開発されているとの偽情報まで流そうとした。木内順が暴走して起こした事件も、もしかしたら最初から計画されたものだったのかもしれない。とすれば、あれはまさに、周到に準備されたテロだったことになる。

それを聞いたあずさは、驚きと怒りで過呼吸を起こしそうになった。独り洗面所にこもり、葉子を思って泣いた。少し落ち着いたとき、一つの疑問が浮かんだ。すべてを仕組んだアレックスという男も優秀な能力者だという。なぜ彼は自分で手を下さず、わざわざ村山直美にやらせようとするのか。

それに答えて颯斗がいった。おそらく自分の手を汚したくないのだろう。いまの混乱が収まり、新しい時代が始まったとき、過去にテロ行為に直接関わっていたことが知られると、たとえば政治活動の際に足かせになりかねない。だから汚れ役は村山直美一人に担ってもらうことにしたのではないか。

もう一つの考えられる理由としては、仮にアメリカ国籍の彼が日本でテロを起こしたとなれば、外国人による攻撃という要素が加わってしまう。ギフテッド対非ギフテッドの構図を際立たせるには、同じ国の人間同士でやり合ってくれたほうがいい。

あずさは、日本が置かれている絶望的な状況に、暗然とした気持ちになった。さらに大勢の人の命が失われてしまうのだろうか。もう自分たちにできることはないのだろうか。おとなしくその時を待つしかないのだろうか。

「あなたは、これから、どうするの」

「村やんを捜して、ほんとうにテロを決行するつもりなら、やめさせる」

「できるの」

「できないで済む問題じゃない」

その目つきには思いつめたような重さがあった。あずさの口も重くなった。気詰まりな沈黙だけが続いた。

「夜遅くに悪かったね。きょう伝えた情報をどう使うかは、君に任せるよ」

もう行っちゃうの。あずさはその背中に言葉をかけたかった。しかし声は出なかった。足も動かなかった。颯斗がドアを開けた。さよなら。小さな声でいって、振り向きもせずに出ていく。あずさは急に怖くなった。もう二度と会えない気がした。ドアに駆けた。開けた。すでに颯斗の姿はそこにはなかった。そしてあずさは、根拠のない、しかし絶対的な確信とともに悟ったのだった。達川颯斗は、事件の真相を知らせるために現れたのではない。わたしの顔を見るために、ただそれだけのために、ここに来たのだと。

「佐藤さん、知ってます？」

現実に引きもどされた。

目の前ではデモが続いている。

「きょうのデモはここだけじゃないみたいですよ」

「霞が関でもやってるの？」

「江東区ですよ」

「っていうと……狙いは光明学園同窓会の事務局？」

「そっちのデモは一般市民じゃなくて、ちょっとヤバい連中が仕切ってるみたいですけどね」

7

『ギフテッドはここから出ていけえ！』『テロリストは日本から出ていけえ！』『人類の敵は地球から出ていけえ！』

増幅されすぎてひび割れた声が、壁を震わせる。シュプレヒコールは延々と続き、止む気配さえない。

「ここを囲まれたのは初めてね」

林勲子が不安げに窓を見やった。

いまはカーテンが閉めてあって外は見えないが、さきほど隙間から確認したところでは、周辺はすでにデモ隊で埋め尽くされていた。ただのデモではない。ずらりと並んだ大型四輪駆動車や、小型バスを装甲車風に改造した車両は、それぞれ大きなスピーカーを載せていた。プラカードではなく、横断幕が張られていた。車道まではみ出して拳を突き上げているのは、その筋としか思えない強面の男たちだ。警察官の姿もあったが、デモを制止するでもなく、ただ見ているだけ。

「くそ、村山さんはなぜ助けてくれないんだ」

高崎守はソファでうなだれて耳を塞いでいる。

「なぜさっさと次の事件を起こしてくれないんだ。そうすれば非ギフテッドの奴らもまたおとなしくなるのに」

林勲子が目元をしかめて睨みつけた。

『ギフテッドは地上から消えてなくなれえ！』

東京タワーが曲がり、勝負あったと思ったのも束の間、みずから発した言葉が仇《あだ》となって、非ギフテッドからの予想外の巻き返しを喰らった。高崎守は、このような事態を露ほども想定していなかったらしい。あわてて釈明の会見を開きはしたが、かえって相手を勢いづかせるだけに終わった。あげくに自宅にまで嫌がらせが来るようになって完全に戦意を喪失し、タケルに助けを求めてきたのだった。

「坂井さん、おれにはもう無理だ。子供も怖がってる。このままじゃ学校にも行けなくなる」

「一時的に、奥さんたちと離れて暮らすことはできないの」

林勲子の声は冷ややかといえるほどだった。

「いや、それは……」

「あなたはその程度の覚悟で会長を務めるつもりだったの」

高崎守が顔を上げた。

「光明学園の同窓会はただの親睦団体じゃないっていわれたでしょ。ここの会長になるってことはね、日本にいる全ギフテッドの盾になるってことなの。その覚悟もなくて、よくも会長になれたものね。坂井くんはね、奥さんと離婚してまで――」

「いいよ、もう」

タケルは穏やかに遮った。いい足らない様子の林勲子に小さくうなずいて、

「方針の再転換を印象づける方法としては、トップの交代が、いちばんわかりやすい」

「助かるよ、坂井さん」

高崎守が土下座せんばかりに頭を下げた。

「こういうことは早いほうがいいな。できれば明日の採決前のタイミングでやりたい。午前にでも緊急の記者会見を――」

ドアが吹き飛ぶように開いた。

「おめえらに明日なんかねえんだよ。くたばりなっ！」

呪いの言葉とともになにかが投げ込まれた。

ごとりと鈍い響きを発して床を転がった。

黒くて丸い。

手榴弾《しゅりゅうだん》。

世界から音が消えた。

タケルは林勲子と見つめ合った。

互いの手を固く握りしめた。

8

見慣れたうす暗い病室。ここに来るのもきょうが最後になるかもしれない。ベッドに横たわる上原夏希は瞼をとじている。

「早いものだね。あれからもう二年も過ぎたなんて」

達川颯斗はベッド脇に立ったまま、小さな、柔らかな声で語りかけた。

「けっきょく君は、僕の前で目をあけることはなかった。でも、上原の身体は、ダメージから回復しているそうだよ。ほんとうは、意識ももどっているんじゃないかな。少なくとも、目覚めようとすれば、いつでもできる。違うかい。いや、いまはそのままでいい。目を瞑っていてくれ。僕は、君が僕の声を聞いて、理解してくれていると思って、これまでも話してきたし、きょうもそのつもりでいる」

小さく息を吸った。

「君が昏睡状態から回復する兆しを見せなかったとき、あの事件の惨状を目の当たりにしたショックのせいだと僕は考えた。あの衝撃をまともに受け止めていたら、君の精神は崩壊したかもしれない。木内順のように。それを防ぐための安全装置が働いて、心のスイッチが切れた。そうやって君は、自分を守った。正しい対処法だったと思う。心に負ったダメージから回復するには、じゅうぶんな時間が必要だ。君がいつまでも眠りから覚めないのも、そのためだと思っていた」

上原夏希は反応しないが、伝わっている、という確信が颯斗にはあった。

「でも、いまは、もっと別の理由があるんじゃないかという気がしてる。これはまったくの僕の想像だから、間違っていたら許してほしいんだけど、上原は、自分の力を怖がっているんじゃないだろうか。君は、自分がギフテッドであり、ギフテッドの中でも際だって強い能力をもつことを知らされた。その直後に、ギフテッドの力によって引き起こされたあの地獄絵を見てしまった。君は思ったはずだ。いつか自分も同じことをしてしまうのではないか。実際に君は、あの神社であやうく最後の一線を越えそうになってる。そして今回の事件だ。君は、自分のもつ力を恐れるあまり、目をあけることができないでいるんじゃないのかな。

少なくとも、ここで眠っていれば、だれも傷つけずに済むから」

彼女の返事が聞こえる気がした。

「でもね、上原。君は、これからの長い人生を、ずっとそうやって過ごすつもりかい。ここで眠ったまま朽ちて死んでいくつもりかい。ほんとうにそれでいいのかい」

上原夏希の表情は動かない。しかしその頰は、ほんの微かではあるが、血の気がもどったように見える。

「勝手な言いぐさだって思うかい。そのとおりだよ。君がこの力に目覚めたのは、僕のせいだったかもしれないのだから。ギフテッドの覚醒は、音の共鳴現象のように、伝播していく性質をもつらしい。たぶん僕は、村やんから影響を受けていた。そして同時に、僕の存在が媒体となって、君にもその影響が及んでしまった。もともと高い素質をもつ君は、それに敏感に反応した。結果として、僕らはほぼ同時期に覚醒することになった。僕が近くにいなければ、君がこんな目に遭うこともなかったのかもしれない。でも、僕は謝らないよ。冷たいことをいうようだけど、それらすべてを、僕たちギフテッドは引き受けなきゃいけないんだ。特別な力の代償として」

わかるかい、と心で問いかける。

「とくに君は素質に恵まれているぶん、力も強い。コントロールするのに神経を使わなきゃいけない。そんな物騒で面倒なものは捨てたいと思っているかもしれない。でも、もういちど、考えてみてほしい。人類の中にギフテッドが生まれ、増えつづけているという現象には、どんな意味があるのか。いや、どんな意味を与えるべきなのか」

颯斗は顔を上に向けた。

「僕の友達がね、こんなことをいったことがあるんだ。知ってたかい。いまの人類が誕生したのは二十万年前のアフリカ大陸で、六万年前にそこから外に出たそうだ。たった数百人から数千人の規模で。その彼らが、世代を重ねながら世界中に広がり、各地で文明を築き上げた。なぜアフリカから出たのか、はっきりしたことはわかっていないらしいけど、それはとても大きな決断だったはずだ。途中で野獣の犠牲になったり、行き倒れたりした者も多かっただろう。でも、そのとき彼らが怖じ気《おけ》づいてアフリカに引き返していたら、いまの僕たちはなかった。もしかしたら、ギフテッドは、人類に新たな出アフリカを準備させるために出現したんじゃないか。人類にとって、想像もしなかった新しい世界が始まろうとしているんじゃないか。友達はそういったんだよ。半分は冗談だったかもしれない。でも、半分は本気だったと思う。第二の出アフリカや、新しい世界がなにを意味するのか、僕にはわからない。でも、なんとなく勇気が湧いてきたのを覚えてる」

颯斗は苦笑した。

「ちょっとしゃべりすぎだね。きょうの僕はおかしいみたいだ。でも、最後にこれだけは、いっておく。僕らは、手にしてしまった力に後込み《しりご》をするのではなく、きちんと向き合っていくべきなんだ。でないと、その力に滅ぼされる」

伝えるべきことは伝えた。

自分にできるのはここまで。

あとは彼女次第だ。

「そろそろ行くよ。君が、自分の意志で目覚め、立ち上がり、自分の足で歩きはじめる日が来ることを祈ってる」

颯斗は優しく微笑みかけた。

「さよなら」

次の瞬間、暗い風の中に立っていた。

いまも明世館の学生寮として使われてる旧光明学園寮の、その屋上だ。二十二年前、村やんが空を飛ぼうと宙に身を躍らせ、あえなく落下して地面に激突する寸前、超能力に覚醒した。すべてはここから始まったのだ。

上原夏希に語った出アフリカの話には続きがある。じつは、現生人類であるホモ・サピエンスがアフリカを出たのは、六万年前が最初ではない。そこからさらに六万年遡った十二万年前に、一度目の出アフリカを試みた一群がいたことがわかっている。しかし彼らの足跡は、七万四千年前の中近東を最後に途絶えている。つまり、最初にアフリカを出た人々の子孫は、世界中に散らばることなく、五万年と持たずに消滅した。先に出アフリカを果たしていたネアンデルタール人との生存競争に敗れた、との説もあるが、ともあれ、我らが祖先の最初の試みは失敗しているのだ。

ギフテッドの出現は、人類史上、出アフリカに匹敵する出来事かもしれない。が、それは必ずしも明るい未来を意味するものではない。今回は非ギフテッドとの共存に失敗し、根絶されるかもしれない。これから無数に重ねられる失敗例の一つに過ぎないのかもしれない。最終的な結果がどう出るかは、運命に委ねるしかない。

颯斗は、目をとじて神経を集中させ、その焦点をレーダーのように三百六十度めぐらせた。繰り返し周囲を探っても、小さな波一つ立たない。少なくとも、この近辺に村やんは来ていないと判断するしかなかった。

颯斗はふたたびテレポートして、かつてテンプルと呼ばれた廃墟の前に立った。地上の光は遠くに街灯らしきもの一つだけだが、空一面に散らばった星粒が眩しいほど。その星空を背景に、打ち捨てられた建物が黒く聳えている。焼却炉の煙突も当時のままだ。

ここにも村やんの気配はない。その代わり颯斗は、場の微かなゆらぎを感知した。この独特の波紋は、少し前までだれかがいて、どこかへテレポートしたばかりであることを示している。

テレポーテーションについてはまだ謎も多いが、それでも少しずつ知見が蓄積されていた。まず最初に判明したのは、身に着けた電子機器が故障する現象だ。ペースメーカーを埋め込んでいる人ならば命に関わるだろうが、颯斗はまだその類の事故例を聞いたことはない。

またテレポートするには、目的地の明確なイメージが必要になる。イメージさえできれば、その場所に行ったことがなくてもテレポートは可能だった。特定の人物をイメージすれば、その人物のもとにテレポートすることもできる。ただしこの場合は、相手がこちらのことを知らなかったり、記憶に残っていない場合はできない。双方向でイメージし合うか、なんらかの意思表示があって初めて、テレポートするための通路が開かれるようだ。颯斗が二十年間も会っていなかった佐藤あずさの部屋にテレポートできたのも、たまたまその日、彼女が颯斗のことを思い出して、通路の開かれる条件が整っていたからだろう。ウルピヌス島のギフテッドたちはこの現象を、道がつながる、という言い方で表現している。

ただ、ギフテッドによっては、いったん開かれた通路を意識的にブロックすることもできるらしい。村やんは、まさにそれをやっている。だから、いくら彼をイメージしても、彼のもとにテレポートすることはできなかったのだ。

それがここに来て、なぜか颯斗に対してだけ、ブロックが弱まっている。まるで颯斗を誘うように。罠《わな》だろうか。しかし村やんはそんな小賢《こざか》しい真似をする人間ではない。

彼がどういうつもりでブロックをゆるめているのか、颯斗にはわからない。だが、会って話すことができるのなら、その機会を逃すことは許されなかった。

颯斗は目をつむって、残された波紋をできるだけ細かく感じとろうとした。村やんの通った道は、どこにつながっているのか。もしかしたら、追いつけるかもしれない。波紋が収束しきっていない、いまならば。通路が完全に塞がる前ならば。

これまで調べたところでは、実家である禅寺に村やんが立ち寄った形跡はない。そもそも日本国内では村やんの顔は知られすぎている。隠れるだけなら、海外のどこかに潜伏したほうが安全だろう。いまの村やんであれば、そのくらいのことは簡単にできるはずだ。しかしその一方で村やんは、自分の突きつけた要求にこの国がどう応えるのか、注意深く見守らなければならない。となれば、日本のどこかにいる可能性のほうが高い。

颯斗は目をあけた。

行き先まではわからない。

しかし、通路の入り口ならば見つけた。

間違いない。波紋はその一点から広がったものだ。

迷っている暇はなかった。

颯斗は大きく息を吸い、そこに飛び込んだ。

「やはり来たね」

振り返ると村やんがいた。

東聖医大病院の、あの完全閉鎖された廃病棟だった。

9

『被害の状況から判断して、使われた爆発物は手榴弾と思われるとのことです。いまも警察による現場検証が続いていますが、ここから確認できるだけでも、道路に面した窓ガラスはすべて割れ、爆発の凄まじさがわかります。なお、今回の事件に関して〈ギフテッドを絶滅させる有志連合〉と名乗る団体が犯行声明を出していますが、この団体の実態は明らかになっておりません。警察でも把握していないようです。ええ、それから、現在までのところ、室内に遺体などは確認されておりません。繰り返します。犠牲者やけが人は確認されておりません。ただ、爆発が起こったとき、室内には数名のギフテッドがいたとの情報もあり、爆風で吹き飛ばされた可能性も含めて、慎重に検証が進められています。現場からは以上です』

テレビ画面がスタジオにもどった。

キャスターの短いコメントをはさんで、ふたたび中継に切り替わる。

『こちらは国会議事堂前です。ギフテッド特措法改正案の扱いをめぐっては、与野党間のみならず、それぞれの党内でも意見が割れており、改正案の行方は混沌としてきました。そして、私の後ろをご覧いただけますでしょうか。国会議事堂前では、改正案に反対するデモがいまも続いています。参加する人も膨れ上がって、熱気は冷めるどころかますますヒートアップしています。さきほど、旧光明学園同窓会事務局が爆破されたとの情報が届いたときは、大歓声と拍手が起こりました。いまも熱に浮かされたとでもいいましょうか、異様な雰囲気に包まれています。私もここにいて、なんだか身の危険を感じてしまいそうになります。以上、国会前からお伝えしました』

次のニュースに移った。

辰巳龍がテレビの電源を切った。

「まあ、無事でよかった」

坂井タケルはうなずく。

左隣に寄り添うようにしているのは林勲子。

向かいのソファにぐったりと身を任せた高崎守は、青い顔で呆然としている。

間一髪だった。手榴弾が炸裂《さくれつ》する直前、タケルと林勲子が高崎守の腕をつかんでいっしょにテレポートした。高崎守はまだテレポートできるほどの覚醒に達していない。

「嫌な名前ね。〈ギフテッドを絶滅させる有志連合〉なんて。坂井くん、聞いたことある？」

辰巳龍の隣に座るリナがいった。

「初めて耳にしたよ」

「世の中全体が、急激に動いてる感じがするな。あまり良くない方向へ。これからどうする」

「まずは、同窓会としての声明を出す。今回のテロへの抗議と非難の声明を」

「そんなことより村山さんを呼んでくださいよ」

高崎守が、か細い声でいった。目も虚ろで、まだパニックから回復していない。

「村山さんさえ来れば、あいつらを黙らせるなんて簡単じゃないですか。坂井さんだってできるんでしょ。なんであいつらをばらばらにしなかったんですか」

「できるわけないだろ」

「殺されそうになったんですよ。正当防衛じゃないですか。ギフテッドにはそれも認めてもらえないんですか」

「あのねえ、高崎くん……」

高崎守は表情のもどらない顔を横に振るばかり。

「わたしだったら、やったかもよ」

リナが、いつもと変わらぬ口調でいう。

「子供に危害が加えられそうになったら、わたしはこの力を使う」

「さすがに、ここまでは来ないと思うけど」

辰巳龍の声と同時だった。

来訪者を告げるチャイムが鳴った。

龍が腰を上げる。

「あなた」

リナが心配そうに見上げる。

「たぶん、伸だ。さっきメールしたから」

リビングを出ていった。

なじみのある声が聞こえて、ほっと空気がゆるんだ。龍のいったとおり、向日伸だった。

「また仕事をサボって来たのか」

軽口で迎えたタケルに表情を崩し、

「おまえたちが大変な目に遭ったって聞いたから、顔を見に来ただけだ。ああ、君が高崎くんか。話は聞いてるよ」

　高崎守はまだ目の焦点が合っていない。

「とりあえず、おまえたちが生きてるのがわかって、ほっとしたよ」

「ああ」

「そう簡単に死なないわよ」

　この短いやりとりで、百の言葉に匹敵するものが交わされた。ソファに腰を下ろした向日伸の顔にも、心の底からの安堵が浮かぶ。コーヒーを持ってきたリナに礼をいって、一口すする。大げさにソファに反っくり返り、

「しっかし、おまえの家はいつ来ても居心地がいいなぁ。毎日でも来たいくらいだ」

　それでも仕事が気になるのか、ちらと腕時計に目を落としてから、リビングを見回す。そのとき壁の時計を二度見した。自分の腕時計と見比べる。

「龍、あの時計、秒針まで正確か」

「電波時計だ。一秒の狂いもないはずだが」

「そうか。きのう合わせたばかりなのになあ」

　やれやれといった顔で腕時計を外し、竜頭《りゅうず》をいじる。

「なにやってるんだ」

タケルは聞いた。

「時間を合わせてるんだよ」

「ロンドンとここじゃ時差が九時間あるんだから、違うのは当たり前だろ」

「そっちじゃなくて秒針。一秒でも狂ってると嫌なんだ」

「おまえ、昔からそんな几帳面《きちょうめん》な性格だったか」

「ネジ巻き式にしてから気になって仕方がないんだよ。油断すると、いつの間にか大きくずれてたりするからな」

壁時計の秒針のタイミングを見ながら、竜頭を押し込む。

「これでよし」

すっきりした顔で腕にはめた。

「向日さん、いまロンドンからテレポートしてきたんですか」

「そうだよ」

「なんで、みなさん、そんな当たり前みたいにテレポートできるんですか」

「高崎くん、できないの？」

「今回、坂井さんたちの力で、初めて体験しました」

「君は、できなくて幸運だったかもしれないぞ」

タケルがいうと、高崎守が恥じ入るような面持ちで口を噤《つぐ》んだ。

向日伸が深く息を吐いて、

「それにしたって、事務局に爆弾が投げ込まれるとは、おれたちも憎まれたもんだな。タケル、これからどうするんだ。例の改正案、明日が採決なんだろ」

「いまも話してたところだが、まずはぼくが会長に復帰して、同窓会はあくまで合法的な手段を通して活動するという姿勢をアピールする。同時に、今回の事件をテロ行為として非難する声明を出す。感情的対立は避けたいけど、主張すべきことは主張しておく」

「いまのこの社会に、それが通じるかしら」

リナが冷静な声でいった。

「さっきのデモのニュースを見たでしょ。爆弾であなたたちが死んでいたかもしれないのに、デモに参加してる人たちは歓声をあげたのよ。まともな神経じゃない」

「だからといって、こちらも対決姿勢を強めれば、アレックスの思う壺《つぼ》だよ」

「アレックスが村やんをエノラ・ゲイに喩えたというのは本当なのか」

と向日伸。

「颯斗がそういっていた」

「あの野郎……」

「このままでは、ギフテッド特措法の改正案は潰される。これはぼくたちにはどうしようもない。でも、たとえ明日、改正案が否決されようと、村やんが新たな事件を起こすことだけは防がないと」

「村やんの居場所は？」

「颯斗が探ってくれてるけど……」

「間に合うのか、あいつ一人で」

「任せるしかないよ。ぼくたちがいたら、かえって足手まといになる」

10

どこからか射し込んだ光線が、闇に静かな濃淡をつくっている。かつてこの場所で夥しい命が失われた。その死の匂いを宿した暗い空間に、人影が一つ浮かび上がる。長いコートでも着ているのか、マントを纏ったようなシルエットは、冷たい石像のごとく動かない。顔の表情は闇に塗りつぶされているが、全身から発せられる存在感は、まぎれもなくあの男のそれだった。

「……村やん」

思わず口から漏れた声が、死者たちの呻きのように反響する。

「颯斗なら追いついてくると思ったよ」

村やんの声は、昔と変わらない。純粋で、率直で、場違いなほど明るい。それがときに腹立たしく、ときに救いにもなった。

「わざと痕跡を残したんだな」

村やんは無言で応える。

「どういうつもりで」

颯斗は、自分が怯えていることに気づいた。圧倒的なものを前にしたときの無力感が、心を挫こうとしている。

「テンプル事件のときは思いがけず力が暴走した。森田賢太郎くんからそう聞いたよ。今回だって、本気でテロを起こすつもりはないんだろ。村やんは人殺しのできる人間じゃない。そうだよな」

「颯斗は、自分たちの存在が一方的に否定されても、戦わないのか」

穏やかな声の奥には、抑えた怒りが感じとれた。

「ぼくは違う。彼らは、ぼくたちギフテッドを地上から消し去ろうとしている。ぼくはそんなのは嫌だ。だから全力で抵抗する」

「大勢の人間の命を奪うことになってもか」

「そうでもしなければ、彼らはぼくらの声を聞こうとしないじゃないか。タケルたちが頑張ってくれてるけど、結局、なにも動かせていない。なぜか、わかるかい。甘く見られているからだよ。抗議の声明くらいじゃ、彼らには痛くも痒《かゆ》くもないんだ。あっちがその気なら、こっちもそれなりのやり方に変えるしかない」

「それじゃあテロリストそのものじゃないか！」

荒らげた声が、木霊《こだま》となって闇に溶ける。

「いいんだよ、それで。ぼくは、颯斗やタケルたちに力を貸してほしいとは思っていない。いや、そうじゃないな。本音ではいっしょに戦ってほしいという気持ちはある。信頼できる仲間がいてくれると心強いからね。でも、それを君たちに求めることはしない。汚れ役はぼく一人でじゅうぶんだ」

「村やん……」

「ぼくはもう、殺人鬼の汚名を背負わされてる。ならば、この汚名をせいぜい利用させてもらうことにしたんだよ」

「そんなの……人の命を奪う理由にはならないよ」

「ぼくは短絡的で、自己中心的で、極悪非道のテロリストだ。でも、そのテロリストにしかできないこともある」

「無理するなよ。村やんがテロリストになれるわけないだろう！」

「ありがとう、颯斗。そういってくれて嬉しいよ。本当だ。でも、ぼくがテロリストになったこともまた、本当のことなんだ」

「村やんはアレックスに騙されてるんだ。おそらくアレックスは、ウルピヌスのギフテッドで唯一の指導者になることを目論《もくろ》んでいる。彼にとって、予想以上に強い能力を持ちはじめた村やんは邪魔になった。だから――」

「ぼくはアレックスの命令で動いているわけじゃない。自分で決めたことだ」

「村やんにはエノラ・ゲイになってもらう。アレックスははっきりとそういったんだぞ。この国で惨劇を繰り広げ、それを世界中の非ギフテッドたちへの教訓にさせると。村やんは、そんな奴の言いなりになるのか」

「彼の思惑なんてどうでもいい。ぼくを操っているつもりなら、そう思わせておくさ。エノラ・ゲイを持ち出したのは感心しないけど、どう考えるかは彼の自由だ。いいかい、颯斗。これは国家と国家の戦いじゃない。ギフテッドと非ギフテッドの戦いなんだ。どの国で起こるかは、大した問題じゃないんだよ。それに」

口調を和らげる。

「まだやると決まったわけじゃないしね。法律の改正案が出てるだろ。ぼくはあれに期待しているんだ。たしか明日、衆議院で採決されるんだよね」

「もし、廃案になったら……」

いまの流れでは、改正案が可決される公算はほとんどない。

「そのときは仕方ないね。それが彼らの答えなら、もっともふさわしい場所で、もっともふさわしい者たちに、代償を払ってもらうことになる」

村やんが平然と答えた。

「どうしても、やるのか」

「やる」

最初からわかっていたことだ。村やんを説得することはできないと。

辰巳龍の言葉が脳裏をよぎる。

刺し違える覚悟はあるか。

「どうするんだい、颯斗」

颯斗の心を読んだかのように、村やんがいった。

「廃案になってからでは遅い。ぼくはすぐに行動を起こすつもりでいるからね。ぼくを止めるのなら、いましかないよ」

神経が軋《きし》みはじめた。

「ここでぼくの身体をばらばらにするかい。君ならできるはずだよね」

「無理だろう。いまの僕が村やんに敵うわけがない」

正直な気持ちだった。

「弱気だね。でも、やってみなければ、わからないよ」

村やんの影から感じていた圧力が、消えた。目をつむったのだ、と颯斗にはわかった。裸のように無防備な状態で、ただ突っ立っている。

「なんのつもりだ」

返事はない。

沈黙の中に固まっている。

「村やんっ！」

風圧のようなものを感じた。

村やんが目をあけたのだ。

「なぜ、やらなかった」

責める響きがあった。

「ぼくを止める最後のチャンスだったのに」

「いまのは、わざと……」

「迷ったのかい」

答えられなかった。

「申し訳ないけど、ぼくはもう、迷うことをやめたんだ」

颯斗の意識が弾け飛び、すべてが途絶えた。

11

「また大きな事件が起きちゃいましたねえ」

タクシーの運転手の言葉に、佐藤あずさは思わず背中を浮かせた。

「なにかあったんですか」

「え、知らないんですか」

ジャーナリストのくせに、といわんばかりだった。

「ギフテッドの事務所に爆弾が投げ込まれたんですよ」

あずさは、どっと脱力して、ふたたび背もたれに身体を預ける。

「その取材で遅くなったんです」

「ああ、そうなんですか。それは、ご苦労さまです」

六十歳は超えているだろうか。浅黒く痩せた顔には白髪がそこそこ似合っている。運転手を紹介するカードには宮本忠とあった。あずさはすぐに興味を失い、ぼんやりと窓の外に目をやった。

すでに終電は出ているのに、夜の街には落ち着きがなかった。そう感じるのは、自分の精神状態のせいかもしれない。次々と起こる事件に振り回され、いま自分がどこに向かっているのかも見失いそうになる。

「中にいたギフテッドたちは、吹き飛んじゃったんですかねえ」

運転手がまた話しかけてきた。

「無事ですよ。さっき公式の声明が出ましたから」

「ああ、そうなんですか」

失望の響きがあった。

「やっぱり、あれですか。テレポートってやつで逃げたんですか」

「たぶん」

「テレポートかあ。どんな気分がするんでしょうねえ。でも、みんなそういうことができるようになっちゃったら、私はまた失業ですよ」

そういって笑う。

「これでも五年くらい前までは、わりと大きな会社の部長をやってましてね。それがリストラってやつであっさり首切られちゃって。やっとこの仕事にも慣れてきたところなんですよ。また別の仕事を覚えるのはちょっと勘弁してほしいですねえ。もうこの歳じゃ無理ですよ。ねえ」

あずさは聞き流した。いまは他人のプライベートな話に興味をもてない。そんな気力は残っていない。

「でも、おもしろいでしょうねえ。どこへでも好きな場所に行けるようになったら。私だったら、そうだなあ、どこに行きますかねえ。まずはハワイあたりにでも」

「明日、ギフテッド特措法の改正案が採決されますけど、どうなると思いますか」

苛立ちが声に出てしまった。

運転手は気にする様子もなく、

「それってあれでしょ。村山直美の脅迫に屈するってことでしょ。私は断固反対ですよ。政府にはもっと毅然としてもらわなきゃ。ああいう連中をつけあがらせたら、ろくなことにはならないでしょう」

「村山直美は東京タワーを曲げてしまうような超能力をもってるんですよ。あの力が人間に向けられたら、大勢の人が死んでしまいますよ」

「だからってなんですか。ああいう卑劣な奴のいうことを聞くくらいなら、死んだほうがましですよ。私はそう思いますね。

あずさは答えなかった。会話が中途半端に浮いたまま、自宅マンションの前で降りた。

旧光明学園同窓会の事務局が爆破されたと聞いたときは、自分でも抑えられないくらい動揺した。谷本葉子が事件に巻き込まれて死んだ日の感覚がよみがえったのだ。さいわいにして、事務局にいた坂井タケルたち三人は逃げて無事だった。一瞬の判断だったのだろう。わずかでも迷っていたら、三人とも生きていなかったかもしれない。

だからといって、事態が好転したわけではなかった。ギフテッド特措法改正案への反対運動は激しさを増す一方だし、今回の爆破事件が明日の採決にどう影響するのかも読めない。朝が来たらどんな一日が始まるのか。始まってみなければわからない。

ドアを開けて灯りを点けた。

「ただいま」

帰宅の挨拶を声に出す癖がついたのは、いつからだろう。部屋で待っている人などいないのに。

狭い1Kの賃貸マンション。都心に近いぶん家賃もそれなりにかかるが、いざというときにすばやく移動するためには必要な経費と割り切っている。家具らしい家具といえば、ベッドとライティング・デスクくらい。日々の生活を楽しむという雰囲気にはほど遠い。花を飾ったりアロマを焚《た》いたりしたこともあったが、すぐ面倒になってやめた。今夜も明日に備え、軽くシャワーを浴びてベッドに潜り込むつもりだった。それできょうという日は終わってくれるはずだった。

部屋の入り口で呆然とした。

リビングの床に、達川颯斗が、仰向けに倒れていた。倒れているというよりは、だれかの手によって横たえられたという感じもする。瞼はとじられ、顔に血の気はなく、身体は微動もしない。なぜ彼がこんなところにいるのか。なぜ床に寝ているのか。そして、なぜ、死んだように身動き一つ……。

手にしていた荷物を放り出して駆け寄った。肩を揺すった。

「颯斗くん……颯斗くんっ！」

胸に耳を当てた。鼓動が伝わってきた。心臓は動いている。呼吸もしている。

「……よかった」

しかし、いったい、なにがあったのか。テレポートしてきたのだろうが、なぜ目を覚まさないのか。病院に連れていったほうがいいだろうか。それよりも救急車か。しかし彼は殺人犯として追われる身だ。でも、こんなことをしているうちに手遅れになったらどうする。そうだ。なにを迷うことがあるだろう。彼の命を救うことが先決。救急車を呼ぶのだ。

「振り向かないで、そのままで聞いてください」

背後に響いた低い声に、四肢が固まった。

心臓がさらに激しく拍動し、肌に汗がにじむ。

「私がだれか、わかりますか」

あずさは、硬直したまま、小さくうなずいた。忘れるはずもない。あの動画と同じ声。

「颯斗は私が連れてきました。いまは意識を失っていますが、命に別状はないはずです。このまま寝かせておいてください」

「……あなたが、やったの、ですか」

「お願いがあります」

穏やかな声が続ける。

「もしかしたら颯斗は、私が思っているよりも早く目を覚まし、行動を起こそうとするかもしれません。そのときは、どうか、彼を引き留めてください」

「どういう、意味ですか」

「すべてが終わるまで、彼をこの部屋から出さないでほしいのです」

「すべて？」

「そのときになればわかります。すべてが終わったのだと」

「わたしには無理だと思います。彼がテレポートしてしまえば、止めようがありません」

「目を覚ました颯斗は、私の邪魔をしようとするでしょう。ふたたび私の前に現れたら、そして私のすることを妨げようとすれば、こんどこそ颯斗を殺してしまうかもしれない。私は、それだけは避けたいのです」

「これから、なにをするつもりなのですか。予告どおり、テロを起こすのですか」

「明日の法案の採決次第といっておきましょう」

あずさは思わず振り向きそうになったが、恐怖心がそれを押しとどめた。

「私はすでに二十二人の命を奪った殺人者です。もちろん、私が望んでやったことではありません。しかし、私がこのような役割を担わされているのには、なにか意味があるはずです。私の名は、テロリストとして定着しています。二十二人の命の重みがそうさせたのだとすれば、その重みを利用してこの社会に働きかけることで、二十二人の死を無駄にしなくて済みます」

「本気でテロを起こすつもりはないと」

「そうはいっていません。村山直美は、テロリストとして生き、テロリストとして死ぬ。その役を最後まで演じきることが、自分に与えられた使命なのだと、私は考えています」

「その考えは、間違っていると思います」

あずさは必死の思いでいった。

「そうかもしれませんね」

最初に感じた恐怖は、いつしか消えていた。

「私は昔から、的外れなことばかりすると、よく親や友人たちに叱られました。しかし、これが私なのです。私なりに考え、私なりに出した結論なのです。私は、自分の信念に従って行動するしかありません」

「大勢の人を傷つけるだけでは、なにも解決しません。憎しみを掻き立てるだけです。坂井さんたちのことはご存じですか。きょう、同窓会の事務局に手榴弾が投げ込まれて、危うく命を落とすところだったんですよ」

背後の声が沈黙した。

しかし気配は感じる。

「タケルたちは、無事なのですね」

「そのように聞いています」

深い吐息が聞こえた。

「あなたとはもっとじっくり話をしたいところですが、私もいつまでもこうしているわけにはいきません」

「待って！」

あずさは叫んでいた。

「一つだけ、教えてください」

「答えられることならば」

「なぜ彼を、わたしのところに連れてきたのですか。地中海の島や、仲間のギフテッドのところではなく」

「颯斗ともっとも太い道でつながっていたのが、あなただったからです」

「道……？」

「わかりやすくいえば、颯斗はあなたのことをいちばん気にかけていたということです。そして、あなたの心にも颯斗の気持ちを受け入れる準備ができていた。だから、あなたと颯斗の間には太い道がすでにできあがっていた。私はその道を辿ってきただけです」

激しい感情が突き上げてきた。

「颯斗のこと、頼みます」

はっと振り向いた。

だれもいなかった。

第四章　議場

1

　ギフテッド特別措置法の改正案は、村山直美の要求をそのまま反映させたものでは必ずしもないが、ギフテッドの人権に最大限の配慮をしており、特別措置法を根拠とした医療処置、すなわち、強制的な無害化はできなくなっている。もともとこの点に関しては、人権上の問題が指摘されていた。内閣はこの改正案を提出することで、村山直美に対しては要求に応じる姿勢を示し、国民に対しては、もともと問題のあった箇所を修正するだけでテロに屈したわけではない、との弁解が成り立つはずだった。

　改正案はまず、衆議院の委員会で審議され、腫れ物にさわる扱いで可決された。本来ならば、翌日にでも本会議の採決にかけられるところだが、ここで誤算が生じた。国民の間でギフテッドに対する感情的な反発が火を噴き、改正案への逆風が急激に強まったのだ。選挙を控える国会議員たちにしてみれば、これを無視することは許されなかった。いまだ有権者のほとんどは非ギフテッドである。その声を振り切って改正案に賛成票を入れるなど、自殺行為に等しかった。

流れが変わった現実を、政府も受け入れざるを得なかった。本会議での可決の見通しが立たなくなり、採決は延期につぐ延期を余儀なくされた。が、いつまでも引き延ばせるわけもない。参議院での審議も残っている。ぎりぎりの日程調整の結果、この日ついに衆議院本会議の採決が行われることになった。政府は破れかぶれの賭けに出たのだった。

国会周辺では、前夜に続き、早朝から改正案反対のデモが行われていた。一時は彼らの気力を削《そ》いだ東京タワーの歪な姿が、いまは逆に涸《か》れることのない魔力を授けているかのようだった。政府内部でも、すでに可決は絶望視されていた。テロに備えていっそうの警戒を怠らないよう、警察庁から各地の警察本部に指令が飛んだ。とはいえ、超能力によるテロをどうすれば防げるのかと尋ねられても、だれも答えようがなかっただろうが。

ギフテッド特別措置法改正案の採決は、午後五時から予定されていた。採決に先立って各党は、この議案に関するかぎり党議拘束をかけないことを表明した。村山直美の要求を受け入れるのか、それとも、たとえ国民をテロの危険にさらすことになっても断固として拒否するのか。この難しい判断が、一人一人の議員に委ねられることになったのだった。

予定の時間どおり始められた本会議では、まずは委員会での審議結果が報告され、とくに質疑のないまま、記名投票による採決に移った。議長によって議場の扉が閉鎖されたあと、氏名が読み上げられた議員から順に、演壇に設けられた投票箱に白票か青票を投じていった。出席している全員が投票を済ませたことが確認されると、議場の閉鎖が解かれ、投票の集計に移った。一連の儀式は、淡々と進められていった。その様子は、多くのメディアを通して中継された。

ほどなく投票結果が事務総長から報告された。

投票総数、四百七十六。

賛成票、百四十八。

反対票、三百二十八。

「右の結果、本改正案は否決されました」

議長が宣言すると、どよめきと拍手が沸き上がった。ギフテッド特別措置法が成立したときと似た光景だったが、ほんとうにこれでよかったのかという迷いも感じられた。

「本日は、これにて……」

散会宣言を出しかけた議長が、言葉を止めた。だれもいるはずのない演壇に、議長席に背を向けて立つ者がいた。前方に座る速記者たちが、ぽかんと見上げている。議場を埋める議員たちも、腰を浮かしかけたまま固まっている。奇妙な静けさに支配された議場を、村山直美の虚無のような目が、冷たく見据えた。

2

雨が降っています。あの夜から途切れることなく降りつづいています。激しい雨です。眠っているときも止んでくれません。耳を塞いでも雨音は強くなるばかりです。生きているかぎり、私は聞きつづけなければならないのです。二十二人の若者の血と骨と肉が、無数の断片となって地表を打つあの音を。

3

日本列島そのものが静まりかえったようだった。議場にいる議員たちだけでなく、メディアを通して国会中継を見ていた人々も、現実として受け入れることができなかった。受け入れてしまえば、このあと起こるであろう、想像もしたくない光景が待っている。

坂井タケルは、テレビ画面から目を離さないまま、隣に寄り添う林勲子の手を握りしめた。

この日の午前十一時から、旧光明学園同窓会として記者会見を開き、あらためて会長に復帰したことを発表した上で、ギフテッド特別措置法改正案を支持する声明を出した。前会長の高崎守は、前夜の事務局爆破事件での心理的ダメージが大きいという理由で欠席した。駆けつけたメディア関係者は多かったが、質問は前日の事件に関するものに集中した。テレポーテーションによって被害を免れたことに話題が及ぶと、いまここで実演してみせろ、といいだす記者もいた。タケルは苦々しい思いを嚙み殺し、いつもできるわけではない、と返した。会見を終えたタケルは、同窓会のスタッフたちと昼食をとりながら今後のことを話し合ったあと、みなと別れて林勲子の自宅マンションにもどり、衆議院本会議での採決を見守っていたのだった。職場には明日まで休むと連絡してある。

佐藤あずさは、自分の部屋のテレビでその瞬間を目撃した。達川颯斗はベッドに横たわっている。いつまでも冷たい床に寝かせておきたくなかったので、あずさが一人で運んだのだった。このときばかりは空手で鍛えておいた自分の腕力に感謝した。達川颯斗が目覚める気配は、まだ、ない。

リビングで子供の相手をしながら国会中継を見ていた辰巳龍は、思わず呻いた。本に没頭していた翔が、驚いて父親の顔を見上げた。
「あなた、どうしたの」
ただならぬものを感じたのか、リナがキッチンのカウンターを回って出てきた。エプロン姿のまま傍らに立ち、テレビ画面に目を向ける。息を吸い込んだ。

「……村山くん、なの？」

夫の肩に手を触れ、強くつかんだ。

坂井タケルが、低くつぶやいた。

「村やん……なにをする気だ」

4

衆議院本会議場の演壇に立つ村山直美の姿は、あまりにも異質だった。黒革のロングコートや黒いシャツといった黒ずくめの装いのためばかりではない。剃り上げた頭部や、三十代にもかかわらずうっすらと顎を覆う白い髭《ひげ》のためでもない。彼がそこに存在することで空間に歪みが生じ、時間や光や生命までもが彼に向かって落ちていくようだった。そして、落ちてしまったが最後、二度ともどってこられなくなる。

緊張が限界を超えた。女性議員の悲鳴があがった。たちまち混乱が渦となって議場を襲った。議員たちは我先に出口へと殺到した。扉はびくともしなかった。外からも中からも開けられなかった。怒号が飛び交った。衛視が演壇を取り囲んだ。速記者には専用の通路があったが、恐怖のあまり机から離れられないでいた。

村山直美が、背後の議長席をゆっくりと見上げた。いまその椅子に座っているのは、与党の重鎮、伊佐木正悟《いさきせいご》。官僚から政治家に転身したのち、大臣や要職を歴任し、違法献金問題などが祟《たた》って総理大臣にはなれなかったものの、党の幹事長まで務め上げている。議長としての議会運営の公正さは、野党でさえ認めるほどだった。

議長ならば専用の出入り口から逃げることもできたはずだが、そして衛視もそうすることを促したが、彼は椅子から立ち上がりもしていなかった。両手を突っ張らせ、古武士を思わせる面差しで村山直美を睨んでいる。

「議長、議員たちを席に着かせてください」

村山直美の声は不思議なほど遠くまで届き、パニックに陥っていた議場に静寂を強いた。

「そのような命令を下す権限は、君にはない」

威厳に満ちた返答が響きわたった。

「衆議院本会議議長として、退去を命ずる。衛視！」

衛視たちが村山直美に迫った。村山直美がゆるりと彼らを見やると、その足が止まった。

「どうした。衛視、ただちに拘束しなさい」

衛視たちは使命感に燃える屈強な精鋭ばかりだ。訓練もじゅうぶんに施されている。その彼らをもってしても、足を前に進めることはできなかった。テンプル事件や東聖医大病院事件の想像を絶する惨状と、いまだ曲がったままの東京タワーの姿が、脳裏をよぎったのだった。

それでも一人の勇敢な衛視が背後から飛びかかろうとした。刹那、彼の被っていた制帽が無数の破片となり、音もなく宙に舞った。衛視は声すらあげられずにへたり込んだ。

村山直美は平然と議場に向き直った。

「みなさんにお願いします。席にもどってください」

議員たちは動こうとしない。動けないでいる。

村山直美は、いま一度、議長席を仰ぎ見た。

「議長、お願いします。私は無駄な血を流したくないのです」

伊佐木議長の顔が紅潮した。耐え忍ぶように目をとじた。そして再びあけると、詰めていた息を吐いてから、苦々しげにいった。

「議員諸君、自分の席にもどってください。衛視も」

議場においては何人《なんぴと》たりとも議長の指示に従わねばならない。身に染み着いたルールが、議員たちにかろうじて秩序を回復させた。議員も衛視もそれぞれの場所に収まったが、神経を極限まで緊張させる空気はなおも濃く漂っていた。

「これでいいか」

「あらためて発言の許可をいただきたい」

「馬鹿にするのも大概にしなさい」

「私は、この場でのあなたの権限と秩序を尊重したいのです。議長」

間が空いた。

「発言を……許可する」

厳粛な声が、多くの議員の胸を打った。この人は責任をとって議長の職を辞す覚悟なのだと気づいたからだった。感銘はただちに敵意へと転じ、伊佐木議長をそこまで追いつめた人物に向かって放たれた。

「まず、いきなりこの場に立ったことを、みなさんにお詫《わ》びします」

村山直美は動ずる様子もなく、静かに語りかける。

「やむを得なかったのです。なぜなら、あなた方は、私の忠告を拒絶するという愚を犯そうとしているからです」

ざわめきが起こった。

「本来なら、改正案が否決されると同時に、私の力を示すこともできたのです。それをせずに、こうしてあなた方の前に姿を見せているのは、できるかぎり人間世界の悲惨を回避したいと考えたからです」

どよめきがうねるように増幅していく。

「私はたしかに、二十二名の若者の命を奪いました。しかし、断じて私が望んでやったことではない。自分にどのような能力があるか、把握できていないときに、その能力を暴走させてしまったのです。責任逃れをするつもりはありません。ただ、あなた方にも忘れてほしくはないのです。この力をもつのは、私だけではないということを」

ざわついていた議場が、すっと引いた。

「私のほかにも大勢いる。世界中にいるのです。そして、その数はこれからも増えていく。十人や二十人ではありません。一万、十万、百万という単位です。彼らと敵対したまま、どうやってこの社会を、文明を、維持していくのですか。そんなことが可能だと、本気で考えているのですか」

答えは返ってこない。

「これが現実です。否定できない事実なのです。目を背けるのはもう止《よ》しましょう。ギフテッドの存在を理解し、受け入れ、活かしていく。それ以外に道はない。みなさんもうすうすは感づいているはずです。いまはいいかもしれない。しかし、必ずその時は来る。なぜ直視しないのですか。なぜ進むべき道を堂々と示さないのですか。だれの顔色を窺っているのですか。そのために破滅を迎えてもいいのですか」

村山直美が議場の端から端まで視線を走らせる。

「新しい世界が始まろうとしているのです。それを恐ろしいと感じるかもしれません。実際、恐ろしいことでもある。まだだれも見たことも、経験したこともない世界なのだから。しかし我々は勇気をもって前に進まなければならないのです。人類の存続のために。新しい未来のために。その記念すべき、歴史的な一歩となる決断を、きょう、みなさんにしていただきたい。ギフテッドを拒絶するのではなく、その存在を認め、共存するというメッセージを、いまここから、全世界に向けて発信していただきたい」

深く息を吸い込んだ。

「改正案の採決のやり直しを要求します」

「いったん下された表決を、このような卑劣きわまる脅迫によって覆すことはできない。それこそ議会制民主主義の否定になるっ！」

伊佐木議長の決然とした回答に、そうだ、と議場からも声があがった。興奮した面持ちの議員が次々と立ち上がった。腕を振り上げる者もいた。指を突きつけて叫ぶ者もいた。ここはおまえの来るところじゃない。帰れ。我々はテロには屈しない。殺人鬼がふざけるな。神聖な議場から出ていけ——。

恐怖という燃料で加速された怒りは、たちまち制御不能の域に達した。伊佐木議長の静粛を求める声にすら、もはや効力は望めなかった。満場から吐き出された呪詛《じゅそ》は、どろどろに解け合い、あらゆるものを呑み込んでいった。

村山直美は、愕然と立ち尽くした。

5

私たちの施設を襲った若者たちは、姿こそ人間であったかもしれませんが、その行為は悪鬼そのものでした。奇声を発し、手当たり次第に物を破壊し、ついに建物の中にまで侵入してきました。このままでは全員殺されてしまう。しかし私には、私を頼ってきてくれたみんなを守る責任があります。たとえこの身を犠牲にしても。

私は覚悟を決め、一人で階段を下りていきました。足が震えました。相手も人間なのだから言葉を尽くせば通じるはずだと自分にいい聞かせました。

私が姿を現すと、若者たちが怯んだようにも見えましたが、それもわずかな間のことでした。いっせいに吠《ほ》えるような悪罵を浴びせてきました。私は必死に言葉を繰り出し、彼らに訴えました。我々にはいかなる人々に対する敵意もない。危害を加える意図もない。だからお願いだ。そっとしておいてくれ。頼むからこのまま帰ってくれと。

まったく効果はありませんでした。私の命がけの言葉は、ただの一語も、彼らの耳に届いたとは思えませんでした。狂気をはらんだ濁流が、たちまち私めがけて押し寄せてきました。手には木刀や鉄パイプまで握られていました。それを頭上に振り上げ、魔物に憑かれた目で突進してくるのです。

私は生まれて初めて死を感じました。頭の中で空想する死ではありません。他人の死でもありません。己の鼻先に突きつけられた死です。ほんの数秒後に迫った、現実の死です。理不尽で、一方的で、極限の恐怖をともなう、肉体の死です。

衆議院本会議場で、私への憎悪を剝き出しにする議員たちは、あの若者たちとそっくりでした。そこには一片の容赦も、寛容も、理性もない。およそまともな人間の目ではなかった。ただし、このとき私が感じたのは、死ではありません。

死の恐怖よりも御しようのない、絶望だったのです。

なぜ彼らは理解してくれないのか。なぜ我々を執拗に排除しようとするのか。拒絶するのか。どうして共存を目指そうともしないのか。なぜわざわざ滅びの運命を選ぶのか。どこまで愚かなのか。救いようがないのか。

膨れ上がった絶望は、やがてその巨大な質量に耐えられなくなり、自ら潰れていきました。潰れて崩壊しながら、なにか冷たい、別のものに変性していきました。そして、それが極小の一点にまで凝縮されたとき――

6

映像が消えた。黒い画面だけが残された。音も聞こえない。すぐに切り替わった。報道スタジオが映った。男性キャスターも狼狽している。

『ええ、この時間は予定を変更して、村山直美容疑者による国会ジャックの様子を中継してまいりましたが、たったいま、映像が途切れました。原因は不明です。繰り返します――』

「村やんになにかあったんだ」

坂井タケルは立ち上がった。

林勲子も思いは同じだった。

「行きましょう」

互いの手をとった。

辰巳龍が上着に腕を通しながら、背後に声を投げた。

「君は残れ」

リナは翔を抱き上げ、不安げに夫を見つめている。

「どうしても行くの」

辰巳龍が振り向いた。リナはたじろいだ。久しく見ることのなかった、夫の厳しい眼差しがそこにあった。

「村やんを止めなきゃ」


国会議事堂の廊下は、駆けつけた報道関係者で騒然としていた。その混乱の中から、女性リポーターが現状を伝えている。衆議院本会議場は傍聴席や記者席に通じる扉まで閉じられたまま。鍵がかかっているのではなく、まるでコンクリートで固められたように動かない。扉が閉まったあともしばらくは映像と音声の回線がつながっていたが、それがとつぜん断ち切られた。停電ではない。記者席にいるはずのスタッフの携帯電話も通じない。現在、衆議院本会議場の周囲は規制され、報道陣も近づくことができないでいる。

報道スタジオに切り替わり、キャスターや解説委員が似たようなコメントを口にする。村山直美の目的。大臣や議員たちの安否。今後の見通し。新しい情報はなにもない。ふたたび本会議場の映像が出る。ライブではなく、中断する直前まで録画されたものだ。とくに村山直美が演壇に出現する瞬間が繰り返し再生される。まさに出現としかいいようがなかった。テレポートしてくる瞬間をこれほど鮮明に捉えた映像は世界でも初めてではないか。報道スタジオの解説委員も、驚くべきことです、と声を震わせた。

佐藤あずさは、背後で聞いた村山直美の声を思い出していた。テロリストとして生き、テロリストとして死ぬ。どういう意味なのだろう。なにをするつもりなのだろう。想像をめぐらせようとしても、すぐに固い壁にぶつかる。それ以上の思考を心が拒む。もはや自分にできるのは、結末を見届けることしかないのか。それがどれほど救いのないものであろうとも。

悲惨な事態を回避する方法が残されているとすれば……。

ベッドに目を向ける。

底なしの穴に落ちていくような感覚に襲われた。

そこに眠っているはずの達川颯斗の姿がなかった。

「颯斗くん……」

彼は目を覚ましたのだ。一部始終を見ていたのだ。聞いていたのだ。そして衆議院本会議場へテレポートした。わたしが引き留める間もなく。

画面。

国会議事堂の外で男性リポーターがマイクを握っている。警察車両の赤色光が夜を染めている。強烈な照明が報道陣の呼気を白く照らしている。

ライトアップされた国会議事堂。

御影石《みかげいし》の外壁は、どこまでも冷たい。

7

照明は大半が消えていた。生き残ったライトも一部が不安定に明滅し、天井のステンドグラスを通して降りてくる闇を止めることはできなかった。衆議院本会議場を埋めた大臣や議員たちは指一本動かさない。なにが起こったのかはわからなくとも、きわめて危険な状況にあることは感じていた。

完璧な静寂に穴をあけたのは、鼻から抜けるような短い笑いだった。

「あなた方は運がいいようです」

マイクも機能しなかったために、村山直美の声は生まれたままの響きで議場に広がった。

「本来なら、あなた方がテンプルと呼ぶ我々の施設や、東聖医大病院と同じような光景が、ここに広がっているはずでした。彼さえ現れなければ」

村山直美の視線を追って、議員たちが振り向く。

中央の扉の前に人影があった。

「達川颯斗じゃないか……」

あちこちから声があがった。

その人影は、村山直美に視線を据えたまま、演壇に向かって歩きだした。議員たちが唖然と見守る中、議員席の通路を、無言で下りていく。演壇の前に出たところで、足を止めた。

「村やん、もうじゅうぶんだよ。いっしょに帰ろ」

強要するのでも、説得するのでも、責めるのでもない。あくまで古い友人としての、裏のない、親しみの込められた言葉だった。まるで、帰る先が光明学園の学生寮であるかのようなな。

村山直美の瞳が微かに潤んだ。

「颯斗こそ、早くここを離れたほうがいい。みんなといっしょに」

颯斗は振り返った。目を険しくした。

「……なぜ来た」

さっきまで彼がいた扉の前に、坂井タケル、林勲子、辰巳龍が立っていた。颯斗の姿を認めて通路を下りてくる。議場が騒々しくなった。

「あんた、坂井会長だよな。あんたの責任でなんとかしてくれるんだろ」

通路に近い席の議員がすがりつかんばかりに叫んだ。タケルたちは強ばった顔のまま聞き流し、颯斗のいる場所に立つ。

「すぐにもどれ。ここは僕一人でいい」

颯斗が声を押し殺していうと、タケルが颯斗の肩を軽く叩いた。

「一人で背負い込もうとするな」

「そういうこと」

林勲子はにこりと微笑み、

「そういうことだ」

辰巳龍も小さくうなずいた。

「だめだ。危険すぎる。村やんはもう昔の――」

「やあ、久しぶりだね、みんな」

村山直美の声に、四人が演壇を見上げる。

「村やん、こんな形で再会したくなかったよ」

「タケルの活躍は知ってるよ。すっかり有名人になっちゃったね。林、あの日、君もぼくらの施設に来てくれたんだったね」

「あのとき以来ね」

林勲子は努めて明るく返したが、その声は硬い。

「龍とは光明学園を出てから初めてか」

「二十年以上になる」

「颯斗から聞いてるよ。麻野リナと結婚したんだってね。おめでとう」

「リナも会いたがってる。そうだ、うちに来いよ。ゆっくり話そう。いろいろなことを――」

辰巳龍が演壇脇の階段にすばやく回る。が、段をいくつか駆け上がったところで、ガラスの壁にぶつかったように跳ね返され、転げ落ちた。

「龍っ！」

タケルと林が駆け寄って助け起こす。

「……大丈夫だ」

しかし顔は蒼白だった。

村山直美の目は、その間も油断なく、正面の颯斗に注がれている。

「ぼくに近づかないでくれ。悪いけど、まだここから動くわけにはいかないんだ」

「村やんっ！」

タケルが立ち上がった。

「もう改正案は否決されたんだ。これはどうやってもひっくり返らない。村やんにできることはないんだよ。それとも、ここにいる全員を殺して、非ギフテッドへの見せしめにしなければ気が済まないのか」

「人は、だれかの血が流れて、自分たちの過ちに気づく。でもまた血は流れる。そしてやっぱり間違っていると知る。それでも血は流れつづける。こんど流れる血は自分のものかもしれない。本気でそう感じなければ、人は動こうとしない」

「これ以上、憎しみを育ててどうするんだよ。力による強制は力による反発しか生まない。それはぼくらギフテッドがいちばんわかってるはずだろ」

「力による強制はいずれ破綻する。タケルのいうとおりだ。でも、それを知らしめるには、力による反抗が必要なんだよ」

「そんなんじゃあ、いつまで経っても、反感をぶつけ合うことしかできないじゃないか。村やんは、相手が完全に屈服するまで、こんなことを続けるつもりなのか」

「覚悟はできている」

「なにカッコつけてんだよ。無理すんじゃやねえよっ！」

タケルが顔を真っ赤にして叫んだ。泣いているのだった。

村山直美が、苦行に耐えるように、口元を引き結んだ。

「見え透いたパフォーマンスはやめろっ！」

野次が飛んできた。

上方の記者席から。

村山直美が鋭い一瞥をくれると、声の主らしき男があわてて身を隠した。

「タケル、これが人間だよ。自分の頭の中でつくり上げた幻を頑《かたく》なに信じ込み、実際に目の前で起こっていることさえまともに見ようとしない」

　その声は議場に染みわたった。

「村やん、やっぱり、こんなのは駄目だ」

辰巳龍だった。林勲子に支えられ、かろうじて上半身を起こしているが、まだ立ち上がれないでいる。

「たのむ。うちに来てくれ。みんなで、時間をかけて、じっくり話そう。そうしたら、きっと、笑い合えるようになる。昔みたいに」

　林勲子もうなずく。

「話したいこと、聞きたいこと、いっぱいあるのよ」

村山直美が首を横に一振りした。

「龍。君には守らなきゃいけない人がいるんだろ。こんなところにいるべきじゃない。林、それにタケル。君たちは、ギフテッドのためにじゅうぶん戦った。これからは自分たちのことを考えるんだ。それから、伸や和人にも会えたら、よろしく伝えてほしい」

辰巳龍と林勲子は、なにも言い返せなかった。坂井タケルも、ただ肩を落とし、うつむいた。

「おい、助けてくれないのか。坂井会長！」

せっぱ詰まった声が投げつけられた。それでも返答しようとしないタケルに、あからさまな失望の目が向けられる。

「こうなったら、改正案の採決をやり直そうじゃないか」

別の議員が立ち上がった。

「ここにいる全員が死んでしまったら、我が国の政治はマヒする。それだけは避けるべきだ。違うか、みんな！」

そうだ、と賛同の声もあがった。わずかながら拍手も起きた。

「議長、お願いします。表決の無効を宣言してください。そうすれば——」

「諸君には憲政を支える者としての矜持《きょうじ》がないのかっ！」

伊佐木議長から激しい叱責が振り下ろされ、議場が静寂に沈んだ。

「我々の立場で、暴力に報酬を与えることは許されない。それが嫌だという者は、国民より託された責任を放棄するに等しい。ただちに議員を辞職しなさい」

伊佐木議長の眼光が、村山直美の背中を射る。

「どうしても見せしめが必要なら、私を殺しなさい。それだけでも世界的なニュースになるはずだ。君の望みは叶えられるだろう」

「私は本気ですよ。議長」

村山直美は、伊佐木議長に背を向けたまま、いった。

「こちらも同じだ。三権の長として、暴力に屈して法を曲げるくらいならば死を選ぶ」

議場を埋める者たちが、気まずそうに顔を伏せた。

「村山直美君。君が自分の行為をどう弁明しようと、そんな言葉はすべてごまかしだ。このような行為は、自己犠牲でもなんでもない。短絡的な犯罪に過ぎない。いかに事実を曲解しても、君の行為は正当化できない。そもそも、君は矛盾している。この問題が落着したあと、ギフテッドもギフテッドでない人間も、平和に共存することを君は望んでいるはずだ。しかし君の行為は、それを不可能にする。君は、ほかに方法はないと主張するかもしれない。しかしそれは、想像力の欠如を認めることと同じだ。忍耐と想像力があれば、代替手段は常に存在する」

「我々は、忍耐に忍耐を重ねてきた。議長、それがこの結果なのです」

「政治的な想像力を養いなさい。世の中を動かすのは権力ではない。政治だ。政治を馬鹿にしてはならない。社会という複雑きわまる怪物を変えるには、熱意や忍耐だけでは不十分だ。高度で繊細な技術が必要となる。それが政治なのだ。単純なものではない。一朝一夕に身に付くものでもない。君たちには、悲しいくらい、それが不足していたのだ」

「あんたになにがわかるっ！」

村山直美の顔が怒りで歪んだ。

「だめだ、村やん。その人を殺しちゃ」

「颯斗、君には感謝している。でも、ここでやめてしまっては、ぼくがこれまで生きてきたことが無意味だったたってことになる。それじゃあ、ぼくはまるで、二十二人の若者を殺すためだけに、そのためだけに、ギフテッドとして生まれてきたようなものじゃないかっ！」

岩を砕くような慟哭《どうこく》だった。

「ぼくは殺人者だ。それは取り消せない。ならば、せめて殺人者として、ほかのギフテッドのために、新しい世界への扉を開きたい。それが、ぼくが生まれてきたことの、唯一の意味になる」

「やるならやりなさいっ！」

伊佐木議長が目をつむった。

議員たちが声を呑んだ。

林勲子が顔を背けた。

辰巳龍が虚《むな》しく手を伸ばした。

坂井タケルが大きく口を開けた。

颯斗が演壇へ足を踏み出す。

「やめるんだ、颯斗。君にぼくを止めることはできない。ぼくは君を死なせたくないんだ」

両者の刺し貫くような視線が交錯した。沈黙のまま凍りつく。互いの鼓動だけが響き合う。数秒が過ぎた。

颯斗が一つ瞬きをして、ふっと力を抜いた。

「村やん、忘れたのかい。僕は〈奇跡のギフテッド〉だよ」

悲しげに微笑む。

「いっしょに行こう」

このあと展開された光景は、議員たちはむろん、タケルたちでさえ目を疑うものだった。

村山直美の背後に、もう一人の達川颯斗が現れた。場に居合わせただれ一人として、なにが起こったのか理解できなかった。しかしその瞬間、間違いなく、この世界に達川颯斗が二人存在した。背後に回った颯斗が、村山直美の腕をつかんだ。振り向いた村山直美の顔が、驚愕《きょうがく》に染まった。ほぼ同時に、彼らの姿が消えた。それを見届けるかのように、演壇の前に立つ颯斗も消えた。数秒にも満たない間の出来事だった。

*

弧を描いていた東京タワーの先端部が、少しずつ伸びはじめた。ライトアップされていないため、夜の闇に存在を知らしめるのは、航空警告灯の赤い光だけ。もし注意深く観察する者があれば、その赤い光がゆっくりと動いていることに気づいたかもしれない。だが人々の関心は、村山直美から解放されたばかりの国会議事堂に集中していた。

東京タワーは人知れず、その本来の姿を取りもどしていき、先端が天を指し示したところで、ぴたりと止まった。

同じ夜、つくば医大病院の特別病棟で、不可解な現象が起きた。いちばん奥の病室で二年以上眠りつづけていたはずの少女が、ベッドから姿を消したのだ。病棟は大騒ぎになった。連絡を受けた外海教授も駆けつけ、手分けをして病院内を探し回った。

約一時間後、少女は病室の床に倒れているところを発見された。顔は血の気がなく真っ白で、触れると氷のように冷たかった。心肺の機能も停止していた。ただちに蘇生《そせい》措置が開始された。

終章　声

柱の陰から、いまにも達川颯斗が姿を見せてくれるのではないかと目を凝らした。しかし、いつまで待っても、あの日のように空気が揺らぐことはなかった。佐藤あずさは、ひっそりとしたうす暗い空間に、自分の存在だけを感じながら、足を踏み出した。

達川颯斗は村山直美とともに衆議院本会議場から消えたとされている。テレポートしたのだろう。だが、どこへ。例の地中海の島に帰ったのだろうか。とすれば、いまに至るまで村山直美の動きが途絶えたままなのはどういうわけだろう。その気になれば、ふたたび国会に圧力をかけたり、新たな警告を発したり、テロを起こしたりすることもできるはずなのに。あきらめたのだろうか。それとも、次の行動に向けて準備をしているのだろうか。村山直美だけではない。達川颯斗の行方もわからないままだ。坂井タケルのところにも連絡がないらしい。あずさは、どうしても、その不吉な想像を棄《す》てることができなかった。達川颯斗は、二度ともどってこられない場所に、村山直美をテレポートさせたのではないか。テロをやめさせる最後の手段として。二人とも、すでに、この世にいないのではないか。

空っぽな廊下を進み、谷本葉子の亡くなった場所に立つ。東聖医大病院の廃病棟の今後については、取り壊すのか、再利用するのか、まだ決まっていないらしい。だが、自分の心ならば決まっていた。

「ハコちゃん。ここに来るの、きょうを最後にするよ」

廊下の片隅に囁く。

「ハコちゃんのことは忘れない。でも、わたしもそろそろ前を向かなきゃ」

葉子は聞いてくれている。あずさはその姿を思い描くことができた。

「ハコちゃんの死は、無駄じゃなかったよ。いろいろなことがあったけど、これからは、少しずつ、いい方向へ行くと思う」

事実、長い呪いが解けたかのように、人々の間から感情的な物言いが影を潜め、冷静な声が目立つようになっていた。彼らの心理に影響したのは、東京タワーが本来の姿を回復したことと、その直後に広まった一つの噂だ。いわく、曲がっていた東京タワーを直したのは、一人のギフテッドの少女だった。隣接するビルの屋上から祈るようにタワーを見つめる姿が、監視用のモニターカメラに映り込んでいた。そして彼女は、東京タワーを元にもどすことに力を使い果たし、発見されたときには冷たくなって死んでいた。

事実かどうかは問題ではない。人々は、憎悪を乗り越え、ギフテッドと非ギフテッドの融和へと舵《かじ》を切るきっかけとして、この物語を必要としたのだった。たとえそれがフィクションであったとしても。

だが、もしこの少女が実在するのならば、あずさには一人だけ、心当たりがある。

*

駅の改札口を出た小川美優は、バス停に向かう途中で足を止めた。まただ、と思った。背中に感じる強い視線。ここ何日かずっと続いている。学校では感じない。電車に乗っているときもない。決まってこのタイミングだ。とはいえ、ストーカーだとか、痴漢だとか、そういった類のものではない。それはなんとなくわかる。

美優は立ち止まったまま、深く呼吸をした。視線はまだ感じる。これまでは、振り返ってもそれらしき目を見つけることはできなかった。でも、きょうはなにか違う。視線から覚悟のようなものが伝わってくる。美優は、心臓の拍動を意識しながら、ゆっくりと振り返った。

駅前の広い歩道。この時間は学校帰りの生徒が多い。みな制服姿。美優と同じ高校の生徒もいるが、ほとんどは別の学校だ。友人たちと笑い合ったり、スマホをいじったり。その中に、周囲から浮いた存在があった。私服でぽつんとたたずむ少女。ほっそりと背が高くて、メガネをかけていて、頭が良さそうで。その少女が、硬い表情で、美優を見つめている。息が止まりそうになった。

少女が、右の手のひらをこちらに向け、小さく振った。怯えるような笑みを浮かべた。美優が自分のことを憶えているかどうか、怖々と探るように。

「……ばかやろ。忘れるわけないだろ」

美優は歓声をあげ、顔をくしゃくしゃにして、懐かしい親友に向かって走った。

＊

星空に無邪気な歌声が響く。いっしょに歌っているのは辰巳リナ。翔とつないだ手を、歌に合わせて振っている。そんな母子の姿を後ろから見守りつつ、坂井タケルら四人は、舗装された歩行者専用道路をゆっくりと踏みしめていた。

『ねえ、もう一度、あの道をみんなで歩いてみない？』

最初にいい出したのは林勲子だ。あくまで軽い思いつきだったらしい。しかしその提案は、彼らの胸に抑えがたい感情を呼び起こした。

村やんが光明学園の寮の屋上から飛び降りて病院に搬送されたあの日、泣きながら駆けつけたタケルたちを待っていたのは村やんの苦笑いだった。これにはタケルたちも脱力するしかなかった。病院からの帰りは、みんなで夜道を寮まで歩いた。そのときタケルが初めて気づいたのだ。村やんの超能力の存在に。

あの夜から二十余年。中心部に新しい駅ができたりして街は大きく様変わりしたが、この道だけは変わっていなかった。並木は相応に大きく育っているものの、遠くに見える大学や研究機関の灯りは当時のままだ。ただし、歩くメンバーはあの夜とまったく同じというわけにはいかない。上岡和人は相変わらず音信不通だし、達川颯斗も行方知れず。その代わり、辰巳翔という男の子が加わった。

辰巳龍は、そろそろ野辺山原から出ることを考えているらしい。ただし妻のリナは必ずしも賛成しているわけでもないようで、いま話し合っているところだという。仕事でロンドンに滞在している向日伸は、あちらで英国人の女性と知り合い、結婚を真剣に考えているとのこと。林勲子も新たな事業を構想しており、タケルは先日、そのアイデアを聞かされたばかりだ。

そして転機は、タケルにも訪れていた。外海教授から内々に打診されたのだ。政府の方針転換により、全人類ギフテッド化の研究が正式に承認されることになった。ついては坂井先生にも参加してほしい。実験台としてではなく、研究者として。

「あのとき、なにが起こったんだろうな」

タケルは辰巳龍の横顔を見た。

「衆議院本会議場での一件か」

「一瞬だったが、たしかに颯斗が二人になった。あれもギフテッドの能力なんだろうか」

「それなんだけどさ」

背後から向日伸の声。タケルと辰巳龍は歩きながら振り返る。

「おれがロンドンからテレポートしてきたとき、腕時計の秒針が狂ったことがあったろ。このネジ巻き式のやつ」

向日伸が手首に巻いている腕時計を見せた。

「事務局に爆弾が投げ込まれた日ね」

林勲子は向日伸と並んで歩いている。

「龍の家の時計で、あらためて秒針を合わせた。でも、ロンドンへ帰ったら、やっぱりまた狂った。テレポートするたびに、数秒だけ、どうしても針が進むんだ」

「テレポーテーションは、電子機器以外の機械にも影響を与えるってことか」

と辰巳龍。

「おれも最初はそう考えた。でも、そうじゃないとしたら」

タケルたちは足を止めた。

「テレポートしてもこの腕時計は影響を受けていなかった。ずっと正確な時間を示しつづけていたとしたら、どうだ」

向日伸がさらに言葉を継ぐ。

「テレポートして秒針が数秒だけ先に進んだ。でもその秒針が正確だとすると、現実の時間のほうが数秒だけ遅れたことになる。わかるか」

「時間が狂ったのは時計じゃなくて、この世界のほうだったというのか」

「ちょっと待って。どういうこと」

林勲子に向日伸が答えて、

「つまり、テレポートするとき、ほんのわずかだけど、時間を逆行してるみたいなんだ」

「…………」

翔とリナの歌声が遠くから聞こえる。

なるほどな、と辰巳龍がいった。

「颯斗が村やんの背後にテレポートしたとき、わずかに時間を遡り、テレポートする前の世界に出現した。だから、まるで颯斗が二人いるように見えた。でもその二人は、テレポートする前の颯斗と、テレポートしたあとの颯斗だった」

自分を納得させるようにつぶやく。

「テレポートするといったら、ふつうは離れた場所を想定する。ほんの数メートル先までテレポートしようとは考えない。だから、だれも気づかなかったのか」

ふたたび歩きだす。

リナと翔は、ずいぶんと先に行ってしまった。

「ということは、いまおれがリナのところまでテレポートすれば、おれはその自分の姿を見ることができるはずだな」

「やるのか」

向日伸が尋ねた。

「……いや、やめておこう」

「達川くんは知っていたのかしら、時間を逆行することを」

「本人に聞くしかないが、その可能性が高いな」

と辰巳龍。

「あいつ、どこにテレポートしたんだろうな、村やんを連れて」

向日伸の声は沈んでいた。もう二人とは二度と会えないかもしれない。そんな諦観がにじんでいる。

「ウルピヌス島にも帰ってないんだよな」

「森田くんの話では、そうらしいわね」

「あの二人のことだ。生きてるさ。きっと、どこかで」

辰巳龍が嚙みしめるようにいうと、向日伸と林勲子が深くうなずいた。

「おまえたち、ほんとに感じないのか」

タケルの声に、三人が立ち止まって振り返る。

「なにが」

林勲子が怪訝《けげん》そうに首を傾げる。

「見られているような気がしないか、いま」

ざわりと空気が波立った。

「達川くんと村山くん？」

「近くに来てるのか」

辰巳龍が周囲の闇に目をやる。

しかし、自分たち以外に人の気配はない。

「さっきから感じるんだ。あいつらの視線を」

「どこから」

林勲子も探そうとしている。

「それがさ、どうやら」

タケルは、空を見上げた。

「あっちからなんだけど」

三人が同じ方角に顔を向ける。

雲一つない暗い空間に、星の瞬きが散らばっている。その中に、ひときわ大きな星が、赤く輝いていた。

「おいタケル、二人はあの星になったっていうんじゃないだろうな」

向日伸が冗談めかした。

「ずいぶん明るくてきれいな星ね」

林勲子の眼差しは優しい。

「あの明るさは、恒星じゃなくて、太陽系の惑星だろうな。赤いところを見ると、たぶん火星——」

辰巳龍の顔が強ばった。

たちまち向日伸と林勲子にも伝染する。

異様な緊張が走った。

互いに目を見ひらく。

「まさか、あいつら……」

「いや、いくらなんでも、そりゃ無理だ」

向日伸がすぐさま否定した。

「水も酸素もろくにない、二酸化炭素が凍るような世界だぞ。ギフテッドだからって、そんなところで生きられるわけがない。仮にテレポートできたとしても、あっちに行ったとたんに即死だよ」

「でも、坂井くんがなにかを感じてるってことは、もしかしたら……」

異変に気づいた。

翔たちの歌声が止んでいる。

「パパ、ちょっと来てっ！」

リナの鋭い声が闇を貫いてきた。

辰巳龍が駆けた。向日伸も続いた。タケルは林勲子の身体を気遣いながら後を追った。

「翔の様子がおかしいの」

翔は、瞬きもせずにじっと空を見上げていた。その純粋な瞳には、あの赤い星が映っている。ときおり、小さくうなずいたり、にやりと笑ったりする。

「うん、わかったよ！」

辰巳龍が腰を落とし、息子の両肩を強く揺すった。

「翔、しっかりしろ！」

少年がびっくりしたように目を丸くした。

「いま、だれとお話ししてたんだ」

「あのおじさんだよ」

屈託なく答える。

「ほら、パパのお友だちで、いっしょに宇宙の本を読んでくれた」

「大人をからかうもんじゃないっ！」

「ほんとだよ！　うそなんかついてないもん！」

「ねえ、翔くん。おじさんは、なんていってたの」

「林までやめてくれ！」

「いいじゃないっ、聞くだけなら」

「でも、こんな――」

「待て」

タケルは口に人差し指を立てた。

夜がしんと静まった。

沈黙の時間が流れる中、四人の表情がみるみる変化していく。

「……うそだろ」

向日仲が呆然とつぶやいた。

「聞こえたな、いま」

タケルは一人一人の顔に目を定める。

「あ、ああ……」

辰巳龍が目を潤ませてうなずく。

「こんなことって……あるの」

林勲子が興奮を抑えきれずに笑みをこぼす。

「ねえ、どうしたの」

翔が母親の手を引っ張った。

「なんでもないの」

リナが涙ぐみながら微笑み、息子を抱きしめた。

みなで、もう一度、天を仰ぐ。

広大な宇宙に、赤い星が、瞬いている。

遠いところから、なにかを囁きかけるように。

「もう、始まってるのかもしれないな」

タケルは、いった。

「ぼくらが想像もしなかった、新しい世界が」

参考文献

『「A」 マスコミが報道しなかったオウムの素顔』森達也　角川文庫
『職業欄はエスパー』森達也　角川文庫
『増補新装版　差別の心的世界』山下恒男　現代書館
『魔女狩りの社会史　ヨーロッパの内なる悪霊』ノーマン・コーン　山本通訳
岩波モダンクラシックス
『テロリズムを理解する　社会心理学からのアプローチ』ファザーリ・M・モハダム
アンソニー・J・マーセラ編　釘原直樹監訳　ナカニシヤ出版
『ヒューマン　なぜヒトは人間になれたのか』NHKスペシャル取材班　角川文庫

解説

池上冬樹

二年ぶりの再読となると、まるで新作を読むような気分になる。毎日のように次々と新たな作品、または旧作、あるいは古典と呼ばれるものにふれていると、二年も前に読んだ小説は、どんなに傑作でも細部の記憶は抜け落ちるからで、初読とは異なる印象を覚えて新鮮なのである。

二年前、僕はゲラで本書を読み、いかにも『百年法』の山田宗樹らしいセンセーショナルな設定をドラマティックに仕立てていて感動を覚えたものだ。そして書評では、エンターテインメントとしての面白さを分析したあと、ヘイトスピーチに代表される人種差別や、自衛のために戦うべきか否かは集団的自衛権拡大の問題を示唆して、明らかに現代日本社会の

「いま」を捉えていると紹介した。それは間違いではないし、その思いをもう一度深くした

けれど、しかし二年たって、日本の政治が動いているいまも、それに答える形で、本書がさらなるメッセージをもっていることに気がついた。もっと踏み込んだ議論を突きつけているのである。日本の政治にも有権者の目も変化しているのに、小説はきちんと対応している。それほど普遍的なテーマを内包しているということである。


物語は、達川颯斗の「僕」と佐藤あずさの「わたし」の二つの視点で語られていく。

水ヶ矢小学校六年一組の達川颯斗の家庭に「第一種特殊児童選別検査」の結果が届く。全国の小学六年生に義務づけられているもので、「ギフテッド」に該当しているかどうかの検査だった。ギフテッドとは、生まれながらにして体内に〈未知の臓器〉をもつ子供たちのことで、颯斗もその一人であることが判明する。そのために教室でイジメにあうが、守ってくれたのは佐藤あずさだけだった。だがしかし、学校に通うことが困難になり、ギフテッド達を集めた光明学園に転校する。その学校は、第一種特殊児童保護育成制度、いわゆるギフテッド制度により、学費も生活費もすべて国の補助金で賄われた。颯斗はそこで多くの友人を得る。

二十年後、佐藤あずさは深夜、人の気配で目覚める。ドアに施錠した上でドアガードをか

け、窓にもストッパーをつけて二重にロックしてあるのに、明かりをつけると壁際に一人の男が座り込んでいる。どこから室内に侵入したのだろう。しかも男は「ここは、どこ」と変な質問をする。あずさは男を見てすぐに小学生時代の同級生の達川颯斗であることに気づく。でも颯斗はあずさであることがわからなかった。いったい何の目的で、いかにして「わたし」の部屋に入れたのか。

小学生の時代の話と二十年後の話が並行していき、この二つはやがてつながることになる。ギフテッドは当初もてはやされていたが、ギフテッドに対する差別が強まり、ギフテッド制度自体が廃止される。あからさまな差別と排除に生命の危機を感じたギフテッドの特殊能力が覚醒し、二十名を超える若者を殺害する事件が起きて、強制的な隔離と医学的処置も可能というギフテッド特措法が提案され、ギフテッドと非ギフテッドの戦いが開始される。同時に、特殊能力行使の是非をめぐり、ギフテッド同士の深刻な内部対立も起こりだす。

再読なのにぐいぐい引き込まれてしまう。一気に読ませる力がある。

日本推理作家協会賞（長編及び連作短編集部門）に輝いた『百年法』では、不老不死が実現した社会で、百年後に死ななくてはいけない法律が制定されるという設定だし、最新傑作『代体』では、人間の意識を体から自由に取り出す技術が確立した世界という設定で、山田宗樹はSF的手法を駆使して近未来日本のリアリスティックな物語を紡いでいるが、『百年法』と『代体』の間に入る本書『ギフテッド』も、特別な能力をもって生まれた者たちをめぐって日本の社会が激しく揺れ動く物語を作り上げている。

小説と映画のファンなら、特別な能力をもつ者たちを主人公にした作品を思い起こすだろう。怒りが超能力を爆発させるくだりは、スティーヴン・キングの『キャリー』、それを映画化したブライアン・デ・パルマの同作、映画なら同じくパルマの『フューリー』（超能力による肉体破裂を映像化したのはこれが最初か）を想起するだろう。一方で、ある運命のためにひとつのコミュニティで生活をする少年少女もの物語といえば、カズオ・イシグロの『わたしを離さないで』だし、超能力をもってしまった集団の内部の葛藤と制度との対決という点では映画『Xメン』だろう。おそらく若い世代は『Xメン』を念頭において読むことになるのではないか。

しかし、作者の名誉のためにいっておくが、『Xメン』を思わせる部分があっても、まったく違うところをめざしている。序盤は、ギフテッドたちを主人公にした少年少女小説としての輝きをもち、その友情が、闘争か平和かの選択で、やがて変質していくからで、この選択と社会の対応がはなはだ現代的だ。そこに独自性がある。

もともと、超能力をもつ者の悲劇というテーマは古今東西さまざまなケースがあり、たとえば伊坂幸太郎の『魔王』などは本人は意識してなくても、スティーヴン・キングの『デッドゾーン』と同じ構造になってしまったが、それでも『魔王』が傑出しているのは、伊坂幸太郎が日本の〈いま〉の空気を色濃く反映させ、時代に対する批評性をもちえていることだ。それは山田宗樹にもいえるし、本書でも顕著だ。

『百年法』でも、アメリカの占領下で民主主義と平和憲法が導入された過程を彷彿とさせる設定を作り上げ、押しつけられた憲法を改正すべきか否かを論じたが、本書『ギフテッド』にも鋭く現代を射抜く目がある。特殊能力をもつ人間たちが差別され排斥されるなら、自衛のために戦うべきだという議論が深められていくので、二年前の書評では、「自分の出自と異なるものを排斥するといえば、ヘイトスピーチに代表される人種差別であり、自衛のために戦うべきか否かは集団的自衛権拡大の問題とリンクする。あきらかに本書は現代日本社会の透視図になっている」と書いたが、二年後のいま読むと、物語はもっと先鋭的であることに気づく。自分たちの存在と権利を獲得するために社会制度の破壊・打倒は許される、それは正当な暴力であり、テロリズムは不可避であるというあたりは、IS（イスラム国）の脅威が取り沙汰されるいま、実にタイムリーである。

また、こんな言葉も、ある種の切実さをもつ。「目を背けるのはもう止《よ》しましょう。ギフテッドの存在を理解し、受け入れ、活かしていく。それ以外に道はない。（中略）新しい世界が始まろうとしているのです。それを恐ろしいと感じるかもしれません。実際、恐ろしいことでもある。まだだれも見たことも、経験したこともない世界なのだから。しかし我々は勇気をもって前に進まなければならないのです。人類の存続のために。新しい未来のために」（585〜586頁）

これは終盤で披瀝《ひれき》される演説の一つだが、〝ギフテッド〟の代わりに〝核〟や〝新憲法〟などと置き換えると、きわめて政治的な響きになる。だが、もちろん作者はそういう考えを良しとしているわけではなく、むしろ政治の重要性を問いかけている。「政治的な想像力を養いなさい。世の中を動かすのは権力ではない。政治だ。政治を馬鹿にしてはならない。社会という複雑きわまる怪物を変えるには、熱意や忍耐だけでは不十分だ。高度で繊細な技術が必要となる。それが政治なのだ」（599頁）

この言葉を、改正公職選挙法（選挙権年齢が二十歳から十八歳に下げられる法律）が可決されたいま読めば、政治の重要性がより強く認識されるのではないかと思う。

このように世界情勢も日本社会も動いているのに、その動きにあわせた言説が見つかる。それだけ客観性と普遍性があるのだが、それは山田宗樹に先見の明があるからにほかならない。もちろん政治的な言説以前に、ぐいぐいと読者を引き込む語りの見事さ、物語の豊かさも忘れてはならない。決してひとつのイデオロギーに染め上げることなく、きわめて精妙なバランス感覚で、周到に、何よりもスリリングにドラマを作り上げているのだ。問題提起にあふれた「現代」の小説をぜひ味わっていただきたいと思う。

——文芸評論家

この作品は二〇一四年八月小社より刊行されたものです。

幻冬舎文庫

●好評既刊
ジバク
山田宗樹

美人妻と高収入の勝ち組人生を送るファンドマネージャー麻生貴志、42歳。だが、虚栄心を満たすための行為によって、彼は残酷なまでに転落していく——。『嫌われ松子の一生』の男性版。

●好評既刊
死者の鼓動
山田宗樹

臓器移植が必要な娘をもつ医師の神崎秀一郎。脳死と判定された少女の心臓を娘に移植後、手術関係者の間で不審な死が相次ぐ——。臓器移植に挑む人々の葛藤と奮闘を描いた、医療ミステリ。

●好評既刊
乱心タウン
山田宗樹

高級住宅街の警備員・紀ノ川は、資産はあるがクセもある住人達を相手に、日々仕事に邁進していた。ある日、パトロール中に発見した死体を契機に、住人達の欲望と妄想に巻き込まれていく。

●最新刊
平成紀
青山繁晴

昭和天皇崩御の「Xデイ」はいつ訪れるのか。その報道の最前線にいる記者・楠陽に衝撃のひと言が洩らされる。「陛下は吐血。洗面器一杯くらい」。著者自身の経験を源に紡ぎ出す傑作小説。

●最新刊
レーン ランナー3
あさのあつこ

五千メートルのレースで貢に敗れた碧李。彼の心に、勝ちたいという衝動が芽生える一方、貢の知られざる過去が明らかになる。少年たちの苦悩と葛藤、ほとばしる情熱を描いた、青春小説の金字塔。

幻冬舎文庫

●最新刊
弱いつながり
検索ワードを探す旅
東　浩紀

私たちは、考え方も欲望も今いる環境に規定されている。それでも、人生をかけがえのないものにしたいならば、グーグルより先に新しい検索ワードを探すしかない。ＳＮＳ時代の挑発的人生論。

●最新刊
妖しい関係
阿刀田　高

突然逝った、美しく年若き妻。未亡人となっていた、かつての恋人。生まれ変わりを誓い死んだ、年上の女性。男と女の関係は、妖しく不思議で、時に切ない。著者真骨頂の、洒脱でユーモラスな短篇集。

●最新刊
地図を破って行ってやれ！
自転車で、食って笑って、涙する旅
石田ゆうすけ

自転車で世界一周した著者が日本国内を駆けめぐる！　恩人との再会、きらきら輝く恍惚の味、魂を揺さぶる自然、そして忘れられない出会い――。縦横無尽に走った旅をつづる大人気紀行エッセイ。

●最新刊
孤高のメス
死の淵よりの声
大鐘稔彦

手術不可能な腹膜癌に抗癌剤を選択する当麻。患者は劇的な回復を遂げる。一方学会では、癌と戦うなと唱える菅元樹のシンポジウムが大荒れとなっていた――。ベストセラー、シリーズ最新刊。

●最新刊
五条路地裏ジャスミン荘の伝言板
柏井　壽

居酒屋や喫茶店が軒を連ねる京都路地裏の「ジャスミン荘」では、住人の自殺や幽霊騒ぎなど、騒動ばかり。〝美人大家さん〟の摩利は、住人の静かな毎日と、美味しい晩酌のため、謎解きに挑む！

幻冬舎文庫

●最新刊
土漠の花
月村了衛

ソマリアで一人の女性を保護した時、自衛官達の命を賭けた戦闘が始まった。絶え間なく降りかかる試練、極限状況での男達の確執と友情――。一気読み必至の日本推理作家協会賞受賞作!

●最新刊
なくし物をお探しの方は二番線へ 鉄道員・夏目壮太の奮闘
二宮敦人

〝駅の名探偵〟と呼ばれる駅員・夏目壮太のもとに、ホームレスが駆け込んできた。深夜、駅で交流していた運転士の自殺を止めてくれというのだが、その運転士を知る駅員は誰もいない――。

●最新刊
ビビリ
EXILE HIRO

「要は、やるかやらないか」。夢を現実にするために、心配性でビビリな性格だからこそ、細心の配慮で誰よりも大胆に生きる! 経営者としてのリーダー論も満載の、今、いちばんリアルな人生哲学。

●最新刊
女という生きもの
益田ミリ

「女の子は○○してはいけません」といろんな大人たちに言われて大きくなって、今考えるアレコレ。誰にだって自分の人生があり、ただひとりの「わたし」がいる。じんわり元気が出るエッセイ。

●最新刊
山女日記
湊 かなえ

真面目に、正直に、懸命に生きてきた。なのに、なぜ? 誰にも言えない思いを抱え、山を登る女たちは、やがて自分なりの小さな光を見いだす。新しい景色が背中を押してくれる、連作長篇。

ギフテッド

山田宗樹《やまだむねき》

平成28年8月5日　初版発行

発行人——石原正康
編集人——袖山満一子
発行所——株式会社幻冬舎
〒151-0051東京都渋谷区千駄ヶ谷4-9-7
電話　03(5411)6222(営業)
　　　03(5411)6211(編集)
振替00120-8-767643

印刷・製本—図書印刷株式会社

装丁者——高橋雅之

幻冬舎文庫

ISBN978-4-344-42518-7　C0193　や-15-11

幻冬舎ホームページアドレス　http://www.gentosha.co.jp/
この本に関するご意見・ご感想をメールでお寄せいただく場合は、
comment@gentosha.co.jpまで。